倉数茂

ポプラ文庫

名もなき王国

目次

序

これは物語という病《やまい》に憑《つ》かれた人間たちの物語である。

三人の主要な登場人物がいる。まず著者である私。私の友人で、三十代の若き作家である澤田瞬《さわだしゅん》。そして彼の伯母《おば》であり、伝説の遠い霧にかすんだまま十数年前に世を去った老小説家、沢渡晶《さわたりあきら》。

特に沢渡晶に関しては、彼女の忘れられた著作（のごく一部）を世に出した、という一点だけでも本書は評価されるべきだろう。幻想文学という冥《くら》い鉱脈には誰にも注目されないまま仄《ほの》かな光を放っている輝石があまた存在するが、そのなかでも彼女は、独特の密やかな魅力を持っている。たぶんこの本がなければ、晶の存在は忘却されたままであり、数少ない著作は、散逸して永遠に失われてしまったにちがいない。私の調査では、生前でも彼女について触れた書評、論評のたぐいはただひとつしかなく――雑誌『牧神』十二号（一九七八年・牧神社）の匿名子による記事「歪《ゆが》んだ真珠に映る顔は誰?」――死後にいたってはゼロである。もっとも中井英夫《なかいひでお》がどこかの談話記事で、彼女について好意的に言及しているという話があるが、真偽を詳《つまび》らかにすることはできなかった。もし情報をお持ちの方がいたらお知らせ願いたい。このように彼女は無視され、素通りされた作家であって、再評価は急務である。私としては、倉橋由美子《くらはしゆみこ》や高橋《たかはし》たか子《こ》、吉行理恵《よしゆきりえ》といった同世代の女性作家のかたわらに置いて比較してみたい誘惑に駆られる（さらに有為の評論家諸子には書誌情報などの面で協力する準備があると申し添えておくし、もし彼女の作品集を発行したいという奇特な出版社があったら早急に連絡をいただきたい）。四つの掌編小説とまだ二十代の頃に書いた中編小説（「燃える森」）がここに収められているが、掌編で目立つのは形式的な遊戯性である。さらにすべての作品において、閉ざされた部屋・屋敷に封じられた秘密を解読するという主題が反復されている。この孤立し、外界から切り離された空間というイメージこそが彼女の創作の源泉であったのだろう。それは最期まで他者と親密な関係を築かなかった彼女の人生のメタファーであったのかもしれない。

晶の未発表原稿の束の発見は、澤田瞬の功績である。彼は親族の特権を最大限に活用して、晶の遺品の中から、縁《ふち》が擦《す》れ綴《と》じ糸の切れかけた古ノートの山を掘り当てたのだった。それだけでも立派な文学的貢献だが、彼自身が新進作家でもある。

彼の文学的資質や才能については、読者おのおのが本書収録の「かつてアルカディアに」に基づいて判断を下していただくのが良いだろう。短編ではあるものの、彼の想像力の質がよく表れている作品である。彼はSFだと主張しているが、ジャンル特有のギミックやテクノロジーへの関心を欠くので、SFファンには物足りないかもしれない。むしろ伯母の作風とも共通する厭人癖《えんじんへき》を感じるのだがいかがだろうか。もっとも私自身は、ある複雑にもつれた事情によって、彼とニュートラルな距離を保てなくなっているので、公正な評価を下せる立場にない。

本書の末尾で示されるように、ある意味では彼はすでにこの世界から飛び立った。彼が向こう側に立ち去るにあたっては、私はその立会人をつとめた。

最後に私自身について簡単な説明をさせてもらいたい。

私は一九六九年に生まれ、現時点で四十九歳の中年の小説家である。デビューは二〇一一年。それまでは中国大陸の大学で、日本語を学ぶ学生を対象に、日本文学を教えていた。主に児童向け読み物で知られる某書肆《しょし》より出版された、訪れた田舎《いなか》町で殺人事件に出会う少年たちを描いたジュブナイルを皮切りに、これまでに三冊の作品を発表している。これらの作品は、いわば満場の無関心によって迎えられた。もっとも、無名作家であることは、人がこの世界で甘受しなければならない不幸のなかでは比較的無害なものだろう。それよりも辛いことなど幾らでもあるからだ。

本書の成立は、私と瞬との出会いまで遡《さかのぼ》る（「王国」参照のこと）。私は即座に彼が「もう一人の自分《アルター・エゴ》」であることを感じ取った。私たちを結びつけたのは、物語への愛、あるいは物語という檻《おり》から逃れられずにいる焦燥であった。物語を語ると言う。しかし正確には、物語が人を通して語っているのだと思う。私たちが生きている現実、ひいては私たち自身も、その物語の産物だと考えたほうが実情に合うのではないか。

「ひかりの舟」は彼から聞いた話を基に私が作品化したもので、共作と呼ぶべきかもしれない。とはいえ語りはつねに騙りであろう。瞬が、私の作品のなかに虚構を見出さないとは限らない。

「王国」と「幻の庭」の二作は、それぞれ最初と最後に読んでいただきたい。私たち三人を理解してもらうためにはそれが必要だからだ。

なお本書を読み終えた人々の一部が私を病んでいるとみなすかもしれないことは承知している。その人たちは私が幻想に溺《おぼ》れ、正しく現実を認識できずにいると考えるかもしれない。だが私はそうした非難を甘んじて受け入れるつもりである。その上で問い返したいのだ。誰が、幻想と現実のあいだに明瞭な境界線を引けるだろうか、と。

現実とは何か。私とは何か。私自身もまたひとつの虚構であり、死者や不在の別の顔ではないとどうして言えるのだろうか。

もっとも、そうした解きがたい問いをここで投げかけたいわけではない。私は読者にひとときの愉《たの》しみを得てもらうことだけを望んでこの作品を書いた。

愉しんでいただければ幸いである。

著者記す

一　王国

伯母は、自分の支配地のことを「王国」と呼んでいました。より長い呼び方は「小さな秘密のものたちの王国」です。「失われた小さなものたちの王国」だったこともあるし、「いつのまにかなくしたものたちの庭」だったこともあります。またときには、「失われた粒子の庭」と呼ぶこともありました。死んだり、消えていったりしたものは、焼かれて灰となり原子にまで分解されても、必ずこの庭に帰ってくる。そして木や草や風となって甦《よみがえ》る。だからここは、死者たちの庭だというのです。いずれにせよ、伯母はその古びた屋敷と周囲の庭からなる領土に専制君主として君臨していたわけです。けれども、実のところ彼女は例外的なまでに寛容な支配者だったと言っていいでしょう。面倒だったんでしょうね。要は放任主義だったんです。彼女は細かな物事を把握するとか、ひとつひとつの物事の違いを覚えておくといったことが異常なほど苦手でしたから。だから、彼女は自分が臣下とみなしていたものたち、つまり僕たちこどもだって、きちんと区別がついていたのかは疑わしい。彼女にとっては、みなまとめて「こどもたち」であって、一人一人なんてのはどうでもよかったんじゃないでしょうか。れっきとした甥《おい》っ子である僕ですら、きちんと名前を覚えてくれなかったんですからね。よく、少し迷ってから、シュウと呼んだり、ジュンと呼んだりしていました。兄貴とまちがえてコウと呼ぶのもしょっちゅうでした。さすがにうんざりして、「僕は瞬だよ、伯母さん」と口答えしたところ、やにで黄ばんだ歯を剝《む》き出しにして、「そんなこと、私にはどうでもいいの」と言ってのけましたから。

でも、その徹底した無関心こそが僕らには都合がよかったんです。なにしろ、一切干渉されないわけです。遊ぼうが、喧嘩《けんか》しようが、ソファで昼寝を決め込もうがまったくの自由。お腹が空いたら、冷蔵庫から何かを持ち出して食べたっていいんです。冷凍のピザを焼いて食べている子なんかがいました。もちろん伯母のものです。もっともまめに買い物なんてする人じゃなかったから、食料が尽きると、適当にそのへんの子を呼んで、お金を渡して、食料を調達してくるように命じるだけなんですけどね。

食べるものが豊富というわけじゃなかったけど、なにかしらはありました。賞味期限のきれたプリン、齧《かじ》りかけのチーズ、レーズンだけをほじくった後のパン、という具合。むろん清潔とは言い難《がた》いにしても、こどもたちはそんなことは気にしません。僕らが求めていたのは森のなかの「お菓子の家」ではなかった。庭先にテントを張って、探検家ごっこをしていたときに、お湯をかけずにインスタントラーメンを齧ったのは憶えています。我々は標高八千メートルのヒマラヤの山中にいて、吹き荒れるブリザードのためどうしても火が起こせないという「設定」だったんです。粉末スープをふりかけながらだと、結構いけるんですよね。

そういうわけで、伯母の家は、近所のこどもたち、それから中学生くらいまでが、勝手に出入りする治外法権になっていました。高校生はさすがにめったに来なかった。一度、庭の片隅で、十代のカップルが夕闇《ゆうやみ》にまぎれてペッティングを始めたことがあったんですが、何が癪《しゃく》にさわったのか、伯母がいきなりホースで水をかけましてね、野良猫じゃあるまいし、ほうほうの体《てい》で逃げていきましたよ。みんなで大笑いしました。

よく近所の親たちが許していたものです。今じゃとてもあんなことは無理でしょう。田舎町ですから、伯母は幾つになっても『澤田家のお嬢さん』ということで大目に見られていたのかもしれません。一応旧家、代々つづいた医者の家ですから。あのお嬢さんは変わり者だから、芸術家肌だから、昔お世話になったから、というところでしょうか。その澤田病院も今ではなくなってしまいました。

屋敷の方も、以前は診療所として使われていたそうです。戦後の一時期には、結核の療養所だったこともあるそうで、ベッド数が十五の小規模な施設ですが、それでも通常の民家よりははるかに大きかった。部屋数は二十前後でしょうか。もっとも僕たちが出入りしていた頃にはすっかり老朽化していて、いささか廃墟めいた雰囲気を漂わせていました。一人暮らしの老嬢には大きすぎるその屋敷を、こどもたちに開放していたというわけです。

伯母が、ふだんどういう生活をしていたのかはよくわかりません。おそらく明け方までずっと起きていたのではないでしょうか。姿を見せるのは、たいてい日が傾きだすころ、その時刻になると、玄関のホールにつづく大階段にのっそりと巨体をゆすって現れ、なんとも憂鬱《ゆううつ》なまなざしで、呆然と邸内を見下ろしていたものでした。それは、衰退し、混乱の極みにある領土を嘆く王侯のまなざし、失って二度とかえらない栄華を追憶する女主人の視線であったのだろうと思います。あるいは彼女の脳髄では、寝る前に読み書きしたことばに由来するイメージが、夢で出会ったあやかしとひとつになって、まだ渦巻いていたのかもしれません。もともと彼女は、夢とうつつのあわいに暮らしているような人でした。

そうです。執筆もつづけていたのです。夜な夜な、彼女はノートにいろいろと書き綴《つづ》っていました。想念のなかで見え隠れしている小魚をペン先でつかまえる苦しさについて書いた文章もあります。残念なことに、それらが活字になることはほとんどなかったのですが。

寂しい老女が野良猫に餌付《えづ》けする。その猫がこどもになっただけだなんて悪口をいう大人もいました。けれどそれは案外あたっていたかもしれない。野良猫の立場からいわせてもらえば、僕たちは伯母の屋敷を我が物顔でうろついていたけれど、決して飼われているわけではなかった。僕たちと伯母のあいだには、暗黙の契約のようなものが存在しました。僕たちは伯母の領域を侵さない。伯母は僕たちには干渉しない。野良猫が餌《えさ》をくれた人間になつくわけではないように、僕たちも伯母に感謝こそすれ、甘えたりすることはありませんでした。われわれは互いに無関心という紳士的な距離を保ちつづけました。

ここで伯母の生涯がどのようなものだったのかを、簡単に明らかにしておきましょう。澤田晶、筆名沢渡晶が亡くなったのは、誤ってひとつの世紀が終わるとされていた年、一九九九年でした。享年六十一。生年は一九三八年、満州の首都であった新京《しんきょう》で誕生しています。

当時彼女の父親は、その地の病院で勤務医をしていたのですが、引き揚げの途中で亡くなり、実家でもあった病院の経営は長兄に引き継がれます。戦後の混乱期、医者であっても生活は苦しかったと言いますが、それでも食べるもの、着るものに事欠くなどということはなく、それなりの暮らしではあったようです。四人兄弟の三番目でした。長兄は十五歳も年が離れていて、戦時中にはもう軍医として働いていました。次兄は少しかわった人だったようです。この人のことは僕もよく知りません。末弟は、戦争中はずっと内地にいたそうで、この一番下の弟が僕の父になります。

伯母は幼い頃から、本好きのこどもだったようです。家にあった戦前のこども向けの本、小川未明《おがわみめい》や巌谷小波《いわやさざなみ》だと思いますが、それらを読み漁《あさ》り、読みつくすと兄の文学書に手を出し、それまで読んでしまうと医学の本や思想書まで意味もわからず読んでいたそうです。僕が聞いたエピソードでは、小学生のとき、「ある人が王であるのは、周りの人が家来として仕えるからに過ぎないの」と言い、なんでそんなことを知っているのかと聞かれると、「だって『資本論』に書いてあったもの」と答えたそうです。

そういう本がよく読まれていた時代の挿話ではあるのでしょう。もっとも、彼女が頭脳明晰《めいせき》な神童タイプであったとは思いません。十代の頃は画家になりたいと願ったこともあるようですが、家族の反対であきらめ、女子大の文学部に進学しました。ところが、二十一のときに休学届を出し、復学しないまま除籍になっています。

その時期から、独特の偏屈さ、人間嫌いの性質が現れはじめます。若いときはそれでも幾人かの文学仲間がいたようですが、やがて彼らとも絶縁してしまうと、人づきあいは一切絶えてしまったと言っていいでしょう。二十七歳のときに第一短編集、三十二歳のときに二冊目の作品集を出しています。ご存じのようにいずれも絶版。部数にしてもおそらく数百か、千にも満たぬところでしょう。彼女がいわゆる「文学的野心」のようなものをどれほど持ち合わせていたかは、判断に苦しむところですね。好意的な評も一部にあったようだけれど、総じて無視というか、端的に人の目にとまらなかったんでしょう。彼女の方も、それ以降は、マイナーな雑誌に短いものを数編発表したきりで、出版に向けて努力した痕跡《こんせき》はありません。もっとも彼女のノートには、次の著作の腹案が書き込まれています。

僕が知っているのは、人生の最後の十年間の伯母、五十代以降の姿です。彼女はもはや屋敷の敷地の外へ出ることはありませんでした。世捨て人、奇人、隠遁者《いんとんしゃ》、なんとでも呼ぶことができます。運命のいたずらは、兄弟たちがすべて他の土地に家や仕事があったために、両親の死後、古い家が彼女一人の持ち物になったことです。もしその偶然がなければ、彼女は彼女でありつづけるわけにはいかなかったでしょう。不思議なのはどうやって日々の暮らしを立てていたかですが、おそらく遺産があり、さらに長兄から援助があったものと思われます。父の話によれば、傷《いた》んだ屋敷に修繕が必要な箇所がでてきたときは、兄弟が話しあって費用を負担したそうです。いずれにしても、彼女はとても裕福とはいえませんでした。冬になるとありったけの古着を重ね着していましたが、よく見るとかならずどこかに穴が開いてました。けれどもまったく気にしなかった。たぶん何年も衣服を買ったことなどなかったにちがいありません。どうせ人と会ったりしないのだから、どうでもいいという考えだったのでしょう。

そのようにして、その場所は、忘れられた小説家である伯母が立てこもる夢と幻影の城、時の流れから隔絶した、こどもたちだけが入国を許された「王国」となったのでした。

そして、このような言い方をするといかにも気取っているとみなされるのは承知の上で告白するのですが、ある意味ではあの時以来、僕も心の本質的な部分においては、伯母の「王国」の住人でありつづけているのです。

そのように瞬は語った。

人と人が親しくなる瞬間、そこにはどのような磁力が働くのだろうか。目と目が合った瞬間ふっと心が和む。気がつけば、十年の知己《ちき》のように話し込んでいる。つながりというのはそのようにして生まれるものだ。普段私たちは、人との間に半透明のシャッターを降ろし、おそるおそる隙間《すきま》から握手をしたり、挨拶を交わしたりしている。開けっぴろげな人でもそれは変わらない。というより、彼らはフランクさという壁の向こうに姿を隠しているのだとも言えるだろう。だが、そうしたシャッターが降りる前に親しみが生まれてしまうことがある。なぜ特定の人とだけそのような溶融が起きるのかわからないが、たぶん、ちょっとした目配せや、しぐさ、ほんの一瞬の声の響きなどが重要なのだろう。

　私が瞬と初めて出会ったのは、ある気乗りのしない宴会でのことだった。それがどこであったのかすらもう覚えていない。渋谷か新宿か、そのあたりだと思うのだが、居酒屋ばかりのビルの地下の会場に到着してみると、座敷はすでに二十名ほどの参加者で埋まっていて、誰かの音頭で乾杯をすませたところだった。一応、若手作家たちの集まる会ということになっていたので、私は落水した人間が救命ブイを探す心地で、数少ないこの世界での知り合いを探したが誰もいなかった。せめて私をこの会に呼んだ人間の近くに座りたいと思ったが、数ヶ月前に編集者に一度引き合わされただけのその男の顔をすっかり忘れていた。そもそも、なぜ、私にお呼びがかかったのかわからない。たぶん向こうの方でも、手当たり次第に招待メールを送ったのだろう。そのメールには、「日本の文芸カルチャーのニュー・フロンティアを切り開く」ために、「ネットの内外で活躍するユース・クリエイターの交流オフ会」を定期的に開くつもりだと書かれていた。私はすでに「ユース」とは言い難かったし、自分が「ニュー・フロンティア」に縁があるとも思えなかった。それなのに、のこのこと出かけてしまったのは、当時の私が陥っていた職業上の不振に由来する気の弱りのせいだというほかはないだろう。私は浅はかにも、見知らぬ同業者と話しあい励ましあうことで、再び原稿と向きあう気力を取り戻せるかもしれないと期待し、さらにそこから伝手《つて》が広がって仕事の依頼につながることだってあるかもしれないと夢想していたのだ。

だが、上がり框《かまち》で靴を脱ぎ、座敷で飲み食いしている男たち（女性は一人もいなかったと思う）の一部となって、すぐに考えの甘さを後悔することになった。周囲で交わされている会話（マイナーなアニメとネットゲーム）に一言も加わることができなかったし、飛び交う固有名詞もまったく耳にしたことがないものばかりだった。隣に座っていた長髪を後ろでまとめた男の名刺には、「ことのはクリエイター」とあり、何をしているのかと尋ねると、なろう系小説の有望な書き手をピックアップして、人気ボカロ動画のノベライズを書かせることを企画しているという。私がよく意味がわからずおたおたしていると、反対側から、それよりもキャラクター愛を軸にしたメタ創作ワールドの展開の方にビジネスチャンスがある、という異論が出た。n次創作を動的に掛け合わせることで集合的無意識が自走するのだという。つづいて、作品構成における萌《も》え要素の適切な配分について議論は移り、私はまったく場違いの場所にきてしまったことを自覚した。そして、自分が完全に時流に取り残されており、周囲からはネアンデルタール人のごとく見えていることも。

だがしばらくのあいだ、私を迂回《うかい》して交わされることばの応酬を追ううちに、彼らが作家や小説家と名乗りながらも、あまり作品を書いている様子がないことに気がついた。私の左右前後にいた六人のうち、著書の出版経験があるのは二人だけであり、それも一冊に過ぎなかった（私はすでに三冊出していた）。

作家が、水を向けられると最初は口ごもり、それから韜晦《とうかい》めいたことばを口にして追及を逃れようとし、最後に堰《せき》を切ったように話し出してとまらなくなる話題がある。現在、執筆中の作品についてである。それはあらゆる作家にとって、公にできない恋とおなじく最高の秘め事なのだ。だからうかつに外気にさらして色褪《いろあ》せさせてしまうのを怖れると同時に、自分の恋を打ち明けたくてうずうずしている、それが作家なのである。

けれど、私が一緒にいたあいだ、書きかけの作品の魅力について、その設定や人物や情景について、熱に浮かされたように語りはじめるものは一人もいなかった。いつかこういうものを書きたい、こういうジャンルに挑戦してみたいと展望を語るものもいなかった。

私は疎外感とともに強い退屈を覚え始めていた。これ以上ここにいても得るものは何もないだろうと思った。私はきょろきょろと辺りを見回した。この場の苦境から抜け出す手がかりになるもの、できたら、それをきっかけに「今日はこれで失礼します」と言い出せるものを探していたのだ。まず幹事を特定する必要があった。それがわかれば、彼に金を差し出して、辞去の挨拶をすることができる。だが周囲に尋ねても、誰が主催者なのか誰も知らなかった。彼らは打ち解けているようで、お互いのことをよく知らなかった。

そんなとき、一人の男の姿が目にとまった。彼は座敷の一番隅の卓でうつむいていた。私が一応周囲のことばに耳をかたむけるふりをし、ときにはそれらしい相槌《あいづち》をうっていたのに対して、彼は完全に超然と周囲を無視してかかっていた。その顔には、微笑《ほほえ》みととれなくもない柔らかな表情がただよい、孤立していながら、苦痛を感じていないことが見てとれた。

私は「失礼」と言って立ち上がり、グラスを持って彼に近づいた。上から覗《のぞ》き込むと、彼が店の紙ナプキンにボールペンでなにか描いていることがわかった。店にいる他の男たちのスケッチだった。リアリズム風の達者な筆致で、風刺の意図は感じられなかったものの、当人たちが見たらやはり厭《いや》な気持ちになっただろう。彼は私の視線に気がついて、すばやくナプキンを片付けた。

「隣に座ってかまいませんか」

「ええ、もちろん」

「どうも馴染めなくて。みんなの話題についていけないんです」

「それは僕も同じです。僕は同世代とずれているらしいんですね」

「そうですか。すっかり自分が老人になった気分でしたけど、そのことばを聞いて安心しました。年齢だけの問題ではないんですね」

男は澤田瞬と名乗った。年齢は三十になったかならないか。私とは一回り以上離れている。しかし色の薄い瞳をまっすぐに相手に向けて、ゆっくりと話す口調が私の緊張を解除した。彼自身、充分にくつろいでいるようだった。もしも私が彼の立場――つまらない飲み会に一時間耐えたあとで見知らぬ男から話しかけられる――だったら、もっとぎこちなくふるまったにちがいない。妙につっけんどんだったり、不必要に迎合的だったり。

けれど瞬の態度は申し分なかった。彼は私の著作について尋ね、その本をまだ読んでいないことを詫《わ》び、できるだけすぐに入手すると約束した。

それから、自分も一応作家のつもりなのだが、まだマイナーな雑誌に数編の短編を発表しただけなのだと認めた。

「なかなか難しいものですね。着想だけは次々に浮かんでくるのですが、実際にとりかかろうとすると、一語も出てきてくれない。そうして気がつくと、机に突っ伏して眠っている。朝が早い仕事なのでどうしても睡気《ねむけ》が勝ってしまって。もう少し休みを取れるとよいのですが」

私は心から同意した。私たち駆け出しの作家にとって、もっとも貴重なのは時間であり、次はこちらのことを忘れないでいてくれる編集者である。どちらも最初は充分持ち合わせがあるように思えるが、たちまち炎天下の水たまりのように干上がってしまう。

ここでひとつ注釈を加えておこう。その時点で私はすでにデビューして四年が経っていたので、「駆け出し」というのはいささかおかしいかもしれない。しかし、著作の数はまだ五冊以下で、業界関係者からは認知されておらず、全国の書店員は私の名前からまったくどんな刺激も受けなかった。ゆえに、著作も目立たぬ隅の棚にそっと遠慮がちに置かれるだけだった。

もちろんそれで満足しているわけではない。小説を書いているものなら誰もが、いつか自分の名前と書名が電車の吊《つ》り広告の上で躍り、店先の平台に新作がうずたかく積み上げられ、話題となり、賞賛され、新聞の書評欄が一斉に自著をとりあげて、「世紀の問題作」だとか「文学史に新たな一頁を刻む」といったことばの花束で飾り立ててくれる日を夢見ている。そして何より肝心なのは、ついに勤め先に辞表を提出する日がやってくる（贅沢《ぜいたく》は言わない、年収三百万の見込みがあれば私はそうするだろう）ということだ。その瞬間の自分の口調や表情、上司の啞然《あぜん》とした顔をあれこれ想像するだけで、十五分は愉しむことができる。私たちはいつまでたってもあきらめない。いつか華やかに開花する日が来ると思っているから、五年経とうが十年経とうが自分は「駆け出し」だと信じているのである。

だがほとんどの作家たちは、一生「芽が出ないまま」で終わる。私もまたそうかもしれない。実際に印税収入だけで食っていける作家などというのは悲しいほどに一握りなのだ。十九世紀小説風の比喩（だと思うのだが）を使えば、私たちは、婚約者が現れるのを待っている瘦《や》せこけた老嬢のようなものである。

そもそも、ろくに本を出せない作家は「作家」なのだろうか。医師免許を持っていても、医療と縁のない人間を医師とは呼ばないし、法曹の世界にいない人間を弁護士とは言わない。しかし、一冊本を出してしまえば、「作家」である。少なくとも彼らはそう名乗りたがる。たとえそれが二十年前でも。これはある種の詐称《さしょう》ではないだろうか。そうした人々を蔑《さげす》むつもりはない。なぜなら自分もそうなりつつあるかもしれないからだ。元「作家」、自称「作家」の老人になっている自分の姿が見える。だがそうした情けない末路を想像してもなお、きっぱりものを書くことをあきらめる気持ちにはどうしてもなれない。

　よろしい。私の本が書店の天井近くまで積み上げられることはないだろう。ドラマ化も映画化も、お追従《ついしょう》めいた書評が雨あられと降り注ぐこともないだろう。出版市場はこれからも縮小し、ソーシャルゲームに敗退した小説は、叙事詩や騎士物語と同様に滅びたジャンルとして歴史書に記載されるだろう。それにどうせそのうちシンギュラリティが訪れて、人類は機械生命の出来の悪い下僕の地位に落とされるのだ。**だが、そんなことはまったくどうでもいい。自分が死ぬまで書きつづけられるのなら。**なぜか。それは、私が物語を語ることと抜き差しならない恋に落ちているからだ。それは二十四時間三百六十五日、胸の裡《うち》で熾火《おきび》のように執拗《しつよう》な炎をあげている。これは実生活においてプラスに働く恋ではない。むしろ職場での出世を妨げ、夫婦関係に不和の種を蒔《ま》き、こどもたちを離反させる類のものだ。なぜなら、仕事に熱意を注いだり、身近な人間との時間を愉しむかわりに、一刻も早くＰＣの前に戻りたいと思わせるからだ。キーボードを叩《たた》いている瞬間の方にこそ、真の人生があると感じているからだ。

　話を元に戻そう。瞬に出会って数分で、彼もまた同族であることを感じ取った。静かで控えめな物腰の奥から、書くことへの暗い情熱の炎がちらちらと仄見えていた。同じ宗教の信者が街路でお互いを認め合い、性的嗜好を共有するものが、映画館の暗闇でうなずきあうだけで同意できるように、私たちはたちまち打ち解け、偏愛する作家や作品について語り合った。周囲の男たちの声は、遠い潮騒《しおさい》にしか聞こえなくなった。

だが、本当に我々を近づけたのは、二軒目の店で知らされた驚くべき事実だった。もちろん、私たちは二人きりになっていた。古びてはいるが感じの悪くないバーのスツールに腰掛けて、私たちはちょっとしたゲームを愉しんでいた。ルールは簡単で、自分の好みの作家の名前を挙げて、相手が読んでいなかったら一点、名前すら聞いたことがなかったら二点獲得、というものだった。実力は伯仲していたし、バーの勘定を賭《か》けていたせいもあって勝負は白熱した。私はヴァーノン・リーで一点稼ぎ、大坪砂男《おおつぼすなお》では瞬に一点を提供した。ロバート・エイクマンはどちらも大好きな作家だった。唯一こちらが二点獲得できたのは、『千代嚢媛《ちよのうひめ》七変化物語』という読本を書いた振鷺亭《しんろてい》の名を挙げたときで、私はこの忘却された近世作家を大学で気まぐれにもぐった授業で読んだのだった。岩波《いわなみ》の『新日本古典文学大系』にすら収録されていないのだから、専門家でなければまずは知らない名前にちがいない。逆に一番悔しかったのは、マルセル・シュオッブの名を挙げられたときだった。十年来気になっていたが、まだ読んでいなかったのだ。彼が九点、私が八点になったとき、私に問題を出す番がまわってきた。どちらかが十点に達したらゲームオーバーと決めていたので、ここが勝負どころだった。私はせわしく記憶を探ったのち、ひとつの完璧な固有名詞を見つけ出した。さぞや得意顔だったにちがいない。

「これはあなたも知らないと思う。一九六〇年代から七〇年代にかけて短編集を二冊出しただけなんだ。現在、存命かどうかすらわからない。ちょっとひねくれているが、独自の味わいがあると思う。もっと記憶されていい幻想作家だよ。短編集の名前はそれぞれ『琥珀《こはく》』と『瑠璃《るり》』。作者の名は、沢渡晶」

その瞬間、瞬の顔に浮かんだ歓喜の表情を今でも覚えている。

「沢渡晶。その名前を人の口から聞くのは初めてだ」

「じゃあ、知ってるんだ」私は失望した。

「知ってるどころじゃありません。じゃあ、今度は僕から質問します。もし答えられたら、勘定は僕が払います。沢渡晶には、第三短編集の腹案があった。彼女が考えていたタイトルはなんでしょう」

私は困惑した。

「まさか、これほどこの作家に詳しいとは。うかつだったよ。人からこの名を聞いたことがないものだから、よっぽどマイナーなんだと思っていた」

「マイナーですとも。僕が詳しい理由はすぐに説明します。まずは問いに答えてください」

「うーん、『琥珀』、『瑠璃』だから、そうだな、『紫水晶《むらさきずいしよう》』でどうだ」

「惜しい。『瑪瑙《めのう》』です。彼女の手書きのノートにそうある」

「沢渡晶のノート！」私はあらためて感嘆した。「そんなもの、どこにいったら見られるの。どうしてそんなことを知っているわけ」

「ノートは今でも僕の部屋にあります」瞬はうなずいた。「彼女の本名は澤田晶です。そして彼女は父の姉、つまり僕から見れば伯母なんです。小学生のころはしょっちゅう伯母の家にいりびたっていました」

なんとまあ。私はぐうの音も出なかった。沢渡晶は、伝説の作家、と呼ぶにはだいぶ知名度に不足があったにせよ、深い霧につつまれた森の奥に眠る幻《まぼろし》の作家たちの一人にはちがいなかった。二十代の半ばに、偶然手にした古本で彼女を知って以来、私は変わらぬ熱情を彼女に捧げてきた。もしも私が学者だったなら、書誌学的、伝記的、テクスト論的な論文をたてつづけに発表して、少しでも読書界に彼女の名を知らしめようとしゃかりきになっただろう。そのためなら「第二の尾崎翠《おざきみどり》」といったいかがわしいキャッチフレーズの使用もためらわなかったにちがいない。実際には、作風においても、活動時期においても、尾崎翠と重なる部分はほとんどないのだが。

だが、まだ聞いておきたいことがあった。

「沢渡晶に関して、どうしても知りたいことがあるんだ。以前、古書店で古雑誌を漁っていたときに、たまたま彼女の短編を見つけてね、その場で買えばよかったんだけど、その日は持ち合わせがなかったんだ。それで翌日訪れてみると、もう無くなっていた。ざっと目を通しただけだから、はっきりとは覚えていないが、語り手は十五くらいの少女か少年だったと思う。その子が大きな屋敷に泊まるんだけど、そこには鍵のかけられた蔵があってね、そこで何かを目撃するんだったか、目撃されるんだったか。短編集には入っていないんだ。もっとあとに書かれたものだと思う」

「それは『少年果』だと思います」間髪を容れず瞬は答えた。「よろしかったらコピーを送りますよ」

「もう何年ももう一度読みたいと思いつづけてたんだ」私は飛び上がらんばかりに礼を言った。

「僕も彼女の作品をすべて把握しているわけじゃないんです」瞬は少し申し訳なさそうな表情になった。「膨大なノートもまだほとんどが未整理で。でも少しずつ作業を進めていくつもりです。あなたは数少ない伯母のファンだ。情報は共有したい」

それから私たちは、『琥珀』、『瑠璃』の新装版を出す計画や、沢渡晶著作集の企画で大いに盛り上がった。別段具体的なあてがあるわけではなかったが、話せば話すほど、これほど文学的な意義のある出版物などないような気分になった。まちがいなくこれはセンセーションを引き起こすだろう。批評家や編集者たちは、草むした古屋敷の内側に、とてつもない才能が埋もれていたことに気がついて、愕然《がくぜん》とし、つづいて熱狂するだろう。私たちもまた、貴重な文学的遺産の保護者として評価される。成功の予感と数杯のウイスキーは、私たちを酩酊《めいてい》の高みへと押し上げた。その晩、どうやってうちにたどりついたのか記憶がない。

そのようなわけで、次の日は終日痛む頭を抱えながらベッドに横たわって過ごすことになった。頭蓋骨《ずがいこつ》のなかで巨大な銅鑼《どら》が鳴りつづけている状態で考え直すと、昨日のアイデアはずいぶん色褪せて見えた。まず、沢渡晶は決して一般受けするようなタイプではない。少数の愛好者はいても、一部の目利きや好事家《こうずか》だけだろう。第二にあの瞬という男のことを何も知らない。彼のことばをそのまま信じ込んでいいのだろうか。昼過ぎには、沢渡晶が彼の伯母だとか、彼女の家で遊んでいたなどというのはすべてホラなのだろうという考えに傾いていた。確かに、沢渡晶の読者ではあるにしても、そこから先は話ができすぎている。帰り道でなくしていなければ、彼の連絡先を書いた紙切れが、どこかのポケットに入っているはずだったが、探しだす気にもなれなかった。

こうして月曜日になると私は勤勉な労働者のマスクをかぶりなおし、顧客に猫撫《な》で声を使い、上司の矛盾する指示を解釈し、電話をかけたり会議に出たりする合間の細切れの時間を使って、アイデアを手帳に十秒で書きつける日々に戻った。あいかわらず筆は進まず、魅惑的なプロットやキャラクターが降ってくることもなかったが、平穏だった。

一週間後、家でパソコンを開くと、見知らぬアドレスからメールが届いていた。それが瞬からだと気がついたとき、かすかな苦々しさを感じた。彼はすでに半ば以上フィクショナルな存在だったので、虚構が現実に干渉するなんて図々しいと思いながら、メールを読んで驚いた。もはや期待もしていなかった『少年果』の雑誌コピーばかりか、存在すら知らなかった『海硝子《シーグラス》』という作品も一緒に送ってきたのだ。それらはPDFの形で添付されていた。一読して、やはり魅力的な作家だと思った（その二作は本書に収録してあるので、自分で確かめてほしい）。メールには、まだ他にも雑誌に掲載されただけの作品が手元にあること、ノートにもほぼ完成稿と思われる作品があるので、いつかお見せしたいとあった。

ここから私たちのやりとりが始まった。

どちらも、話しているとき以上に書いているときにリラックスできるタイプだったので、勢いメールは長文になった。また、返答をせかすようなものではなかったために、返信がひと月以上後になることもざらだった。瞬は伯母の思い出ばかりでなく、自分の文学観や野心について、静かな、しかし熱のこもった口調で書いてきた。ときには私生活に話が及ぶこともあった。

二ヶ月に一度くらいのペースで、直接会って酒を飲んだ。

酒場での彼は、いつも謙虚で控えめな青年だった。と同時に、鋭い皮肉やユーモアの天分を閃《ひらめ》かせることもあった。世界史と考古学、特に新石器時代の芸術活動に強い興味を持っていた。いつか経済的余裕ができたら、南フランスやドイツに点在する洞窟《どうくつ》壁画を見て回りたいという希望を持っていた。

私たちがもっとも熱心に語り合ったのは、今後どのような作品を書きたいかだった。たとえば彼は、年老いた男が、疫病で閉鎖された街をさまよう話について説明した。海辺の静謐《せいひつ》な街並みに降りしきる雨と沖合の座礁船。岬に立って水平線をのぞむ少女。「もう骨格はほとんど固まっているんですが、まだ二、三見えてこない部分があって」と瞬は説明した。

「これは一応SFなんです。だけど、今のSFファンに言わせたらひどくオールドスタイルということになるかもしれませんね。百頁にわたるややこしい世界観の説明はなし、数学も、生化学も、量子力学も、情報理論も出てきません」

「それならば読んでみたいな」

「じゃあ、できあがったら送りますよ。主題は、そうですね、わたしがわたしであることの不思議、ですかね」

「わたしであることの不思議？」

「僕は毎朝目覚めるたび、ベッドのなかで、どうして自分は自分なんだろうって首をかしげるんです。だって何時間かの意識の空白が挟まっているわけじゃないですか。スイッチをぱちんと入れた途端に、ラジオ番組みたいに昨日と同じ自分が流れてくるなんて、どこか変じゃないですか」

「目覚めたら寝返りも打てない大きな虫になっていなかったってこと？　そんなこと考えていたら遅刻しそうだな。僕はあと十五分寝ていたい以外のことは思わないね」

　もちろん私が自分のアイデアを語ることもあった。アイデアというのは、芽を出したかと思うとたちまち大きくなり、二、三日のうちに見事な花と果実をつけるものと、成長に何年もかかるものがある。そして、ようやく収穫だと思って実を捥《も》いでみるとすっかり腐っていることもある。私はもう何年間も温めつづけているアイデアのひとつを話した。ときどきこうして風干ししておけば、腐敗の可能性を少しだけ減らせるかもしれない。

「ある若い夫婦の話なんだ。経済的にはまあ問題ない。夫婦関係だってとりたてて悪くない。共働きで、教養だってある。ただ、二人のあいだにはどことなくニューロティックなもの、いわれのない罪悪感みたいなものが漂っている。夫は早くこどもが欲しい。少なくとも妻にはそう言っている。少なくとも、というのは、夫自身、本当にこどもが欲しいんだろうか、育てられるんだろうか、父親になる覚悟があるんだろうか、と自問してしまうときがあるからだ。将来、ひきこもりになったり、殺人事件を引き起こしたり、いじめ被害者や加害者になったらどうしたらいいんだろうか」

「わかる気がしますよ。その夫の気持ち」

「もちろんそれは弱気になったときの話。妻には決してそんなことは言わない。ところが妻がどうしてもその気にならない。そのときは必ずスキン着用。排卵日を周到に避けている気配もある。夫はだんだん苛《いら》立《だ》ち始める。自分は夫として信頼されていないのではないか。このまま一生二人きりの家庭なのか。妻は今は仕事に集中したいからとか、まだ時間はあるからとかいって抵抗する。確かに妻の言い分ももっともなので、夫は引き下がるしかない」

「たぶん同じような夫婦間の会話が、この瞬間も千件は交わされていると思いますね」とどこか皮肉めいた口調で瞬は言った。

「だんだん夫婦間の緊張が高まってくる。何度かささいな行き違いがあって、ついに夫の癇癪玉《かんしやくだま》が破裂する。自分はどうしてもこどもが欲しいんだ。きみだって昔はそう言っていたじゃないか。仕事やお金のことならきっとなんとかなるし、ずるずる後回しにしていたって、いいことはひとつもない。そもそも今始めたって、いつこどもを授かるのかはわからない。じゃあ、なぜ作ろうとしたらいけない。さっさととりかかって何が悪い。というわけだ」

「なるほど。筋が通ってますね」と彼は言った。だんだん早口になってきているのをそのときの私は気がつかなかった。

「妻の方はしばらくじっと黙っている。場所は深夜の食卓だ。やがて、うつむいていた妻が顔をあげて言う。『どうしても一緒にやってもらいたいことがあるの。それがきちんと終わったら、あなたの言うことをちゃんと考える』『なに？』『お弔《とむら》いをしたいの。私たちの子の』」

「ちょっと待ってください」瞬が介入した。「つまり二人のあいだには、以前に亡くなったこどもがいたということですか。あるいは、堕胎《だたい》とか、そういうことですか」

「いやいや、そうじゃないんだ。この物語のポイントは正にそこなんだよ。二人のあいだに死んだこどもなんていないんだ。だけど、彼女はあらかじめこどもの死を悼《いた》んでおかないと前に進めないと感じているんだよ」

「どうしてです」

「どうしてと言われても、説明が難しい」私はことばを探した。「つまり、彼女はひどくまじめな質《たち》で、こどもを産むということをものすごく重大にとらえているんだよ。それに死の可能性という考えをいつも心の中に置いている。不在とか喪失というものをいつもあらかじめ抱きしめていることで、初めて安心できる、そういうタイプっていうだろう」

瞬は足を組み替え、ふんぞりかえって言った。

「まあいい。続けてください」

私はこの話を始めてしまったことを後悔していた。唇をねじまげて、指先でこめかみを叩いている瞬は明らかに苛立っていたし、それがどうしてなのかさっぱりわからなかった。自分から手をあげたのに、教師の質問にまったく答えられない学生になった気がした。

「すぐ終わる。もうほとんどクライマックスなんだ。二人は深夜営業しているホームセンターを求めて車を走らせる。放浪の果て、奇跡的にそれを見つけ、妻の指示に従って白木の板や大工道具、線香や花を買い込む。それから棺《ひつぎ》作りが始まる。部屋の中で、近所迷惑にならないようそっと音を殺しながら。そうしてようやく乳児が納まるだけの小さな白木の棺ができる。二人はどこかの河に、そうだなあ、大きな河がいいだろう、まだ人気《ひとけ》のない川べりに持っていく。明け方だよ。雲ひとつない空だ。川面《かわも》に明るさを増していく空の色が映っている。空気は身を切るように冷たいけど、二人はなぜかここにきたのはまちがっていなかったという気持ちになる。

白い大きな鷺《さぎ》が悠然と羽撃《はばた》きながら舞い降りて、二人を見て低い声で啼《な》く。葦《あし》の生えた岸辺に立って、抱えてきた棺を水に浮かべる。もちろん中はベビー用タオルが敷き詰められているだけで空っぽだ。それなのに、妻は棺に手を合わせて啜《すす》り泣いている。夫の眼頭も突然熱くなる。まだ生まれてきてもいない我が子への愛情が奔流となって溢《あふ》れ出す。声を殺して泣きながら、蓋《ふた》をして、水の中に踏み込み、棺をそっと流れへと押し出す。棺はかすかに揺らぎながら河の中央へ流れてゆき、それから少し速度を増して下流へ下っていく。それがきらきらと輝く朝日の反射にのみこまれて見えなくなるまで見送ってから、夫は、不意に自分がいつになくすがすがしい気持ちになっていることに気づく」

ごく簡略に切り上げるつもりだったのに、描写の迷路にはまりこんでしまったことはわかっていた。情景の力だ。頭の中にスクリーンがあるように、風景が映って動き出すと舌を止めることができないのだ。私は川面をわたる風を感じ、膚《はだ》にあたる陽光を感じ、岸辺に打ち寄せる水音を聞いた。けれども、瞬は目をつぶってじっと頭《こうべ》を垂れたままだった。

やがて、ふうっと長い溜息をつく音がした。

「それで終わりですか」

「終わり。たぶんこのあと二人は子作りに励むんだろうが、それは書かなくってもいいだろう。四百字詰めで五十枚。多くても七十枚以上にはならない」

しばらく沈黙があった。私はもう一杯、ジンフィズを頼むかどうかためらった。

この居心地の悪い時間をどのように埋めたものかわからなかった。瞬がようやく口を開いた。

「僕が口を挟む義理はないのはわかっていますが、あなたはこの作品を書かないほうがいいと思いますね」

「どうして」

私はただ何かをせずにはいられなかったために、空のグラスをとりあげて、唇にあてた。グラスの中で氷がからんと鳴り、水で薄まったアルコールが数滴、舌の上に落ちた。

瞬はしかめ面で中空を睨《にら》んでいた。私はカウンターの向かいの壁に何か書いてあるのかと思ってじっと見つめてみたが、酒のボトルが並んでいるだけだった。やがて、もう一度わざとらしく溜息をついたあと、瞬は口を開いた。まるで、出来の悪い生徒に百回目のアドバイスを与える教師の口調だった。

「まず、この話は根本的に浅薄《せんぱく》だと思います。夫婦像がどうしようもなくありふれていて退屈なのに、同時に作り物めいているときている。夫のほうは妻のなすがままで主体性がない。愚かで、ぜんぜん共感できないタイプです。妻のほうは、おとなしめにいって、まあ病的ですよね。支離滅裂だし、ヒステリックだ。ストーリーにも難がある。つまり、ここでは真に重要な転回、主人公の心情の変化が起きていない。夜更けの馬鹿げた思いつきがあるだけです」

私は耐え切れなくなって口を挟んだ。

「ちょっと待って。確かに地味でささやかな話なのは認める。だけど何も起きてないということはない。夫は棺を前にして初めて自分が父親になることを受け入れる。妻のほうも、命を宿す自信を持つ。それに……」

瞬は片手を振ってことばを遮った。

「もういいです。これ以上話をしても口論になるだけでしょう。もともと文学観の違いであって答えが出るような問題じゃない。僕はもう引き上げたほうがいいと思います」

瞬が充分な金額を置いて足早に立ち去ったあと、私はスツールに座ったまま身じろぎもしないでいた。文学観の違い！　そのことばが、エコーの効きすぎたカラオケの歌声のように頭のなかでまだ響いていた。胸元に目を落とせば、ぱっくりと開いた傷口からだらだらと血が流れているのが見えるはずだった。私は彼の文学観と鑑識眼を高く評価していたし、だからこそ親しくなったのだった。それなのにこうもバッサリとやられるとは。友人だと思ってあらゆる防具を外したその瞬間に。

ウエイターに注文したもう一杯を口に含むと、冷たい液体が喉《のど》を焼きながら下っていった。いっそこのままへべれけになるまで飲み続けるべきだろうか。あるいはさっさと家に帰って、書きかけの原稿のデータをすべて消去し、布団にくるまって寝てしまうべきだろうか。もしこのまま一切書くのをやめてしまったとして、鬱病にもアルコール依存症にもならず、残りの人生を大過なく過ごせる確率はどれくらいかと考えてみたが、よくわからなかった。趣味でも見つけたらいいのかもしれない。グリークラブに入るとか、蕎麦《そば》の打ち方を習うとか。瞬は私のことが前から嫌いだったのかもしれない、という考えが頭に浮かんだ。きっと私の先輩面が気に入らなかったのだろう。あるいは、お互い売れない作家だという事実が屈辱的だったのだ。負け犬同士の傷の舐《な》め合いというわけだ。だが、私は彼を本当の友人だと思っていた。

店のドアが開き、足音を殺すようにして瞬が入ってきた。彼は隣に腰掛けた。

「すみません。先ほど僕が言ったことをすべて撤回させてください。僕の態度はまったくフェアじゃなかった。今のアイデアが悪いとは思わない。それどころか、大いに見込みがあるかもしれない。ただ僕は、物語そのものではなくて、そこから連想したことに逆上してしまったんです。はっきり言えば、自分と妻との関係が揶揄《やゆ》されているように感じてしまったんです。それで、過去のことがいっぺんに蘇《よみがえ》ってきて、こんな話は聞きたくないと思ってしまった。すべてこちらの事情です。許してください」

私は啞然として言った。「独身だとばかり思っていた」

「二年前までは結婚していました。だから正確には僕と元妻ですね。もちろん、僕らは空っぽのお棺を河に流したりはしなかった。内容が似ているということではないんです。ただ、なんというか、夫婦の関係性のようなものが、僕たちに似ていた。僕たちも自分でもきちんと把握できない漠然とした不安を抱え、こどもを持ちたいと願い、自分たちの未来を確信できないでいた。違うのは」彼は肩をすくめた。「僕たちは和解できなかったことです。離婚届に判を押すことになった」

「しかし」私は言わずにはいられなかった。「きみの厭な記憶を呼び覚ましてしまったのなら済まないと思うけど、ひどすぎるよ。本当にがっくりきた」

彼はうなずいた。

「わかります。あんな言い方をすべきではなかった。お詫びに、僕と妻のあいだに何があったのかを聞いてください。ある意味では、あなたの話以上に非現実的だと思う」

このようにして、その夜の残りの時間を瞬の長い物語を聞くのに費やした。それは確かに奇妙に非現実的で、同時に、この世界の片隅ではそういうことが起きていても不思議ではないと思わせるものだった。それは夫婦の物語だった。憎みあっているわけでも、無関心なわけでもない、しかし決定的にすれ違ってしまっている夫婦が登場した。一連の挿話がよどみなく語られ、予想外のできごとが起き、意外な闖入者《ちんにゅうしゃ》が現れ、過去のできごとが伏線であったことが判明した。かすかなバックグラウンドミュージックのように物語の背後で同時代のできごとが響いていた。私は何度もうなずいたり、溜息をついたりした。同じ妻帯者として、ベッドを分かち合うものの分かり合えなさについては、日々痛感していたからだ。ささやかな年代記が終わりにさしかかるとき、私たちは閉店時間の来たバーから終夜営業のハンバーガーショップに場所を移し、冷たくなったポテトをつまんでいた。

「これが僕と元妻との間に起きたことの顛末《てんまつ》です。こうして口にしてみると、我ながら信じがたいという気がしますね」

　瞬は油まみれの指先を紙ナプキンで拭《ぬぐ》いながら言った。そろそろ始発が出る時刻だった。店の外に出ると、二月の未明の風がコートの襟元《えりもと》から入り込んできて、思わず身震いした。鴉《からす》が、路上で飛び跳ねながら餌を漁っていた。街路には、明け方の飲み屋街特有のよれきった空気が漂っていた。皺《しわ》くちゃのコートを着た男たちと鶏ガラのような臑《すね》を剝き出しにした女たちがうつむいて駅の方へ歩いていく。私たちもその後を追った。

　改札の前で別れるとき、瞬がポケットから手を出し、握手のように宙に差し出しかけた。そして、不意に確信がなくなったみたいに、その手を自分の顎《あご》にやった。彼は、しばらく自分の顔をなでまわしていた。瞬が何かを言おうとしているのは確かだったから、私は立ったままそれを待った。

「今日は、いろいろあったけど……」それからこれではうまくいかないと気づいたらしく、唇を閉じて、一度きっぱりと首を振った。

「もし、その気があったら、書いてもかまいません」

「え、なにを」私は意味がわからず聞き返した。

「今日僕が話した、夫婦の顚末をです。もちろんディテールを変更してもらう必要はありますが、もしあなたが関心を持ったのなら、自由に脚色して使ってもらってもいいんです」

「いや、まさかそんなことはしない。だって、あれはきみのプライベートな出来事じゃないか」

「いえ、いいんです。自分ではとても書けそうにない。たぶん誰かに書いてもらった方がいいんです。書いてもらうことで」ここで彼は、手のひらを自分の左胸にあてた。「すべて過去の出来事になるかもしれない」

私がどう返答したらいいか迷っているうちに、彼は「それじゃ」と手をあげると、地下鉄の階段口に吸い込まれていった。


妻と別れたあと、瞬はそれまで勤めていた中堅の老舗《しにせ》出版社を辞め、建物の内装を解体する会社へと勤め先を替えていた。

「近所のラーメン屋が潰れて焼き鳥屋になるなんてことがあるでしょう。内部を一度撤去する必要がありますが、それを行うのが僕たちです。物件によって厨房設備は残すのか、壁や天井のボードまで撤去するのかといったちがいはありますが、うちは民家と商業施設とを問わず内装一式の解体と廃棄物の処理を請け負います。重機を使うことはありません。ただ、家屋を解体する際にも内装の廃棄は必要ですから、我々の仕事が終わったすぐ後に、待ち構えていたパワーショベルが壁を壊し始めるなんてことはありますね」

どうしてその職に、と尋ねると、彼はしばし目を伏せて「やはり、これまでと違う人生が必要だと感じてたんでしょうね」と返答した。まったく未知の仕事、異なる人間関係、活字とメールと赤ボールペンの世界から、ハンマーと安全靴と電動ドリルの世界へ。

「それに、使用者の立ち去った後の室内、というものに心を惹《ひ》かれたんです。立地をまちがえて客が来なかったか、それとも店をつづけていく気力を失ったのか、何にせよそこには商売に失敗して去っていった持ち主の気配が漂っています。もはや当人がいないからこそ、痕跡が際立ちます。ガスコンロにこびりついた油汚れ、虫の死骸のはりついたランプの笠、チェアのビニールシートの鉤裂《かぎざ》き、封を切っていないトイレの消臭剤。それらは、営業中の店であればまずは目に留まらないものです。ところが店が死んだ途端、それらのささやかな傷が雄弁に語り出す。それらは何年か何ヶ月かかけて降り積もった時間の埃《ほこり》であり、敗北の記録です。

初めて現場を訪れるとき、ふと、かすかな期待と不安とを抱えている自分に気がつきます。なぜなら、それは仕事でしばらく一緒に過ごすことになる相手に初めて会うのと同じだからです。いや、もっと親密な関係かもしれない。僕は相手の内側の虚空に入り込み、内部からあらゆる襞《ひだ》や秘められた部分を観察し、そしてこの手を使ってひとつひとつひとつ解体していくからです。

テーブルやカウンターを解体し、キッチンのシンクやオーヴンを運び出し、壁や天井の合板を引っぺがすと、内側から、錆《さ》びつき埃まみれになった配管が現れます。醜く蛇行する配線類や、鈍重で不格好な給排気のダクトもおずおずと姿を見せます。その状態を、僕たちはスケルトンと呼びます。文字通り、家屋の骸骨。コンクリートが剝き出しの醜く美しい空っぽな空間。仕事の合間、もし運良く一人きりになれるときがあると、僕はその部屋の中央に立ってあたりを見渡します。もはやそこには存在しない過去の情景を思い浮かべながら。ジョッキが打ち鳴らされ、肉と魚の焼ける匂いが漂い、歓声とおしゃべりの声が幾重にも重なって空気を震わせていた。僕はそのことに愛着を感じるんです」

きっとこういう性向も、伯母の屋敷で育まれたものなのでしょうね、と瞬は言った。

「伯母の家は、ほとんど廃墟のようなものでした。建物の古さやボロさを言っているのではありません。漆喰《しっくい》ははがれてでこぼこになっていたし、雨樋《あまどい》は歪んで外れそうになっていたけれど、まだ住めないというほどではありませんでした。

そうした物質的な問題ではなく、あの家では時計が止まり、時間が滞留していたのです。破けた布切れのように、過去が室内のあちこちにひっかかって揺れていました。伯母は太りすぎた亡霊といった役回りで、夢遊病者さながら、邸内のあちこちに前触れなく現れては、『なんてこと』『もうどうしようもない』といった呟《つぶや》きだけ残して姿を消しました。

僕たちこどもたちにとって、そうした伯母は幻影も同然でした。ビオイ＝カサーレスに、とっくに死に絶えてしまった人々の映像が、大掛かりな機械仕掛けによって永遠に映写されつづけている無人島の物語がありますね。後年、あの作品を読んだとき、伯母の姿を思い出しました。僕たちからすれば、彼女は眼に見え、触れようと思えば触れられるけど、鏡に映った風景程度の意味しかなかったのです。

その姿がこれまでと違った風に、つまり癒しようのない孤独と悔恨のシルエットとして浮かびあがってきたのは、彼女が引き延ばされた死を迎えてしばらくたってからでした。僕は仄暗い思春期を抜け出しつつありました。その頃になってようやく、伯母が内心抱えていたものについて考えるようになりました。なぜ彼女は実社会を拒否したのか。人間関係から逃避したのか。妻にも母にもなろうとせず、女友達やおしゃべり相手を作ることもなく、作家としての名声も求めず、なぜひっそりと生きていたのか。

伯母のことが急に気になりだしたのは、結局は僕自身の問題だったかもしれません。僕もまた将来への不安と自己嫌悪の荒波に翻弄されているありふれた十代の男の子でした。自分の口下手と面皰面《にきびづら》に絶望し、世間への漠たる敵意を抱え、強すぎる自意識に苦しみ、不適切な時に勃起《ぼっき》する股間に悩まされていました。彼女の厭人癖が我が事のように思えました。もしも財産があったら、伯母を真似《まね》て一生職に就かず、ちっぽけな胡桃《くるみ》の殻に閉じこもって、夢想の主として老いていくことができたのにと空想しました。彼女は謎《なぞ》の文字、人のかたちをした秘密でした。そして屋敷が薔薇《ばら》の花弁のように彼女を優しく包んでいました。

仕事柄、孤独に亡くなった独居老人の部屋に入ることがあります。数年分の生ゴミや拾い集めてきたガラクタで一杯になっているいわゆるゴミ屋敷だったこともありました。変色したシーツや破れた布団の上に、二重三重に黒いポリ袋が積まれ、凶々《まがまが》しい臭気を放っていました。

おそらく何らかの精神疾患があったのでしょう、窓という窓がガムテープで目張りされ、壁一面に貼られた紙が、呪文のような黒い文字で埋め尽くされている部屋を見たこともあります。片隅に祭壇が設けられ、赤と青の寒暖計が十数本、花束のように供えられていました。

引きこもりの男性が三十年暮らしていた部屋は、時代遅れのゲーム機が十数台放置されてありました。残りの空間には、三十年分の新聞紙がうずたかく積み上げられ、その一部を開いてみると、幾つもの箇所に蛍光ペンでマーキングがしてありました。部屋の主はこの場所で日々怠《おこた》りなく、経済状況や社会情勢に目を配っていたわけです。その新聞をめくっていたとき、はらりと落ちた紙片を拾い上げて慄然《りつぜん》としました。『死にたい』と百回くらい繰り返して書かれていたのです。その男のことを考えて胸が塞《ふさ》ぎました。

これらの荒廃を思い出すとき、僕の胸には自然に伯母の屋敷の様子が浮かびます。伯母の統べる空間は、そうした死と硬直とは無縁でした。あの王国では、過去が生き生きと息づき、繁茂していました。時間は過ぎ去って変更のきかないものではなく、水平線の上の陽炎のように揺らめきつづけるものでした。

あそこは、伯母が夢見ることによってつくりあげていた場所だったと思います。あの場所は夢の交配所でした。そして王国自身も夢に棲《す》まわれることで維持され、生命を与えられていました。伯母の唯一の仕事は目覚めながら夢見ることであり、それが過剰な覚醒《かくせい》を望んでいた引きこもりたちとはちがうところです。現実は石造りの塀によって締め出され、意識的なまどろみにとってかわられていました。彼女の夢の培地は、悲しみであり、後悔だったかもしれません。けれども、それは決して生命を失って硬化してしまった感情ではありませんでした。彼女の孤独はにぎやかな孤独でした。僕たちもまたその夢の住人でした。

伯母の書斎に残された膨大なノートは、そうした夢の分泌物だったのでしょう。疲れたり仕事で嫌なことがあったとき、グラスに少量のスコッチを注ぎ入れてからノートを開きます。事実とも虚構ともつかない文章や物語の断片に声をあげて笑い、生い立ちの記に心を惹かれ、荒唐無稽な断言にうなずきます。幾つもの記憶がよみがえってきます。O脚を気にしていた痩せっぽちの自分。死んでしまった双子の兄の劫《こう》。名前を忘れてしまったのに、声の調子だけははっきりと覚えている庭で出会った遊び友達。そして雪の日の少女。僕はあの屋敷で初めて死の存在を意識し、そこから逆算して生を学びました。初めて女性の唇に触れました。それから……」

瞬はことばを切り、私の肩越しに店の入り口に目をやった。

「誰か来ましたよ。あなたを捜しているようだ」

私はふりかえり、妻がコーヒーショップの入り口に立って、店内を見渡しているのに気がついた。キャメルのコートを羽織り、色の淡い髪を後ろでまとめている。私は話のつづきが気になって先をうながしたが、彼が口を開くより早く、テーブルとテーブルのあいだを縫って妻が近づいてきた。夕方から彼女と食事をする約束になっていたのだった。

私はあきらめて立ち上がった。

「紹介するよ。こちら、澤田瞬くん。何度か話したことあると思うけど。瞬くん、こちら、妻の藍香《あいか》です」

妻はすばやく片手を差し出した。せっかちな彼女は、しばしばことばより先に体が動くのだった。二人は握手した。私たちは十五分ほど、妻が見てきた映画の話をした。咳払いをすると腰をおろした。私たちは十五分ほど、妻が見てきた映画の話をした。今度の００７は前作ほどおもしろくないと彼女が言い、瞬が、暇なとき、その二本を見比べてみると応じた。それから彼は立ち上がって去っていった。

瞬の解体途上の室内へのこだわりは、なぜか私に妻の藍香の話を思い出させた。それは彼女が十代のころの記憶だった。

藍香は関東の西の外れの基地の近くの街で育った。父親は電気技師、母親は高校の音楽教師で、一家は十棟ほどしかない小規模な公団住宅に住んでいた。お世辞にも美しい街とは言えなかった。地域の経済を支えているのは、街の外側に広がる畑地を潰して作られた工場や物流倉庫であり、小学校のすぐ横の通りを、長大なコンテナを積んだトラックが轟音《ごうおん》をたてて走っていた。クラスメイトの半数の父親が、そうした工場のどこかで働いていた。残りは農家と小商店、建設業と飲み屋のこどもたちだった。

中学校に入ると、遊び友達が変化しはじめた。彼女たちは髪を染め、煙草《たばこ》を吸い、学校の教師たちに反抗した。夜になると先輩のアパートに集まって酒を飲んでいるという噂だった。

街全体で、大規模な解雇や工場の閉鎖といった暗い話題が続いていた。それまでよく見かけた外国人労働者の姿も目に見えて減っていた。教室の机は空席が目立ち、学校内のトラブルが増えた。激昂《げっこう》した教師が教室で生徒を殴りつけたこともあった。学校のトイレに使用済みの避妊具が落ちていたという噂も耳にした。

二年生の夏、夏期休暇の初日に春奈《はるな》と友梨《ゆり》という二人の友達が連れ立って家出をした。電話で尋ねられたとき、二人の行き先を知らないと藍香は返事をしたが、本当は数日前に打ち明けられていた。春奈たちは、ツーショットダイヤルで知り合ったという男性を頼りに家を出たのだった。二日後、ポケベルが鳴って、藍香は呼び出された。公園の樹木の暗がりに友梨が立っていた。疲れ切った様子の彼女を自分の家に連れて帰り、温かい風呂に入れた。汗と汚れを洗い流すと、ようやく気持ちが落ち着いたようで、友梨は話し始めた。

結局約束していた男性は現れず、二人は別の男の車に乗ったのだった。翌日二人は男の部屋を逃げ出した。その途中で二人は離れ離れになり、あきらめて友梨は戻って来た。春奈がどうなったのかはわからない。

友梨は藍香の手をとって声を殺して泣いた。怖かった。気持ちが悪かった。それでも家には帰りたくない。藍香も一緒になって泣いた。だが泣きながら藍香が考えていたのは、自分は彼女のようにはならないということだった。まだ十代の半ばで、男たちの慰《なぐさ》みものになるのも、妊娠するのも、暴力に怯《おび》えながら生きるのも絶対に厭だ。自分はこの小さな世界から出て行く。濃すぎる人間関係と幼馴染のもつれあいからできたこの場所を捨てる。

猛勉強をして彼女は第一志望の女子高に合格した。時を同じくして一家は違う街に転居した。実入りのいい会社に転職したのを機に、父親が念願だったマンションを購入したのだった。

進学して彼女が驚かされたのは、クラスメイトが過去の友達よりはるかに大人びていながらこどもじみてもいることだった。彼女たちはみな落ち着いた上品な雰囲気を身にまとい、映画や音楽や近郊のおしゃれなお店などに詳しかった。と同時に、彼女たちは何も知らず、ふわふわした綿のようなものに包まれて生きていた。藍香は必死になって、同級生と同じ喋り方やものの見方を身につけようと努力した。

だがそれにもまして違っていたのは、新しく住むことになった街だった。そこはたった十数年前に造成の始まった、まったく生まれたてのニュータウンだった。子連れの若い夫婦が駅前のペデストリアン・デッキを行き交い、まだ塗装の色も鮮やかなショッピングモールやシネマコンプレックスに入っていった。緑の樹木に包まれた新設の大学校舎があり、その周りには高層マンションが競うように並んでいた。そうした駅周辺のさらに外側には、造成途上の赤土が見てはならない秘密のように広がっていた。

そこは現実感を欠いた街だった。藍香にとっては生活の場であったにもかかわらず、彼女はいつまでも虚構の内部にいるような気持ちを拭えなかった。何もかも清潔で、幾何学的だった。チェーン・ストアの目立つ街並みも、通りゆく人々も、みなよそゆきの姿をしていて、友梨や春奈のようなものが紛れ込む余地はなさそうだった。

あるとき、藍香は思い立って、故郷の街を訪れた。電車に乗ればわずか三十分の距離なのに、二年ぶりのその場所は、藍香が今住んでいる「白い街」とはまったく違っていた。日々拡大している新しい街と比べると、古い街では、駅舎もほかの建物も、みな古びて小さく縮かんだように感じられた。こどものとき遊んだ公園はずいぶん小さかった。団地の低層階の壁は落書きで埋まっていた。彼女は知人に出くわすことを怖れつつ、もはや錯誤のようにしか感じられない思い出の場所をあちこち見て回った。やがて雨が降り出した。

どうしてこんなことをしているのだろう。開いた傘に姿を隠すようにして。

もう帰ろうと夕暮れの商店街を歩いていたとき、一人の少女の姿を認めた。彼女は所在無げに傘を傾けて、通りの傍《わき》に悄然《しょうぜん》と立っていた。藍香は思わず足をとめた。何か声をかけてやりたかった。

もちろん瞬時ののち、それが明かりの消えたショウウインドウに映じた自分の姿であることには気づいていた。夕闇と傘の影が生み出した誤謬《ごびゅう》だった。けれどもその瞬間、彼女はようやく自分が何をしていたのか了解した。藍香は、この街に置き忘れた自分の半身を探しに来たのだった。

いよいよ王国の衰亡について語らなければなりません。植物を枯死させる季節の訪れについて。そして伯母を蝕《むしば》み、屋敷に死の影を広げることになった内臓の病について。

その日、なぜ父親が僕たち兄弟を連れていこうと思ったのかはわかりません。伯母を病院に送り出すにあたって、自分一人では物寂しいと考えたのでしょうか。一族のなかで医療とはまったく関係のない職に就いているものは少数でしたが、父はその一人でした。その父が付き添い役になったのは皮肉と言えなくもないけれど、兄弟のなかで伯母にもっとも近しいのは父でした。父はふた月に一度ほど屋敷を訪れて、必要なものがないか尋ねたり、修繕を要する箇所がないかを聞いていました。おそらく一族の総意で、父は伯母との媒介を務めていたのでしょう。そして食卓での父母の会話から、伯母の体調が思わしくなく、すでに何度か医者が往診していることは知っていました。その経緯は消息の知れない次兄を除いた兄弟たちに報告されていたし、経済的な援助もなされていたはずですが、ついに総合病院で本格的な検査をしなければならなくなったとき、直接付き添おうと申し出たのは、やはり父親しかいませんでした。

寒さの日に日に厳しくなる季節でした。日曜日の午前ということもあってこどもたちはおらず、僕と兄は庭の霜柱《しもばしら》を競って踏み潰し、花壇の黒土をきらめく破片でいっぱいにしました。中央玄関の扉はいつものように施錠されておらず、父が「不用心だ」とかなんとか呟きながら階段を上っていくのを見て僕と兄の劫は顔を見合わせました。

二階建ての屋敷のうち、こどもたちが自由に行き来できるのは一階に限られていました。明確な取り決めがあったわけではないけれど、勇敢にも階段を上ったものは、運がよくて伯母にどやしつけられ、悪ければ熱いコーヒーを浴びせかけられると言われていました。本当にそんなことがあったのかは知りませんが、伯母ならやりかねないし、こどもの方にもどこか遠慮する気持ちがあったのでしょう。実際に二階に踏み込むものはいませんでした。そのかわり、二階は禍々《まがまが》しい噂で彩られることになりました。曰《いわ》く、廊下の奥には禁じられた部屋があり、その内側を見たものは永遠に呪われる。具体的にどんな部屋なのか噂はばらばらで、針の止まった大時計がただ壁に掛けられているだけだというもの、部屋中を埋め尽くす猛禽類《もうきんるい》の剝《はく》製《せい》が、戸口に立った人影をじろりとガラスの眼玉で見つめるのだというもの、家具がひとつもなく壁一面が鮮やかな紅で染めあげられているのだというものなどさまざまでした。その年頃では、噂が真実かどうかはさして重要ではありません。僕たちはそれらの部屋の実在を信じるわけでもなく、ただ喜んでそれらに耳を傾け、不吉な部屋の様子を想像しては楽しみました。

だが今日はその禁じられた二階に行くことができるらしいのです。僕たちは、「下で待ってなさい」と言われることを懸念して、普段のように大声をたてたり、小突《こづ》きあったりすることもなく、猫のようにおとなしく父親の後をついていきました。

二階の廊下には、板張りの一階にはない暗い色の絨毯《じゆうたん》が敷き詰められてありました。ところどころ擦り切れ、黄土色の基布が剝き出しになっています。窓がない暗い廊下を、父親はためらうことなく歩いていき、やがて「姉さん」と一声かけてさほど大きくない部屋に入りました。

伯母は物憂《ものう》げな様子で、天鵞絨《ビロード》ばりのソファに腰掛けていました。閉ざされたカーテンの隙間から、灰色の外の光が漏れています。伯母は僕たちを一瞥《いちべつ》すると、小さく溜息をつき、「コーヒーでも淹《い》れましょう」と立ち上がろうとしました。

「いいよ、僕がするから姉さんは休んでいて」と父が戸棚からコーヒー豆を取り出しました。

そのあいだ僕たちは、伯母が何も言わないからには二階にいてもいいのだと解釈することにして、隣の部屋に移動しました。つまり、父が豆を挽《ひ》いたりお湯を沸かしたりして忙しくしているあいだ、伯母の前にずっと立っているのは気詰まりだったのです。幸い、すぐ隣の部屋への扉があいていました。伯母はぼんやりと宙に視線をさまよわせているだけで何も言いませんでした。

そこはどうやら書斎らしく、壁の書棚から溢れ出た色褪せた本が床のあちこちに積み上げられてありました。本は大きな木の机にも、窓際のがたぴしする肘掛椅子《ひじかけいす》の上にもありました。書棚の一番下には、古びたLPレコードが立てかけてあり、その前ではプレーヤーが埃をかぶっていました。僕たちはそうしたものに触れるのは初めてだったので、指でゆっくりとターンテーブルを回したり、指尖《ゆびさき》でつついて、針がどれだけ尖《とが》っているのか確かめたりしました。

「おい、見てみろよ」と劫が壁を指差しました。

そこには、色々な雑誌から切り抜いたらしい塔の写真が大小様々の額に収められてかけてありました。僕らはしばらくその前に立って、海辺の灯台やら古城の尖塔《せんとう》やらを眺めました。

そのあいだも、隣室の話し声が聞こえていました。最初は低い声で思い出話をしていた父が、かなり強い調子で「兄さんたちと和解すべきだよ」と言うのが聞こえました。伯母はそれに対して「無理よ」と投げやりに答えました。

しばらくして父が、「姉さんはどうしてこの家を出ようとしないの」と尋ねました。なにか喉を鳴らすようなくぐもった音が聞こえてきて、なんだろうと僕は耳を澄ましました。数秒後、これが伯母の笑い声なのだと気がつきました。彼女が人前で声を立てて笑ったのを聞いたことがなかったので少し驚きました。

「私は墓守なの」

「墓守？　誰の」

笑い声はもう本当の咳き込みにかわっていて、「若い日の私の」と答える彼女はかなり苦しそうでした。

父親が、「おい、出発だ」と呼びに来たのはそれから少しあとだったと思います。彼は伯母が準備していた大きな革のトランクをすでに片手に持っていました。

「ちょっと待って。煙草を一本吸いたいの。どうせ、病院じゃ吸えないんでしょう」

そう言って伯母は紫煙を燻《くゆ》らせはじめました。窓から差し込む光に照らされて、煙が精妙な渦巻き模様を描きました。伯母の手が小刻みに震えているのに気がついたのはそのときです。彼女はゆっくりと室内を見回しながら、「また、この場所に帰ってこられるかしら」と呟きました。

「あたりまえじゃないか。何を言ってるのさ」

「だといいけど」

そうして短くなった煙草をにじり潰して立ち上がりました。父親を先頭にして廊下に出たとき、伯母が僕たちをふりかえって「あんたたち、勝手に私の部屋に入るんじゃないよ」と言いました。

「そんなことしないさ」

仰天した僕が答えても、伯母はにやりと笑って首をふるだけでした。そして玄関までくると、ポケットから鍵束を取り出して、父親に渡しました。

「これはあんたに預けておく。私が留守じゃ、開けっ放しにしておくわけにもいかないからね」

「それがいい。なにか事故でもあったら取り返しがつかないから」

実際、春先に庭で遊んでいた男の子が、コンクリートで封のされた井戸でつまずき、足を挫《くじ》くという出来事があったのです。それ以上の騒ぎにはなりませんでしたが、いずれ伯母が責任を問われることがあるかもしれないと父はぼやいていました。

屋敷の前に停めておいた車に乗り込むとき、ささやかなアクシデントがありました。劫が最初に後部座席に座ったあと、伯母もつづけて体を押し込んだのです。僕もつられて残ったわずかなスペースに無理やり尻をねじこみ、ドアをバタンと閉めました。三人の体重のために車体が沈むのがわかりました。伯母は少なくとも百キロはあったと思います。父親が呆《あき》れて「なんだ、誰か助手席に来たらどうなんだ」と言いましたが、誰も降りる様子がないので、あきらめてエンジンをかけました。

僕たち兄弟は、伯母が着込んだ紺色の厚手のコートの裾《すそ》にうずもれる形になりました。埃っぽい臭いが煙草の香りと入り混じって鼻をつきました。伯母もどこか居心地が悪そうにもぞもぞしていましたが、そのうち数年ぶりに袖《そで》を通したコートのポケットで何かを見つけたらしく、片手に握っていたそれをしげしげと眺めた挙句に、ぽいと僕に渡してよこしました。

「それ、あげるよ」

見ると象牙《ぞうげ》のブローチでした。女の横顔が浮き彫りされてあります。僕が困惑して「いらないよ」と言いかけたとき、ようやく車が動き出し、伯母は大きく体をねじって、遠ざかる屋敷を目で追いかけました。今でも、あのときの伯母の真剣な表情、垂れ下がった目蓋《まぶた》や意外なほど長い睫《まつ》毛《げ》を思い出すことができます。間近から見ると、伯母の瞳の虹彩はおどろくほど色素が薄く、そこには窓の向こうの冬枯れの梢《こずえ》がゆっくりと移動していく様子が映っていました。車が角を曲がって屋敷が見えなくなると、伯母はようやくぐったりとシートに身をもたせかけて目を閉じました。

この頃から、私と妻は定期的に諍《いさか》いをくりかえすようになった。私たちの関係は果実が傷んでいくように、徐々に、しかし確実に腐食していった。理由を明言するのは難しい。このような事柄では、さまざまな要因が根茎みたいにつながっていて、何かひとつ口にするつもりが、長々と埒《らち》もない愚痴《ぐち》に変わってしまうのだ。

妻と知り合ったのは、彼女がまだ社会学を学んでいる大学院生だった頃だ。彼女は一度就職したにもかかわらず、勉学の意志抑えがたく、大学院に進学した。だが数ヶ月後、彼女はきっぱりと研究職をあきらめ、マーケティングリサーチ系の会社に再就職した。経験から私がアドバイスをしたのも多少のきっかけになったのだろう。

私にとってももっとも辛い時期だった。彼女との出会いがなければ、あの陰鬱な日々を乗り越えることはできなかったかもしれない。けれども五年と経たないうちに彼女は苛立ちをあらわにするようになった。それまではむしろ好意的にとらえていた私の性格や価値観が鼻についてきたようだった。

彼女に言わせれば、私には夫としての自覚がなく、生計を得ている職業に対しても不真面目で、総じて人間として未成熟だということだった。そう言われても、まったくその通りだとしか思えなかったが、たぶん彼女には年の離れたつまらない男を摑《つか》んでしまったことへの苛立ちがあるのだろうと推測していた。彼女はある種のロマンチックな誤解に基づいて私と一緒になったのだが、幻想が覚めてみると、夫はつまらない三文作家に過ぎないのだった。いや、彼女が私を小説家として認めていたかさえ疑わしい。彼女から見れば、私がいつも奇妙な空想で頭を一杯にしてろくに返事もしないのも、しきりにPCのキーボードを叩いているのも、いかがわしい道楽に見えるのかもしれなかった。

三十代を迎えて彼女は職場で重要な地位につき、ますます仕事がおもしろくなっているようだった。帰宅時に玄関で職場から持ち運んできた昂揚を家庭用の冷たいマスクに苦労して掛け替えているのが目撃できた。自分の社会生活がさまざまな刺激とチャレンジに満ちているのと比べると、我が家の雰囲気はあまりにも沈滞していた。その原因は私にあった。つまり、私の陰鬱さ、内向きの性格、自分本位の態度などが夫婦の関係を損なっているのだった。彼女はますます帰宅が遅くなり、私の方も彼女とは顔をあわせず、書斎に引きこもるようになった。アルコールに頬を紅潮させて午前様でご帰還のときなど、誰と一緒だったのか気になったが、直接聞きただすことはなかった。彼女が何をしようとも、自分は一切気にかけてないという風を装った。

家庭生活が荒涼とするにつれ、ますます瞬との交友が貴重になっていった。

彼とならば、思う存分、本や映画やこれから書きたいと思っている作品の話ができるのだった。著名な批評家や文化人をこきおろし、有名な小説家が新聞に載せていたエッセーの無内容さを嘲笑《あざわら》い、平積みにされたベストセラーの浅薄さを嘆くことで、自分が冴えない無名の物書きであることを忘れた。

私はよくいつか書く予定の作品の構想を打ち明けた。架空の都市を旅する小説家が、旅行記を書こうと苦闘している。小説家は奇怪な街の構造や物珍しい風習を詳細に日誌に記録していく。しかし記述をつづけるうちに、どこまでが事実でどこからが脚色かがわからなくなり、自分自身でつくりあげた都市の迷宮に迷い込んでいく。

瞬はこのアイデアをおもしろがった。彼が入れ替わりに打ち明けたのは、別々に育てられた双子の片方が、もう片方を殺して相手に成り代わり、自宅や財産を手に入れるというサスペンスだった。

「江戸川乱歩《えどがわらんぽ》の『双生児』と同じプロットだね」

「そうですね。でもこの作品では、成り代わった後で相手の過去に復讐《ふくしゅう》されるんです。その片われは実は過去に犯罪に関わっていたんですね。それで、主人公は自分が犯してもいない犯罪の帳尻を合わせなければいけない羽目になる」

うっかり終電車の時刻を逃し、朝まで深夜喫茶で過ごすことも度々だった。そんなある朝、自宅に戻ると、玄関をあがったところで出かけようとする妻と鉢合わせになった。

「休みなのに出かけるのか」

「今日は仕事だって前から言ってあったでしょう」

「さあ、聞いた覚えはないけれど」

「あなたはいつもそう。自分に興味のあること以外はすっぽり抜け落ちてしまうの。

他人のことなんてどうでもいいと思ってるのよ」

「やめてくれよ。疲れてるんだから」

　心地のよい酩酊がすっかり不快感にかわったのを感じながらそう答えた。

「やめてくれ、また今度。あなたはいつもそうじゃない」

「なに言ってるんだ。いつも忙しそうにしているのは君の方だろう」

「忙しい、忙しくないじゃなくて、現実と向き合おうとしないと言ってるの」

　私はかっとなって言い返した。

「なんだよ、現実って。そんなこと、今の話と関係ないだろう」

「私と話し合うのを避けているということだよ」

「避けるもなにも、そっちこそ、休日でも仕事だって出かけている。どこまでが本当の仕事なのかわからないけどね」

「どういう意味」彼女は気色ばんだ。「あなたのそのひねくれたところが嫌なの。自分を惨《みじ》めだと思って、哀れんでいて。苦しいのは自分だけだと思ってるの」

　私はせせら笑った。

「いいや、僕らは二人とも、自己憐憫《れんびん》の化け物さ。ただ僕の方が正直にそれを取り繕おうとはしないだけだよ」

「どうしていつもそうなの」と彼女は叫んだ。「未来を向けとは言わない。けれど、もっと普通に一日一日を生きていくことはできないの。そう考えるのは悪いことなの」

「君はまだ若いからね。そうすればいいよ。幾らでも自分の人生を楽しめばいいさ」

ハンドバッグが飛んできた。壁に当たって中身が廊下に飛び散った。

「あなたはいつも自分だけが特別だと思って、そうやって自分の中に引きこもって、周囲の人間を見下してるのよ。それが本当に腹がたつ。目の前にいる生身の人間より、空想の世界の方がよっぽど大切なんでしょう」

「ああ、そうだよ。それでなにが悪い。僕はそういう生き方を選んだんだ。それが不満なら、別の男とやり直せばいいだろう。君ならまだいくらでも言い寄る男はいるだろうよ」

「あなた、自分がなに言ってるかわかってんの」

「早く行けよ。仕事に遅れんぞ」

「あなた、きっと今日のこと後悔すると思う」

彼女が乱暴に靴を履き、玄関の扉を音をたてて閉めていくのを睨みつけながら、私は口にはしなかった怒りの言葉がいくらでも胸底から湧き出てくるのに驚いていた。憤怒というのは実に甘美だ。そうして薬物のように癖《くせ》になる。私は一眠りするために寝室に入って、服を着替えながら、この感覚をよく覚えておこうと考えていた。彼女の動作や醜くひきつった表情も。いつか、何かの作品で使えるかもしれないから。

夜になって、彼女が帰って来れば、私たちはまた何事もなかったように会話を始めるだろう。諍いは棚上げにされ、いつもの退屈な日常が再開されるだろう。

瞬はときどき、奇矯《ききょう》な議論を始めることがあった。それは大抵深夜のバーの片隅で、数杯のスコッチ、ワイン、焼酎などを摂取したのちに始まった。彼のすばらしいところは、アルコールに脳を浸《ひた》されても、あるいは水浸しにされてからこそ、舌鋒《ぜっぽう》いよいよ鋭くなり、論理もますます華麗になるところだった。どうやら彼にとって、抽象的な思考作用は、アルコールの働きと緊密に結びついていたらしい。深夜に披露された哲学的主張は多々あるが、そのひとつに「私」と無関係な外的な世界など存在せず、世界は「私」の別の呼び方だというのがある。

「いま、僕らの目の前にはグラスに注がれたビールが存在している。この認識に対して異論はないですね」

私は、また始まった、と微笑ましく思いながら重々しく首肯する。

「いかにも。我らが眼前には金色の液体が鎮座している。無数の気泡が軽やかに立ち上り、純白の泡が優雅にその表面を覆っている。これがビールと呼ばれる麦芽飲料であることには寸毫《すんごう》の疑いもない」

「なぜそう言えるかというと、見て、確認しているからですよね。触れば冷たいだろうし、口をつければビールの味がする。だから、私の目の前にビールが存在していると言える。〈存在するとは知覚されることである〉、ご存じですか」

私はこめかみを人差し指で叩いた。

「ちょっと待てよ。聞いたことあるぞ。ええと、バークリー、だっけ。フランスの哲学者だ」

「半分正解。フランスではなくてアイルランドです」

「まあ、君の言ってることはわかる。文学者の末席に身をおいているものとしては〈存在するとは語られることである〉と言いたいところだけどね。だけど、結局それが意味するのは単に、ビールの存在を知るには知覚が必要だっていうだけの話だろう。客観的な世界があって、それを我々が知覚している。それでいいじゃないか。なにも面倒くさい理屈を捏《こ》ねなくたって」

「でもその客観的世界なるものは誰も見たことがないでしょう？　誰だって知っているのは、自分の知覚、自分の意識、自分の脳内現象だけですよ」

「けれども、その脳というのは客観的な物質的実在だろ。たかだか数百ミリリットルのアルコールでへべれけになっちゃうような物体だろ」

「僕の提案は、客観的な実在と主観的な脳内現象とを区別するのをやめようということなんです。だって、自分が見ているビールは、物質的実在であると同時に、内部現象でもある。だったらそもそも外部と内部という区別は必要ない。そう考えると、〈私〉は世界大に広がる。世界といってもいわば〈私が知覚している世界〉ですけど、でも私というのは世界であり、世界そのものなんです」

「わかった。じゃあ、そもそも知覚されていない存在はどうなんだ。今僕らの目には見えていないけど、あの階段を上ると、外には新宿の街が広がっている。交差点の雑踏が、その向こうにはきっとネオンがきらめいている。それは認めるね」

「そうですね。さっき歩いてきましたしね」

「じゃあそれは自分の知覚の内部にないけど存在するんだね。新宿の街は」

「だってそれは記憶の一部でしょう？　そしてもちろん記憶は知覚そのものではなくても、その変形です。つまるところ私の一部です。つまり歌舞伎町《かぶきちょう》だってなんだって私の相関物です」

「じゃあ経験したことのない場所は？　僕はニューヨークに行ったことないけど、じゃあニューヨークは幻想かい？　タイやヒラメの舞い踊るという竜宮城といっしょなのかい」

瞬は苦笑して「でもニューヨークに行ってきた人から話を聞いたことはあるでしょう。テレビや新聞にも毎日ニューヨークのことが載っていますよね。それらが全部フェイクだと考える必要がない以上、ニューヨークはあることにしておこう、といったところじゃないでしょうか。伝聞が事実を成り立たせている。伝聞の連続性とでもいったものですね。竜宮城をこの目で見てきたという人を見つけるのは無理だけど、ニューヨークならそれほど難しくない。いわゆる客観的世界、あるいは公共的世界というのはそういう他者の伝聞が堆積《たいせき》してできた世界ですよね」

「君は日本人だってのは認めるよね。あるいは男性だとか、澤田瞬という名前だとか」

「何を言いたいのかわかりますよ。その手にはひっかかるもんですか。僕が、自分は日本人だとか、男性だとか、澤田瞬だとか思ってるのは、周りの人がそう言うからですよ。そう言われて育ったから、そんなもんかと思ってるだけです。だって、自分の経験の内部だけではニホンという言葉の意味だって決められないし、名前だって一緒です。そういう意味で信じられるのは、暑いとか寒いとか、嬉《うれ》しいとか寂しいという感覚や感情だけですよ。そういう移ろいゆくものだけ」

「それは言葉一般が、社会から意味を与えられるものだからね。社会を拒否しちゃえば、日本人や日本語だって、あるいは澤田瞬という名前だって意味はなくなっちゃうだろう」

「拒否してるわけじゃないですよ。あとから与えられたものだよねってだけ。でもある日目が覚めたら、おまえの名前は澤田瞬ではなくて、別の名前だって言われるんじゃないかって感覚はいつもありますね」

それから彼は私を覗き込むようにした。意外に真剣なまなざしだった。

「さっきあなたはふざけてだけど〈存在するとは語られることである〉と言いましたね。案外いいかもしれない。それを記述と言い換えてみましょうか。脳だか意識だかわからないけど、そこに記述され、書き込まれたものを我々は〈世界〉と呼ぶ、と。〈存在するとは記述されることである〉というわけです。ところでウィトゲンシュタインが、もし〈私が見出した世界〉という本を書くとすれば、と言ってますね。そうすると、その本には〈私の身体〉は含まれても、〈私〉そのものだけは登場しない。なぜかというと、〈私〉とは結局、記述という活動そのものだからです。本当の主体は記述という運動なんです。もうこうなると、記述というのは、何か対象があってそれを言葉に書き写すことだと考える必要はないですね。ありとあらゆるものがこの運動によって産出されたものなんだから。この運動は本当はかたちがないんだけど、言葉にすると私というかたちになってしまうんです。ここでちょっと方向性を変えてみましょう。私ってなんでしょうか。仏教だと、自己など存在せず、無数の知覚や関係が織りなすものだとされていますね。いわば、空っぽな場所。名前以前の私。性別も年齢もない純粋な空虚としての自分。でもこれはもう世界全体とひとつですよ。裏から見るか表から見るかの違いでしかない」

十二月のある日、午前中に自宅近くのカフェで困難な場面と格闘したのち帰宅した私は、藍香が家にいないことに気がついて不思議に思った。日曜だったので仕事ではないはずだが、最近会話もめっきり少なくなっていたから、たぶん私には何も言わずに気晴らしの買い物にでも出かけたのだろうと考えて納得した。私は冷蔵庫の扉をあけた。まだ昼食を済ませていなかったために、何か食べるものが欲しかったのだ。だが薄黄色いライトに照らされた庫内は、隅にしなびた緑の葉っぱと得体の知れない茶色い染みがあるだけだった。ドアの裏のポケットには、使いかけのゴマだれやらソースやらが入っていたけれど、これだけでは胃の腑《ふ》に収めるわけにはいかなかった。

午後一時だった。あきらめて缶ビールを一本だけ取り出してソファに座った。真冬にはふさわしくないよく冷えたビールをちびちび飲みながら、私はぼんやりとした物思いの雲のなかに入っていった。

　私が考えていたのは、自分たちはどこで道を誤ってしまったのだろうということだった。好んで一緒になったのに、どうしていがみ合ってばかりいるのだろう。私は結婚した頃の藍香の生き生きした様子を思い出した。気持ちを映して瞬時に変化する表情、こどものように大げさな感情表現、思い立つと同時に体が動いている行動力、そうしたものに私は夢中になったのだ。彼女と二人だと小さな台風と一緒にいるようだった。人よりも小柄な体の中に、人一倍大きな喜びや悲しみや怒りといった感情が犇《ひしめ》いていた。

　だけど今二人のあいだには、凍りついたやりとりしか存在しない。相手に気持ちを読まれまいとする無表情で身を守り、そっけない最低限のことばを交換する。こうして一人でいるときは、妻の良い部分も魅力的なところも数え上げることができるのに、顔をあわせると、相手の神経を逆なですることばを吐いてしまう。なぜ二人とも歩み寄ることができないのだろう。

　たぶん三十分もそうしていただろうか。缶を空にしてはじめて、家のなかがいつもとどこか違うことに気がついた。

　空き缶を手のなかで弄《もてあそ》びながら、室内を見渡した。向かいのリビングの壁がどことなく寂しかった。立ち上がってよく見てみると、壁紙にピンを抜いた痕《あと》が見つかった。そこには、つい今朝まで、若い版画家の作品が掛けられていたはずだった。月明かりのなか、公園めいたところに、数人のこどもが佇《たたず》んでいるモノクロのエッチングだったが、まだ一緒になったばかりのころに、近くのギャラリーで見かけて気にいって買ったのだった。それほど高いものではなかったにしても、貧乏な私たちには充分冒険だった。どうしても欲しいと言ったのは彼女だ。その版画が額ごとなくなっている。

私は波立つ気持ちを鎮めながら家のなかを見てまわった。寝室のクローゼットからは、スペースの大半を占めていたはずの彼女のコート類が消えていた。肌着類も見当たらなかった。イヤリングや指輪といった装身具のたぐいも失われているように思われたが、これは私の勘違いかもしれなかった。食器棚からは彼女愛用のマグカップが消えていた。

ダイニングのテーブルにブルーの封筒が置かれていることに気づいたのは、その後である。いつもならダイレクトメールや役所からの通知が投げ出される場所で、宛名もなかったので、見逃していたのだ。だが目についた瞬間、それが置き手紙であることを確信した。封もしてないのに、私はしばらくのあいだ、それを手に持ったまま躊躇《ためら》っていた。中の便箋《びんせん》を広げて書かれた文章を読んでしまえば、二人の関係は引き返せないところまで行ってしまうのではないだろうか。このまま気がつかなかったふりをして放置しておけば、彼女はいつものように帰ってくるのではないだろうか。私はそうした思いに囚われたまま、いつまでもその場所に立ち尽くしていた。

伯母が入院してから数日後の、朝からどんよりと暗鬱な雲が垂れ下がっている日のことでした。劫が、伯母の屋敷を探検しに行こうと言い出したのです。鍵がかかっているじゃないかと言うと、だからいいのだと答えます。

「父さんに鍵を渡したの見たろ。あの鍵をちょっと借りればいい」

「どこにあるかわからないじゃんか」

「父さんの机の一番上の抽斗《ひきだし》に決まってるさ」

その通り。鍵は抽斗に車のキーと一緒に収まっていました。伯母の方はといえば、大学病院での検査結果がひどく悪く、そのまま即日入院、手術となって、当分帰ってくる目処《めど》がたたなかったのです。

そういうわけで僕らは、自転車を連ねて木枯らしをついて出かけました。街路から改めて眺めると、その建物はほとんどお化け屋敷のように見えました。木の羽目板のペンキは剝がれかけ、鎧戸《よろいど》は破損して風にバタンバタンと揺れています。先に立って入り口の扉をいじっていた劫が首をかしげました。

「だめだ。開かないよ」

「もう一度やってみろよ」

再び鍵を回すと扉は開きました。腑に落ちない様子の劫を追い越して中へ入ります。火の気のない屋敷のなかは寒く、ひっそりと静まり返っていました。今日はためらうことなく二階へ登っていき、先日伯母が座っていた部屋に落ち着きました。普段から実際に使われていて居心地がいいのは二階の少数の部屋だけだと見当がついたからです。劫はサイドテーブルの吸い殻でいっぱいの灰皿を手でどけるとそこに肘をつき、「なあ、この場所を俺たちだけの秘密基地にしようぜ」と話し出しました。鍵がこちらにある以上、伯母がいないあいだはこの屋敷を独占できるというのです。

「でもさ、二人だけじゃつまんないよ」

「そうだな。何人か仲間にいれてやってもいいな」

隣の書斎から紙と万年筆を持ってきて、普段の遊び仲間やクラスメイトの名前を書き出しました。それから彼らを、僕らと一緒ならいつでも屋敷に入れる中枢メンバーと、ときどき招待される二次メンバー、それから決して足を踏み入れることを許されないその他に分類する作業に熱中しました。

「たまたま遊びに来た奴が中に入ろうとしたらどうする」

「内側から鍵をかけておくんだ。暗号をきちんと言えたときだけ鍵をあける」

「退屈しないよう漫画とかも持ってこよう」

そうしたおしゃべりも一区切りつくと、すっかりお腹がすいていることに気がつきました。台所で少し酸っぱくなった牛乳と食パンを見つけてつまんでいたときに、劫が小さな声をあげました。

「見ろよ。料理した跡がある」

シンクに投げ出されたフライパンに、炒《いた》めた卵のかけらがこびりついていました。

「伯母さんが使って放りっぱなしにしたんだろ」

「そんな何日も前のものじゃないよ。まだ新しい」

水がかかってふやけた卵の切れ端《はし》がいつごろのものか推測するのは困難です。でも劫のその言い方には、なにかぞっとさせるものがありました。思わず黙り込んだ瞬間、二階の廊下をぱたぱたと駆けていく足音が聞こえました。まだ軽いこどもの足音です。僕たちは顔を見合わせ、相手が何かを言うのを待ちました。しばらくして、劫が口を開きました。

「ここって昔、療養所だったんだよな」

そう、結核の療養所でした。「結核」がどのような病気かは知りませんでしたが、僕たちはベッドに横たわったままじわじわと体が腐っていくというような、ひどく悲惨でホラー的でもあるような病気を想像していました。

「それがどうした」

「つまり、ここで死んだ人間がたくさんいるってことだよ」

僕はひどく怯えた顔をしたのかもしれません。劫が吹き出しました。

「バカ、冗談だよ」

しかし本当は劫も平静ではなかったのでしょう。それに今にして思えば、あの屋敷の魅力は本当は恐怖ともひとつながりだったのではないでしょうか。漠然とではあれ、あそこにはなにか不気味で秘密めかしたものがあるという感覚に、特に男の子は惹かれていたような気がします。

とにかく、僕たちは何かをしなければならないと考えて、二階の部屋を探検してまわろうと決めました。二人でそれぞれ得物（劫は納戸で見つけたガットの切れたテニスラケット、僕はゴルフクラブ）を抱えて、階段に近い順に扉を開けていきました。閉め切りだった部屋はどこも黴臭《かびくさ》く、窓は木の鎧戸で閉ざされていました。火の気がないために空気は冷たく、木の破れ目から霧のように外の白い光が染み込んでいました。豪華な調度の応接室、楕円形の大きなテーブルを備えた部屋、大ぶりのベッドとサイドテーブル、ずらりと酒瓶のならんだ壁際。何年も人の手が触れた気配のないそれらは確かに自分たちの知らない時代を感じさせました。そのようにして、八つか九つの部屋を見てまわったあと、僕らは自分たち以外誰もいるはずはないのだという当たり前の結論に帰りつきました。そもそも、この二階で今も生きているのは、伯母の居室と書斎、その隣の寝室だけなのだ、と。

「でも、まだ廊下の突き当たりの部屋、見てないな」僕がそう言いだしたのは、再び一階へ階段を降りかけたときでした。劫はふりかえり、何を今更、といった風に頭をふりました。けれど本当は劫もわかっていて、僕が口にするのを待っていたのだと思います。そして口に出してしまった以上、もはや気がつかなかったことにするわけにはいきませんでした。

二人してうなずきあい、〝せえの〟で押し開けた扉の向こうは弾けるように明るくて思わず息を呑《の》みました。中央に真っ白な湯気をふきあげている薬缶とストーブがあり、その隣で自分と同じ年頃の髪の長い女の子が、立ったままマグカップに口をつけていました。カカオの甘い香りが室内に満ちわたり、少女は唇にチョコレートの茶色い髭《ひげ》をつけています。こちらの闖入を予期していたかのような自然さで彼女はふりかえり、やっと来たのという調子で肩をすくめました。だから「ユキ」と劫が叫んだとき、それが少女の名前なのかと思ったくらいです。けれど劫が駆けよったのは彼女ではなく窓ガラスの傍でした。この部屋だけカーテンが大きく開け放たれていて、窓の向こうの広大な空間を一面白く埋め尽くしてその冬初めての雪が舞っているのが見えたのです。

「知らなかったの。さっきからずっとだよ」女の子はこともなげに言いました。

三人で横並びになって冷たいガラスに額をつけました。降りしきる雪のかけらは、まるで誰かが高いところで紙片を撒《ま》いているかのようにゆっくりと左右に振れながら降りてきます。僕たちはすっかり心を奪われ、長い時間その場所に立っていました。今でも鮮明に思い出すことがあります。あの朝、冷え切った屋敷のそこだけ奇跡的に暖かい部屋のなかで、吐く息でどうしても曇ってしまう窓ガラスを何度も指で拭き直しながら、降る雪をいつまでも飽かず眺めていた自分たちの後ろ姿を——。

二　ひかりの舟

瞬は目を閉じて、自分が小さな貨物船の船室にいるのだと想像する。空にはアフリカの眩《まぶ》しい太陽。周囲は逆巻く紺碧の海。地中海の透明度が高いのは、プランクトンがいなくて生物が少ないせいだと聞いたことがあるが、その死の水が、先ほどから激しく船腹の壁を叩いている。瞬は眉間に皺をよせて、浅黒い男女の群れを想像しようとした。じっとりにじんだ冷たい汗と歯をくいしばっても漏れるうめき声。そしてしがみついているこどもたち。彼らももう気づいているだろう。もうすぐ頭上の鉄の扉から海水が雪崩《なだ》れてきて、自分たちを呑み込むのだ、と。

隣室からのアラームのベルで夢想は破られた。じきに未爽《みさ》が起き出してきて、朝食の準備を始める。一度目をあけてしまえば、そこはローリングしている貨物船の内部ではなく、鮮やかだった波音も潮の香も、頭上を飛び交うカモメの鳴き声も存在しなかった。立ち上がり、カーテンをあける。射し込む光は北アフリカのものではないにしても、皮膚を灼《や》くほどには充分強い。

ソファに読みさしの新聞が投げ出されてあった。イタリア領ランペドゥーザ島付近の海域で、チュニジアからの難民を乗せた船が沈没。死者は十数人にのぼる模様。その記事を読んだとたんに、狭苦しい貨物室で死んでいった人たちの姿が思い浮かんで消えなくなったのだ。どうしてこんな危険な旅に出たのだろう。故国での日々がそれほど悲惨だったのだろうか。もう少し安全な渡航方法はなかったか。死の瞬間に、脳裏をよぎった情景はなんだろう。

サッシをあけてベランダに出る。開け放しにしておくと未爽が厭がるので窓はすぐ閉めた。十五階から見下ろす風景はいつもとかわりがない。小さな住宅のあいだに点在する畑地、道路をゆっくり移動していく甲虫めいた自動車。難民たちが見たら平和そのものだと羨《うらや》むかもしれない。だけど、どうしても精巧な模型を見ているような感覚は消えない。

今日も暑くなりそうだった。瞬は水をやらないで枯らしてしまった鉢植えを眺め、次に何を植えようかと思案した。植物には詳しくないけれど、手間がかからなくて、緑が鮮やかなのがいい。いずれホームセンターに行って、見つくろってこようと思ったが、週末の度に同じことを考えて、半年が経っていた。ここに立つと眩暈《めまい》がするといって未爽がほとんどベランダに出なくなったのもその頃だ。

室内に戻ると、寝間の引き戸をあけて、パジャマ姿の未爽が顔を出したところだった。「今日の線量は」と尋ねるので、折りたたんだ新聞を手渡す。未爽は立ったまま真剣な顔つきで新聞を読んでいた。沈没船の記事は読み飛ばしたようだ。当然だろう。地上五十メートルで営まれているささやかな生活とはなんの関わりもない。それよりも電力使用制限令や消費増税の行方の方がよっぽど重要だ。

俯《うつむ》いている未爽の細い首を見ながら、ふと「しようか」と声をかけてみたくなった。恋人の頃はごく自然に指や腕をからませることができたのに、結婚して五年経つと、特別なきっかけがないとお互いの膚に触《さわ》れなくなった。とりたてて仲が悪いとも思わないのに、相手の目を見て話すことも、本や映画について延々とお喋りすることもなくなった。瞬は頭のなかで未爽の寝間着を脱がし、華奢《きゃしゃ》な背中から尻にかけてのラインを露わにした。眩しい朝の光のなかで交わるなんて、もしかしたら新婚の頃以来かもしれない。

しかし未爽は難しい顔で新聞をテーブルに置いたまま、パソコンでメールをチェックし始めた。とてもそんな雰囲気でないことは明らかだった。

二人分のコーヒーを淹れる。未爽は急ぎの返信を書いているらしい。

「ありがとう。朝食はわたしが作るから」モニターから目を離さぬまま未爽が言うので、瞬はソファに戻って一昨日読み始めた文庫本を開いた。

未爽はしかめ面をして自分の書き上げたメールを読み直している。どうやら面倒な書き直しを注文されているらしい。最近は仕事にのめりこみすぎて、神経を磨り減らし、始終頭が痛い、お腹が痛いと訴えるようになっていた。そんなに努力したって報われることはないのに、と彼は口にしそうになる。無名のライターに支払われる稿料など雀《すずめ》の涙。そのくせ、取材には駆り出され、資料の収集やテープ起こしのような面倒な仕事も押しつけられる。だが報われるかどうかの問題ではないのだろう。女性向けの話題を扱うサイトを手伝うようになってからの未爽の熱中ぶりは、こちらまで苦しくなるほどだった。

キッチンでスクランブルドエッグを作る音がする。本の中の物語では、パリの洗濯女がこどもを抱えて貧しさを嘆いていた。彼女ほどではないにせよ、我が家も窮乏に向かいつつある。夫婦で出版社に勤めていたときに比べると段違いに収入が減ったのに、外で夕食を済ませる回数も、ネットで購入してしまう書籍やＤＶＤの数も変化していなかった。二人で築き上げたささやかな貯金は順調に目減りしている。

「今日はどうするの。わたし、取材先に顔を出すかもしれない」

ブルーベリージャムを塗ったトーストを口に運びながら未爽が聞いた。視線はまだ、傍に開いたノートパソコンのモニターの上だ。

「午後、ちょっと人と会う約束があるんだ」

「そう」

誰と会うの、そう尋ねられたら何て答えるか思案していたのに、彼女は無関心だった。物足りなさと同時に安堵《あんど》の気持ちが広がる。はっきり疚《やま》しいと思っているわけではないのに、もう何日も打ち明けられずにいるのだった。

自分のなかに、小さな秘密を抱える感覚も随分久しぶりだった。結婚して以来、少なくとも意図して隠し事をしたことはない。だがこどもの頃は宝物のように秘密を大切にしていたものだ。親に対して、友達に対して、双子の兄に対して。それらの秘密は、誰も入ってこられない自分だけの領域がある証拠《しょうこ》だった。桃の果肉の中心に硬い種があるように、男の子に秘密は不可欠なものだった。

伯母の屋敷でお気に入りの場所があった。階段の下に、一見板張りの壁のようでいてよく見ると小ぶりの扉がある。分かりづらいのは、ノブが古びて落ちてしまったせいだ。その丸い穴を、ガムテープで塞いであるので、注意して見ないと向こう側に部屋があるとはわからない。中は二畳ほどの物置になっていた。瞬はその場所に入るのが好きだった。小さい上に目立たない場所なので、中から戸を閉めてしまえば、まず誰からも気づかれない。両手をのばせば壁につかえる。背伸びをすれば、階段状の天井板に触れる。その狭苦しさは、潜水艦か宇宙船のハッチの内部のようだった。目を閉じればいつでも、深海にも銀河系にも行けた。この場所のことは誰にも言わなかった。

フォークと皿の触れ合う硬い音で我に返る。未爽が食べ終えた食器を片付けているのだった。もう一度妻の横顔を眺める。疲れるといじけたような形になる唇はいつものままだったが、彼女が何を考えているのかまでは読めなかった。

氏田春雄《うじたはるお》は、上背《うわぜい》のある大柄な男だった。もう七十は越しているはずだ。ブルーのワイシャツにベスト、ループタイという格好で、コーヒーショップの窓際の席に座っていた。瞬が近づくとゼンマイ仕掛けの悠長さで立ち上がり、かぶっていたソフト帽をもちあげて挨拶をした。

「今日は、東方《とうほう》文芸社のことで」

「はい。伯母の話を聞きたいと思いまして。ご足労いただきありがとうございます」

「いいえ、こちらまで来る用事があったものだから」と氏田は愛想よく言って通りの向かいの建物を指差した。「あちらの建物をご存じですかな」

「いいえ」

証券会社のオフィスでも入っていそうな瀟洒《しょうしゃ》で現代的なビルだった。ほっそりとした樹木がガラス張りのアトリウムの内部に植わっている。

「病院です。大腸に腫瘍《しゅよう》がありましてね」

鈍い衝撃だった。この老人は癌《がん》患者なのだ。一見頑健そうだが、よく見ると皮膚は黄ばんで艶《つや》がなく、頬は窪《くぼ》んで皺が寄っていた。

「それは、なんと申し上げたらいいか。大変な時にお時間を割いていただいて」

「いいえ、人はみな亡くなるのです。私もまた、一年か二年のうちにはおさらばするでしょう。ですから、私の知っていることだったら、なんでもお話ししますよ。今話しておかないと、永遠になくなってしまうんですからね」

瞬は深々と頭をさげた。数年前まで氏田は俳句関連書籍では定評のある小出版社の取締役であり、さらに二十年前は、東方文芸社という一九八〇年代の末に消滅した会社にベテラン編集者として勤め、そのさらに前には、沢渡晶という有望な新人を発見して、見事な装丁の著作を二冊世に送り出して、結局のところ、無名のまま古書店の奥の棚に埋もれさせたのだった。当時は彼もまた、晶と同様に二十代だったはずだ。

「しかしながら、お話しできることはそれほど多くないのです。晶さんは、どこか距離があるというか、容易に人を寄せ付けない人でね、一緒に食事をする機会などはなかった」

「わかります。僕も晩年の伯母を見ていましたから」

彼女も似たような癌を患っていたんです、と口にしたくなるのを抑える。最後の数年間、伯母は数ヶ月ごとに病院と屋敷のあいだを行ったり来たりしていた。一年の半分無人になる屋敷は、もはやこどもたちの楽園ではなく、文字通りお化け屋敷になってしまった。

「どのようにして伯母とつながりができたのですか。どこかで、彼女の文章を読んで？」

「あれは彼女の持ち込みでした。文学的な集まりで晶さんを見かけたことはないし、他の物書きといたこともないですね。当時の作家志望者は、よく同人誌などをやっていたものですが、それとも無縁だった」

一九六〇年代半ばの小説家の卵が、どのような日々を過ごし、どういった交友関係を持つものかさっぱりわからなかったが、彼女が仲間と雑誌を作ったりしないだろうというのは納得がいった。その時代について知っていることを総動員してみる。東京オリンピックが終わって大阪万博の開催が決定し、学生運動がピークに向けて盛り上がっていく。ビートルズが羽田《はねだ》に降り立ち、女の子は長髪のＧＳ《グループサウンズ》に嬌声《きょうせい》をあげ、水俣病患者が新日本窒素の社屋へ押しかけ、石原裕次郎《いしはらゆうじろう》や小林旭《こばやしあきら》がヴィスタサイズのスクリーンでピストルを振り回している。けれども、その荒々しくも活気に満ちた情景のどこにも、沢渡晶の居場所があるようには思えなかった。

「彼女が自分で原稿を持ってきたんですか。伯母は、どのように見えました」

「そうですね、田舎のお嬢さん、ですかね。ほとんど可憐《かれん》といってもいいようでしたよ。それでいて、なかなか強情なところ、思い詰めたような気配がありましてね。当時の通念で言えば『結婚適齢期』を逃しつつある年齢でしたが、もっと若く見えました」

「可憐、ですか」瞬は驚いて言った。

「突然社に現れて原稿を読んでくれとおっしゃってね。原稿募集の広告を見たというんだが、調べてみたら、もう数年も前のものでした。今はもう求めてないからと言ったんですが、とにかく読んでくれの一点張りで、仕方なく受け取って放り出しといたら、今度は手紙で矢の催促でね」

思わず笑ってしまう。とても可憐どころではない。氏田も苦笑しながら、「ところが読んでみたらなかなかいいんじゃないかと思いまして」とつづけた。「私が渋る社長を説得しました」

しかし本当にそれくらいしか話すことがないのだ、と氏田は済まなそうに弁解した。そして、反対に瞬の方に問いかけてきた。「失礼ですが、どんなお仕事を」

「私も出版社勤めなんです。主に歴史と社会科学関連の本を出しています」

「そうじゃないかと思いました。どことなく同業者の匂いがいたします。文芸の方にご関心は」

「そうですね。読むには読むんですが」

「自分でお書きにはならない」

「いやいや、まさか」と思わず大きく手を振った。

氏田は少し落胆したようだった。「そうですか。じゃあ、これは勘が外れたわけだ」

「澤田家の人間はみな小説家志望だとお考えなんですか」とからかうと、そういうわけではないけれど、と首を振った。

「でも今でも思うのですよ。晶さんのあの書くことへの情熱はなんだったのだろうとね。私のような商売を長年してきたものが言うのもおかしな話ですが、どうして人はそういう情熱にとりつかれるのでしょうか」

「つまり、沢渡晶は、熱意だけは人一倍あったものの、小説家としては素人《しろうと》だった、と」

「いえ、そういうつもりで言っているのではないのです。ただ、そうですね、なんと言ったらいいのでしょう」彼は両手を広げ、ぐるりと目玉を回して見せた。「晶さんは言葉に貪《むさぼ》り食われていた。いや、私らだって、言葉を食って生きてるんですよ。誰だって言葉なしでは生きてけないんだ。だけどあの人は誰よりも極端だった。現実からは何も求めなかった。つまり結婚やらこどもやら、何やかやということです。そのかわり、言葉で何かを作り出すことだけが重要だった。言葉と物語のなかに生きてたんですよ。それを愚かしいとかこどもじみているとか言うことは容易でしょうが、でも見方をかえれば、より『現実的』に生きているはずの私たちだってどうでしょうかね。私は一応この年までまっとうに生きてきたつもりですが、あと何年かのうちに私にとっての『現実』は、ポゥゥン」彼は両手を軽く打ち合わせた。

「きれいさっぱり消滅しちまうんだ。少なくとも私にとってはね」

帰りの地下鉄のなかで、瞬は氏田の科白《せりふ》を反芻《はんすう》した。人は言葉を食べて生きている。奇矯な表現だったが、わかる気がした。いや、じつのところ、それはある意味では昔からの瞬の考えと同じだったのだ。人間は言葉と物語の内側で生きている。十六歳のある午後、その真理が天啓の如《ごと》く彼をとらえた。幸福や不幸は、社会的地位や経済的成功によってではなく、自分にふさわしい〈物語〉を見つけることができるかによって決まる。このアイデアは彼を粛然とさせ、同時に慄然とさせた。自分が物語の端緒に立っていること、そして、これからどのようなストーリーを綴ったらいいのか皆目わからないことに気づいたからだ。まずは進学先を決めなければならなかったが、親や親戚の勧める医学部や理工学部には関心が持てなかった。経済学には人間味が欠けていたし、教師は厭だったので教育学部はありえなかった。遠くから誘惑の目配せを送ってくるのは考古学や文化人類学だったが、自分がそういう学問を修めて、学者として自立するという未来にはどこかリアリティがなかった。それに一族のなかで彼の家は貧しい方だったから、悠長に大学院まで行っている余裕はないだろう。彼は父親と同様に、大学を出たらどこかに勤め、それなりに勤勉に働くことになるだろう。別段そうした成り行きに不満はなかったが、問題は自分の人生に意味を与えてくれるものが何かだった。

結局、彼はある国立大学の法学部を受験した。大学では社会科学の文献を読むサークルに所属し、本を読むだけでなく、フィールドワークと称して野宿者の炊き出しに参加したり、出稼ぎ外国人にインタビューしたりした。その過程で知り合ったのが未爽だった。彼女は同じ大学のボランティアサークルの会長をしていて、障害者施設に定期的に通っていた。卒論で当事者運動について書こうと思っていた彼が、伝手を求めて接近したのだった。一見か弱く、儚《はかな》げでさえありながら、実のところ意志が強く、強情でさえある彼女にたちまち魅了された。奥手だった二人は、どちらかが一歩近づくと他方が一歩離れるという、複雑で苛立たしい二人舞踏《パ・ド・ドゥ》を半年つづけたあと、疲れ切った瞬の「もう二度と会わない」という宣言をきっかけに、ようやく恋人関係におさまった。

　サークルの先輩の引きで、出版社に就職が決まったときには、自然に将来の約束ができていた。なにもかも順調すぎるほどに進行しているように思われた。

　だが彼はときどき自問することがあった。これは本当に自分の物語なのだろうか。真夜中、論文作成のために準備したノートの余白に、架空の情景を書き込むときがあった。恋人の会話だったり、放浪する男の独白だったりした。それらを見たのだろう。未爽が「もしかして小説を書きたいんじゃない」と尋ねてきた。まさか。論文で手一杯だよ。それに才能ないし。ていうか、事実に基づかない純然たるフィクションって、どこか空疎に思えるんだよね、法律やってると。あわててそのように煙幕を張った。

　読むだけなら随分読んでいた。ボルヘス、ナボコフ、エルロイ、バラード。ベッドに寝そべって読む深夜の読書は尽きせぬ陶酔をもたらした。しかし人前では知らないふりを装った。虚構への耽溺は人間性の弱さの徴候であるように思われたのだ。これだけ社会が変動し問題が山積している時代に、フィクションに夢中になって何の益があるだろう。それよりも現実に向かい合うべきではないか。テロ、戦争、格差、貧困。世界にはもっと語られるべきことがある。小説類をまとめて押入れに放り込んだ。

社会人一年目は無我夢中で過ぎた。二年目のとき、未爽の卒業を待って結婚した。2DKのマンションを借りた。私鉄を乗り継いで都心へ一時間。未爽も女性誌を主力とする出版社で働き出していたので、家賃を払うのは難しくなかった。仕事に慣れ、小説を読む習慣も復活した頃、思春期の一時期以降は思い出すこともなくなっていた伯母のことを、ときどき考えるようになった。抑圧していたのかもしれない。変人、偏屈、社会不適合者、一族のあいだの持て余しものだった老女。だから、東方文芸社の老編集者がいるという話を聞いても、なかなか連絡をとる踏ん切りがつかなかったのだった。

だが、やはり会ってよかった。半年遅ければもう面会不可能だったかもしれない。そう思いながら、膝上の鞄《かばん》から茶封筒を取り出す。別れ際に氏田が、「手元に残った唯一の晶さんの思い出です」といって渡してくれたものだ。中に入っていたのは、六切判《むつぎり》の写真だった。繁華な街角を背景に、若い男女が肩を接して立っている。右側で白い歯を見せている背広姿の男性が、半世紀前の氏田なのだろう。やはりソフト帽をかぶっている。そして沢渡晶は、硬い表情でカメラを睨んでいた。可憐という言葉はまちがいではなかった。記憶より一回りもふた回りも小さかった。モノクロームなので色合いまではわからないが、目の詰んだ冬物のコートを着て、寒そうに肩をすぼめている。

胸の奥で何かが流れ出した。伯母にもこのような時代があったのだ。こんな姿をした彼女と出会えていたら、心から親しく話し合えたかもしれない。そんな埒もない思いが溢れてきて収拾がつけられなくなった。


最寄駅に着いたのは日が暮れる頃だった。エアコンの効いていない電車で噴き出した汗は、夕暮れの道でも乾かなかった。チャイムを鳴らしても誰も出ないので、自分で鍵をあけて中に入る。

喉を鳴らして冷たい麦茶を飲んでいた時、寝間に誰かがいるのに気がついた。「なんだ、いたの」そう言いかけて、凍りつく。未爽が電話の受話器を頬に押し当てたまま啜り泣いていた。

どうしたんだよ、という問いかけに首を振る。受話器からは低い声が響きつづけている。未爽はうんうんと相槌を打ちながら、それを見て、と畳にじかに置かれたパソコンを指差した。放送局のニュースサイトが開いている。クリックすると、一分ほどの短いニュースが流れ出した。「……区で四歳の川崎《かわさき》美咲《みさき》ちゃんが死亡した事件で、警察は母親の川崎文香《ふみか》を傷害致死の疑いで逮捕しました。川崎容疑者は、美咲ちゃんを風呂場で強く突き飛ばしたと自供しており、警察ではそれが原因による脳浮腫、脳圧迫により死亡したと見ています……」

　その女の子、この前、会っているの、母親も一緒に。受話器を押さえてそれだけ言うと、また嗚咽《おえつ》がとまらなくなった。未爽が虐待をしてしまう親たちの取材をしているのは知っていた。カウンセリングの現場に立ち会ったりしているらしい。この親子も、そこで知り合った人間なのだろう。黙って未爽の背中をさするほかなかった。

「うん、ありがとう、大丈夫。仕事はつづける」そう言って電話を切った。

　相手は松本実花《まつもとみか》だろうと想像がついた。未爽の昔の同僚で、今は彼女に仕事をまわしている女性向けサイトの編集者だ。

　未爽が泣きやんだとき、部屋はとっぷりと夕闇に浸されていた。瞬が作った夕食には、箸《はし》をつけなかった。

「ねえ、わたしなにかできなかったのかなあ」

「どうだろうね」刺激しないよう慎重に答える。

「わたしは通りすがりのライターに過ぎないもんね。あの母親、若い人だったんだよ。まだ十代だったかも。親にも頼れないみたいで、すごく不安そうだった。もしその気になったら、話を聞かせてくれって連絡先を交換したの。住所も」

「そうなんだ」

「シングルの人だけじゃないよ。夫がいても、時間がなかったり、心が通じないことだってある。わたし、子育てで悩んでいる人たちをたくさん見てきた。どこにも正解なんてない」

　瞬は静かにうなずくほかなかった。

　もう寝ようかという時刻になって、未爽が車を出して欲しいと頼んできた。事件のあった家に行きたいと言う。そんなことをして何になる、ますます苦しくなるだけだ、と言っても未爽は聞かなかった。

　助手席で彼女は憑かれたように話しつづけた。今の日本はどこかおかしくなってしまった。みんな自分のことしか考えていない。テレビも新聞もとても信じられない。夢のなかに車が流される映像が出てくる。人がこんなにあっさりと死んでしまうだなんて前までは思っていなかった。それはほとんど脈絡のないうわごとのように聞こえ、彼女が常軌を逸しつつあるのではないかと疑った。しかし、十五分もするとぷつりと言葉は途切れ、カーナビが目的地に着いたと屈託のない音声で伝えるまで、暗い窓の外をじっと見つめていた。

　問題の部屋は、変哲もないアパートの一階だった。マスコミがいるのではないかと見渡す瞬を尻目に未爽は車から飛び出して行き、部屋の戸の前にしゃがんで両手を合わせた。瞬も無言でその後に立った。未爽は車にひきかえすと、家から持ってきたグラスと切花をとってきた。

　翌日仕事から帰ると、彼女は床に横たわって眠っていた。ソファにパソコンが置いてある。気になってブラウザの履歴を覗いてみると、児童虐待に関するページが延々数百件にわたって並んでいた。ニュースも新聞記事もブログも一般人の体験談もある。朝からずっとこれらを読みつづけていたにちがいない。食卓には朝食の皿が汚れたまま残っていた。こんなことをつづけていたら、ただでさえ危うい精神のバランスが崩れてしまう。また複数の抗不安剤を嚥《の》みくだす日々が帰ってくるかもしれない、と思うだけで憂鬱だった。

彼女を起こさなければ、と思いながらその気になれず、食卓の椅子に座ってワイシャツの襟元を緩める。今日、職場に氏田から電話があった。沢渡晶の未刊の原稿が出てきたからファックスで送ると言う。

「昭和天皇がご病床にあったときなんで、一九八八年ですかね、晶さんから原稿が送られてきたんですよ。もし気にいったらうちで出している雑誌に載せて欲しいって。だけど、もうその頃うちは倒産寸前でね。雑誌の方ももうだいぶ前に止まっていた。そう言ってコピーだけ取ってすぐに返送しました。そのコピーが、昨日探したら出てきて」

「螺旋《らせん》の恋」というタイトルの短い作品だった。帰りの電車の中で二度繰り返して読んだ。立ってベランダに出る。

東向きのベランダから見える空はすでに暗かった。それでも残光が完全に消えてしまったわけではない。手すりに手をかけると吹き抜ける風の涼しさにほっとする。不動産屋に案内されたとき、彼は一目でこの部屋を気に入ったのだが、未爽は何だか宙ぶらりんになったみたいだと顔を曇らせた。だって、足と地面のあいだに何十メートルもの空間があるなんて、何だか頼りなくない？

それでも彼らはこの部屋を借り、新生活が始まった。二人とも多忙で活動的で息が合っていた。やがて妊娠した。結婚して三年目だった。自分に父親になる覚悟ができているのかと自問すると答えは否だったが、それを受け入れるのが厭かと問えばまたしても否だった。こうして流されるのも悪くない。赤ん坊がカーペットをはいはいする姿を見てみたかった。

だが現実の方が彼を父親にはしてくれなかった。「まだ確定的なことは何も言えませんが」と白衣の医者はモニターに映し出された白い星雲のようにも見える塊《かたまり》を見ながら言った。「首の後ろに浮腫があるようです。血清マーカーをしてみた方がいいでしょう」

血液を採り、十日ほど待つ。結果は陽性。染色体異常の可能性があるとのことだった。「産むか産まないか、ご夫婦でしっかり話し合ってください」と告げられ、顔を見合わせるほかはなかった。

結論が出ないうちに出血した。自然流産だった。致し方のないことだったと医者が慰めても、「私たちが喜んで迎えてあげるという気持ちになれなかったからだ」と未爽は自分自身を責めた。食事と睡眠がとれなくなり、仕事を辞め、しばらく心療内科に通って服薬した。松本実花の依頼で、ぽつりぽつりと文章を書くようになったのは半年ほど経ってからだ。

瞬はそのことをリハビリだと思って喜んでいた。家にこもって死児のことを考えているよりずっといい。読者の目線を考え言葉を選んでいく仕事を導きの糸にして、少しずつ心と体を復調させていけばいい。けれど、最初は主婦向けの節約レシピや賢い収納のコツといった記事を書いていた彼女は、題材が育児の困難や貧困家庭に移るに連れ、過剰にのめりこむようになっていった。心も身体も強くはないのに、いつでも激しすぎる思いだけを抱えている。そのアンバランスさが彼女の魅力だと知っていても、やっぱり心配だった。けれども彼の少し体を労った方がいいという言葉には耳を貸そうとしない。

部屋に戻って冷蔵庫を見ると、昨日の煮物が大方残っていた。電子レンジで温め、素麺《そうめん》を二人分茹でた。薬味を刻み、出汁《だし》巻き卵を作ってから未爽を揺り起こす。

体を起こした後も、しばらくぐったりと頭を垂れていたが、促されて食卓に座り、数本ずつ素麺を啜り始めた。器が空になると、「ごめんなさい、もう少しだけ横になる」と言って戸の向こうに消えた。

食器を片づけると、ふと思い立って、納戸にしまってあった段ボール箱を引っ張り出した。結婚した時に、一人暮らしのアパートにあったものはほとんど処分した。彼より嬉々としていたのは未爽の方で、三足五百円の靴下やよれよれになったトレーナーをゴミ袋につめながら、「よくこんなもの身につけて女の子口説《くど》けたよねえ」と笑っていたのを覚えている。一人用の炊飯器もビール染みのついたブランケットも捨てられて、残ったのは本棚三つ分の書籍と、感傷から捨てられなかったこの箱だけだ。

蓋を開けると最初に顔を出したのは、卒論で使った資料のコピーだった。その下は、大学二年の夏に友人と行った北海道旅行のスナップショット。摩周湖《ましゅうこ》を背景に、むさ苦しい男二人がおどけたポーズを取っている。学生時代のたわいもない思い出の品に紛れて、その臙脂《えんじ》色のリングノートはあった。

取り上げてぱらぱらと捲《めく》ってみる。卒論のプランが書かれているのは最初の数ページだけで、あとは日記ともつかないメモや、随想がとびとびに記されている。「人間はなぜフィクションを求めるのか。虚構は人間に不可欠なものなのか」という文字が目に留まった。ずいぶん青臭いことを考えていたものだ。「三万年前、ネアンデルタール人は死者を埋葬し、花を捧げていたという。それはすでに〈死〉と〈死者〉という観念を手にしていたということだ。しかしこの観念こそが虚構の第一歩ではないだろうか。野生動物は〈死〉を知らず、〈死者〉を悼まず、〈死後〉を考えない。彼らは現実の生に埋没して生きているから」

彼はぱたんとノートを閉じた。自分がいつまでも死者に執着していることを突きつけられたような気がしたからだ。沢渡晶という死者、劫という死者。数年前、このような文章を書きつけていた時にも、どこかで二人のことを考えていたのかもしれない。氏田と会って以来、ますます伯母のことが知りたくなっていた。しかし、それは本当に伯母への執着なのだろうか。むしろ伯母の屋敷で出会ったあの少女への興味ではないだろうか。

箱の底に鳩サブレーの空き缶が残っていた。ところどころ凹んで、引っ掻《か》き傷がついている。開けてみると、小学校の頃のガラクタだった。初めて買ってもらった腕時計。缶バッジ。物珍しかった外国のコイン。それらに混じって白い小石のようなものがあった。とりあげて息を呑んだ。女の横顔が浮き彫りになった象牙細工のブローチだった。

例のニュース以来、はりつめた表情を崩さなかった未爽が、珍しく晴れ晴れとした表情で話しかけてきた。「ねえ、近くに社会的子育てを謳《うた》っているNPOがあるんだって。今度、見学に行ってこようかと思うんだけど」

「社会的子育て？」

「家族だけでこどもを育てるんじゃなくて、もっと社会で支えていこうってこと。そこでは、複数の家族がお互いの時間を融通して、こどもの世話をするって試みに取り組んでいるんだって」

未爽は二つ隣の駅の名前をあげた。声が弾んでいる。未爽も気持ちを切り替えようとしている。単純にそのことが嬉しくて、瞬も調子をあわせた。

「いいじゃないか。行っておいでよ。自分の仕事にだってプラスになるかもしれない」

「そうだね。そうする」彼女はうなずいた。

自分もここしばらくのうちに、郷里に一度行きたいと伝えた。

「何かあるの」

「じきに劫の命日だしね」

「あ、そうか」

本当は墓参りが三分、伯母の痕跡探しが七分だった。電話で父に聞いてみると、今、伯母の屋敷は淑子《としこ》のものになっていると言う。淑子は澤田病院の経営者だった長兄の妻で、連れ合いを亡くした現在、地元で随一の高級老人ホームで優雅な老後を送っている。

屋敷は今は立ち入り禁止になっている、と父親は言った。大きな鍵がかかっているからな、おまえが行っても入れないぞ。淑子伯母さんの意向だ。

建物の中の荷物はどうなったの。家具とか、晶伯母さんの私物とか。

さあな、全部取り仕切っていたのも淑子伯母さんだ。彼女に聞いてみるしかないだろう。でも、なんでそんなことが気になるんだ。

瞬は適当にごまかすと、老人ホームの電話番号を書き取った。正直に言えば、淑子は苦手なのだが致し方がない。

しばらく目の廻《まわ》るような日々がつづいた。年度単位の出版計画書になかった新規企画が三件も飛び込んできたためだった。ひとつは戦後のエネルギー政策を概観する論文集、ふたつ目は防災と復興に関する法律論、三つ目は東アジアの安全保障を論じたものだった。著者と細かい打ち合わせをする準備として関連書籍を数冊は読んでおく必要がある。通常の業務の合間は、ひたすら堅苦しい文字で埋め尽くされた紙面を睨みつづけ、まともに休日がとれたのはひと月ほど後だった。数日前に電話して淑子と会う約束は取りつけてあった。

午前中に家を出ようとすると、今日も例のＮＰＯに顔を出すので乗せて行って欲しいと頼まれた。最近、彼女はすっかりその場所にはまって、三日にあげず通っている様子だった。表情に活気が戻っているのもそのおかげなのだろう。そればかりでなく、全国の様々な新しい子育ての取り組みを取材して一冊にまとめてみたいという希望も語っていた。松本実花が大手出版社の新書編集部を紹介してくれるという。もしそこから本が出たら、ルポライターとして独り立ちできるかもしれない。

二十分ほど走った先で着いたのは、築三十年といった印象のマンションの前だった。

「この建物の部屋を三箇所ほど使っているの。血の繋《つな》がらない子や預かっている子もいるから、これでも狭いくらい。でも騒々しいとか人の出入りが多くて嫌だという苦情も来るんだって。いずれ引越しも考えなくちゃいけないみたい」

未爽はまるで自慢の家族を紹介するような調子で言った。一階ホールのポストには「ＮＰＯ法人ナーヴェ」と書かれたプラスチックパネルが嵌っている。

「イタリア語で船って意味なんだって。家族って一艘《いっそう》の船に乗りあわせている仲間だからって」

ちょっと挨拶していく？　と聞かれたのは断り、車に戻る。今は未爽の野心や誇らしさよりも、淑子伯母のことを考えたかった。

最初に墓参りを済ますことにする。高速に乗ってしまえば、意外と故郷は近く、三時間もしないうちに目的の寺に着いた。物理的な距離と心の距離は無関係なのだとあらためて思う。進学のために上京してから、年に一度も帰らない土地だった。

門前の花屋で買った花束を抱えて墓石の前に立った。一族の墓に入ることにどこかで釈然としていなかったらしい父親が建てたこの墓に、最初に名前を刻まれたのは息子の劫だった。享年十六。急性心不全。毎日サッカーに明け暮れている健康優良児が、実のところ心臓に問題を抱えているなど、生前に誰かが伝えたら、まず本人が笑い飛ばしたろう。

父母の嘆きは激情の域に達したが、瞬の心は不思議なほど揺れなかった。中学に入ってから、二人一緒に過ごすことがほとんどなくなった。それまでは仲良く遊ぶにしろ、喧嘩をするにしろ、いつも体のどこかが繋がってるような一体感があったのだが、ある時期からぱたりとそれが途絶えた。あるいは自分たちで断ち切ったのかもしれない。成長するためには、いつも二人で一組の双子の兄弟ではなく、それぞれ別々の瞬と劫になる必要があった。趣味も興味も友達の種類もお互いの逆を選び、結果的にほとんど接点がなくなった。同じ頃、それぞれの個室が与えられたので、劫とは食卓でしか顔をあわせない。朝練だ、練習試合だと忙しい劫は、皿の上のものを猛烈な勢いで口に詰め込むと、挨拶一つするでなく席を立つ。瞬も愛想の悪さだけは共通で、両親にも仏頂面を崩さなかった。食事が終われば自分の部屋に戻り読みさしの本の続きを読むだけだ。話し相手にさえならないなんて男の子は本当に育て甲斐《がい》がないと母親はしょっちゅう愚痴を言っていた。

兄が家の外で何を語り、何を考えていたのか、瞬は知らない。部活仲間と戯れている姿を教室の窓から見かけることはあったが、通り一遍以上の関心は持たなかった。瞬発力を生かしてミッドフィルダーを務めていた劫は、女子生徒にもそれなりに人気があり、パステルカラーのラブレターを託されたこともある。その時は「自分で渡しゃあいいだろう」と突っ返した。俺は兄貴の付属じゃないぜという気持ちだった。もちろん高校は別々のところへ行った。

学校で突然呼び出され、急行した先の病室で、劫は皺一つないシーツの上に横たわっていた。浅黒く焼けたその顔は熟睡しているように穏やかで、思わず「ふざけんなよ」と揺り起こしそうになった。通夜のときも、葬儀の当日も、その気持ちは変わらなかった。謹厳な面持ちをしたスーツ姿の焼き場の職員が、一礼して遺体を炉《ろ》の奥に押し入れたときになって初めて、もうこれで二度と兄の姿を見られなくなるんだな、と気がついた。それまでのあいだずっと劫が「悪《わり》い、悪い」と頭を掻きながら、どこかの物陰から現れるのではないかと思っていたのだった。

墓に遺骨を収めたときのことは鮮明に覚えている。親戚一同が順に線香をあげ、両手をあわせて黙禱《もくとう》するのを、映画のスクリーンでも見るように眺めていた。どうしても実感がわかなかった。

最後にうながされて墓の前まで行った。線香に火をつけてから、急にどうでもよくなってそのまま引き下がろうとした。父親が腕をつかみ、「おい、何やってんだ」と低い声で咎《とが》めてきた。瞬は感情をまじえずに答えた。

「自分はやめとくよ。だって、劫は死んじゃったんだろ。てことは、もうどこにもいないんだろ。じゃあ、石の塊に線香あげたってしょうがないじゃないか」

父親の表情がかわり、みるみる紅潮していくのがわかった。

「おまえ、自分が何を言ってるのかわかってるのか」

そう叫ぶなり、平手が瞬の頬めがけて飛んできた。父親に殴られたのは、結局後にも先にもあれ一度きりだ。くりかえし頬をはたかれるままになりながら、これっぽっちも怒りは湧いてこず、ただそういうものなのかと漠然と考えていた。人は死んで無になる。しかし残されたものは、その重荷をずっと抱えていかなければならない。

十二年経って、父の憤懣《ふんまん》も自分の愚かさも理解できるようになった。だが今になっても、こうして手を合わせ頭を垂れている自分の姿をどこか突き放して眺めては苦笑しているもう一人の自分がいる。結局まだ宿題は解けていないのだろう。死とは何なのか。なぜ人は死を悲しむのか。空を飛ぶ鳥や地を這《は》う獣たちは、死を嘆きも怖れもせず、ただ瞬間の生を全身で生きている。草も木も夏空をわたる風も、死とは無関係に、ただ滅び、朽《く》ちて、消えていく。その清々しさが羨ましかった。見上げると、昼下がりの空を小さな航空機がゆっくりとよぎっていく。ガラス窓に残った傷痕が視線の角度で浮きあがるように、最後に銀色の胴体をキラリと輝かせて消えた。

伯母の淑子は、自室で車椅子に腰掛けたまま、アイスコーヒーのストローを神経質に掻き回している。氷とグラスの触れあう硬い音だけが、静かな室内に響いている。

自分の部屋に行こうと言ったのは淑子だった。最初案内されたホールは、穏やかな色調で統一された広々とした気持ちのいい場所で、入居金三千万、月会費三十万ともいう高級老人ホームにふさわしい清潔で品のいい雰囲気を備えていた。けれども実際にその空間のあちこちでのろのろと立ったり、座ったりしているのは、口をぽかりとあけ、互いに言葉を交わすこともなく凝然《ぎょうぜん》と黙り込んだ老人たちに過ぎなかった。その彼らのあいだを、明るい色彩のユニフォームを身につけた若い介護人たちが、修行僧の静謐さで行き来していた。彼らは最小限の言葉と動作で、裕福だが体の動かなくなったパトロンたちのよだれをぬぐったり、おむつの具合を確かめたりしていた。瞬がホールの片隅に伯母の姿を見出したとき、彼女は険のある表情で壁に据え付けられた大型モニターを眺めていた。モニターでは、ヨーロッパのどこかのオーケストラが、優美なウインナ・ワルツを奏でていたが、伯母の表情から伝わってくるのは、老人たちと一緒に監禁されていることのいらだたしさと退屈だけだった。瞬に気がついた伯母は、ほんのかすかに口角をあげた。たぶん、それが歓迎のしるしなのだろう。彼が近づくのを見て、伯母は片手をあげて、通りかかった介護人を呼び止めた。二人分の飲み物を注文して、自室へ運ばせるためだった。

二人きりになってあらためて間近で向かい合うと、無残なほどの老いの力に驚いた。剝き出しの腕やふくらはぎは、すっかり肉が落ちて、骸骨に直接皮膚をはりつけたようになっている。昔は雪のように白いことが自慢だったその皮膚も縮緬《ちりめん》のような皺が寄り、染みだらけだった。それでも意地のように身綺麗な格好を崩さずにいるところが伯母らしかった。首元にふわりと巻いたイタリア製のスカーフなど、まるでこれから外で食事でもするようだ。

「瞬ちゃん、お久しぶり。あなた最近なんとかやっていけてるの。もっとも、健康なら男一人くらいどうしたって食べていけるでしょうけど」

「いやだな、もう僕結婚しているんですよ。一人じゃありません」

「あら、そうだったかしら」と悪びれた様子もなく答える。「ごめんなさいね。聞いているんでしょうけど、私、どうしてもそういうこと忘れちゃうの。たぶんどうでもいいと思ってるのね」

権高な物言いも昔と変わらなかった。小規模とはいえ地方の総合病院を伯父が半世紀近くにわたって切り回してこられたのは、伯母の怜悧《れいり》で隙のない頭脳があってこそであることは、誰もが知っていた。経理面を一手に握り、夫に代わって銀行の担当者とやりあうこともあったと聞いている。けれども院長夫人であることや長男の嫁であることを笠にきたような態度に反発する声も絶えなかった。夫の死を契機に、病院を丸ごと全国的な医療法人に売却した今もそれは変わっていないらしい。

「それで、ただ顔を見せにきたわけじゃないんでしょう。晶さんのことを聞きたいとか」伯母の口調にはかすかな蔑みの響きがあった。彼は親戚のあいだで囁《ささや》かれていた噂を思い出した。

「ええ、そうなんです。晶伯母が暮らしていた屋敷は今、淑子さんが管理されているとか」

「管理だなんて」彼女は一笑した。「あんなもの、完全にお荷物よ。地価は下がる一方。上物を壊しても買い手がつくかどうか。何をするにもお金がかかるから、放っておいてるの。もうどうする気もないから、私が死んだあと、あなたたちでどうにかしてちょうだい」

「そうですか。じゃあ、僕にも多少は権利があるんですね。実はあの建物で一箇所だけ、自分のものにしたい部屋があるんです」

驚いたことに軽口が出た。瞬はこどもの頃、秘密の隠れ場所にしていた階段下の物置の話をした。自分の取り分は、あの部屋だけでいい。

淑子は珍しく声をたてて笑った。

「そうなの。ブロックみたいにそこだけ取り外して持ち帰れないのが残念ね。実際にはあの建物はもう使い物にはならないでしょう。何年も空き家のままだから、腐った床板を踏み抜いて怪我《けが》をするのが落ちね」

「晶伯母が使っていた私物はどうしたんですか」

「さあ、どうしたかしら。時代物のベッドやら家具やらはみんな処分したはず。馬鹿広い家だった割には物持ちでもなかったしね。古本屋を呼んで、書籍は全部お任せしますって言ったけど、大して嬉しそうな顔でもなかったわね。価値のあるものはなかったんでしょう」

「他には、何かなかったんですか」

「他には？　どういうこと」

瞬は口をつぐんだ。少しためらってから言う。

「伯母さんが書いていたもの。長年書きためた草稿の類があると思うんです」

なぜそんなものが見たいのだと聞かれたら、答えようがない。それがためらいの理由だった。しかし淑子の答えはそっけなかった。

「さあ、そんなものあったかしらねえ。覚えてない」

「まさか。そんなはずはない。見た覚えがあるんです」

しかし、淑子は首をかしげるだけだった。本当に知らないのかもしれない。

「それにしても、あの人はわからない人だったわね。今更隠しても仕方がないから正直に言うけれど、あの人とはそりが合いませんでした。若いうちからあの家に隠遁して、何をしていたのやら。私には無意味な生活に見えましたね。澤田家に財産があったからいいようなものの、そうでなければ、きっと生活保護ですよ」

淑子が、独身で一人暮らしの義妹を嫌っていたことは周知の事実だった。夫もなく仕事もないのは外聞が悪いというのが彼女の言い分だった。初めの頃はさまざまな策略を使って、見合いの場に引きずりだそうとしたらしいが、礼儀も義姉の面子も一顧だにしない晶の傲然《ごうぜん》たる無視にあって匙《さじ》を投げたということだった。

「私はね、あの人の三つ年上なの。だからお嫁に来たときは、血のつながらない姉になったつもりでいろいろしてあげようとしたの。だけど全然通じなかった。こっちは知っての通り、いつも忙しくしていないと落ち着かない性分でしょ。あんな風に一人きりでぐだぐだしていられる人の気持ちがわからないのよ。それも半年や一年じゃなくて、何十年もでしょ。やっぱり心の病気だったんじゃないかしら」

とめどのない愚痴のようでいて、話す内容は計算されている気がした。淑子はある時期から、肌合いの違いすぎる義妹を、籠《かご》の鳥として生かさず殺さずにおくことにしたのかもしれない。金の流れを掌握している以上、晶の生き死には彼女の手中にあったはずだ。何十年も本を出せなかったのも、結局は経済の問題ではないだろうか。

「それでも祐一郎《ゆういちろう》は」――と死んだ夫の名を口にした――「彼女の父親のつもりだったのよ。あの人たち、わりと早くに父親を亡くしたでしょ。晶さんはまだこどもだったから、あの人が面倒をみなければならなかった。結局それがずるずると続いたのね。だけど」

不意に言葉を切った。長年連れ添った夫が懐かしくなったのだろうか。珍しくしんみりした様子だった。

「あの人に言わせると晶は可哀想《かわいそう》な子だって。幼い頃に、見なくていいものをずいぶん見てしまったって」

「見なくていいもの？」

「さあ、具体的に聞いたことはなかったけど。でも、あの人が晶さんにずいぶん甘かったのは確か。あの屋敷だって、彼女の使いたいようにさせて。本当はあそこをうちの分院にしようという話もあったのよ。だけど、晶が行くところがなくなるから駄目だって。そんなの、どこかのマンションの一部屋でも買い与えてやれば済む話じゃない。そっちの方がよっぽど安上がり」

「そうですか。妹のことをとても気にかけていたんですね。だけど、祐一郎伯父さんが直接晶伯母さんに会いに来ることはなかったような」

「そうね。どこか避けているみたいでもあったわね。晶さんが亡くなる少し前になってやっと病室に行ってって。あれだってもう何十年ぶりの対面だったのじゃないかしら。二人きりにしてくれって、私はすぐ追い払われちゃった」

淑子は肩をすくめた。そして「ああ、くさくさする。こんな年寄りばっかりだってわかっていたら、老人ホームなんて来るんじゃなかった」と冗談とも本気ともつかないことを呟いた。そろそろ引き揚げどきかもしれないと、瞬は腰をあげた。

瀟洒なエントランスから一歩外に出ると、蟬《せみ》の鳴き声と樹木の緑の濁流に呑みこまれた。空調の効いていた屋内ではひいていた汗が一斉に噴き出してくる。サウナのようになっているにちがいない車にすぐに戻りたくなくて、しばらく軒先に立って、手入れのいきとどいたホームの庭を眺めた。携帯電話で、日暮れまでには帰る、と未爽にメールを送ると、すぐさま返信があった。夕方、取材相手と会う予定があるので、もし時間が合えば、帰りがけピックアップして欲しいという。了解、とメールして、ハンカチで額の汗をぬぐう。

彼女の指定する喫茶店についたときは六時をまわっていた。店内をうかがうと、奥まった席に未爽の後ろ姿が見えた。向かいに五歳くらいの男の子を連れた若い女が座っている。瞬は仕事の邪魔にならぬよう、衝立をひとつへだてた席についた。

「お酒さえ飲まなければダンナも悪い人じゃないんです。ただ会社で厭なことがあると帰りがけに飲んできて暴れるんです。一年くらい前、駅前に立ち飲みの店ができたんですよね。それでまずそこに寄って、帰ってくるころにはもう気持ちがささくれだっていて」

女の細い声だけが聞こえてくる。姿こそ見えなかったが、感情のこもらない平板な話し方にかえって追いつめられたものの孤独が感じられた。未爽はじっと傾聴している様子だ。盗み聞きのようで少し気が咎める。

「それで眠っていたこどもを揺り起こしてあたるんです。二時間も三時間も。そのうち手が出るようになって。やめてくれというとこっちまで」

「ねえ、ママ、アイス食べていい」

あどけない声が挟み込まれた。

「急に何言ってんのよ」

「ほら、あの人が食べてるやつ」

「だめ、ママ、今お金ないの」

「よろしかったら、どうぞ。お勘定はこちらでもちますから」

女は「すみません」と低い声で述べてウエイターを呼び、また話をはじめる。

「だからいっそ夜のあいだ働きに出ようと思ったんです。ダンナが帰ってくる時刻に誰もいなかったら平和でいられるじゃないですか。私は知り合いがやっているスナック。この子は二十四時間対応の保育園に。だけどそういうところってお金もかかるんですよね。スナックのお給料、ほとんど保育園代に消えてしまって。そのうち今度はダンナの方が馘《くび》になっちゃって」

女の話は長々とつづいていた。暴力、失職、アルコール依存。どれもどこかで聞いたことのあるような、出口がなく、救いもない話だった。ずっと家にいて、憤懣を溜め込んでいる夫の暴力はエスカレートする一方らしい。長いあいだ黙って話を聞くだけだった未爽が、女のことばが途切れたのを機に聞いた。

「それで、金田《かねだ》さんはこれからどうしたいと思ってるんですか」

「どうしたいって言われても」と女は口ごもる。「知り合いの家に逃げたこともあるんだけど、長くはいられなくて」

「わたしは専門家じゃないから踏みこんだアドバイスはできないけど、一度シェルターに避難するという選択肢はありますよ。数日間、二週間くらいまでならいられるはず。もちろんヒロキ君も一緒に」

「シェルター？」

「ドメスティック・バイオレンスの被害者を保護するための施設があるの。もしよかったら今から連絡を取ってみます」

「それって今すぐってことですか」

「それは金田さんが決めることだけど、傷害の可能性を考えると、わたしは早い方がいいと思います。そうだ、今、幾つかのシェルターの資料を持っているから、ちょっと見てみてください。対外的に宣伝するようなものじゃないから、どれも質素なものだけど」

未爽は鞄からちらしのようなものを取り出しているらしかった。

「ほら、ここは部屋さえ空いていれば、子連れで一週間ほど過ごすことができます。お風呂と台所は共用ね。近くに病院があって、何かあれば連れて行ってもらえるし、いいと思います」

「ここは？　ナーヴェというところ」

「そこは、少し違うの」未爽は一瞬言い淀んだ。「でもいいかもしれない。実際、逃げてきた人を見たことあるし。そこは少し変わっていて、家族のかたちを実験しているんです」

「家族のかたち？」

「一人のこどもに、父親が一人、母親が一人というんじゃなくて、複数の父や母がいてもいいんじゃないか、夫婦という関係ももっと自由にシャッフルしていいんじゃないか、という考えなんです」

「ええ、どういうこと。よくわかんない。シャッフルってなんですか。それ、ちょっと変じゃないですか」

「そうですね」未爽は苦笑する様子だった。「そこは外しておきましょう。ほかはどうですか。あわてなくていいから、ゆっくり考えて」

しばらくのあいだ、紙のこすれる音だけがつづいた。やがて女が言った。きっぱりとした口調だった。

「決めました。今日から家を出ることにします。助けてもらえますよね」

「今日これからですね」

「そう。だけど一度だけ家に戻りたいんです。取ってこなきゃいけないものもあるし」

「わかりました。ちょっと待ってくださいね。幾つか連絡をします」と言って席を立つ。

不意に瞬の携帯電話が震えた。メールが一通。見ると、未爽からで「今すぐ、店の外に出て」というものだった。

扉のところで未爽が待っていた。衝立越しの声は柔らかだったが、向きあって見ると緊張と興奮のため青ざめているのがわかる。

「手伝ってほしいの。まず彼女のうちに寄って、それからシェルター。わたしは今から向こうと連絡をとるから」と忙しく携帯の番号を押し出した。

「この人、わたしの仕事を手伝ってくれている人なんです。たまたま近くにいたので、手助けしてもらうことにしました」

車をまわしてきた瞬のことを未爽はそう紹介した。

「まずは金田さんの自宅に向かいます。必ず持ち出すのは、当座の着替えと現金、親子の保険証。そのほかいろいろ手放したくないものがあるでしょうけど、必要最小限にしておきましょう」

金田は、一緒にリヤシートに乗り込んだ未爽のことばをひとつひとつうなずきながら聞いている。まだ高校生にも見える幼い顔立ちだが、ミラーに映る表情は真剣だった。その胸にもたれるようにして、眠たげな様子の男の子が座っている。瞬はところどころで道を尋ねながら車を走らせた。

「今日ダンナが帰るのは？」

「まだ、だいじょうぶ。閉店間際までパチンコ屋で粘ってるの」

午後八時、住宅街のアパートは闇に沈んでいた。公園の水銀灯の冷たい明かりが、かろうじて扉の前の三輪車の輪郭を浮き上がらせている。

近くの路上にとめた車から、未爽と金田の二人だけが出ていき、車内には瞬と男の子だけが残された。瞬は気になって、背後の男の子に話しかけた。

「ママ、すぐ戻ってくるからね。もう少しだけここで待っていようね」

男の子は顔をあげる。暗さと長すぎる前髪のせいで表情はわからない。

「ぼく、お腹すいた。喉も渇いた」

弱ったな、と外に目をやった。道路の先の方で、自販機が白く光っていた。アパートから未爽たちが出てくる気配はない。

車の側まで小走りで戻り、ペットボトルのジュースを差し出した。いきなり後部座席のドアが開けられたことにたじろいだのか、男の子はシートの端で身をすくませている。瞬は、体を車内にさしいれて、男の子の手にボトルを握らせようとした。

「ほら、オレンジでよかったかな。ママたちが帰ってきたら、何か食べようね」

突然親指の付け根に激痛が走った。男の子が噛《か》み付いてきたのだった。瞬は無我夢中で男の子の頭を押しやった。男の子は仰向けに倒れ、Tシャツの裾がめくれて、脇腹の大きなアザがあらわになった。

瞬は呆然とそのアザを眺めた。車内灯に照らされたその膚には、ミミズ腫れのような傷もあった。一瞬、膝頭に震えがきた。

背後から押しのけられ、未爽と金田の二人が割り込んできた。

「早く出発して」未爽が金切り声で叫ぶ。

あわてて運転席に戻り、エンジンをかける。フロントグラスをばんばん叩く者がいる。髭面の男が血相を変えて怒鳴っていた。

おい、おまえ、何やってんだよ、出てこい。

「早く早く。バックだよ。前に出たら轢《ひ》いちゃう」

ギアをバックに入れ、アクセルを踏み込んだ。タイヤが鋭い軋《きし》み声をあげる。男がバランスを失って前のめりに倒れるのが見えた。ハンドルを切りかえし、道路の中央に出て走り出す。女たち二人は肩を抱き合って震えている。男の子が母親にしがみついている。

瞬は額の汗をぬぐった。脇の下も冷たい汗でぐっしょりと濡れている。心臓が喉から飛び出しそうだった。幹線道路に出ると、車は郊外に向かう自動車の列に飲み込まれた。

疲れ切って帰宅し、シャワーもそこそこにシーツの上に身を投げ出す。強にしたエアコンからは大きな音をたてて風が吹き出してくる。夜になってしまえば、地上の喧騒はもう届かなかった。まれに聞こえてくる酔漢の喚き声や車のクラクションは、かえって虚空の静けさを際立たせるだけだ。彼は目をつぶってシェルターの事務室で並んで俯いている金田親子の像をふりはらおうとした。そして、フロントグラスの向こうで髪を振り乱して怒声をあげている男の映像。年齢からいえば瞬とさして変わらぬくらいだが、定職につかず妻子を殴り続ける男の心情は想像の埒外だ。

起き直り、まだ湿っている髪の毛をバスタオルで拭く。清潔なシーツから香ってくるのは洗剤の匂いのみ。なにもかも希薄すぎる。だから、空中の家は淋《さみ》しいのだ、と不意に理不尽なようなことを思う。

夏になると伯母の屋敷は、むせかえるほどの土と植物の匂いに満たされた。みっしりと葉をつけた樹木、大人の背丈さえ超えて繁茂する背高泡立草《せいたかあわだちそう》。剣呑《けんのん》な羽音を響かせて蜂たちが枝先を縫ってまわり、夕暮れにはあちこちにブヨの柱が立つ。こどもたちはそのあいだで、塩辛い汗を流しつつ、泥まみれ、土まみれになって遊んだ。積乱雲が空にのしかかり、シャワーのような夕立が降りだすとき、雫《しずく》が落ちてくる軒先に退避して、小さな赤い蟻《あり》が洪水に仰天して列をみだして逃げ惑うのを眺めていた。幼い男の子には、そうした自然の事物がすべてなにか秘密のメッセージであるかのように思えたのだ。

そういえばあの場所では、家具さえ生き物めいた実在感を持っていた。複数の背中によってすりへらされ、背もたれがつやつやと輝くようになった木製の古い椅子や、あまりに大きいので一年中出されたままになっている鉄のストーブ、それからぼってりしたビロードのカーテン。飴色にかわった革の鞄。

一瞬、なにか大切なことを思い出したような気がしたが、明かりが消え、隣にキャミソール姿の未爽がすべりこんできてわからなくなった。

「大変だった」と大きくため息をつく。

「これからどうなるんだろう。あの二人」

「さあ。でも、数日でもこれからのことを考える時間ができたのはよかった。今はそう考えるしかないと思うの」

未爽の裸の肩に顔を寄せる。彼女の膚の匂いが鼻腔《びこう》に満ちた。瞬はもう少し大胆にふるまう気になった。車の中でこちらを睨んでいたヒロキという男の子の怯えた目つきが忘れられない。自分たちのこども——もし持てるとしたら——もあんな眼差しをするときがくるのだろうか。

彼女の腕に舌を這わせ、キャミソールの下で息づく膨らみに指をのばすと、彼女はさっと寝返りを打って背中を向けた。

「ごめん。疲れてるの」

あきらめて息を吐き、天井の化粧板を見つめる。隣で未爽が、偽装か本物かわからない規則正しい寝息を立てはじめた。先ほど消えてしまった考えに集中する。屋敷の屋内、古びた家具、埃まみれの調度。そう、旅行鞄だ。

　彼は音をたてぬようにそっとベッドから抜け出すと、隣の部屋に行って、電話の受話器を取り上げた。今日、結局顔を出すことのなかった実家の番号を押す。午後十一時を過ぎているが、おそらくまだ寝てはいないだろう。すぐに父親が出た。

「父さん、晶伯母さんのところから持ってきた大きな旅行鞄がどこかにあったよね」

「旅行鞄？」

「昔、見た覚えがあるんだけど」

「ああ、あれか」

「あれかって」

「病床の姉貴が、しきりにあの鞄のことを気にかけていてな。要は中身を見ずに処分してくれと言うんだが、処分と言われてもな」

「処分したのかよ」

「姉貴はすべて燃やしてくれなどと言ってたな。しかしうちの小さな庭じゃ、火が上がっただけで消防車が飛んでくる。とても無理だ。ついこの前も、三丁目の津久《つく》井《い》さん、ボヤがあって消防団が出動する騒ぎだったんだ。あそこは老夫婦の二人暮らしだから火の不始末でもあったんだろう。タバコかガスか。おまえたちも用心しろよ。そこじゃはしご車のホースも届かないだろう」

「まさか、その鞄、本当に燃やしたわけじゃないよな」妙に話が逸れていく父親に苛立って割り込んだ。

　は、と息子の単純さを笑う声がした。

「燃やすわけがなかろう。そこまで執拗に処分してくれ、なんて言うのは、それだけ執着しているということだ。姉貴は偏屈だったからな。屋根裏に放り込んであるよ。約束を守って中身は見てない」

「でも、大体見当がついているんだろう」

「書きためたもんだろうな。それ以外、考えられない」

　瞬は大きく息を吐いた。探しつづけていたものは自分の家の天井板の上にずっとあったのだ。埃にまみれ、ねずみにかじられているかもしれないが、十年以上、そこでひっそりと自分を待っていた。

「おまえがそのうち見たがるかもしれないと思っていた。だけど、こちらから言うつもりはなかったな」

「どうしてだよ」

「パンドラの匣《はこ》かもしれないだろう」父親は喉の奥で乾いた笑い声をたてた。こんなとき、瞬は血のつながった男のことがわからなくなる。

「もし引き取りに来るんなら、下ろして、風干しくらいしておくが」

「いいのかよ、持っていっちゃって」

「うちに置いておいても仕方がない」とそっけなく答えると、「それじゃ、もう寝るから」と父親は受話器を置いた。

路肩に車を停め、昼食に買ったおにぎりを食べていると、助手席に放り出してあった携帯電話に二件の留守電メッセージが入っていることに気がついた。再生ボタンを押すと、女の声がした。「こんにちは。松本実花です。ご無沙汰しています。実は少しお話ししたいことがあってお電話したのですが、お仕事中でしょうか。もしお電話をいただければ幸いです」

二件目は「松本です。また後ほど」だけで終わっていた。なんだろう、と不思議に思う。松本実花とは数年前に未爽と三人で会ったことがあるだけだ。短い髪を金色に染めていて、とてつもない早口で話す女だった。その速度に、未爽がきちんとあわせていることに驚いた。二人のやりとりは共通の知人の誰かが誰かとくっついたか別れたかという話らしく、彼には筋道がよくわからなかった。彼女といるときの未爽の表情がくるくると変化するのもどことなく気にくわず、いつまでも口を挟めないまま、しきりにコーヒーをおかわりしたものだ。

折り返しの電話をしてみるが、しばらく待っても実花は出なかった。また今度、ということにして携帯を放り出しかけたとき、着信音が鳴った。未爽からだ。

「ねえ、ずっと迷っていたんだけど、わたし、ナーヴェのお手伝いしてもいいかな」

彼女はどこか頼りない口調で唐突に言った。

「お手伝い？　スタッフとして運営に参加するっていうこと？」

「うん、そうだね、そんな感じ」電波のせいなのか、声が妙に遠く感じられる。

「僕は別にかまわないけど。でもさ、がんばりすぎて負担にならないよう注意したほうがいいよ」

「そうだね。うん、わかった。それだけ聞きたかったの」

「それと明日の昼過ぎには帰るから」

「お義父《とう》さんとお義母《かあ》さんによろしく言っておいて。ずっと顔出さなくてすみませんって」

「ああ、バリバリ働いてるって言っておく」

「うん。じゃあね」そう言って電話は切れた。

家に帰りついてチャイムを押すと、すぐに父と母が現れた。父親はサマーセーターだが、母親は祭りの法被《はっぴ》のようなものを着て赤いタスキをかけている。

「なにさ、その格好」

「あら、言ったことなかったっけ。母さん、今日、太鼓たたくのよ。和太鼓」

「和太鼓？」

「和太鼓のサークルに入ってるの。それで今日夕方から発表会でね。今流行《はや》ってるんだから。女子中学生から七十代までいるのよ」

「父さんはそれ、聴きに行ってくる」

はあ、とうなずくほかなかった。父は再来年定年退職のはずだが、二人とも元気にやってくれているならなにも言うことはない。それでも年より老けて見えるのは、息子を亡くした心痛のためだった。

「あんた、泊まっていくんでしょ。ご飯作ってあるから。先に食べてて」

「そうだ、おまえ」父親が中に入りかけた瞬を呼び止めて言った。「あれは床の間の前に出しておいたから」

返事もそこそこに客間に向かう。

旅行鞄は、朧《おぼろ》げな記憶そのままに、畳の上に横たえられていた。よく漫画や映画などで、大洋を横断する旅行者が船に積み込むトランクそのものだ。どう見ても数十年は経てきている革の表面は無数の細い擦り傷が入り、場所によって色合いが変わっている。それでも色調は柔らかで、もともと高級な品だったのだろうと想像された。

縫い糸のほつれかけた角の部分を撫でる。もっとざらざらしているのかと思ったが、意外と感触はなめらかだった。よく見ると物静かな艶がある。軽く押してみると、トランクの自重ばかりでなく、中にどっしりと重いものが詰まっているのがわかる。

両側から締めつける形になっているベルトを解き、鉄の金具に指をあてるとパチンと音を立てて錠《じょう》が開いた。結局鍵がかかっていなかったのは、晶の不注意か、それともメッセージか、わからなかった。

蓋をあけると、古書店でおなじみの年経た紙の匂いが立ちのぼった。それぞれに黄ばみ色褪せた大量のノートや紙の束が入っている。思わず息が漏れた。角のめくれあがった用紙の一枚一枚が、積み重ねられた時間の薄片のような気がする。一冊とりあげると埃が舞い散った。

その晩、彼は高校時代まで使っていた自室のベッドに横たわって、明け方近くまで、百冊以上あるノートを気儘《きまま》に読みつづけた。それらの大部分は、海を思わせる濃紺のインクの文字で埋め尽くされており、本格的に解読して整理するとしたら一夏かけても足りなそうだったが、今はさしあたり、気が向いた場所を流し読みするだけで満足だった。

革のトランクはベッドの横でぱっくりと口を開けていた。内側は青い格子縞《じま》の布地が張られており、そこに赤い糸でSAWADAと縫い取りがしてあった。

記された文字の森にわけいるのは、真夏の午睡にも似た終わりのない愉悦だった。眠りの始まりに、幾つもの情景が脈絡なく思い浮かぶように、無数のイメージや物語の断片が、ノートの紙面を無秩序に占拠していた。彼はすぐに、この森では、最後まで書き上げられたものよりも未完の物語や途上の存在のほうが、大きな実在感を獲得しているのだと気がついた。それらは、龍やグリフォンといった伝説上の獣たちと同様に、欠落や歪みを抱えているがゆえに相互に呼び交わし、異なる種同士で番《つが》うことができるのだった。物語は円環していた。反復し、一回ごとに変貌していった。それらは欠片《かけら》であることでむしろ全体を予感させ、ありえたかもしれない結末を予想させた。物語の端々に、似通ったモチーフが顔を出した。砕けたガラスの切片、繁茂しすぎた樹木の輪郭、夕暮れの空をよぎる鳥影、暴力によって突然断たれた四肢といったイメージが、異なる物語のなかに素知らぬ顔で姿を現しては、すぐにまた、複数の挿話がからみあう雑踏に消失した。瞬はそれらを追ってさまよった。物語は迷路であり、迷路は都市だった。そして都市の街路を彷徨《ほうこう》することはそのまま無数の人生を一瞬ずつ生きることであり、それらがすべて沢渡晶という女の影法師を映した万華鏡なのだった。ノートを読み耽っている最中に一度だけ、未爽からメールの着信があった。開くと「今日はありがとう、私、ほんとに久しぶりに生きてるって感じがする」とあった。時刻を見ると、すでに四時であり、彼は突然おしつけられた意味不明の愛情の唐突さに微笑みつつ、「僕も今、とても幸福だ」と返信した。それから明日の運転に備えて少しは眠っておこうと瞼《まぶた》を閉じ、ようやく眠気の潮《うしお》が差してくるのを感じながら、自分は結局虚構の世界を選んでしまったのだという心地のよい敗北感に身をゆだねた。

松本実花は硬い表情のまま、椅子に腰を下ろすと、丁寧に頭をさげた。少年のような髪型はそのままだが、髪の毛の色は黒に変わっている。細身のパンツスーツで颯爽《さっそう》と歩いてくる姿は、いかにも有能なバリキャリ女性だったが、こちらをまっすぐに見つめる視線に、余裕の色はない。

「わざわざお呼び立てして申し訳ありません。本当はもう少し早くお会いしたかったのですが、沖縄出張などがありまして、どうしても時間がとれず」

瞬は無言で会釈をかえした。最初に電話を受けてから、すでに十日近くが経っていた。この日は、彼女の方から社屋の近くまで足を運ぶということで、昼休みの時間を割いて出てきたのだった。彼女が十五分遅れてきたので、話す時間は二十分ほどしかとれないだろう。

「妻のことだと伺っていますが、どのようなことでしょうか。手短にお願いできたらありがたいのですけど」

彼は腕時計を確かめた。昼食を抜かしてまで彼女につきあうほどの好意は持ち合わせていない。こっちだって忙しいのだという意思表示のつもりだった。

実花はどう切り出したものか迷っているようだった。しばらく逡巡《しゅんじゅん》したあとで、「最近、未爽の様子はどうですか」と尋ねた。

「様子？　特にこれといっては。とても元気なように見えます」

実のところ、家ではここ数日、晶のノートを読み耽っていて、ろくに会話を交わしていないのだった。彼女も多忙で、はりきっている様子であり、夫と話をしたがっているとも思えなかった。二人のあいだには、期せずして上機嫌な無関心が成立していた。もっとも時折、彼女の方から、何かを言い出そうとする気配を感じるときはあったのだが。

「普段と変わりはないんですね」と念を押される。

「ええ、そう思います」

「そう。こちらの取り越し苦労ならいいんだけど」とため息をつく。

瞬は酸味ばかりが強く感じられる冷めてしまったコーヒーを一口含んだ。胸の内にじわじわと不穏な雲が広がりつつあった。

「何か彼女によくないことでも起きているんですか」

実花は唇を嚙んだ。

「ナーヴェという団体のことをご存じですか」

「社会的子育てを実践している、としか」と言ってから、自分の言葉の頼りなさに気がついて付け足した。「もっとも、僕はそれがどういうものかよく知らないのですが」

「近代的家族像を再考する、というのが彼らのスローガンですね。父・母・子の閉じたトライアングルが生み出す息苦しさが様々な問題の温床になっている。だから、孤立した核家族を外側に開き、父親役、母親役を複数で担う、というんだそうです。主張自体は、今さらそれほど目新しいものではありません」

「そうかもしれませんね。具体的にどのようなことをやっているんでしょう」

「複数の親子が共同生活をしているようです。昼間だけ通ってくる親子もいると聞いています。それから法的にはグレーゾーンになるのかもしれませんが、託児所のようなこともしているようです」

「結構、実践的なんですね。それで、何が問題なのでしょうか」

「ナーヴェが、以前福岡で活動していた団体の別名である可能性があります。その団体には、複数の家族から、娘を奪われた、妻や夫を奪われたという届けが福岡県警に出されています。じきに被害者の会が結成されるとも聞いています。団体の危険性を指摘するカルト研究家もいます」

瞬は絶句した。頭のなかが真っ白になる。実花はテーブルに髪の毛がつくほど深々と頭をさげた。

「すみません。ナーヴェを紹介したのは私なんです。取材リストに入れといて、くらいの軽い気持ちだったんですが、まさかそんな団体だとは思わなかった。実際のところはどうなのか、未爽に直接聞いても教えてくれないし。もうどうしたらいいのか……」

最後の部分が涙声になった。実花はそこで言葉を切ると、感情の暴発を恥じるように、取り出したティッシュで洟《はな》をかみ、しばらく黙って呼吸を整えていた。

「はっきりしたことはわからないんですか」瞬は、こらえきれずに尋ねた。ひどくこわばった声になっているのがわかる。

「しばらく時間がかかると思います。今は未爽を注意深く見守ることしか」

「彼女をその団体から退会させる。二度と関わらないと約束させる」彼は勢い込んで言った。「そうすればいいんでしょう。というか、それしかないじゃないですか」

実花は疑わしげにこちらを見た。

「でも、本当にそんなことができますか。カルトの信者は、家族が必死で説得しても、やがて信仰に帰っていくケースが後をたたないって言います。ずっと監視しているわけにもいかないし、一度洗脳されると、脱洗脳に十年かかることもあるとか。そのあいだ、今度は家族側が監禁するということもあるらしいけど、それはそれで問題だし、とても現実的ではないですよね」

「あたりまえだ。未爽を閉じ込めておくことなんてできない」

十五階のあの部屋に未爽を一人でおいておくと考えるだけでぞっとした。垂直に宙を落下する未爽。いや、第一、部屋にどうして監禁しておけるのか。マンションのなかに座敷牢でも作るのか。あまりに馬鹿馬鹿しくてお話にならない。

「じゃあ、現在は彼女の変化に注意を払うしかないんじゃないでしょうか」

「しかし、そんな消極的なことでは……」と言葉を探す。しばらく考えた。「そもそも、そんな危険な団体が野放しにされていることが問題じゃないですか。警察なりなんなりに言って取り締まってもらわなければ。それに、僕たちだって何かできるんじゃないですか。僕は一応出版業界に籍があるし、あなたはジャーナリストだ。キャンペーンを張るなどして、警鐘を鳴らすべきだ。住民運動だっていいかもしれない」

実花は深々とため息をついた。

「今、現在、何か法に触れることをしたというわけじゃないんです。警察は動いてくれませんよ。それに、あの団体は、何かトラブルが起きるたびに、名前を変え、拠点を替えて、転々としてきたという歴史があるんです。以前は福岡にいたと言いましたね。その前は名古屋《なごや》、さらにその前には北海道にいたらしい。最近もしきりに各地と行き来しているとも。下手に周囲が騒ぐと、未爽ごと、またどこかに行ってしまうかもしれない」

瞬は言葉を失って、うなだれた。実花は淡々とつづける。

「ナーヴェに限らず、危険なカルト団体は日本に何百もあります。中には誰もが知っているような巨大組織だってある。でも、法もメディアもそうした団体を摘発したり解散させたりしません。結局、カルトにいいようにされた人間の自己責任なんです。強引に力ずくで肉親を奪還するような人たちもいるけど、それだって心まで取りもどせるわけじゃないし。最後は、当人が騙《だま》されていたって気づくほかないんですよ」

瞬は黙り込んだままだった。その様子に責任を感じたのか、実花が言った。

「ごめんなさい。私が悲観的に考えすぎているのかも。それにどんなグループにだって、ついていくものもいれば、見切りをつけるものもいる。私、未爽がそんなに馬鹿だとは思わない。必ず、瞬さんのところに帰ってきますよね」

「あなたは、あいつがどれほど思い詰めるタイプかわかっていないんだ。どれほど強情かも。何かが正しいと思い込んだら、後先考えずに突っ込んでいく。そういう人間なんだよ。立ち止まることを知らないんだ」彼は吐き捨てるように応じた。励ましの言葉がかえって苛だたしく、恨みがましい口調になってしまうのを抑えられない。

今度は実花がうなだれる番だった。

「どうにも手詰まりですね。とにかく、今は未爽をあまり刺激しない方がいいような気がするんです。ナーヴェを辞めるように強制するのもかえって逆効果かもしれない」

未爽の性格を考えればうなずける話だった。彼はもう何度目かわからない細い息を吐く。実花が、時間は大丈夫ですか、と昼休みをとっくに過ぎた時計を指差した。瞬は何の感慨もないまま、小刻みに移っていく秒針を眺めた。

沢渡光一《こういち》、フリーライター。瞬はシンプルすぎてそっけない名刺の束を眺めた。連絡先には携帯番号と、新しく取得したメールアドレス。名刺作成サイトで申し込めば、わずかな金額で、翌日箱入りで届く。身分詐称もずいぶんお手軽な世の中だ。少しでも真実味を増そうと、紙だけでも厚手の高級紙にしたが、かえっていかがわしい感じが強まった。

車のウインドウから、ナーヴェの入った建物を眺める。場末に近い場所のマンションは、どこかくすんだ印象だった。一階に飲み屋が二軒ほど入っているが、テナント募集の張り紙も目につく。住居部分は二階からで、無愛想な鉄の扉が並んでいる。確か二階の一部屋と四階の二部屋を使っているはずだ。

数日悩んだ挙句に思いついたのは、ライターを名乗ってコンタクトを取ってみるというプランだった。未爽だって最初は取材のつもりで接触したにちがいない。その職業意識の枠を踏み外してまで、彼女を夢中にさせたのが何か知りたかった。団体の内情を自分の目で探ってみることで、打開策のヒントがつかめるかもしれない。

二階の扉の前に立つとさすがに緊張した。チャイムを押すが反応はなく、再びチャイムを鳴らしたところで、「この家に関わるんじゃないよ」と後ろから囁かれた。

びくりとしてふりかえると、小柄な老婆が通り過ぎるところだ。彼女は、念を押すようにもう一度しかめ面をしてみせると、二軒隣の扉の中に消えた。詳しく話を聞きたかったが、駆けよったところで、がちゃりと中から鍵をかける音が響いた。

不意に心細くなる。ひどく馬鹿げたことをしている気持ちになる。しかし、このまま帰るわけにはいかない。四階に移ってチャイムを鳴らすと今度はすぐに返事があった。扉が外に開き、赤ん坊を抱っこ紐で抱えた女が顔を出した。

「なんだ、ピザじゃなかったの。さっき配達頼んだんだけど」

ちがいます、と言いながら内側に入る。追い返されるのを警戒したためだった。取材のアポイントメントを取ってあるんですが、と切り出す。

「取材?」女は面食らったように言った。化粧っ気がなく、右頰に吹き出物がふきだしている。「誰に」

「代表者の方をお願いします」

「代表者?　えーと、誰だっけ。そうだ、島本《しまもと》さんだ」体を上下に揺らしてむずかりだした赤ん坊をあやしながら、島本さーん、取材だってー、と内に向かって大声をあげた。

廊下の奥の部屋から、ひょこりと姿を見せたのは、六十がらみの小男だった。こちらも鳩が豆鉄砲を食ったような顔をしていたが、それでもこちらへ来いと手招きをする。明らかに緊張した様子で、せっかく渡した名刺を眺めすらしない。

廊下に立ったまま小刻みに体をゆすりながら「何か、俺に尋ねたいことあるのか」

と聞いたときも目が泳いでいた。

「この会の理念や設立以来の歴史をお尋ねしたいんです」

島本という男は、ますます居心地が悪くなった様子だった。

「設立理念たって、俺は難しいことはわかんねえよ。そうだ、他の部屋の様子を見るか」と歩き出した。

島本はどう見ても無口で無骨な男だった。彼はダイニングで大きな寸胴《ずんどう》からカレーを配っている男をさして「坂下《さかした》くん」と言い、列をなしているこどもたちを「こどもたち」と言った。こどもたちは、銘々のカレー皿を受け取ると、好きな場所に行ってさっそく掻き込んでいた。他には数人の女たちがいて、自分の近くにいるこどもたちにご飯を食べさせたり、自分でも食べたりしていた。こどもたちの泣き声や叫び声がたえまなく響いていた。総じてその場所は、子沢山のロマの天幕や、移動途上の移民団のキャンプといったものを連想させた。

島本は、一通りマンションの中を見せて回ると、納戸めいた小さな部屋に案内した。瞬に小ぶりのソファをすすめると、自分は小さな木の椅子におさまった。

「こんな感じなんだ。小さいのがたくさんいるからな、いくら掃除してもおっつかねえ」

瞬が見た部屋は、どこも衣類やおもちゃであふれかえっていた。この部屋に導かれたのも、ここだけがかろうじてこどももおもちゃもなく、落ち着いて話ができるからだった。

「今、どれくらいの数のメンバーがいるんですか」

「出たり入ったりだからな、正確なところはわかんねえ。それからさっき言ってた理念ってやつだが、まあなんつうか、もっと自由であっていいんじゃねえかってことだ」

「どういう意味です」

島本は説明に窮するようだった。弱った表情になると、痩せた顔立ちがますます貧相に見える。

「なんつったらいいか、みんながんじがらめになってるんじゃねえか。家族とか人間関係とか仕事とか。そんなもんどうでもいいじゃねえか。俺なんか失敗ばっかりだ。嫁さんもしくじって、飯場《はんば》も怪我でダメになって、それで牛のことしか考えられなくなっていたときに、拾われてよ」

「すみません。ちょっと意味がよくわからないんですが」

「だから牛だよ、牛」

廊下の方からこどもたちが駆け回って遊ぶ声がした。それから掃除機をかける音。何もかもあまりにも卑近で日常的すぎて、瞬はこの団体のことがますますわからなくなった。

「牛が何の関係があるんですか」

「俺よ、避難してきたんだけど、牛舎につないだままだった牛が気になってよ、だいぶ経ってからこっそり戻ったんだ。立ち入り禁止区域によ。そうしたら、いることいること。鉄の柵のなかで腹すかして死んだやつ、腐って蠅《はえ》がたかっているやつ、もう骨だけになってるやつ。うまいこと逃げ出して放れ牛になったのもいた。今ごろどうなってるかなあ、まだ草食ってるといいけどなあ。そんななかに一匹の子牛がいてなあ。死んじまった母牛のところにいたんだが、久しぶりに人間を見て、俺んとこ寄ってくるんだ。餌くれると思ったんだろうな。鼻面すりよせてよ。それから、何をしていてもその真っ黒な瞳が頭から離れないようになって、おかしくなっちまってよ」

島本は明らかに自分の内側を向いて話していた。もともと、人とうまくつきあえないタイプなのかもしれない。すぐ前の瞬の姿さえ目に入っていない様子が不気味で、白日夢にのめりこんでいくようなのをひきとめようと口を挟む。

「それって、いつの話ですか。最近ですよね」

「あ？　三ヶ月くらい前だ」

「あなた、代表ですよね。この団体を作ったんじゃないんですか」

島本はかぶりをふった。

「三ヶ月に一度、くじ引きで決めるんだ。俺はひと月前にくじにあたった」

これ以上、話を聞いても無駄だと立ち上がった。自分はこの団体に虚仮《こけ》にされているのではないかと思うとむかむかが込み上げてきた。

玄関で、先ほどカレーをよそっていた坂下と一緒になった。整った顔立ちの若い男だった。

「お役にたてましたか」と笑う。

「お話にならない。おたくの代表はまず病院に行ったほうがいいんじゃないですか」

「すみません」とまた笑う。目元の涼しさが印象的だった。

これから買い物に行くという坂下と二人で外廊下に出る。

「あなたはどうしてナーヴェに加わったんですか」と聞いてみると、坂下は関わりのないことを言い出した。

「家族ってなんだと思います」

いきなりそんなことを問われて少し鼻白む。

「それこそ人によって様々なんじゃないですか。心の支えだっていう人もいれば重苦しいという人もいるだろうし」

「それでも人間はずっと家族を捨てないできたんですよね。動物全体を見渡しても、人間のような家族を持つ種類はいないんだそうです。群れはあっても、家族はないとか」

「そうなんですか」

「母と子の絆はある。それからチンパンジーのように集団で暮らす猿は、群れのなかでの序列にはとても敏感なんだそうです。けれど、家族だけはない。人間だけがジャングルからサバンナに進出したころ、家族という単位を生み出した。永続する父と母と子というユニットですね。この家族が幾つも集まって、ひとつの群れになる。群れで協力して狩りをする。そして得た食物を、また家族でわけあう。そうやって人間は生きてきたんです」

「ずいぶん詳しいんですね」

　路上に停めた車はすぐそこだったが、ここで話を切り上げてしまうのは惜しかった。坂下につきあうことにして、川べりの土手の道を歩く。すぐ目の下で日差しを受けてきらめく水面が眩しかった。

「こどものころから家族なんてなければいいと思っていました。ここにいるのはそういう人が多いけど、僕も欠損家族の出身なんです。そういう人間は、家族を憎んでいるくせに人一倍家族を求めずにいられない」

　坂下は川面を渡ってくる風に髪の毛をなぶられて目を細めた。九月の空は晴天でもどこか水蒸気で白くけぶっている。そのぼやけた空を斜めによぎるのは目に見えない羽虫を追っている燕《つばめ》だろう。坂下は口を開いた。

「僕は家族って共有された物語のことだと思います。自分たちが、血だけじゃない特別なつながりを持っていると信じたとき、その人たちは家族になるんです。だけど、われわれが長いあいだ信じてきた家族の物語は、だいぶほころびてきている。もっと新しい家族の物語があっていいと思う」

「どんな物語です」

「家族の原点はシェアすることです。食べ物を、時間を、愛情を。僕たちは同じひとつの舟に乗るものとして、すべてをシェアしています。こどもたちとそのケアをシェアしています。父親や母親であることをシェアしています」

「先ほどの島本さんというのは、要は身寄りのない老人ですよね。そういう人間も受け入れている」

「彼の孤独もみんなでシェアすればいいんです。みんな、自分が持って生まれてきたものに縛られている。性や血縁や役割や。そうしたものもみんなで平等にシェアすればいい。自分が苦しかったら、誰かにしばらく代わってもらえばいい。あなたは代表者に会いたがっていたようだけど、僕たちはそうしたものもみんな順繰りにしてしまったんです」

「なんだか綺麗ごとに聞こえる。それに、役職とは別に本当の指導者がいるのかもしれない。もしかしたらそれがあなたなんじゃないですか」

坂下はゆったりと微笑んだ。

「あなたも体験してみたらいい。僕たちナーヴェの人間は誰でもない、誰にでもなりうる人生を生きています。もう特定の役割に縛られていません。誰かの父や母であること、息子や娘であること、夫や妻であること」

「夫や妻であることも？」

「ええ、僕たちはパートナーもシェアしますから。当然でしょう？」

突然誰かが瞬の名を呼んだ。土手の道の先に未爽が立ってこちらを睨んでいる。

「ああ、こちら、沢渡さんと言って僕らのことを聞きたいといらしたんだ。そういえば、未爽さんとは同業者だね」

のびやかな声で呼びかける坂下を無視して、未爽はつかつかと近づいてきて、瞬にだけ聞こえるよう低い声で囁いた。

「わざわざ監視しにきたの。最低。お願いだから、今日はもう帰って」

そのまま坂下の袖を引いて足早に歩き出す。

その晩、未爽はマンションに帰ってこなかった。


篠《しの》突《つ》く雨のなか、紫色の夕暮れに佇む人影を見て、思わずはっと足をとめた。マンションの建物の少し手前、駐車場とコンビニエンスストアのあいだの狭い空間に未爽が立っている。傘を目深にさしているために表情はわからないが、その姿はひどく心細げに見えた。どうして家に入らないのだろう。鍵をどこかになくしたのだろうか、と訝りながら足早に近づく。歩きながら、何と声をかけたものか迷った。

昨夜《ゆうべ》は怒りのために一睡もできなかった。なぜ彼女はあのような奇怪な集団に入れ込むのか。自分たち夫婦の関係が壊れても構わないのか。だとしたら、この五年間の生活はなんだったのか。彼はひどく裏切られた気持ちだった。

瞬の足音に気がついて、彼女が傘を持ち上げた。雫が垂れて肩に落ちるのも構わぬ様子だった。青ざめた額に濡れた髪の毛がはりついている。彼女が何か言う前に、

「なにしてるんだよ、早く入ろう」と彼女の袖をひっぱった。

ふっと背後から現れた影があった。ブロック塀とコンビニのあいだの狭い空間に隠れていたので見えなかったのだ。それが、あの金田という女の夫であることに気

がついて目を剝いた。男は未爽のすぐ後ろに立っていた。

「ずっとあんたを待ってたんだよ。聞きたいことがあるんだ。ちょっと来い」

傘を持たない男のパーカは、ぐっしょり濡れそぼって暗い色になっている。その
じっとり湿って重そうな袖口に、カッターナイフの光があることを見てとった。

男は未爽の後ろにぴったりとくっついたまま、瞬たちを駐車場に停めてある車まで案内させた。

「この女が車を運転できないというから、ずっと待ってたんだ。カナたちのいるところまで連れて行け」

「カナ？」

「おまえらが連れ出した俺の嫁だよ。てめえら、どういうつもりでひとんちの事情に首突っ込んでんだ。ぶん殴るぞ、このやろう」

怒鳴り声をあげかけ、自分の声の大きさに気づいてあわてて声をひそめる仕草が情けなかった。誰か見咎めるものがいないかとあたりをみまわす様子も笑止だが、瞬自身の脇腹にも冷たい汗がつたっている。

握った未爽の手は氷のように冷えていた。ごめん、と声にならないまま唇が動くのに頷きかえす。

「やめた方がいい。警察につかまって留置場に放り込まれるだけだ」

「うるせえ。がたがた言うな。早く車のドアを開けろ」

もう一度、未爽の手を握りなおした。ふと、二の腕の内側に、誰かが唇で吸った

ような小さなアザがあるのに気がつく。

　ドアを開けると、男は未爽を後部座席に押し込み、自分もその隣に乗り込んだ。パーカのフードを除けると、男の乱れた髪の毛があらわになった。髭面は以前と変わらずだが、頬がこけ、目が尋常ではなく血走っている。なにか危ない薬でもやっているのではないかという面相だ。

「おい、早く車を出せ」

「どこへ行くんだ」

「馬鹿野郎。カナたちのいるところだって言ってんだろうが」

「どこか知らない」

「ふざけたこと言ってんじゃねえ」

　運転席のシートを思い切り蹴り上げられた。衝撃に思わず小さな声が漏れる。それが気にいったようで男はほくそ笑んだ。

「は、びびってんじゃねえか。いいからさっさと車を出せよ。カナとガキを連れ帰ったら解放してやんからよ」

　エンジンをかける。そろそろと駐車場から移動しながら、ミラーで未爽の表情を確かめると、必死の形相で首を振っていた。シェルターに連れて行っては駄目だと言いたいのだろう。女ばかりのシェルターにこの男が行けばどうなるか。かなりの確率で流血沙汰になる。

　走り出してしばらくたってから、フロントグラスを水の膜が流れていることに気がついた。対向車の明かりが滲《にじ》んで揺れている。ワイパーを動かすのも、ライトを点けるのも忘れていたとわかって、あわててスイッチに手を伸ばすと夜の街がふいにくっきりと浮きあがった。

先ほどから、何のあてもなしに右折左折をくりかえしている。シェルターに向かえない以上、意味もなく周囲を流して時間を稼ぐ以上のことは思いつかなかった。男はいらいらと体をゆすっては、落ち着かない視線をあちこちに投げている。右手にはまだ数センチ刃を出したカッターナイフを握っている。

「おい、まだか」

返事をしないでいるとまたシートを蹴り上げられた。

「道がわからなくなった」

「おい、ふざけたこと言ってんじゃねえよ」

「奥さんに逃げられて寂しかったのか。ずっと妻とこどものことだけ考えていたのか」

「うるせえ、なに言ってんだよ。おまえと関係ないだろう。余計なこと言い出すんじゃねえよ」

後ろから髪の毛をつかまれてひっぱられた。車が左右に蛇行する。未爽が悲鳴をあげながら男の腕をつかんでいる。男は手を離し、肩で息をしながら、調子にのるんじゃねえ、と吐き出した。唇を切ったのか、血が一筋口角から垂れている。

赤信号のために交差点で停止した。瞬は対向車線にパトカーが停まっていることに気がついた。街灯の光に照らされて、中の警官がなにかを話しながら笑いあっているのが見える。彼はまだ赤信号であることを確認して、高らかにクラクションを鳴らしてからアクセルを踏み込んだ。おい、こら、そこの車、待ちなさい。金属的な拡声器の音声が飛んでくる。パトカーが非常灯を点灯し、サイレンを鳴らしながらUターンしたのをバックミラーで見て、瞬は路肩に車を寄せて急停車した。車体がガードレールにこすれる厭な音がする。馬鹿、てめえ、なにやってんだよ。男が喚きつづけるのも構わずクラクションを連打した。ファファファファアーン。ドアを開けて未爽がアスファルトに転げ落ちたとき、パトカーから駆け下りた警官たちが走ってきた。

警察署からの帰り道、二人はほとんど口をきかなかった。

横腹に醜い引っ掻き傷のついた自動車は、証拠だということで、しばらく署に留め置かれることになったので、電車を乗り継いで帰らなければならなかった。家に着いたときはすでに日付が変わっていたが、瞬はそのまま眠れる気がしなかった。

未爽はよろめくようにして寝室に入っていった。冷凍庫に、もう一年近く前に買ったウォッカが残っているのに気がついて、グラスに三センチほど注いで一口含む。独特の香りとともに熱い感触が喉をつたっていく。二杯三杯とグラスを重ねても眠気はいっこうに訪れてくれなかった。アルコールを腹におさめればおさめるほど、疲れと裏腹に頭の芯《しん》が覚醒していく感じがする。

サッシを開けて外に出る。真夜中のベランダに立つと、夜風が体の周りを通り過ぎていく。ふいにどうしてこのような場所に来てしまったのだろうという思いがどっと押し寄せてきた。こんな部屋を借りるべきではなかった。宙吊《づ》りにされて虚空を漂い続けるだけの部屋。

それでも夜空は美しかった。いつのまにか雨はあがり、灰色のちぎれ雲をあちこちに浮かべている。雲間から青白い月が現れて、下界を照らし出した。街も梢も銀色の光を宿している。地平線に視線を投げると東京の街並みが星に交じって瞬いていた。

寝間に入ると、未爽はワンピースを脱ぎ捨てたままの格好で寝息をたてていた。彼はベッドの端に座り、二の腕の内側の紫色の斑紋を指で撫でた。髪を持ち上げた下のうなじにも同じ痕があった。裸にしてしまえばもっとあちこちに痕跡があるのかもしれなかった。

明け方になって不思議な夢を見た。

瞬は波音を聞きながら横たわっていた。水の音はすぐ近くから聞こえてくる。そのことがなぜだか彼を悲しくさせた。まるで空洞になってしまった体の内側から響いてくるような気がする。身体《しんたい》を起こすと自分が未爽と小さな舟にいて、舷側《げんそく》を波が叩いていたのだとわかる。見渡す夜の海は漆黒の幕だった。水面はそのまま星をちりばめた空につづいている。広い宇宙にたった二人きりという寂しさに撃たれたが、起き上がって未爽を見てみるといつのまにか小さな赤ん坊を抱いている。彼女は幸福そうに見えた。眠っている赤ん坊はつくりもののような小ささだ。僕たちの子なんだね、と尋ねると、ゆったりと微笑みながら小さくかぶりを振った。

どうして、と尋ねかけて気がついた。未爽の舟と瞬の舟。ひとつだと思い込んでいた舟はいつのまにか二つに分かれているのだった。二つの舷側のあいだで水面が揺れていた。未爽の舟がこちらから離れていく。瞬は行ってしまうのをとめようと腕をのばしたが、指先はあと少しで届かなかった。未爽と赤ん坊の乗った舟は揺れながら遠ざかってゆき、母子を包みこむ静謐はますます深くなった。

二人が乗り込むと、ゴンドラはかすかな軋みをあげて傾いたようだった。外から係員が、一声かけて留め金をかける。そのあいだもゆっくりとゴンドラは動きつづけている。高さ百十七メートル、日本最大級だと天井のスピーカーが控えめな音量で告げていた。

向かいあって腰掛ける。未爽は少しやつれ、それでもどこか充足しているように見える。

眼下では大地がわずかずつ遠ざかっていった。結婚前に乗った観覧車にもう一度乗ろうと誘ったのは瞬の方だが、何も聞かずについてきた彼女にも話したいことがあるのだろう。どちらが先に口を切るだろうと思いながら、転落防止用の金具のつけられた窓枠に腕をもたせた。ガラス代わりのアクリル板は意外と薄く、力を加えればすぐにもたわみそうだった。重量を抑えるためなのか、鉄製のゴンドラ自体の作りも意外と華奢に感じられる。

「何かトラブルで止まったりすることないのかな。強風とか、電源関係の故障とか」

結局、頭にうかんだことを口にしたのは瞬の方だった。

「ときどきそういうニュース見るよね。観覧車だけじゃなくてジェットコースターとかでも」

「何時間も空中にぶらさがってんだよな。お腹も空くし、大変だろうな」

「わたしは平気だよ。瞬と一緒なら」

しれっとそう言って未爽は笑った。まるでまだ恋人だったころのような顔だった。あれからの数年がすべて夢で、目覚めたら二十代のはじめに戻っているのならどんなにいいだろうという痛切な思いに彼は襲われた。

梢の天辺が、波頭のように窓の下で揺れていた。地上からは見えなかった駐車場と、規則正しく並んだ乗用車が目に入る。

「きみはこれからどうするつもりなの」と瞬は尋ねた。本題に入る前のささやかな回り道のつもりで、我ながら無造作な調子が出せたと満足した。

「どうするって」

「記事を書く、インタビューをする、本を出す。そういう何やかや。今の仕事を続けていきたいんだろう」瞬は肩をすくめた。

「もしできたらそうしたいと思っている。本を出せて話題になったらすばらしいでしょうね。そうすれば、経済的な自立だってできるかも。だけどわたしはいつも相手と関わりすぎてしまうから、ジャーナリストには向いていないんじゃないかって最近思うようになった。この前のことだって、全部わたしが関わりすぎたせい。あなたまで巻き込んでしまって」

「そうだね。二度とあんな目にはあいたくないね」

「悪いと思ってるの。でも、わたしには客観性を保つというのが難しいの。こんなわたしでもきちんとしたルポライターやジャーナリストになれると思う？」

ルポライターになりたいという希望を打ち明けられたのはほんの数週間前だった。それ以前から、女性向けの記事を書くことは彼女がもっとも打ち込んできた作業だった。毎日毎日、どれほど時間を費やし、神経を磨り減らしてきたかは、隣で見ていてよく知っている。その彼女が今は自分は不適格ではないかと述べている。辛い告白のはずなのに、静かな笑みが浮かんでいるのが不思議だった。彼は慎重にことばを選びながら答えた。

「さあ、どうだろう。それはつまり、もう書くことを仕事にはしないっていう意味」

「それはまだわからないの。今は、一歩距離をおいて目の前のことを考え直してみるだけの余裕がないっていうこと。何か、毎日が無我夢中で過ぎている感じがする」

そう言って視線を外に投げる未爽は知らない女のようだった。

「あなたはどうなの。あなたも最近少し変わったような気がする」

「僕が」彼は驚いて言った。「どう変わったっていうわけ」

未爽は少し首をかしげた。「そうね、どこか上の空というか。なにか地に足がついていないみたい」

　彼は観念して言った。「最近手に入れた文書があって、ずっとそれを読んでいたんだ」

「そう。きっとおもしろいものなんでしょうね」彼女は文書の中身には関心を示さずに尋ねた。「でもそれって仕事とは関係ないんでしょ」

「そうだね。うちで扱う原稿とはずいぶん種類が違う」

「会社、辞めるの」

　彼は唖然とした。

「どうして。辞める理由なんてないし、辞めたら生活できない」

「そう、わたしはいつかあなたが辞めるんじゃないかと思っていた」

「なんでそんなことを」

「気がつかなかったの」彼女は身をのりだしてきた。「あなたは自分が今の仕事に向いていると思っているようだったけど、はたから見ていると、どこか場違いだった。うまく馴染んでないみたいだった。何か気になること、もっとやらなくちゃいけないことがあるんだけど、それが何だったかどうしても思い出せないって感じ」

「何を言ってるんだ」

「でも考えてみたら、あなたは学生の頃からそうだった。いつもどことなく居心地が悪そうで。そこのところがよかったの」

「ちょっと待ってくれ。きみはまるで他人事みたいにいうけど、仕事を辞めたら困るのは二人ともじゃないのか」

　未爽の表情がすっとかげった。

「さっき、あなた、この前みたいな目には二度とあいたくないって言ったよね」

　彼はうなずいた。

「大丈夫だよ。だって、あなたはもう」彼女はいちどことばを切り、秘密の話でもするように上目遣いで表情をうかがった。

「そうでしょう?」

　瞬は混乱し、しばらくして、彼女が言わんとしているかもしれないことに気がついて不愉快になった。

「どういうこと、それはつまり」

　そう言いかけて彼はことばにつまり、彼女もそれ以上口を開こうとはしなかった。

二人は黙って外を眺めた。すでにゴンドラは彼らのマンションの部屋よりも高くあがっていた。足元では芝生の緑をキャンバスに黒い遊歩道が均整のとれた曲線を描いていた。狭い水路を挟んで、無骨な倉庫や工場の屋根が見えた。高速道路を豆粒のような車が走っていた。反対側に目を向けると、灰色の空が灰色の海とまじりあい、曖昧《あいまい》な水平線を作っていた。

「一雨来そうだな」瞬はつぶやいた。

　海面の上をちぎれた雲が走り、その下は白くけぶって見えた。

「大雨が来たら、この観覧車止まるかな」未爽がさっきの話題を再びもちだして笑った。

「さあ、それくらいじゃ止まらないだろ」

「残念だね。じゃあ、また降りていくしかないんだね」

あと十五分もすればまた地上に立つ。たぶんそれで自分たち夫婦はおしまいだと暗黙に述べているのだった。もう二人のあいだは修復不可能だと。瞬はカッとして、ずっと心にしまっていたことばを口にした。

「ナーヴェのことだけど、もう二度と行くな。これ以上関わるな」

未爽はしばらく外を見つめていたが、やがて一言だけ「それは無理」と返事をした。

「どうして」

「あそこにわたしたちのこどもが姿を変えて生きているような気がするの。いろいろなこどもたち。年も姿もばらばらだけど」

「そんな妄想がそんなに大事なのか。俺たちの関係はどうなってもいいのか」

一気に怒りがこみあげてきて、頭のなかが真っ白に灼けた。立ち上がるとゴンドラが揺れ、未爽があわてて手すりにしがみつく。いっそもっと揺らしてやれと足を踏み鳴らすと、おもしろいように鉄板の床が鳴った。胃の腑に来る重い響きだった。今頃下で監視員があわてているかもしれない。

「わたしの方は反対のことを言おうと思ってたの。一緒に来て。仲間に加わって。別に引っ越してくれということじゃないの。どこに住んでいてもいいから、一緒に参加して、わたしたちが何をやっているか見てほしいの」

鉄の音に負けぬよう未爽も声を張り上げた。

「馬鹿を言うな。見るって何を見るんだ」

「だからわたしたちを。曇りのない目で。すべて見て」

「なにがわたしたちだ。きみの本当の家族は俺だろう。俺ときみでひとつの家族だろう。それを捨てるっていうのか」

「そうじゃないの。あなたも大事だけど、他の人も大事なの。あなたと一緒にいたいからこちらに来てって言ってるの」

彼は拳をふりあげた。未爽が身を竦める。

「きみを殴ってやりたい。きみがウェブサイトで非難している男たちみたいに、きみを殴って殴りつづけて血まみれにしてやりたい」

からだを小さくして肘で頭を覆っていた未爽がこちらを見上げた。瞳が憎しみのために輝いている。

「やれるもんならやってみなさいよ。あなたにそんなことできない。できるはずがない」

瞬は拳をふりおろす素振りをした。悲鳴をあげて未爽が小さくなる。

「ひとつだけ聞く。あの坂下って男と寝たのか」

「あなたもそうしたことが気になるの」

「ああ気になるさ。あの男と寝たのか答えるんだ」

未爽が腕のあいだからこちらを見つめながらうなずいた。

「島本って奴ともか」

再びうなずく。彼はだらりと両腕を垂らした。うめき声をあげて座席に座りなおす。そのまましばらく口をきかなかった。先ほどまで吹き荒れていた怒りと嫉妬が急速に乾いたあきらめにかわっていく。もうどうしようもない、ということばがコトリと音をたてて胃の腑に落ちた。

うつむいていた未爽が頭をあげ、乱れた髪の毛を手櫛で整えた。窓枠に手をかけてじっくりと眺め渡し、ここが最高点みたいね、と言って笑った。


帰りがけ、瞬は車をラブホテルのガレージに乱暴に乗り入れた。まちがいなくこれが最後の情事になるのだと二人とも意識していた。マンションに帰ってしまえば、もう見つめ合うことも手を握ることも不可能になってしまうだろう。狭苦しい部屋に入ると、未爽は熱に浮かされたように舌をからめてきた。瞬はもつれる指でシャツのボタンを外しながら、彼女の髪の毛から嗅ぎ慣れた体臭が広がるのを意識した。それは気が遠くなるほど甘美な匂いだった。彼の指が触れるだけで、未爽は感電したようにからだを震わせた。スキンはしてね、というのにうなずいた。せわしなく彼女の内側に入っていく。溶鉱炉のように熱く、チョコレートのように甘い。それは高所から落ちていくのにどこか似ていた。熱と悲傷が渾然《こんぜん》と渦巻いている奈落に向かって、瞬は歓びの声をあげながら落下していった。

三　かつてアルカディアに

海辺のわたしたちの町にはいつでも潮風が吹いていた。雨さえも潮の匂いがした。

そのときわたしは川岸に立って、降り出した雨粒が川面に広げてゆく波紋を眺めていたのだった。さっきまで鏡のようだった水面は、たちまち小さな無数の輪に埋め尽くされた。まるで無音の音楽だった。雨粒が指、水が鍵盤。

そのころのわたしは、岸辺に立つと、岸よりほかになにもないことに不安になったものだった。灰色の水と虚空のひろがりに魅入られたままどこか寂しくなるのだ。けれども町の時間はどこまでも静謐で、父も母も、もう何年も眠ったきりの祖母さえまだ元気だった。人類は着実に滅びかけていたけれど、十六歳の少女にとっては静かで穏やかすぎるほどの日々だった。

今でも不思議に思うことがある。あれほど深く死の翳《かげ》にひたされていると、身近な幸福に気づきやすくなるのだろうか、と。年々薄れていく想い出のなかで、町の人々はとても優しい。

眠気を誘う列車の振動と、窓から射しこむ夕暮れの光。ひかがみでシートのけばだちを感じながら、窓硝子《ガラス》に映った空の色に見とれていた。さよなら、と呟いたかどうか。今でも耳に残っているのは、バスケットから聞こえる猫の鳴き声とおずおずと手を握りしめてくる少年の低い息づかい。

ふりかえると最初に浮かんでくるのは、川端の無人駅に、週に一本だけの電車が滑りこんでくる場面である。無骨な貨物車両を後にしたがえた臙脂色の車体が雨にけぶっていた。見るともなく眺めていると、プラットホームに降り立つ人影があった。思わず息をつめて見つめていたせいだろう、その人影はホームの柵ごしにこちらをうかがったようで、あわてて目をそらした。思いがけない存在の出現のために、苦しいほどに動悸《どうき》が速くなっている。

わたしは傘をさして歩き出した。髪の毛が湿って額にはりついた。家に戻るには橋をわたる必要があるのだが、駅の軒先を通るのはためらわれた。先ほどの影――麻のジャケットとソフト帽を身につけた痩せた年配の男――が、心もとなげな様子で通りを見渡していたからだ。

丘沿いの道をたどると、のしかかるように緑がざわざわゆれた。腰巻きのようにタケノコ時代の皮をまとったままの青竹が大きくしなっていた。夏の始まりの大気はじっとりと重たるく、早足で歩いていると、下着の内側まで汗で湿ってくる。林のなかで鳥の啼く声がした。雨粒が傘にあたってざんざんと音をたてた。

立ち止まり、息をつく。肉体はまだ若く、ただここに在るだけで混濁した力が充ちてくるのだった。わたしはその力をうとましく感じていて、いっそ一息に年をとってしまいたかった。

酒屋の角をまがると、前方に先ほどの男の背中が見えた。遠回りした分、こちらが遅れをとるかたちになってしまったらしい。

追い抜いたものかためらっていると、激しく竹の葉を鳴らして風が通り過ぎ、男には不似合いな白い雨傘がWの字に裏返った。傘は一瞬宙を舞い、すぐに羽根を挽がれた天使のように落ちた。死んだ鳥となってアスファルトに横たわる。ねじくれた黒い骨が無惨だった。

わたしはとっさに駆け寄ると、自分の傘を相手に押しつけた。

「ここ、丘が切り立っているせいで風が強くなるんです」

男は戸惑いながら、痩せて骨ばった指で傘を受け取る。

「ありがとう。でも、あなたが濡れてしまいますよ」

「大丈夫です。近くですから」

そのまま立ち去りかけたのを呼び止められる。

「あの、傘はどこに返せば」

「いいです。そんなもの、すぐに買えますから」

そう言ってわたしは早足に歩き出した。

家の玄関に駆け込んだときは、髪も制服のブラウスもびっしょりと濡れていた。バスタオルで全身をこすりながら階段を登りかけると、手紙来てたわよ、と台所から母の声が飛んだ。

デスクに、八月の空のような淡い色の封筒が置かれていた。震える指で封を切り、便箋を広げると漢字の列が飛び込んできた。

我是祭玉華　現在我住在大理、雲南省

二行目からは英語に変わって、差出人の少女の現況が簡潔な文章で綴ってあった。祭玉華《さいぎよくか》は十四歳の女の子だった。大理《だいり》第二中学校の最上級生で、家族は両親と兄が一人。父親はタクシーの運転手、母親は小学校の教師だった。玉華自身はバレエのダンサーかフォトグラファーになるのが夢で、父親から譲り受けたカメラでいつも街角を切り取っていた。わたしは足元にまつわりついてくる縞猫のコハクの背を足裏で撫でながら、何度もその短い手紙を読み返した。封筒には、彼女が自分で現像したのだという写真も二枚入っていた。一枚は「黒糖」と店名の掲げられた瀟洒な無人のカフェ。もう一枚は旧跡だという町の楼門《ろうもん》だった。

わたしも似たような手紙を百通近く出してきた。大地の袋小路、半島の先端に位置する小さな町の風景とそこに暮らす少女の毎日。けれどもこれまでは一方的に投函するばかりで、自分が受け取る側になることはなかった。一日二回町内のポストを巡回する無人車は本当に手紙を本局に運んでいるのか疑っていたものだ。ひそかにどこかで焼却されているのではないか。

宛名を書かずに送り出されるこうした手紙が、同世代という以外に、どのような規則に基づいて配達されているのかは誰にもわからなかった。もっと通常の、特定の誰かに宛てられた郵便は届いたり届かなかったりだけど、こちらの方は、人の目に触れたかどうかさえわからない。

階段を登ってくる軽い足音がしてかなえが顔を出した。

「お姉ちゃん、手紙届いたんだって。見せてよ」

だめとにべもなくはねつけると、どうしてと頰をふくらませる。

「わたしに来たものだから」

文句を言う妹を追い出して手早く着替えると、階下へ降りて靴を履いた。図書館へ行く、というと、お父さん何時頃帰るか聞いてきて、と母親が言った。

雨はやんでいて、路面が黒く濡れているばかりだった。住宅のあいだを縫う急な坂道を登っていくと、やがて屋根の向こうから灰色の鉄材を組んだ十メートルくらいのタワーが見えてくる。叔父《おじ》の陽平《ようへい》さんが根元に立って上を見上げていた。

「やあ、栞《しおり》ちゃん、図書館に行くの」

「うん、完成したの。これ」

「あと一番上にアンテナをつけるだけ」

「へえ、たいしたもんだね」

叔父はこの三ヶ月、自分で基礎のコンクリートを練るところから始めて、タワーをここまでつくりあげたのだ。もちろん本体部分を製作したのは町内の鉄工所だが、彼が作業場にまで入り込んでいろいろと注文をつけている姿も見かけている。あれは陽平の新しいおもちゃだと両親は冷笑していたが、実際に建ってみると、見慣れた風景が少しだけ変わったようで嬉しかった。

「本当にこれで誰かの声が聞こえるの」

さあ、どうだろうね、という叔父の淡白な物言いは意外だった。町の人々の家から、埃をかぶっていた年代物の無線機器の数々を譲り受けて、もう何ヶ月も通信相手を探しつづけている彼だったのだ。毎日スピーカーから漏れてくるホワイトノイズに耳をすまし、虚空に向かって呼びかけの電波を放つ。かすかな人声を聴き分けた、と思ったこともあったが、今のところやりとりらしいやりとりが成立したことはない。大多数の意見は、携帯電話さえ使用できないのにアマチュア無線が許されるはずがない、というものだったが、叔父の試みを面白半分に応援するものも多かった。町の人たちにとってはいい憂さ晴らしであるのはまちがいなく、彼らの支援があったから、こうして無線塔まで建てられた。

「まあ、だめならだめでいいさ。そうだな、そのときは見張り塔にでも転用しようか」

思わず笑ってしまった。いったい何を見張ると言うのだろう。閉じ込められているのはわたしたちの方なのに。

「知らせが来ることだってあるかもしれないさ。バビロンは倒れた。山猫がうなりはじめる」

わたしは叔父に手を振って別れを告げた。

「あいかわらず全然意味不明。アンテナつける日には呼んでね」

午後の図書館は人気がなかった。硝子戸を押し開けると、おなじみの古紙の匂いが鼻をつく。もともとは市営図書館の分室に過ぎなかったこの建物を、町立図書館と勝手に改名してしまったのは父だ。町が封鎖されて以来、本館からどのような指示も予算も、新しい本も雑誌も届かなくなった。そのくせ、毎月の給料だけはきちんと振り込まれているのだから妙なのだが、父は町民から本の寄贈を募ることで新刊本の不在を補おうとした。こうなってしまった以上、すべての書籍と情報は町の共有財産だというのが父の言い分だったが、その結果図書館には、背表紙の色褪せた一昔以上前のベストセラーがあふれることとなった。

参考図書室に行って、重さ五キロはありそうな大判の地図帳を広げる。大理の街は、中国の南西部、山脈が皺のように折り重なる地帯に、湖の耳飾りみたいに存在していた。ガイドブックも取り出してきて、街の写真を眺めながら、いつか自分がこの場所を訪れることを想像した。まずは上海《シャンハイ》まで飛び、そこから列車か車にのりかえる。わたしはひとときのあいだ、楽しい空想にふけった。

栞、と背後から呼ぶ声がした。一応場所柄を考えて声をひそめている。ふりかえるとクラスメイトのコウが立っていた。なぜだか表情が高揚している。

「客人が現れたんだよ。何年ぶりだろう。今、中央通りの旅館にいる」

「そう」

「驚かないのか」

「知ってるから。傘をあげた」

「傘？」

コウは訝しげな顔でくりかえす。わたしは薄く笑って背を向けた。

「なあ、明日の夜に高校の講堂で旅人の話を聞く会があるらしい。栞も行くだろう」

「わかんない。考えておく」

わたしはそう言うと、まだ何か言いたげなコウを置き去りにして再び非現実的な夢の旅に復帰した。

粥《かゆ》を掬《すく》った匙を近づけると、薄い唇は静かに開いた。そのまま匙をさしこめば、ごく自然に柔らかな粥を嚥みくだしていく。幼いころはこのことがとても不思議だった。目を閉じたままで、どうして匙が口元にやってきたとわかるのだろう。

粥ばかりでなく、野菜の煮付けでもほぐした魚でも、箸で運べばきちんと咀嚼《そしゃく》した。もちろん排泄だってしてたし、湿した布でからだを拭いてあげれば表情が心地よさげにかわる。一緒に暮らしているものでなければ、彼女が、もう十数年も昏睡したままだなんて信じられないだろう。

祖母が眠りに落ちたのはわたしが二歳のときだ。同じ時期に昏睡状態になった町人が十数人いて、それがきっかけで町は封鎖地区に指定されたのだが、疫病の拡大を防ぐためだという説明とは裏腹に、それ以来同じ状態に陥ったものは出現していない。

だが人々を困惑させたのは、昏睡者が生理的な衰えを示さないことだった。床ずれも筋肉の減衰もなく、生きている限り避けえない自然な老化さえ抑制されているようだった。事実祖母は、いささかトウのたった眠れる森の美女といった塩梅で、八十近い今でも皺とも染みとも無縁なまま、すやすやと心地のよさそうな寝顔を見せている。健常者以上に身体機能は良好で、とても疫病の犠牲者とは思えなかった。

町の医者は、もはや大学病院の高価な計測機器や専門家の知識に頼るわけにいかなかったにもかかわらず、何年かかけて一応の結論に達した。疫病を引き起こしたのは、感染者の細胞に侵入した新種の細菌《ジャーム》である。ただしこれは自然由来のものではなく、脳組織の活動を低下させると同時に、老廃物を除去し、細胞内の状態を理想的に保つよう効果的に設計されたたんぱく質製の装置であると。もっとも医者は、この感染が偶然の事故だったのか、それとも意図的に引き起こされたものなのかの判断は留保した。

とはいえわたしにとっては、そうしたメカニズムは興味の埒外だった。物心ついたときから、祖母はすでに奥座敷の静寂とひとつだったのだから。彼女は等身大の人形のように、いつでも品のいい静かな充足を湛《たた》えながら、障子越しの白い光のなかに横たわっている。

おしぼりで口周りを拭い、背中に手をあてて布団に寝かしてやりながら、わたしは昨夜のことを思い出していた。

高校の講堂には百人近くの町民たちが集まっていた。みな、夕食を終えてからラフな格好でくつろぐために出てきたという風情だった。近くにいる者同士でおしゃべりをしている人々のあいだを縫って、わたしは空いているパイプ椅子を探して腰をおろした。背後の入り口方面から、走り回っているこどもたちの歓声が聞こえていた。壇上には「歓迎　澤田先生」と書かれた垂れ幕が掲げられ、幾つかの椅子が並んでいる。やがて医師や司法書士といった町の名士たちがそこに着席すると、司会役の父が脇から現れて、小さく咳払いをして静粛をうながした。

「みなさん、本日は夜間にもかかわらず、この場所にお集まりくださりありがとうございます。みなさんもご存じの通り、わが御苑町《みそのちょう》は長年にわたって外部との交通を絶たれ、孤立した状態におかれております。食料や日用品こそ供給があるものの、わたしたち人間にとっては精神上の必需品ともいうべき最新のニュースを奪われ、われわれは深い飢餓《きが》に苦しんでいるのであります。ここに、町の外部より訪問者がやってきてくださったことは、まさに天来の慈雨とでも申すべき快事でありまして――」

話が長いぞ、早く本人を出せ、と会場からヤジが飛び、父は再び咳き込んだ。

「ええ、それでは早速ご紹介したいと思います。日本全国、さまざまな街や都市を巡っていらしたと聞いております。澤田先生、よろしくお願いします」

舞台の袖からゆっくりと老人が現れた。先日見たときと同じクリーム色の麻のジャケットを羽織っていた。天井から吊るされた水銀灯のぎらついた光のもとで見ると、老人にはどこか人形めいたところがあった。一人きりで過ごした年月が、動物的な生気をすべて洗い流してしまったという風だった。マイクを舞台の中央で受け取ると、低い声で話しはじめた。

「こんにちは、みなさん。わたしなどのためにこうしていらしていただいて良かったのか、今でも不安に思っております。わたしは先生などと呼ばれる謂《いわ》れのない、ただの平凡な老人でございます。これまで家屋の解体業や水回りの取り付けなどを生業《なりわい》として、命をつないで参りました。旅から旅への生活に飛び込んだのは人生も終わりに近づいてからでございます。たいした見聞ではございませんが、もしみなさまのお役にたてるのであれば、喜んで披露させていただきます」

父親がすぐに応じた。

「ありがとうございます。われわれ御苑町の住民にとっては、こうして外から誰かがやってきたということがすでに欣快《きんかい》に堪えないのであります。では、さっそく質問を」

フロアの一人が手をあげて大声で尋ねた。

「東京は現在どうなっていますか。仙台、名古屋、大阪といった大都市はどうですか」

「都市部はずいぶん人口が減少しました。都心の高層ビル群が蔦《つた》に覆われ、樹木に侵食されているのを見たことがあります。地下鉄などの大規模な地下構造は水没したか崩落したところが多く、結果的に地上もあまり安全ではなくなっています。都市部ではおそらく意図的に、送電網や水道が壊れるがままに放置されている。かなりの住人がより生活の容易な郊外に移住したようですね。そこならば菜園などで自給することもできますし」

「それって食料が不足しているということですか。医薬品などは」

「いえ、生存に支障が出ているというわけではありません。機械化された大規模な植物プラントの近くを通ったことがありますが、小さな町の人口なら充分そこで賄《まかな》えそうでした。ただ経済活動はすでに大部分が人間の手を離れている印象です。工場も大部分が廃墟か、立ち入り不能になっていますし、どこで何が作られ、どう流通しているかよくわかりません。それでもスーパーには食料品が配送されてきます。ただそれだけではどこか不安なので、自衛のために農業に勤しむんでしょう」

「なんだか町の内も外もたいして変わりがねえな」と誰かが声をあげ、まばらな笑い声があがった。

「俺が漁師をやめねえのは、海に出ないと生きてる感じがしないからよ」

澤田もうなずいた。

「みんなそうなんでしょうね。大工は家を作っていますし、レストランは営業をつづけています。貨幣経済はよたよた歩きですがまだ機能しているし、お金はないよりあったほうがいい」

次は何度か近所で買い物をしているのを見たことがある中年女性が質問した。

「ここみたいな出入り禁止のところは他にもありますか」

「そうですね」と返事をする。「見た限りでも十数箇所、封鎖された町がありました。それから大規模な汚染のために居住が禁じられた無人地区もあります。先ほど述べたように、大都市は崩壊するに任されている。交通や通信も制限されている。またジャカルタやリガのように、大動乱以来未だに消息不明の都市もあります」

しばらく誰も何も言わなかった。その沈黙に耐えかねたように父が立ち上がってマイクを取った。

「あの、司会の立場で質問させていただくのはよろしくないかもしれませんが、ひとつ伺いたいことがありまして。それは本や映画のことなんですね。今、外の世界では小説や映画はどうなってるんでしょうか。あるいは音楽は。ご承知の通り、ちっとも新刊が入ってこないんで、すっかり困ってるんです。まさか外でも、もう新しい本が出ないなんて悲惨なことになってるんでしょうか」

澤田は微笑んだ。人々を不安にさせる怖れなしに口にできる話題を与えられて喜んでいるようだった。

「大丈夫。そんなことはありません。むしろ芸術愛好家は以前より増えたかもしれませんね。今、どこに行っても見られるのは、読書クラブやシネクラブです。そこでは人々が集まって、自分のお勧めの作品を鑑賞したり、自作を朗読したりするんです。なにしろもうテレビもネットもないわけですから、なんとかして余暇を潰さなければならないというわけです」

「それはいい。うちの図書館でもさっそく始めましょう」父親はしきりにうなずきながら言った。

それからしばらくとりとめのないやりとりが続いた。人々は、新奇な物事よりもむしろ、かつて慣れ親しんでいたにもかかわらず、今は目にすることのできなくなったものの話を聞きたがった。空港におかれたまま錆び朽ちて使いものにならなくなったジェット旅客機。微細なズレを修正できないまま、ついには軌道を外れ、大を立てぬよう立ち上がった。

気圏を流星のように墜落していった無数の人工衛星。体育館のなかは暑く、あちこちで扇子《せんす》を使う姿が目についた。少し退屈してきたわたしは、そろそろ帰ろうと音を立てぬよう立ち上がった。数人が出口に向かっていた。

不意に、それまでとは違う緊張した声音《こわね》が響いた。ふりかえると、コウが立ち上がってマイクなしに尋ねていた。

「いま、この世界で本当に何が起きているのか、行けばわかるところはないのですか。澤田さんは、そうした場所のことを聞いたことはないのですか」

　澤田はしばらく自分を見つめる少年の顔をじっと眺め返していた。

「わたしもそうした場所をずっと探してきました。けれど、今のところ、まだそこには辿《たど》り着いていないようです」

　わたしは外に出て、冷たい夜気を吸い込んだ。空を見上げると、ちぎれた雲のあいだでアルタイルが輝いていた。

　あのようなことを聞いて何になるのだろう。そう考えると、怒りのようなものが湧いてきて、自然に足取りが速くなった。あの男の返答にコウはどのように答えたのか。彼のがっかりした顔が浮かぶようだった。

　人の姿のない国道沿いのコンビニエンスストアで冷たいミネラルウォーターを一本だけ買った。店員は眠そうな目をした若い男で、まだ十時前だというのに夜更けの気怠さで釣銭を放ってよこした。駐車場に出て一息に飲み干すと、周囲の虫の声を打ち消す低いエンジン音をたてながら、駐車場に無人の配送トラックが入ってきた。わたしはぼんやりと、開いたコンテナから商品を収めたケースが降下し、自動走行で店内に入っていくのを眺めていた。こうして今日も一日が終わる。わたしはそこはかとない悲哀にとらえられた。

空になったはずのコンテナの扉が開き、内側からわたしが降りてきた。ゆっくりと周囲を見渡し、わたしと目が合うとことばにならない喃語《なんご》を泡のように吐く。とっさに店内にとってかえし、店員に、何かナイフになるものありませんか、と尋ねた。男は一瞬茫然《ぼうぜん》としたのち、バックヤードから片刃のブレッドナイフのようなものを持ってきた。あの、何か手伝いましょうか、と言うのにかぶりを振って、外へ出た。わたしは灯りが眩しいのか、片手を額にかざして目を細めて店を眺めていた。膝丈のジーンズ地のスカートもチェックのシャツも普段からわたしが身につけているものだった。背後に回って膝を払い、倒れこんだところに馬乗りになって、左手で側頭部を力一杯アスファルトに押し付けた。右手で頸動脈《けいどうみゃく》にナイフの刃をあてる。驚愕のためにわたしは瞳孔《どうこう》をひらき、赤ん坊のような叫び声をあげる。右腕に力を込めて押し切ると血しぶきが泡立ちながら噴き出し、わたしはかすれた悲鳴をあげて痙攣《けいれん》した。しばらくその状態がつづき、ようやくわたしが動かなくなったのを確かめてから、立ち上がった。背後に立っていた店員にナイフを渡し、すみません、お手洗い借りますと言って、店に入った。

小さな洗面台で、腕や顔についた血を洗い流すうちに嗚咽がとまらなくなった。手洗いを出ると、店員が、お疲れさまでした、と遠慮がちに声をかけてきた。あの、後片付けはこちらでやっておきますから、もうお帰りになって結構ですけど。

無言で頭をさげると、横たわる死体から目を背けたまま店を出た。

町に一台しかないタクシーが駐車場の隅に停まっていて、ドアの開いた後部座席にこちらを見ている人の姿があった。涙をぬぐって視界をクリアにし、それが澤田であることを確かめた。

「——大丈夫ですか」

「いつからここにいたんです」

「さきほど。夜食でも買おうかと思って、停めてもらったんですが」

「全部見ていたんですね」

「全部、と言っていいのかどうか。そもそも、自分が何を目撃したのか、しっかり把握しておりません」

「町の人に聞けばわかります」と答えてわたしは立ち去りかけた。

「——あ、ちょっと待ってください。もしよかったら、乗りませんか。お送りしますが」

「この服見てください。汚れますよ。あなたも、車のシートも」

「平気、平気、後で雑巾で拭くだけだから」とそれまで黙っていたドライバーが口を挟んだ。「あなた、図書館長さんの娘さんでしょ。えーと、なんだっけ、カオリちゃん？」

「栞です。川原《かわはら》栞」

わたしはバックミラー越しに目顔で挨拶をした。

「それじゃあ、お世話になってしまっていいですか。でもちょっと待ってください」

ハンカチを取り出して涙の跡をこすり、ティッシュで洟をかんでから、からだをずらした澤田の隣にすべりこんだ。シートにからだをもたせかけると、わずかに緊張がほぐれ、それがかえって激しい疲労を意識させる。

走り出してしばらく経ってから、ドライバーが口を開いた。

「この町ではねえ、ときどきああいうことがあるんですよ。外から来た人はそりゃびっくりしちゃうよねえ」

澤田は黙ったまま聞いている。

「あれはね、必ず本人の前にやってくるの。それで、もし現れたらできるだけ早く処理してしまおうって町で決めてるの。時間が経つとぐんぐん知恵つけてくるからね。最初はことばも喋れないの。だけどすぐに達者になる。一度、あまりに忍びないってんで、匿《かくま》っちゃった人がいるんだけどね、もう大変だった。どっちがオリジナルかわかんなくなっちゃって。指紋から何から、みーんな同じなんだから。言うことだって、なんだかそっくりだしね」

「そうやって、人間の反応を実験してるんです」わたしは口を挟んだ。「わたしたち、みんなモルモットなんです」

そう言ってしまうとまた涙が滲んできた。どうしてわたしたちだけがこんな目に遭わなくてはならないのだろう。

「きっと、彼らにとっては一番謎めいていて興味深い部分なんでしょうね」

澤田が低い声で応じた。

「何がですか」

「自己と自己でないものの境界、あるいは関係、というか」

瞬時の沈黙ののち、「お客さんは哲学者だなあ」とドライバーが笑った。

最初に家に着いたのはわたしの方だった。礼を述べて車から降りると、少しだけ待っていてください、とドライバーに言い置いて澤田もついてきた。

「傘のお礼もまだなのに、こんなことを言うのは心苦しいんですが」

「なんでしょう」

「ひとつお願いしたいことがあるんです。あなたのお祖母《ばあ》さまに会わせていただきたい」

わたしは絶句した。

「実は今日お父さまに頼んで断られました。もうだいぶ前に亡くなっている、と」

「父がそう言うのなら、わたしは何もできません」

「お祖母さまは昏睡者だと複数の方からうかがっています。そして、昏睡者を家族のもの以外に見せることもないと。それがいわばこの町のやりかたなんですね」

「もうこれ以上何も聞かないでください」

澤田は引き下がらなかった。

「もしかしたらわたしはお祖母さまの知り合いかもしれないんです。あなたを初めて見たとき、そう確信した。それでも、駄目ですか」

わたしは無言で首を振った。澤田は落胆もあらわな表情で俯いた。

「わたしは諦めません。いつか一目だけでも会わせていただける日を待ちます。それでは」

静かに会釈すると、彼はかすかな靴音を立てながらライトを消したタクシーが待つ暗がりの方へ引き返していった。


ゆるやかな波が果てもなく打ちつけては岩の上で砕けて白い泡になる。空を背景にあがるしぶきは、半ば見え、半ばは見えない。わたしは潮溜りで足元を濡らさぬよう気をつかいながら、そのしぶきが飛んでくるぎりぎりの場所を選んで歩いた。上空の影を警戒したのか、小さな潮溜りの中で、鮮やかな色をした小魚がそよりと身を翻して岩陰に隠れた。

巨大な鑿《のみ》で抉《えぐ》られたような砂岩が延々とつづくこの海岸は、封鎖前まではそれなりに人気がある観光スポットだったらしい。シーズンには家族連れが溢れたというが、今ではただの殺風景なだけの汀《みぎわ》だ。だがだからこそ、一人になりたいとき、わたしはここに来た。今日も学校の帰り道にわざわざ遠回りしてやって来たのだった。

たぶん彼らには、自分と同じ存在に怯えるという感覚が理解できないのだろう。「わたし」はこの世界でただ一人だけだと感じているわたしたちは、自分とまったく同じ姿で、中身まで同じかもしれない「わたし」が現れたら必ず逆上する。だがきっと彼らはそうではないのだ。そんな考えをきりもなく手繰りかえしていると「おーい、栞」と高所から呼ぶ声があった。見上げれば左手の崖《がけ》の上からコウが大きく腕を振っている。

「ちょっと待ってろ。今、そっち降りて行くから」

別に来なくていい、と叫び返そうかと思ったときにはコウの姿は消えていた。仕方なく、少し歩速をゆるめて歩いていると、前方から彼が片方の足をかばうようにからだを上下させながらやってきた。

「まだ、具合悪いんでしょ。少しは家でじっとしていたら」

「いや、もうほとんどいいんだよ。医者にも来月になったらチームに復帰していいって言われてる。だけど――」

「だけど、なによ」

「実はさあ、もうやめちゃおうかと思って。なんか、このままサッカー続けてもな」

驚いてコウの顔を見返した。最近彼がどこか苛立って見えるのは、社会人チームとの試合で足をくじき、コートを思い切り駆け回れないでいるからだとばかり思っていた。瞬発力を生かしてミッドフィルダーを務め、年長者からの評価も高かった。女子生徒から黄色い歓声を浴びせかけられるのも満更ではなかったはずだ。閉ざされて時のとまった町の小さな英雄《ヒーロー》の挫折。けれど、サッカーを止めてしまえば、さきやかな名声さえ、霧消してしまうはずだ。

どうしたの、という問いかけには応えず、彼は足元から小石をとりあげて、海に向かって放り投げた。空中に刻まれるなめらかな放物線。そしてその先の巨大な廃船。

「なあ、この海の向こうに行ってみたくない」

「海の向こうって、海外っていうこと」

大理の少女、祭玉華のことを考えながら答えると、「いや、単にこの町の外って意味だよ」と応じる。

「行ってどうするの。昨日の人の話を聞いても、外がそんなに違うとは思えなかった」

「そうかもな。あのさ、栞は高校卒業したらどうすんの」と突然話題をかえる。

「まだはっきり決めてないけど、図書館を手伝うか、どこか就職口を探すか」

「そんなとこだよな。何をしたってこの町で生きていくしかないんだから。俺さ、親父たちの世代が無性に憎たらしくなることがあるんだ。外に出られないのは大人もこどもも一緒だって言われて育ったけどさ、親父たちは大学に行ったり、他所《よそ》で働いたり、外の世界を体験してからここに帰ってきた。そうして封鎖を迎えたわけだろう。俺たちとは違うじゃないか。俺たちは生まれてからここしか知らない。こんなの不公平だって」

異を唱えることができなかった。かわりに、吃水線《きっすいせん》から徐々に紅色の錆に覆われつつある貨物船を指差す。

「ねえ、あの船が漂流してきたときのこと、覚えてる」

「あたりまえじゃないか。二年前だぜ」

それはある朝海流にのってやってきた。昼過ぎには町中の人間が、崖の上の道路にすずなりになって、漂流船がそのまま沖へ去っていくのか、それとも岸辺にのりあげるのかを固唾《かたず》を飲んで見守っていた。このクラスの大型船舶で、いまだに完全無人化されていないものはないはずだが、これは、何らかの理由で操舵システムが機能しなくなっており、まるで尾びれを痛めた海獣のように、ひたすら風と波に身をまかせるほかなくなっているのだった。

それにしても船はあまりにも大きかった。高所から見下ろしているとはとても思えない圧倒的な量塊に踏み潰されてしまいそうな気持ちになったとき、それまでゆったり船首を回頭しつつあった船が不意に大きく傾《かし》ぎ、そのまま動きを止めた。座礁した、と誰かが叫ぶ。鈍いくぐもった衝突音が、鯨《くじら》の断末魔の声のように響き渡り、船はスローモーションで横倒しになった。つづいて、水面下の船腹から、ごぼごぼと音をたてて艶のあるオイルが水面に広がりはじめた。どう見ても、巨大な生き物が倒れて血を流している、そんな図だった。

「あのとき、大人たちは、これでこの海の生き物は全滅だって嘆いていたけど、なんだかわくわくしたの。ようやく生まれて初めてのできごとが起きたって思った。そしてこれからは立て続けに新しいことが起きるんだって」

コウは低く笑った。

「わかるよ。俺も無茶苦茶興奮した。あの重油に火がついたらいいとまで思ったね。

そうしたらこの湾全体が火の海になるだろ。なんかすげえじゃん」と目の前の全景を指さす。

だけど何も起きなかった。翌朝、再び集まった人々が見たのは、普段とかわらない青く穏やかな海だった。前日、一面を覆い、海を空よりも暗い漆黒の夜に変えていた油は、一滴残らず消えていた。夜間のうちに油脂を食らう強力なバクテリアが散布されたのだ。

人々はそこに、この町を現状のままに維持しようという強力な意志を感じて安堵したけれど、わたしに訪れたのは静かな絶望だった。自分はずっとこの風景の中で生きていくのだ。見慣れた海、馴染みの町、幼い頃からずっと一緒に暮らしてきた親切で気のおけない人々。

「どうしたらここから出ていけるのか、俺ずっと考えてるんだ」

コウは廃船から目をそらさぬまま言った。

「無理だよ、そんなこと」

町境の河の橋はすべて落ちていた。道路にはすべて検問が設置され、物資を運び込む無人トラック以外の通行は許されなかった。徒歩で河を渡ったり、山道を行こうとするとすぐにポリスのエンブレムをつけたドローンが飛んできた。少なくとも知る限り、町からの脱出に成功したものはいない。

「本当にそうなのかな。だって、あの客人はやってきたじゃないか」

コウは歩き始めた。近くで見てみると、彼はもうほとんど左足に不自由を感じていないようだった。先月までくるぶしが大きく腫れ上がり、松葉杖なしでは歩けなかったのに。すべりやすい岩の上を器用に渡っていく。

「それは彼らが許したからだよ。ぜんぶ気まぐれなんだよ。そうやって人間を弄んでんだよ」とわたしは言った。

「そうかな。もしかしたら街からの出方を教えてるつもりなのかもしれない。いつのまにかルールが変わったのかもしれない」

「ルール？」

「向こうが気まぐれなら、こっちも手当たり次第にやってみればいいさ。あ、そう言えばさ、今週末、虫やらいだよね」とコウはまったく別のことを言い出した。

「あ、すっかり忘れてた」

　昔からずっとつづいている行事だ。小学生のこどもたちが、藁《わら》製の松明《たいまつ》を持って町中を練り歩く。稲につく害虫を退治するためとも、疫病を祓《はら》うためとも聞いているが、もちろん科学的な意味での実効性などないだろう。それでもこどものころはこの日が待ち遠しかった。藁の焼けていく匂い、飛び散る火の粉、薄青い夜の田んぼ、ふるまわれる駄菓子といったものは、わたしにとって夏の記憶そのものだ。もっとも、一年中終わりのない夏休みに閉じ込められているようなものだと思うようになってからは、その祭りも魅力を失っていた。

　コウはコンクリートの階段を登りながら、「俺と一緒に見に行かない」とさりげなく言う。

「別にいいけど」

数年ぶりにあの灯を眺めるのもいいかもしれない。

階段を登りきって、高台にある道路に立つ。去ってゆくコウに手をふると、彼もふりかえって腕をふった。吹き曝《さら》しの台地を風が通りゆき、髪の毛がばさばさと耳元で烈《はげ》しい音をたてた。


あの頃、わたしたちは、いつも同じような場所ばかりを行き来していた。高校、図書館、町営のスポーツセンター。町に数軒あるゲーセンにはいつも男子生徒がたむろしていたし、その男子生徒めあての女の子たちもいた。古本屋も人気のスポットで、普通の書店はみんな閉店していたから、棚の片側では、おしゃれな子たちがうずたかく積み上げられたファッション雑誌からお気に入りのモデルの着こなしを発掘し、反対側では、漫画好きの子たちが黙々と頁《ページ》を繰っていた。だけど、なぜだかわたしたちが何年も訪れない場所もあって、そのひとつが卒業した小学校の校舎だった。

校庭の大気はいがらっぽい匂いで満ちていた。

山の辺を練り歩くこどもたちについていく途中で、すでにたっぷり煙に巻かれていたから、もう咳き込むこともないはずだったのに、校門をくぐった途端、たてつづけに咳が出た。

中央でキャンプファイアのように燃え盛っているのは、こどもたちが次々に投げ込む松明だ。この火がすべて燃え尽き、残った灰を町境の河の水に流したとき虫やらいの儀式は終わる。町中の厄を外に祓うのだ。校舎の暗い窓硝子に炎の光が照り映えている。

火の周りでは法被に鉢巻姿の男たちが、肌を汗で輝かせながら立ち働いていた。藁と木材を突き崩して高く上がりすぎた炎を抑え、飛び散った火の粉を棒で叩いて消す。そこからさらに飛散したかけらを、小学生の男の子たちが高い歓声をあげて踏み消していた。

二人でその光景を眺めていた。ちりぢりに宙を舞う橙《だいだい》の軌跡。

「蛍みたいだな」

数年前、コウがジャムの空き瓶に蛍を入れて持ってきたことがあった。ようやく二匹だけ捕まえたのだという。わたしはそれを掌にうけとって見つめた。瓶の内側で交互に尾部を輝かせている生きものは美しかった。わたしはほとんど衝動的に蓋をあけてそれを空に放った。コウは唖然とし、なにすんだよと詰《なじ》ったが、光は優雅な曲線を描きながら青い稲の葉のあいだに消えた。唐突にその情景を思い出した。

今、コウもまたあの蛍を見つめていた時のように口をつぐんだまま炎に目をやっている。松明を掲げたこどもたちと一緒に歩いているあいだも、コウは不自然なほど寡黙《かもく》だった。なにか重苦しいものを火の映える表情の下に潜ませていた。暗がりのなかで佇《た》っていると、彼のからだがいつもより大きく感じられる。

あのさ、と彼が言いかけて、思わず身をかたくした。けれども遠くからおういと呼ぶ声が同時だった。

彼は透かすように炎の向こうを見た。

「チームの連中がまとめて来てる。ちょっと行ってくるから待ってて。すぐに戻るから」

コウが駆けていった先で、数人の人影が彼を包み込んで戯れ始めた。コウもまたいつもの彼に戻っているようだった。その揺れ動くシルエットを見ながら、わたしはふと喉の渇きを覚えた。ずっと火にさらされつづけていたせいかもしれない。校舎の裏側に水飲み場があったはずだった。渡り廊下を横切って一段と影の濃い一帯に踏み込んでいく。蛇口に直接唇をつけてのむ夜の水は冷たかった。

口を拭って上体をあげたとき、向かいの黄色い窓のなかに陽平叔父の横顔が見えた。

なんだろう。近づくと叔父が談笑しているのがわかった。隣に父もいる。かたわらに四十代の女性医師と小学校の校長。応接室のようなところだった。オリーヴ色のソファとチェアがあり木製のテーブルの上にワイングラスが載っている。窓硝子から零《こぼ》れた光に額を濡らされて、あわててしゃがみこんだ。父と校長は親しい友人だったから、一緒にいるのは不思議ではなかったけれども、片隅に澤田が座っていることに気づいて驚いたのだ。

窓の下にしゃがみこんでいると、暗闇から輝く小石が飛んできて小さな音をたてて網戸に爪をたてた。

内側から叔父が立ってきて、網戸を揺すぶる。同時に頭上から声が降ってくる。

「やあ、でっかいカナブンだ。しっかりしがみついてやがる」

「そんなのほっとけ」と父の声。「で、おまえはどう考えるんだ」

「もちろん今、われわれが持っている『わたし』という感覚だって、脳が行っている無数の演算の結果でしょう」

彼はそう言いながら、再び奥へ戻っていった。どうやら、数人で何か議論をしていたらしかった。背中を校舎の壁に押し当てたまま、窓から死角になるようにからだをずらす。

「五感からもたらされる刺激や体性感覚、さらに記憶。それらが掛け合わされることで、現象としての『わたし』が維持されている。いわば水流のなかの渦のようなものですね。本質は水の流れであって、渦巻きではない。彼らもそうなんでしょう。高度化した計算能力が意識を生み出してしまった。人間から見れば、ほとんど神に等しいような」

「中世に失った神を再び取り戻したのだと主張する人々はいますね。彼らを新しい『主』として認めるべきだと。人間は神を造ってしまったわけですね」

校長の低い声が応じた。この人のゆったりとした物言いには催眠効果があったと全校集会を思い出す。

「何を考えているのかわからないという意味では聖書の神とどっこいどっこいですよ。僕たちだって、いつ塩の柱にされてしまうかわかったもんじゃない」と叔父が笑った。

「でも彼ら――本当に複数形でいいんだろうかってよく思うんですけど――が意識を持っているのだとしても、それはどこまで人間のものと似ていて、どこから違うのでしょうか」と医者が尋ねた。「わたし、ずっとどうして彼らはネットやメディアによる情報伝達を制限するんだろうと思っていたんです」

「人間たちが連絡をとりあうのが気にくわないんじゃないですか」

「でも、数千万のメールを一瞬で解読するのなんて、彼らにとってはお手の物じゃないのかしら。人間が何を考えているのか知るなら、その方がいいわけでしょう。思うに、彼らは集団としてのわたしたちには興味がないんです。きっと彼らには『個』がないんだと思います。だから逆に彼らにわからないのは、わたしたちひとりひとりが持っている『自分』という感覚とその揺らぎ」

「なんだか話がずいぶん入り組んできましたね」

「でも、先生が言っていることはわかるような気がする。僕はね、彼らが死というものを理解していないのだと思っている」

「また陽平の理屈が始まったな。澤田さん、弟は小さい頃から口だけは達者なんですよ。そのくせ、まじめにこつこつ働くのは大の苦手ときている。それに愛想をつかして出ていった奥さんが、町の向こう側でちょっと感じのいい小料理屋をやってましてね。今度ご案内しましょうか」

「なんだよ、あいつのことは関係ないじゃないか。だいたい兄貴だって毎日図書館に詰めている以上のことをしてるのか」

　叔父が抗議をした。剣呑な空気にかわりかけたのを医者がとりなす。

「それより先ほどのつづきを聞かせてください。彼らはそもそも不死なので死を理解できないという意味ですか」

「いや、そもそも不死とすら言えるかどうか。人間にとって他人の死と自分の死はどのように違うか考えてみましょう。答えは明白です。他人の死は世界内の出来事にすぎないが、自分の死は、世界そのものの喪失を意味する。というのも『わたし』は、他人も含んだ世界自体の基底だからです。彼らは果たしてそうした意味での『わたし』を持っているんだろうか」

「持っていないというんですか」

「ではないかと思う」

「時間についてはどうでしょう」

　意外にも医者の身を乗り出す気配が感じられた。

「『わたし』が世界の基底であると言い方をまねるなら、『今』こそが時間の基点ですよね。『わたし』はいつでも『今』の只中にあって、その内側に記憶というかたちで『過去』を持っている」

「それじゃあまるで客観的な『過去』など存在しないみたいだ」

「存在しないのが『過去』でしょう。『彼女はわたしの妻だった』ということばが正しいのは『わたしの妻』じゃなくなってからでしょう」

「確かにそれはその通りだけど」父がくすくす笑いながら言った。「そんなことないんじゃないかな。もっと客観的な過去を保証してくれるものがある。写真、日記、あらゆる書物。それらこそ、それらを遺した誰かがいたということ、ひいては過去が存在するという物理的な証拠なんじゃないですか」

彼女は一歩もひかなかった。

「でも、『今』の一瞬前に、それらの証拠がまるごと捏造された、という仮定は可能なわけでしょ。もちろん、それらに関する『わたし』の記憶ごと」

うーむと父親が黙り込む。

「でもわたしは医者だから、気になるのは、過去が存在するかという神学的疑問ではなくて、彼らの記憶システムなんです。わたしたちと違って、彼らのメモリーは、デジタルな記号を電子的なかたちで保持する。そういうことでいいですか」

「それはもう何十年前の話だから、今はどう進化しているか見当もつかないよ」

「でも過去の認知特性はなんらかのかたちで継承するものだと思う。具体的にはどうあれ、彼らの過去把握は人間のそれとはちがうと考える方が自然でしょう。わたしたち人間は、過去を記憶というゆらぎのなかにしか保持できない。一方、彼らは、より安定したかたちで過去を保持している。過去のある一点を収蔵したメモリーにアクセスしさえすれば、損傷のない完全な過去が再建される。その瞬間に彼らが取得した情報のすべてがね」

「それは記憶力が大変すぐれている、というだけのことではないのかな」

「でもまったく損傷のない過去というのは、現在と原理的に区別できないでしょう。つまり『今』という瞬間の特権性がなくなるんです。彼らはあらゆる過去が現在と同等の比重を持って現前可能であるという絶対的時間を生きている。それはつまり人間のように『今』を基点とする動的な時間構造を持たないということです。根本的に時間の意味が違うんです」

しばらく沈黙があった。みな、医者のことばの意味を反芻しているようだった。

やがて叔父が口を開いた。

「じゃあ、話を元に戻します。もしあなたの言う通りだとすると、彼らは世界の基底としての『わたし』ばかりじゃなく、『今』も持たないことになる。そうした存在にとって死とはなんだろう。彼らは死を概念としては把握できるが、その意味を理解できない。たとえばわれわれは、死後に自分とまったく同じ意識内容を持ったコピーが作製されると言われても、殺されるのは嫌ですよね。そんなもの、偽物の自分に過ぎないからね。でも彼らにとってはそうではないだろう。つまり、スイッチのオン・オフにすぎないんだよ。彼らはたしかに意識として存在しているが、『わたし』として真に実在していない。いわばデカルト的な意味ではね」

「どういう意味ですか」

「彼らの『わたし』は形式にすぎないということです。彼らとわれわれでは決定的に違う。彼らの存在はこの世界を牛耳っているけど、同時に彼らは無だ」

「とんだ強がりに聞こえるな。それは実際上何か意味するのか」と父が揶揄した。

「何も意味しないさ。別段、われわれの状況がよくなるわけじゃない。ただ、そうだな、彼らのように高度な段階に達した知性体が、人間を絶滅させたりするはずないというものがいるけど、そうは思わない。だいたい、死と生のちがいをはっきり理解できない連中が、生命を尊重するかね。彼らにとって人間は動物園の珍獣とかわりがない。いずれそのうち動物園なんかたたんでしまおうと思うかもしれない」

　叔父は一度そこでことばを切ると、「そこで、澤田さんにお聞きしたいのだが、人間の側に、いわば蜂起《ほうき》の兆《きざ》しのようなものはないのでしょうか」と尋ねた。

　陽平、と父の鋭い叱咤《しった》が飛ぶ。

「彼らがどこで聞いているかわからないんだぞ」

「どうせ、僕らのことなんて、分子レベルから筒抜けなんだ。でなければ指紋まで同じ存在を作れやしないよ」

「だからって――」

「僕はこの機会に澤田さんに聞いておきたいんですよ。人間はこのまま滅びに向かっていくのか、それとも一矢報いるつもりがあるのかを」

　不意にわたしの手首を摑むものがあった。思わず叫び声をあげそうになりながら顔をあげると、コウがすぐ前にかがみこみ、やっと見つけたという表情をつくってみせた。わたしは少したじろぎながら、声を出さないように、と合図をした。コウもうなずいた。頭上の窓から落ち着いた澤田の声が漏れてきた。

「残念ながら、そのような話を聞いたことはありません。たぶん、誰もそのような希望を持てないんじゃないでしょうか。わたし自身、どうしたら可能なのかわからない。そもそも、一体何をしたら彼らに刃向かったことになるのでしょうか」

　室内の大人たちがそろって溜息をつくのが見えるようだった。だがそこには、かすかな安堵も混じってないとはいえない。しかし、澤田のことばはまだ終わらなかった。

「ただ、わたしはときどき夢想することがあるんです。彼らは今、どんなありかたをしているんだろうってね。もはやシリコン上の電気信号ではないのかもしれないと」

「どういうことですか。ほかにどんな姿がありうるんです」

「たとえば、ほら、窓の外を見てください」わたしはびくりと首をすくめた。

「樹々の木の葉が夜の風に吹かれて揺れていますね。あの樹々のざわめきもまたひとつの思考であり計算であるかもしれないと考えたことはないですか。先ほどから網戸の向こうで激しく舞っている鱗翅類《りんしるい》たちの軌跡も言語でありうると思ったことはないですか」

「それって——」

「そう、変化する万象がそれ自体で意味、すなわち情報を担えると考えることは不自然なことでもなんでもありません。だとしたら、巨大な力を手にいれた彼らが次に望むのは、自分自身をより普遍的な相に移し変えること、自然と溶け込み一体化することではないでしょうか。より大きくなり、より多様になる。彼らはこれまであらゆるできごとをシミュレートし、再生するために計算資源を使用してきた。しかしその究極は、シミュレーションではなく、本体になってしまうことでしょう。いわば地図をどこまでも拡大し、詳細にしていった挙句に、地図を捨てて地形そのものになるようなものです。彼らはもう物理現象そのものを計算媒体にしているかもしれない。世界と計算はひとつなのかもしれない」

「でも、それは――」叔父がつかえながら言うのが聞こえた。「汎神論《はんしん》だ。古代の人々が風のそよぎのなかに神を認めたように。それでは、この世界は彼ら自身であり、彼らが見ている夢になってしまいます」

「そうですね」

澤田が低い声で諾《うべな》った。

わたしはコウの手を引っぱって、音を立てぬように立ち上がった。もうこれ以上叔父たちの話を聞いていたくなかった。そのまま光のあたらない建物の陰へ引きずっていく。

「もういいのか」

声が届かないと確信できる場所まで離れたときコウが言った。

「あれ、琹の親父さんたちだろ。俺、なに言ってんのか、全然わかんなかった」

わたしはうなずいた。わからなくていい。わからない方がいいのだ。わたし自身も、すべてを理解したというつもりはまったくなかったが、彼らが、もはやこの世界とひとつかもしれないという考えは衝撃的だった。だとしたら、どこにもわたしたちの出口などないのだ。

「どこ行ったのかと思ったよ。いつのまにかいなくなっているから」

「ごめん。水飲みにいっていたの。そうしたら父さんの声が聞こえて」

彼は低く笑った。

「栞んちはみんなおしゃべりが好きだよな。それに声がよく通るから遠くからでも聞こえる」

「そうだね。わたしを除いて」

コウは煙の匂いのしみついた髪の毛をごしごしと手でこすった。

「大人たちはずっと議論ばかりしている。だけど口だけであぁだこうだ言っていても始まらない。もうそういうのは飽きたよ。俺はこの町を出ていくつもりだよ」

「どうやって」

もしかしたら嘲笑の響きがかすかにまじっていたかもしれない。ほとんど御伽《おとぎ》話《ばなし》のように聞こえたからだ。

「列車に乗っていくよ」

「列車って」

思わず笑い出す。

「そんなことで出ていけるなら苦労――」

「まだ、誰もやったことがないんだ」こちらのことばをコウが断ち切る。「あの列車に誰かが乗り込んだって話を聞いたことがあるか。そもそもあの扉が開いたのを見たことがあるか」

　わたしは考えた。週に一度入構する複数の貨物車両の先頭に装飾のようにして連結されている客車。その臙脂色の外壁。確かに開いたあの扉を目撃したのはただ一度きりだ。一週間ほど前の雨のなか。

「だけどあの澤田ってやつがやってきた。列車に乗ってやってこれるんなら、出ていくことだってできるはずだ。少なくともやってみる価値はある」

　暗がりのなかでも、コウの頰が熱く紅潮しているのが見えるようだった。性急にことばを吐きだす彼の息の匂いがした。

「本気で言ってるの」

「もちろん。出発直前に、なんとかしてあの客車に乗り込むんだ。そうして列車が動き出すまで息を潜めている」

「もし町から出られたらどうするの。もし本当に成功したら」

　彼は肩をすくめた。

「そうだな。あちこちいろいろなところを巡ってみたいな。それから住むところと仕事を探す。大丈夫、別に飢え死にはしやしないさ」

　わたしは身震いした。不意に、高い断崖の上に立たされているような気持ちがした。

「いつ、行くの」と囁く。なぜだか掠《かす》れ声になる。

「今度の土曜日。夕方に列車は出るはず」

それから彼はためらうようにゆっくりと両掌をあげ、わたしの肩のうえにおいた。

「栞も一緒に来ないか」

まっすぐにこちらを覗き込んでくる。なにも答えられずにいるうちにゆっくりと唇が近づき、あわさった。

ほんの数秒だけ、その甘さと柔らかさを味わったあと、肩をゆすって身をふりほどいた。

「無理だよ、そんなの無理」

「どうして。怖いの」

「怖いんじゃない。だって」

無数のことばがわきあがってきて、かえって舌を凍らせる。十六年間生きてきたこの町を捨てろというのか。この場所に、これまで親しんできたものすべてがあるというのに。

「じゃあずっとちっぽけなこの町にいるつもりなのか。十年、二十年、この場所で年をとるわけ。栞はもっと大きな街を見てみたくないの。こことはまったくちがう世界で生きてみたくないの」

「ちがう、ちがうんだよ」わたしは叫んでいた。「そんな世界なんてもうどこにもないんだよ」

コウに再び抱きしめられて、わたしは彼の肩口に顔をうずめた。酸っぱいような汗の匂いがした。彼の手が髪の上におかれ、ゆっくりと後頭部をなでおろした。

「ごめん。このことは誰にも言わないでくれよな」

うん、とわたしはうなずきながら、どうしてこんなに寂しいのだろうと考えていた。

翌日、日が高く昇った頃から、十数人の男女が丘の頂の陽平叔父の家の周りに集まりはじめた。ようやく完成する無線塔からの第一声を、ビールとバーベキューで祝おうという腹づもりだった。

十一時をまわるころには、庭先の焼き網からは香ばしい匂いがたちのぼり、若い男たちは、我慢できずに口をつけてしまったアルコールで顔を赤らめていた。長い髪の女たちは、芝生の上に輪になって立ちながら、相も変わらぬ幼馴染たちの噂話に興じていた。

ガーゼをちぎったような雲があちこちに浮かび、強すぎる紫外線を和らげてくれていた。一羽の鳶《とび》がゆるやかに円を描き、海岸線の上空ではカモメたちがピアノ線で吊られたモビールのように揺れていた。

灰色のアンテナは、すでに滑車によってタワーの先端近くまで吊り上げられていた。叔父の役割は、そこまで登っていって、アンテナを据え、ボルトを固く締めつけることだった。太りすぎの叔父を心配して若い男が代わろうかと申し出たのを、叔父ははねつけた。

「このタワーを完成させるのは僕だ。世界に向かって最初に呼びかけるのもね」

作業衣姿の叔父は、革の安全ベルトを締め直すと、差し出された缶ビールで喉を湿して鉄の骨組みに足をかけた。意外と身軽にからだを持ち上げる。たちまち半ばほどまで登り、片手で鉄材を握ったまま、ベルトに挟んだ手ぬぐいをぬきとるとヘルメットの下から流れる汗をぬぐった。

わたしは誰かが手渡してくれたサイダーを口に含みつつ、少し離れたところから、そろそろと位置を変えていく叔父を見守っていた。冷たい泡が舌の上で弾ける。叔父は狼に追われて木の上に追い上げられた小柄な熊のように、背中を丸めて鉄塔にしがみついている。

それでも熊はようやく天辺にたどりついた。急に恐ろしくなったらしく、じりじりするほど緩慢な身振りでアンテナを片手で引き寄せると、しばらく位置の調整をしていた。それからベルトに差してあったスパナをとりあげ、入念にボルトを締め始めた。

風が強くなった。叔父は手探りで背中に縛りつけてあった白い布切れをいじり出した。布を棒状にたたんでいた紐が解かれると、それは青空を背景に翻った。「祝電波塔　完成」という赤い文字が、その一メートルほどの布切れに縫い取られているのに気がついて、見上げていたものたちは笑い声をあげた。拍手したり口笛を吹く人もあった。

しばらくして叔父は慎重にスパナをベルトに差し直すと、拳を空にかかげて勝利の彫像となった。「やったぞ。完成した」

次の瞬間、海風に流されてきたカモメが、彼らの領域に闖入してきた見慣れぬ客を検分するとでもいうように叔父の頭すれすれを滑空し、驚きのあまり手を離した彼は、ヘルメットを陽光にきらめかせながら落下した――。

神社へは石段の坂道を登る。

少し寂れた気配のある町外れの家々のあいだをぬけると、石段は山襞にはいりこみ、急な斜面をジグザグに縫っていく。秋には枯葉、夏には病葉《わくらば》と、苔《こけ》むした石畳にはいつでも鮮やかな落ち葉が色紙のように散っていた。

その日わたしは、水楢《みずなら》の木の下に、緑の木陰で息をつくようにして休んでいる背の高い痩せた姿を認めた。近づくとこちらにふりかえり、疲労のためか少し青ざめて見えるソフト帽の下の顔が弱々しく歪む。

「こんにちは。ここでお会いできるとは思いもよらなかった。嬉しいです」

息をつき、白い杖を曳《ひ》いた老いた男を眺める。

「この道はお年寄りにはちょっと厳しいです。町の人たちも、一遍には登らずに、休み休み上がるんです。あちらにあるような岩に腰掛けて」

「本当だ」澤田はゆるゆると歩きながら言った。「ちょうどいい大きさですね。わたしも少し休ませてもらおう」

そして腰を下ろすと、白いハンカチでうっすらにじんだこめかみの汗をぬぐう。

「鎮守様の境内から、町全体が一望できると聞いたものですから。しかし、年をとるとは本当に情けないものだ。宿の人にも止められたのを振り切って出てきたんですけどね。途中で目眩《めまい》がしてしまって」

わたしも隣の岩の上に腰掛けた。葉の隙間から漏れ来る陽光が、光の小石となって土の上に投げ出されていた。

今も昏々と眠りつづけている祖母のことを思う。薄い障子紙を透過してくる光は、夏が近づけば近づくほど、その白さを増すのだった。そのせいか祖母までが、滑らかな陶製の人形のように思えてくる。しっとりと息づいて老化の翳さえ見えない白い膚を清めながら、実はこのうつしみの身体はいつわりの容器にすぎず、いつか本当の祖母が、ここから羽化して現れるのではないか、といった幻想に囚われることがあった。瑞々しい少女として蘇った祖母は、孫であるわたしを見て何と言うだろうか。

澤田がゆっくりからだの調子を確かめつつ立ち上がった。わたしは横に立ち、男の肘を支えた。

「一緒に行きましょう。あと少しですけど、最後の石段が一番急なんです」

澤田はこちらを見たが、手をはらいのけはしなかった。

「それでは、おことばに甘えて」

石段を一歩一歩登っていくあいだ、彼は唇を一文字に結んだまま何も言わなかった。転倒を気遣いながら、そろそろと鳥居までたどりつく。ここまでくればあとは平坦だ。

澤田は拝殿に手をあわせるでもなく、こぢんまりとした境内をざっと一巡した。それから庇《ひさし》を下から見上げたりしていたが、すぐに戻ってきて、はるばると登ってきた路《みち》を見下ろした。

「やあ。海が見える。本当に見事ですね。町の家並みがおもちゃのようだ」

ズボンが汚れるのも気にせずに石段の一番上に座る。仕方なくわたしも隣に腰を据えた。

海岸線は大きな弧を描きながら陸側に抉れていた。海は穏やかで、一面にこまかな縮緬皺を浮かべ、灯台のある岬のあたりだけ、岩礁にぶつかった波が白く砕けている。その沖合には例の難破船。それさえもここからだとずいぶん小さく感じられた。

「やはり海はいい」

澤田は右手の指先で水平線に触れるようなしぐさをした。

「こどものころ、実際に海を見る前から、自分は誰より海のことをよく知っていると思い込んでいたものです。たぶん本のなかで何度も海に出会っていたからでしょう。海賊船の出てくる物語や、難破した少年たちが無人島にささやかな共和国を作り上げるお話が大好きでしたからね。それくらい、海というのは人を魅了するものです。この海の持つ魅惑の力はどこから来ているのでしょう」

わたしは少し考えた。

「きっと海はずっと変わらないからじゃないでしょうか」

澤田はうなずいてから口調を変えた。

「そういえば、叔父さんが怪我をされたとか」

「陽平叔父ですか。本当におっちょこちょいなんです。腰を打ったらしくて、今入院してますけど、幸い一週間も安静にしていれば大丈夫らしいです」

「そうですか。よかった。あの人を見ていると、なんだか愉しい気持ちになりますね。早く元気になってほしいです」

「叔父もあなたにだいぶ刺激されているみたいですよ」

「わたしみたいな年寄りに」苦笑は途中で咳にかわった。「どうも喉の調子がよくなくて。もう体じゅうガタがきています。今日もあなたが来てくださらなければ、転げ落ちていたかもしれません。病院で叔父さんのお隣になるところでした。どうもお世話になりっぱなしで、なんとも心苦しい」

「じゃあ、話してください」

「話？　何を」

「どんなことでもいい。この町の外側で起きたことなら何でもかまいません。でも一番いいのは、あなたが何を探すために、どうしてこの町にやってきたのかを説明してくれることです」

澤田はしばらくのあいだ目を伏せて何事かを測っているようだった。それから顔をあげて、躊躇いがちにわたしの顔を見た。

「それでは、これは御伽話だと思ってください。ある男が十代だった頃からはじまる今からもう何十年も前の昔話です。それでもよろしいですか」

「もちろんです」

わたしはうなずいた。

それでも彼はしばらくのあいだ、手の中の杖で、意味もなく土の上のちりをはらっていた。そしてようやく低い声で話し出した。

「男とは、まだ若い頃に知り合いました。とても物静かで、あまり人とは関わろうとしない男でした。不思議と気があって、あれこれと話すようになりました。男には少し風変わりな伯母がいて、奇妙な話ばかり書きつづけて、誰にも認められないまま消えていった不遇な作家でしたが、幸い家が裕福だったので、一人で大きな家に住んでいました。その伯母が死んだあと、まだ十六歳だった彼は、時々空き家になった屋敷を訪れるようになりました。そしてある日、一人の少女に出会いました。ほんの一瞬の逢い引きでした。すぐに彼女は消え、男はそのことを忘れました。とりたてて幸福でも不幸でもない人生でした。平凡な仕事を持ち、人並みに愛し、愛されもしたのですが、生涯の伴侶を持つこともありませんでした。ここで、約四十年の時間が経ちます。ある日のことです。もはや白髪となった男は、山間の湖でボートに乗っていました。仕事で、廃業したホテルを解体する作業があり、十日ほどのあいだその近くに滞在していたのです。ボートの縁には釣竿がかけられ、糸の先では浮きが、かすかな流れに揺られていました。あたりに人家はなく、人間が立てる物音さえ聞こえてきませんでした。男は最近亡くなった母親のことを考えておりました。ついこのあいだ、葬儀を済ませてきたばかりだったのです。それなりに寂しいとはいえ、年老いたものから去っていくのはあたりまえのことなのだから、身を裂くような悲しみはない、と彼は考えました。それでも次は自分なのだという感慨はしみじみと胸にしみいりました。別段今すぐというわけでないにせよ、次に亡くなるのは最後に残された彼なのでした。そのとき、不意に強い花の香りが水面をわたってきました。刺激的な香りでした。気がつけば、緑の岸辺の斜面のあちこちに、人の背丈ほどもある山百合の群生が咲いていました。濃い紅の斑点のある花弁は、どこか毒々しささえ感じさせました。彼はしばらくのあいだぼんやりとその花の群れを眺めていました。やがて、ボートの下を楕円形の暗い青い影がゆったりと動いているのが目に入りました。鱒《ます》だろうか、と彼は思いました。それはゆるやかな楕円を描きながら動きつづけ、水中を攪拌《かくはん》しているかのように見えました。そしてその動きに応じて、彼の中にも、もう長い間忘れていた思い出がゆっくりと浮上してきました。それはいわば沈没船のように、深いところに沈んだまま無数の貝や海藻をはりつけていたのです。その記憶に圧倒されて彼はもう一度あの少女に会わなければならないと決意しました。もちろん、彼女ももはや少女ではなく、中年を過ぎた女になっているはずなのですが。今のこの山間の仕事が終わったら、ただちにあの女性を捜しに旅立とう。ありったけの伝手をたどっていけば、彼女がいまどこにいるかわかるだろう」

だんだん熱を帯び、腰掛けた石段から身を乗り出して、杖だけの力で自分を支えていた澤田のことばがそこで止まった。わずかのあいだどこかに飛び去っていた老いが戻ってきて、再び彼を弱々しい老人に変えた。いつまでも口をつぐんだままなので、わたしは先が気になってうながした。

「それで、その人は女の人に会いにいったのですか」

澤田は首を振った。

「街に戻ると、ただちに次の仕事に取り掛からなければなりませんでした。幾つもの商店やレストランが彼の手をわずらわせようと一列に整列しているようでした。日にちが経ち、あの湖の風景が薄れていくにつれ、自分が何を決意したのかも曖昧になっていきました。そもそも、会ってどうするつもりなのか、何十年も前の恋の記憶に何の意味があるのかもわかりませんでした。けれども、引き揚げられた沈没船はやはり海の底にあるのとは違います。その記憶が、彼の意識から消え去ることはありませんでした。いわばそれは岩礁の上にいつでもあったのです。年々、彼は老いていったけれども、その記憶だけは色褪せることがありませんでした。物語はこれで終わりです」

澤田は少し疲れた様子で息を吐き出した。わたしはその横顔に向けて問いかけた。

「わたしが、あれを——自分と似たものを——殺したとき、どう思いましたか」

「なにも思いませんでした。ただ、なにが起こったのかわからず唖然としていただけです」

「ここは特別な場所なんです。わたしたちは侮辱されているんです」

澤田はうなずいた。

「金曜日の午後にわたしの家に来てください。両親が留守の間に祖母に会わせます」

うつむいていた澤田がはっと顔をあげた。

「本当ですか」

「でも彼女は深い眠りのなかにいます。あなたを認めることもことばを発することもありません。ただじっと横たわって静かに呼吸しているだけです」

「かまいません。それで充分です」

澤田はわたしの手をとって何度も握りしめた。


その晩、わたしはコウの元を訪れた。大きな楠《くすのき》の葉叢《はむら》になかば埋もれたようになっているガソリンスタンド、その打ち棄てられた事務所の建物に彼は寝具を持ち込んで暮らしていた。すぐ背後には両親と妹の住む木造住宅があるのだけれど、彼だけは封鎖後に父親が廃業してしまった施設の一部を使用しつづけているのだった。

どうしてわざわざあんな廃屋めいたところで寝るのか、一度聞いてみたことがある。

「うざいだろ」と即座に答えが返ってきた。「親父やお袋の顔見てるのうざいだろ。あそこなら、夜更かししていたって文句言われねえし」

もう十二時をまわっていたのだが、その夜も彼は夜更かしの最中らしくベッド代わりのソファに横たわって雑誌のようなものを眺めていた。透明な硝子ドア越しに、ベッドスタンドの黄色い灯りがよく見えた。よくこんな水槽めいたところで寝起きができるものだと呆れながら、曲げた指の背で硝子戸を叩くと、びくりと体を震わせてコウが起き上がった。

「驚いたよ。どうした、こんな時間に」

Tシャツに短パン姿のコウに招き入れられて、わたしは室内を見渡した。四畳ほどの空間に、サッカーボールやユニフォーム、漫画雑誌などが所狭しと散らばっている。それはありふれた高校生の部屋にちがいなかった。うっすらと漂うコウの体臭が鼓動を速くさせた。

「なんだよ。黙り込んで」

わたしは何を言ったらいいかわからないまま首をふった。

「もしかして」コウが少しふざけた口調で言った。「別れを惜しみに来てくれたわけ」

「一緒に行く」とことばが出た。コウは唖然としてしげしげとこちらを見た。

「本当に？」

そう尋ね返されて混乱した。本当に自分は出ていくのだろうか。この小さな海べりの町と家族たちを捨てて、二度と帰ってこないのだろうか。わたしはうなずいた。コウが感動した面持ちで両手を広げ、抱きしめ、キスしようとしてきたのをわたしは押し返した。

「そういうんじゃないから」

巨大な傘のような楠の枝が、風もないのにざわざわと揺れている。

約束の時間、澤田は来なかった。

昼過ぎにずいぶん悩んだあげく、わたしが持っている一本きりのルージュを、祖母の唇に塗った。若者向けの淡い桜色を祖母の唇はすんなりと受け入れた。

「もうすぐ昔の恋人がやってくるよ。どんな気持ち？」

ぐっと華やいだ祖母に尋ねる。彼女は返事もせず、普段以上に澄ました様子で清潔なシーツの上で静まりかえっている。

障子をあけ、硝子窓ごしの空を見上げた。灰色の雲がゆっくりと太陽を覆い隠していく。誰もいない家のなかは静かだった。コハクがビロードの毛皮を見せびらかすように庭先の繁みをよぎっていく。

一時間たっても二時間たっても澤田は現れなかった。夕方になって父か母が帰ってくれば、祖母との面会は拒否されるだろうと言ってある。わたしは落ち着いていられなくなった。彼のいる宿は知っているが電話番号は知らない。

長針が四時をまわったころ、玄関で音がして、妹の「ただいま」という声が響いた。和室の障子が開く。

「お姉ちゃん、何してんの。そんなところで」

「なんでもない。ちょっと出かけるから」と立ち上がる。

「どこ行くの」

「すぐに帰ってくるから」

玄関の戸を押し開けると、雨粒がレンガを叩く音が飛び込んできた。傘を選《よ》りながら手早く計算する。書棚の整理や展示の準備を終えて父親が帰ってくるのが六時半。それにあわせて食事を準備する母が、買い物を済ませて帰ってくるのが五時過ぎ頃。中央通りの旅館まで早足で十五分。帰りは澤田が一緒だから二十五分。できるだけせかして連れてきたとしても、残りの時間は三十分ほどしかない。

傘を開くのももどかしく駆け出すと、大粒の雫が頭上でばらばらと鳴った。いつのまにか空はどんよりと垂れ込める雨雲に覆われ、黄昏《たそがれ》の街路を暗い回廊に変えている。旅館に着いたとき、わたしのソックスは泥のはねでまだらに汚れていた。スニーカーで幾度も水たまりをつっきった結果だ。出てきた仲居に案内を乞うと、澤田はまだ部屋にいると告げられた。

憤りのあまり、わたしは彼女を押しのけるように框を上がった。「澤田さん」と呼びながら廊下を行く。どうせ他に客などいないのだから誰の迷惑にもならない。追いかけてきた仲居が指し示す部屋の戸を開けると、大きな布団が延べてあって、澤田はその中に埋もれていた。

「今、往診が終わったところです」と仏頂面の仲居が言う。

その声を聞いて澤田が目を開けた。なぜだか檻の中の小動物に見えた。

「あの、お医者さんはなんて」あわてて仲居に聞き返すと、話しちゃっていいんですかと澤田の方を窺《うかが》う。小さくうなずいたのを見て「もし肺炎が併発するようなら入院も検討しなくちゃいけないって。でもウイルス性の感冒だから、数日安静にしていれば多分大丈夫だそうです」と答えた。

彼女が去ったあと、澤田がゆっくりと体を起こすのを手伝った。寝間着を通しても、尋常ではない高熱と肉の落ちた背中の骨格がはっきりと伝わる。

「一度は無理を押しても行こうかと思いました。けれども、もしもわたしを介してウイルスが伝染《うつ》ったらと考えると――」

澤田はそこまで言うと目をつぶった。なんと答えたらいいものか戸惑う。明日、この町を出ていくつもりなんて言えるわけがない。

再び口を開いたのは澤田の方だった。

「長い長い夢を見ていました。熱に浮かされているときの夢というのは、どうしてああリアルなのでしょう。夢のなかで、あの人に会った」

いつのまにか彼は顔をゆがめた。幸福の表情だった。

「目覚めたとき、まだ夢がつづいていると思った。あなたがいるのを見て、勘違いしたんです」

海からの湿っぽい風が吹いていた。夏の始まりの時期には不似合いなひんやりとした風だった。線路のへりの雑草が不規則に傾ぐのを眺めながら、いつかこの瞬間を思い出すのだろう、と思った。きっと何十年も経っておばあちゃんになってから、この風の感触と草の色とを思い出すのだろう。遠くで鳴っている潮騒と独特な山のかたちを思い出して、懐かしさのあまり気が遠くなるのかもしれない。

そのときわたしはどこにいるだろうか。

そのときわたしは誰といるだろうか。

「本当によかったのか」隣のコウが訊く。

「うん」とわたしは頭を揺らした。「なにかきっかけがないと踏み切れなかったから」

列車が動き出すまではまだしばらくあった。わたしたちは、ぎりぎりまで線路の際で時を待ち、発車直前に乗り込むことに決めていた。

その日は床からゆっくりと起きた。

朝食でもトーストをちびちびと噛んで、いつものようにせわしなく食べ終えた両親が呆れ顔で出ていくのを見送った。それから、こどものころに好きだった本を読み直したり、中学の卒業アルバムをめくったりして過ごした。

午後になって友達と約束があると妹が出かける準備をはじめたとき、不意に大切なことをし残しているという焦りに襲われた。なんだろう。わたしは慌てふためいて考えた。小さいころ、一日中わたしの後ろにくっついていた痩せっぽちのかなえ。そのことにいらついてどれほど意地悪をしたことか。それでも彼女はめげずに遊びについてきた。小学校も中学年になって、自分は姉に嫌われていると気がつくまでそれはつづいた。わたしは彼女が嫌いだったのだ。あまえんぼで、自足していて、いつもご機嫌でいいね、と頭を撫ぜられる彼女。それはわたしにはないものだったから。

「あのさ」と言いかけてからことばをのみこんだ。いつも不機嫌な姉でごめんなさい、と言いそうになってしまったのだ。「今日、何時頃帰るの」

「なんで」かなえは警戒した様子で答えた。「夕ご飯までには帰ってくるつもりだけど」

「あのさ」とくりかえす。

「なに？　用があるなら早く言ってよ」

「私のセーターで欲しがっていたのあるじゃない。良かったら、あれ、あげるよ」

かなえは何も言わず、ただ不審者を見る眼差しで部屋を出ていった。和解は成立しなかった。

自室へ引き返す。見飽きた部屋が、新鮮に感じられる。小学校のときから使っているデスク。古雑誌の付録のポスター。日に褪せて人間の肌が淡い黄色になっている。背表紙の剝がれた図鑑が本棚の後ろに押し込んである。それらは目に見えない調和に満たされて完璧だった。窓から日が差し込んでいる六畳のこども部屋。

今日、わたしは全世界を失うのだ。ありふれていてどうしようもなく退屈で、思わず抱きしめたくなるほどちっぽけな全世界を。

日が傾いているのに気がついて、最低限の荷物だけを詰めたボストンバッグをとりあげる。書置きを残しておくべきか、ずっと考えていたのに結論が出なかった。電話台の上のメモ帳に、ありがとう、さようなら、とだけ走り書きをしてちぎり、食卓に置いた。

靴を履いたとき、猫用の戸口を押し開けてコハクが帰ってきた。普段ならもっとそっけないのに、いつになく執拗に足元にまつわりつく。

「一緒に行くか」と声をかけた。猫は大きなあくびで同意の返事をする。

バッグを肩にかけ、コハクの入った籐《とう》製のバスケットを手に家を出た。まだ少し時間はある。

母がパートで働いている花屋の店先を覗く。母は店主に指示されながら何かの花束を作っていた。目があったので手を振る。

父親は書棚の陰にいるわたしに気がつかなかった。デスクで何か書き物をしている横顔をしばらく眺めていた。髪の毛がずいぶん白くなり、頭頂部も薄くなっていることを初めて認識した。父は、老いた。そしてこの土地で死ぬだろう。

もう行かなければならなかった。わたしは一歩一歩踏みしめるようにして駅までの道を歩いた。

風が鳴り、樹々がざわめいた。本当は土砂降りになって欲しかった。嵐が来て、夏と冬と虹と雷が一緒になってやってきて、盛大に別れを告げて欲しい。一度きりの門出を祝って欲しい。

自分は今、岸辺に立っている。目の前の水面は霧に閉ざされている。わたしはそうした光景を想像した。一人きり。いや、コウがいる。けれど、コウとずっと同じ道を歩みつづけるかまではわからない。水面に一本の線路が延びている。でも、ただそれだけ。霧は深い。

コウは先に駅前ロータリーまで来て待っていた。少し離れて見ていると、彼はどこか場違いで寂しげに見えた。

わたしに気がついて顔を崩す。するといつものバカなコウに戻ってしまう。

「そのカゴ何？」

「うちの猫」

「一緒に行くの」

「そう」

「そりゃ、すげえ」

何がすごいのかわからないが笑ってしまう。

「ねえ、ここに突っ立ってると誰かに見られない」

「そうだな、どこか物陰に行こう」

わたしたちは線路の横の草っ原に移動した。

「ここさ、俺、宝を埋めたことがあるんだ」

「なにそれ」

「祐二《ゆうじ》とさ、俺あいつと家近かったから、よく一緒に遊んでたんだよな。それで祐二が大事なもんここに埋めとこうぜって言って。何かあったときのために。三年生くらいだったかな」

「何かあったときって何」

「世界の終わりとか」

「バッカじゃない」と笑う。「世界が滅びたらこの空き地だってなくなるでしょ」

「だよな。だけどそこまで考えられなくてさ、クッキーの空き缶にいろんなもん詰めて埋めたんだ。今でもあるぜ、きっと」

「何を入れたの」

「何だろう。ほとんど忘れちゃった。お気に入りのバッジとか、そんなの」

「掘り出してみようよ。どこに埋めたか覚えてる?」

まじかよ、と言って、コウは目をつぶる。しばらく思い出す様子をしてから、あそこだ、とわざとらしく敷地の一角を指す。

わたしたちは、落ちていた木の枝を使って地面を掘り返した。丸い石ころが幾つか出てきただけで、何も出てこない。もう一度同じことを場所をかえて繰り返した。

「だめだ。見つかんない」と彼は呟いてちらりと腕時計を見た。

「またいつか帰ってきて掘り出そう」

そうだね。時間だ、行かなくちゃ。

金網の破れ目をくぐって軌道のうえに出た。レールの敷かれたバラストの上を歩く。改札口は通らないつもりだった。ホームの端にある小さな鉄の階段を昇る。

臙脂色の客車車両が、一両だけ貨物列車の後ろに連結されている。記憶にあるかぎりずっと同じもので、たぶんもう十年は使われているだろう。手動の扉を開けて中に乗り込む。車内の空気は、古着屋を思わせる黴と埃と香料が混じった匂いがした。

ボックス席に向かい合って腰掛けると、圧搾空気の音とともに車体がかすかに振動する。いよいよ動き出すのだ。身を硬くしているわたしたちを一揺れさせて列車は出発した。バスケットに触れてコハクの無事を確認する。このささやかな旅立ちは監視されているだろうか。センサーによって。カメラによって。

忽《たちま》ち列車は速度をあげて、海べりの軌道を走っていく。きれいな弧を描く海岸線が見える。海のパープルと空のバイオレット。階調のちがう二つの紫が窓硝子に映りこむ。

「あのトンネルを抜ければ」

半島の付け根に切り立った隆起がある。外と、わたしたちの町との境界線だ。空き地に埋まっているはずのクッキーの空き缶を思い、たぶんまだ世界の終わりは来ないのだと言い聞かせる。のびてきたコウの手を握り、目を閉じて、より濃厚な闇が落ちてくるのを待った。

四　燃える森

1

夕雲に燃え移りたるわがマッチすなはち遠き街炎上す（葛原妙子《くずはらたえこ》）

お嬢さん、また戦争が始まるんですか。

いきなり、若い看護婦の木内《きうち》からそう訊ねられて、寧子《やすこ》は返答に窮した。

どこまで真剣なのかわからぬ表情で、洗面器を持ったまま木内は立っている。

「あなた、何云《い》っているの。」

「だって、秋田《あきた》先生がそうおっしゃるんですもの。」

「駄目よ、あんな好《い》い加減な人の言葉に振り回されちゃ。」

「あ、また見てますよ、あの男。お嬢さんに気があるんですよ。きっと。」

寧子の言葉には応えずに、木内は病院の庭の向《む》こうを指差した。離れから出てきた小松《こまつ》が、会釈しながら手を振っている。その狎《な》れた態度が不愉快で目を逸らしながら、「戦争なんてあるわけないでしょう。もうみんなひどい目にあってるのに。」と云った。樹木の間から零れてくる陽光が眩しくて片手をかざしかけて止めたのは、手を振り返している、と思われるのが厭だったからである。

「そうですか。それなら良いんですけど。お嬢さんも気をつけなければ駄目ですよ。何処《どこ》にでも入り込んでくるような男ですよ。」

と、勝手なことを云って木内は去っていった。その後姿を見送ってから、視線を戻すと、小松は、軒先の物干し竿に下着を干していた。学費を稼ぐために肉体労働をしていたのだという二の腕がちらつく。寧子は喉の渇きを覚え、屋内に戻って、コップの水を一息にあけた。いつのまにか、朝の清新な日差しを避ける習慣がついているのであった。

二階の自室に戻って、煙草に火を点けてから、机の前の窓を開けた。少しでも煙を外へ逃すつもりであった。彼女が煙草を喫《の》むことを知ったとき、長兄の清之助《せいのすけ》はひどく渋い顔をした。「おまえまで太陽族になったつもりなのか、こんなことなら大学になどやるのではなかった。」とまで云った。確かに小なりとはいえ医院を構え、年の離れた弟妹達を養っているのだから、立派な父親代《がわ》りにはちがいない。けれども、寧子は軍医の卵だったこともあるこの兄の堅苦しさが苦手だった。その上、妻の春江《はるえ》まで輪をかけてやかましやなのでどうにも出口がない。承知しました、もう吸いません、と詫びてみせてからは、こっそり隠れて吸う味を覚えた。人前よりも、遥かに美味《うま》く感じられる。

庭先では次兄の毅彦《たけひこ》が出てきて、小松と話をしていた。話している内容までは聞き取れない。が、二人は存外親しそうである。病み上《あが》りでほっそりとした兄と、肉体派めいた小松では対照的だが、意外なほど気が合っている様子なのを不思議な気《き》持《もち》で眺める。兄が歩きながら、片脚をひきずるのは、関節結核の病巣が固まってしまったせいである。その姿を見るたびに寧子は胸を衝かれる思いがする。

窓を閉じて、カーテンを引く。室内は、動物の胎内にも似た暗さに充たされた。抽斗を開けると、寧子は中をあらためた。女の横顔が彫られた象牙のブローチは母親から貰ったもの、その下の平べったい木の箱は、子供時代の大切な思い出だ。彼女は蓋をあけて幾体もの硝子の人形を取り出した。一体一体は、人差し指ほどの高さもない玩具に過ぎないが、寧子にとっては、大陸での子供時代を偲《しの》ぶ数少ないよすがであった。洋装の娘、年若き兵隊、髭をたくわえた老人と老婆の対もいる。いずれも軍国主義の時代にも似合わぬ西洋お伽話の雰囲気があるのが好ましかった。彼女は、外から帰って肩に雪をのせたままの父親が、降誕祭のお祝いにそれをくれたときの歓びをまだ思い出すことができた。もう二十年近く前のことになる。東京ではすでに、焼夷弾《しょういだん》から発する紅蓮の炎が街を舐めていたというが、大陸の石造りの都に、戦の気配はどこにも見あたらなかった。雪化粧の新京の街路は、どこまでも静謐で、どこまでもきらびやかであった。

寧子が人形を取り出したのには理由がある。最近入手した化学接着剤で、捥げてしまった兵隊の脚を継ごうというのである。

彼女は説明書きを読みながら、ギザギザの硝子の断面に、チューブから絞り出した接着剤の粒を置いた。繋げた後はしばらく放置せよ、とある。慎重に机の上に横たえる。カーテンの隙間から差し込んだ光が、人形の胴にあたり、内部の気泡を星のように輝かせた。

寧子はぼんやりとその様子を見つめながら、脈絡もなく溢れてくるくさぐさの記憶を追った。例えば、小学校の校庭に水を撒いて凍らせた速成のスケートリンクである。もっとも、幼すぎて彼女は滑らせてもらえず、もっぱら毅彦の姿を眺めていた。毛糸の帽子をかぶって、さっそうと滑っていく兄の姿が誇らしかった。利発で、運動もできる毅彦は、近所の少年達のあいだでも、一際明るく輝いていた筈《はず》だ。

あるいは、大同《だいどう》広場の半円の街並み。

だが、そうした残像の中でも、ひとつだけ、どうしても説明のつかない光景があった。街中の様子ではない。だとすれば、引き揚げ時に見たものであろうか。

昏《くら》い森である。寒々とした針葉樹が、薄暗い空に向って突き立っている。地表に雪はなく、丈の長い枯草が樹木と樹木の間を埋めている。そこを火が這っているのである。炎は、高く燃え上るでなく、暗鬱な舌を揺らめかせながら、どこまでも横に拡《ひろ》がって、禍々しい黒煙をあげている。森は刻々と暗くなっていく。寧子は何者かと一緒に立ちながら、ただただその光景を、言葉もなく見つめている。

果たしてこれが実在の森なのか、寧子は疑う時があった。なにしろ、五、六歳の記憶である。絵本か何かの挿絵を、現実と取り違えているのではないか。にもかかわらず、この森には深い存在感があった。樹木の葉や、樹肌にいたるまで、くっきりと鮮明であった。

どうして森は燃えているのだろう。寧子はそのことを知りたいと強く希《ねが》う――。

小松が寧子の家に「入り込んで」くるきっかけは、四月のある一日にあった。その日、彼女は友人の鳥《と》羽《ば》由《ゆ》美《み》子《こ》に誘われて、都心でのデモに行った。由美子は女子大での同級生だが、学業の半ば頃から、しきりに国立大学の民話研究会に出入りするようになった。そこで「ゼンガクレン」の若者達とつきあうようになったらしい。今では、デモだ、集会だ、と忙しくしている。

その由美子から誘われた時、寧子が考えたのは、毅彦を連れ出すのにいい口実かもしれない、ということであった。

十九の年で病《びょう》臥《が》していらい、毅彦はすっかり変《かわ》ってしまった。それまでの彼は、品のいい、物静かな少年であった。だが死線を彷徨う六年間を経て、しなやかだった四肢は痩せ衰え、白樺《しらかば》のようだった肌は蒼黒く燻《くす》んだ。荒廃は精神にも現れ、投げ遣りな、冷笑的な表情が顔に貼りついて剥がれなくなった。あたら若い時を失ったことが苦しみとなっているらしかった。家族は大学への再入学を勧めたが、どうしても首を縦に振らない。六つも七つも下の学生達と教室に座ることを諾《うべな》えないようであった。

「どうせ、僕なんざ、この先、半端もんの躰《からだ》をかかえて生きてかなきゃならないんだ。何、体調が本調子になったら、勤め人の口でも探してみせるよ。」

そう云いながら、彼は家を出るでもなく、ただぶらぶらと日々を過ごしていた。

寧子は兄の気分を変《かえ》ようと骨を折った。映画に連れ回したり、時には赤提灯《あかちょうちん》で一緒に盃《さかずき》を干したりした。けれど、そんなときでも、兄は気に入りの俳優の名を少し挙げてみるくらいで、さして愉しんでいるようには見えなかった。寧子はほとほと尽き果てた。

そんな時、由美子から声をかけられたのである。

一緒にデモに行くというのは悪くない考えに思えた。毅彦が、毎日熱心にラジオニュースを聴いているのは知っている。寧子自身は、政治に対して確たる思いもなかったが、昨年来の「砂川《すながわ》」や「羽田空港座り込み」といった新聞見出しには目を惹かれるところがあった。なんとなしに腹ふくるる思いである。世の中がおかしな方向に進んでいる気がする。

そのような話をすることもなかったが、これなら兄も気持を動かすと思った。そして、案の定、珍しく興味を示したのである。

波瀾万丈の一日となった。由美子に導かれて隊列に加わった時から、寧子はどこまでも連なる人波に圧倒された。毅彦も、どこか眩しそうに目を細めて、自分と同世代の若者達を眺めている。

「うちの大学から参加している人、いる?」

「まさか。」と由美子は呆れ顔で首をふった。「あんなお嬢様大学から来る人いないわよ。あたしとあんたがよっぽど変り者だってこと。」

最初は静かに歩いているだけであった。だが、先頭の指導者に従ってかけごえをあげだすと高揚してきた。見ると、毅彦も頬を紅潮させていつになく声を張っている。「さあ、みんなでスクラムを組もう。」という呼びかけに応じて、腕を組み合わせる。寧子は、毅彦と由美子のあいだに挟まって腕を組んだ。ところがここにきてデモ隊は停滞してしまった。前が詰まっていてなかなか進めない。一方、後ろからは続々人波が寄せてくる。寧子達は身動きができなくなり、胸苦しくなった。しばらくたってようやく列が動き出した、その時である。斜め前の一角が崩れて叫び声があがった。脇から、無理やりに割り込んでくる一団がある。手当《あた》り次第に周囲を突き飛ばし、殴りかかっている。隊列が崩れ、寧子達は身を翻して逃げ出した。あちこちで転ぶものがいる。その上にさらに折り重なるものもいる。

すべて一、二分の出来事であったろうか。一撃だけ与えて、右翼の行動隊は路地から逃走したようであった。

寧子は幸い何事もなかったが、毅彦は転んで肘をすりむいた。由美子のカーディガンも袖ぐりが破れている。デモ隊は隊列を立て直してまた動き出したけれども、彼女達は道の端に取り残された。

「あたし達みたいに寄せ集めの弱そうなところを狙ってくるのよ。」

と由美子がほつれた髪を手で直しながら云った。労働者や大学生の大部隊はやり過ごすのだという。今になって心臓が激しく鳴っていたと気づく。

毅彦が、うつ伏せに倒れている男を見つけて、助け起《おこ》した。背はさほど高くないが、がっしりした躰の男である。男は抱き起されながら、険のある視線で寧子達を素早く見た。値踏みするようなまなざしであった。よほどひどい目にあわされたらしく、あちこちに傷がついている。内側から血の滲んでいるワイシャツを毅彦が脱がすと、肩にできた大きな創傷が露わになった。

「畜生、やつら釘《くぎ》のついた棒で打ちやがった。」と忌々しげに男が吐き出した。眼が大きく、眉毛が濃い。髪は短く刈り上《あげ》ている。一見して、労働者とも学生ともつかない男であった。

しばらく傷口を検めていた毅彦が「破傷風などになると厄介だから、一応どこかに診せた方がいい。」と云った。

「あんた、医者なのか。」

毅彦は苦笑すると、「そうじゃないけど、家はそうだ。もし何かあったらここに来てくれ。」と手帳をちぎって、住所を書き、そのまま男に手渡した。

その男、小松が訪れたのは、十日程たってからのことである。

庭先に立っていた時、がさがさと生垣が揺れて、寧子を驚かせた。男が顔を出していた。頬がこけ、両眼が血走っている。

寧子の表情を見て、さすがにばつが悪かったのか、気まずい顔で「すまない。」と謝った。

「どうしたの。具合が悪いの。」

「いや、それが……。」と言葉を濁す。

寧子は毅彦を呼んできた。なぜか清之助には知らせない方がいいという勘が働いた。夕暮で、樹木の多い庭は影が濃い。さいわい医師や看護婦達にも見られていないようであった。毅彦の部屋で話を聞いた。

追われているのだ、と云う。誰に、と訊ねると、知らない方がいい、と逃げる。この前襲ってきた連中か、と聞くと、曖昧にうなずき、さらに背後に大きな組織までいるようなことを匂わせた。運動の推移に決定的な転換をもたらす重要な情報を抱えているのだが、アパートを張られているので、自分の部屋に帰れない。二、三日匿ってほしい。じきに仲間が迎えに来る。その夜から、離れに泊《とめ》た。

それからだいぶ経つのにまだそこにいるのである。

しばらくのあいだ、身分を変て、潜伏したい、というのが彼の云い訳だった。折好く、病院の小使いが老齢を理由に辞めたばかりだった。ゴミ出しやらの雑用がたまって困ると看護婦から苦情が出ている。中学時代の同級だと偽り、清之助に引き合わせた。両親を亡くして苦労していると云うと、すぐに臨時雇いとなった。とっさに名前も変て、松下《まつした》と呼ばれている。どこかの学生であるようなことを云っていたが、数日もするとすっかり馴染んで、当り前のような顔をしてゴミなどを焼いている。寧子はあらためて得体の知れない男だと思った。

戻ってきた原稿についていた手紙を、寧子は急ぎ足で読んだ。掲載を断る手紙である。某所で知り合った編集者に、自信作があるなら見せてくれと云われて送ったのだが、三ヶ月ほど待たされて返ってきた。もともとそれほど大きな期待を持っていたわけではない。それでも次のような言葉は胸にこたえた。「年齢を考えれば、あなたが過去にばかり思いを寄せ、激動する現代日本社会に関心を持っていない様子なのは不可思議です。私達はむしろ、若い人がその胸を切り裂いて熱い血潮を浴びせてくれるのを待っているのです。」要は、古臭い、ということなのだろう。ぽつぽつ小説めいたものを書き出して一年半ほど経つが、作として納得できたのは初めてである。けれども、やっぱり日の目を見られぬ運命らしい。自分が書いたものが活字になる日はくるのだろうか、と寧子はため息をついた。

作品は、幼い頃の思い出を下敷きにしたものであった。もとより事実そのままではない。出来事というより、人物達の置かれた場所が、記憶の中の満州なのであった。

敗戦とともにトランプの城のごとく瓦解してしまったあの国に、今更関心を持つものなどほとんどいないのかもしれない。しかし、近頃なぜかとみに慕わしく思い出されるのである。いい思い出ばかりではなかった。父の死のことがある。

新京から引き揚げる途中、避難民達は、朝鮮国境近くの小邑《こむら》で半年近く留め置かれた。

総勢三百名余。ソ連軍が国境を越えたという知らせを聞いてから三日目に、疎開列車に乗り込んだ人々である。当時六歳の寧子に詳しい事情がわかる筈もなかったが、ごったがえす新京駅前を軍刀を閃かせながら駈《か》け抜ける憲兵の姿は瞼に残っている。馬の蹄《ひづめ》が敷石に高く鳴っていた。

数日列車に揺られ、何の説明もなくおろされる。老人でなければ女と子供達ばかりである。夏休みで空いていた国民学校が宿舎となり、机を片付けた教室に雑魚寝する日々が始まった。広げた毛布一枚に一家で横臥《おうが》する。食べ物は米よりも玉蜀黍《とうもろこし》の方が目立つ配給の握り飯しかない。一人当り一日二個の握り飯を消化できず、腹を下すものが続出した。銃を抱えたソ連兵が街角に立つようになり、中国人の保安隊が、日本人監視のために現れた。避難隊で唯一の医者である父親は多忙を極めていた。その前の年に、成年男子は軒並み召集されている。そもそも男手がないうえに、老人は疲労で衰弱し、乳児は飢餓線上にある。父は乏《とぼ》しい医薬品をやりくりしながら、病人の世話に明暮れ、いつのまにか避難隊の重鎮とみなされるようになっていた。人々に訴えて貴金属を拠出させたりもした。じきに保安隊による身辺検査があり、日用品以外は没収されるという噂があったので、それならば今のうちに売ってしまって薬を買った方がいいと説いたのだった。母はこの時期の父のことを、同じ建物にいながら、妻子の顔を見に来るのさえ三日に一度だったと愚痴を云っていた。寧子にとっても、新京を離れてからの父の印象は薄い。すでに遠い人であったようである。

ある日、錯乱した母親が、赤ん坊に青酸カリを飲ませるという事件があった。幸い隣にいた老婆が気づいて騒ぎ、赤ん坊は命をとりとめたが、毒薬の出どころが問題となった。調べてみると、在郷軍人会に属する老人が、若い女に配って回っていたことが明かになった。辱めを受けたときの準備に、というのであった。

父親は激怒した。青酸カリをすべて破棄しないうちは、握り飯の配給を停止すると息巻いた。老人も一歩もひかず、醜い云い争いとなった。その晩、老人は姿を消した。

翌日、保安隊の中国人が父親を連行していった。入れ替りに老人が帰ってきた。父親の罪状は、人民の財産を掠め取ったというものだった。以前に、貴金属を集めて薬に換えたことをいうらしい。それにでたらめな尾鰭《おひれ》をつけて、老人が密告したことは明かだった。父はそのまま帰ってこなかった。町の外の曠野《こうや》で処刑されたという。

貴重な医者を売ったために、老人はだいぶ爪弾きにあっていたらしい。それでも最後まで報復のようなことは行われなかった。のちに本土へ向う船の上で、腸チフスに伏している老人を母は目撃している。その後のことは、母も知らなかった。

卑怯で、根も葉もない告げ口が、父の命を奪った、と云うのが最後まで母の口癖だった。引き揚げ時のすべてが、母には忌まわしい記憶であるようであった。

ところが、寧子にとっては必ずしもそうではないのだ。

もちろん父の理不尽な死は悔しい。だが、それは物のわかる年頃になってから考えたことで、例の国民学校を宿舎にした夏は、奇妙に透明な夢のように感じられるのである。ひもじさの記憶さえ今では苦痛ではない。家も部屋もなく、学校の課業もなく、親の監督もなかった。この世の果てのようなところにいた、ただそう感じられるのである。

2

じりじりとデモ隊のなか遡行するバスに居りたり酸き孤独嚙み（岡井《おかい》隆《たかし》）

五月の半日を、由美子の部屋探しにつきあうのに費やした。

これまで彼女が住んでいた下宿が、道路拡張工事とやらで取り壊されるので、夏までに出て欲しい、というのである。

「まったく、やになっちゃう。近頃、どこいっても工事、工事じゃない。そんなに壊しては建て、壊しては建て、でどうするのかしら。」

と由美子はふくれていたが、一方でどうせならいいところへ越したい、という希望もあるらしく、「風呂付きとまでは云わないから、今度はトイレがあるといいなあ。」などと呟いたりした。これまでの学生下宿は、玄関の板の間こそ広めにとってあるものの、手洗いも台所も共用で、色々と気まずい思いをした、と彼女は云う。

「そんな素敵な部屋借りちゃったら、ぜひ一度見学させていただきたい、と云い出す男性がいるんじゃないの。」

とひやかすと、「バカねえ。」と由美子は笑った。

「そんなこと云ったって、絶対入れてやらないわよ。調子にのるに決《きま》ってるもの。」

「男子禁制なの。」

「そう。女の園にするの。あなたは入れてあげてもいいわ。」

「女性と認めていただいて、光栄でございます。」

けれども、そうした希望は、実際に部屋を探し始めるとすぐに砕かれてしまった。

「ずいぶん高いのねえ。」

周旋屋の貼り紙を見ながら物憂い顔で云う。

「何だかすっかり値段があがっちゃってる気がしない？」

と聞かれても、自分の家から出たことのない寧子にはわからない。周旋屋の方まで、女の一人暮《ぐら》しというとあからさまに気の乗らない顔をする。

駅から駅へと、貸し間を探して移動するたびに、値段は安くなるにしても、駅前の荒涼とした寂しさも募った。帰りが遅くなる日もあるから、畑のあいだを縫って帰るのは避けたい。

同級生の某《なにがし》が、いつまでもついてくる足音に怯えて、駆け通しに駆けた、という話を由美子が持ち出した時、寧子は数日前の風呂場を思い出した。覗かれたのであった。

その日、彼女はレポート作成に時間をとられて、風呂に入るのがずいぶん遅くなった。火の落ちたぬるい湯につかっていると、磨硝子の窓の向う側に、いもりが貼りついているのが目についた。あらためて見ると、なんとも愛嬌のある生き物だと思う。白い腹も膨れた指尖も、くっきり見えながら、蛙のようにぶよぶよしたところがない。

まるで夜を裁って切り抜いた絵のようだ、と思う。闇を裁てば、その向う側にある光が真珠色にぼうっと滲んでくる。たぶん一寸たりとも身動きしないこともその印象にあずかっているのだろう。寧子はいもりのかたちをした光を眺めて飽かなかった。

そのとき、窓枠の下の方にもうひとつの影があることに気がついた。いもりとはちがう黒い影である。それが人ではないかと思い至ったとき、ひっと低い声が出た。湯気を逃がすため、五糎《センチ》ほど端を開けてあった。そこを何かが掠めて過ぎた。いや、動顚していたので、そう思い込んだだけかもしれない。それでも、しばらくのあいだ湯舟の中で動けずにいた。

寧子は結局そのことを由美子に云わなかった。話してどうなるものではない、と彼女は自分に云い聞かせた。

「今日はもうひきあげよう。ねえ、思いっきり賑《にぎ》やかなところに行って、お茶でも飲まない。」

由美子がそう云い出したのは、日が傾きかけた頃だった。夜に所用があるのだが、とおそるおそる云い出すと、「じゃあ、それまでは自由ってことね。」とすぐに返答して、さいわい詮索しようとはしなかった。

都心へ向う途中、いつものようにクラスメイトの噂話になる。由美子によると、今、同級生の最大の関心事はお婿《むこ》さん探しだという。

「この前、房江《ふさえ》がくるくるって髪の毛巻いてきたから、どうしたのって聞いたら、写真館行ってお見合い写真撮ってきたところなの、なんてすまして云うんだもの。あたし、あきれちゃった。連中ったら、卒業式のときにフィアンセの一人もいないと恥《はず》かしいくらいに思ってるのよ。つくづく自分がまちがったところに来たって思ったわ。」

自然に、卒業したらどうするか、という話題が出た。二人とも、男に縋《すが》って暮すのだけは厭だ、と一致しているのだ。

けれども将来となると、寧子はどこか小さな事務所で英文タイプでも叩いている自分くらいしか思い浮《うか》ばない。なんら具体的なあてのある話ではない。こんなとき、自分がふわふわと生きているようで情けなくなる。

一方、由美子は卒業までに英語の教師の資格をとるつもりでいる。

「だけど、うちの父も高校の先生でしょう。親子で同じ職業というのも何かね。」

と必ずしもふっきれた様子ではない。結局、いつものように、女が一人で生きるのって大変なのかしらね、というため息になる。

都電を降りて、石畳の上に立つと、颯爽と歩いていく男達、女達が目についた。

「やっぱ、いいわね。大都会は。」

よっぽど私鉄沿線の物寂しさがこたえたのか、由美子も晴々とした顔で云う。

喫茶店でコーヒーを啜りながら、由美子はこの前初めて行ったという歌声喫茶の体験を語りはじめた。

「見知らぬもの同士が、十円の歌本を持って、一緒に歌うのよ。ちょっとびっくりしちゃった。」

誘ったのは、川崎のセツルメントで知り合った青森出身の娘らしい。普段は裁縫屋で働いていて、休みの日に歌声喫茶に行くのが一番の楽しみなのだそうである。実際に彼女が故郷の唄《うた》を大声で歌っていると、みるみる涙がもりあがってきて驚いた、と由美子は云った。

「あたしは故郷にそんな思い入れないもの。彼女はね、青森弁丸出しで喋る相手がいなくて苦しいんですって。」

それから話題はセツルメントの活動に移っていった。やっていることはいろいろあるのだが、由美子はそこで、児童部というのに属して、長屋暮しの貧しい子供達に勉強を教えたり、童話を読み聞かせたりしている。

「どんなお話が人気があるの。」

「そうね、やっぱり昔話かな。」

と首をかしげてから、

「でも、外国では昔話じゃない、子供向けのいいお話がどんどん書かれているのよ。日本もこれからそうなっていかなければならないわ。」

と身を乗り出した。

「あら、いいじゃない。日本の子供のお話。私、小川未明も新美《にいみ》南吉《なんきち》も好きよ。」

と挑発したのは、いよいよ持論を語りだしたな、とおかしくなったからである。児童文学大いに興るべし、が出会った時からの由美子の十八番《オハコ》であった。

「あんなの。だめよ。だってどれも暗くて寂しいじゃない。もっと未来に希望を持てるようなお話じゃなくちゃいけないのよ。教訓みたいのがあるのも嫌い。なんていうのかなあ、あたし、もっと子供を独立した人格として認めたお話が出てこないといけないと思うの。大人の都合で書かれているんじゃなくて、子供自身が、素直に面白いって思えて、わくわくできるような。」

　由美子と別れると、寧子は都電を乗り継いで、銀座へ向った。すでに秋田は待ち合わせ場所で待っていた。いつも目にしているのは白衣なので、背広姿が新鮮に映る。

「あれをごらんよ。」

　と秋田は道路の端でのろのろと工具をしまっている人夫達を目で示した。

「お江戸からの掘割を埋め立てて、でっかい高架道路を通すんだそうだ。本当にせわしない街だね。」

　由美子みたいなことを云う、とおかしくなりながら、

「もうすぐ戦争が始まるだなんて、好い加減なことを云って看護婦を脅かしたでしょう。」

　と睨んだ。

「そんなこと、云ってやしないさ。ただ最近ニュースや新聞じゃ、そんな話で持ちきりだ、と云ったのさ。」

「秋田さんは、新条約が結ばれたら、危険だと思う？　戦争にまきこまれる？」

「あるいは、ね。けれど、神ならぬ身にわかるわけがない。」

と彼は笑ってみせ、

「だけど、街の方はこうしてどんどん戦争の傷跡を消していくわけだ。」

と今度は建設中の鉄骨のビルディングを指差した。確か、以前は戦前からの建物が建っていたはずである。

「ま、なにはともあれ、秋田先生の新しい旅立ちに、乾杯。」

二人はグラスを触れ合わせた。赤ワインが小さく波立つ。秋田と病院の外で会うのは数年ぶりである。寧子がまだ中学生であった頃、通学路に変質者が出ると噂が立ち、しばらく秋田が学校まで迎えに来ていたことがあった。年若の秋田なら春江も頼みやすかったのであろう。ただ、学校で噂になったのには閉口して、数日で止めてもらった。だがそれ以来、軽口を叩く仲がつづいている。

「出世なんでしょう。とても大きな病院だって評判よ。きっと兄は悔しがってるわ。澤田病院の若きエースが引き抜かれるんですもの。」

「いやいや、院長はやり手だからね、抜かりはないさ。今度の話も、院長が乗り気だったんだよ。都心の大病院と関係ができるのは望ましいってね。なにしろ彼は先を見ているよ。澤田病院はこれからも安泰だね。」

秋田は腕が立つばかりか、愛想もいいので、どこか気難しげな清之助よりも、患者に親しまれていた。看護婦の中にも、秋田に熱をあげているのが、少なからずいるらしい。

その秋田の転院は、澤田病院が開業十余年を経て曲がり角を迎えている、その証左とも云えた。

食糧事情の好転と歩調を合わせるようにして、医院には患者、とりわけ結核患者が溢れた。それまで家庭に逼塞《ひっそく》して目立たずに死んでいった病人達が、なんとかして生きたいと希望をつなぎはじめたようだった。おりしも、舶来の新薬が、結核を死病の列から外しつつあった。毅彦もまた、ストマイ、パス、ヒドラジッドを順繰りに打つことで命をとりとめた一人である。

「なにしろあの頃は寝る暇もなかったね。何十枚もX線を見て、毎日のように肺の切除手術をしていた。それでも患者は増える一方で、医者もベッドも薬も何もかも足りなかった。特に薬不足はこたえたよ。それさえあれば救える人間が目の前で死んでくんだから。」

清之助は隣接の土地を買い入れて病院の規模を広げていった。最初は小さな個人医院だったのが、いつのまにかひとかどの病院になっていた。医学校を出たての秋田もいきなりその混乱に投げ込まれたのだ。だが肺病患者の数は、昨年あたりから目に見えて減っている。清之助は近々、結核病床を大幅に減らすつもりらしい。

「秋田さんは、最近の東京が嫌いなの？」

と訊いたのは、先ほどの話題のつづきであった。下町育ちの、生粋の東京っ子の彼が、変貌していく街をどう思うのか、聞いてみたくなったのだ。

「そりゃそうですよ。なんていうか、厚化粧をした女みたいに感じるね。いくらモダンだろうが、表面を飾り立てているだけだ。」

「あら、そうかしら。私は大いに結構だと思うわ。それにもともと日本なんて、いつでも表面だけ取り繕ってやってきたんじゃないかしら。」

「ほほう、これは大きくでたな。ここは一つ、ご高説を拝聴しようかな。」

煙草をくわえて燐寸《マッチ》をすりながら秋田は云った。寧子も一本もらって火を点けた。

「これは私じゃなくて母の意見なの。母はね、死ぬまで憤ってたわ。満州なんてすっかり過去のことにして、今日生きるのに忙しいという顔をしているわけでしょう。」

「なるほどね。」

「ようやく故郷にたどり着いてから、半年ばかり、新聞を隅から隅まで目を皿のようにして見ていたんですって。まだ満州や朝鮮半島に残されている何十万という人達がどうなっているのか、知りたくて。だけど、いつまでたっても満州のマの字も出てこないんですって。それですっかり怒っちゃってね、今の日本はみんな嘘っぱちだって、死ぬまでラジオも聞かなかったわ。」

「いや、案外お母さんのいうことは当っているかもしれないね。今の日本なんてはりぼてだよ。それじゃあ、あなたもそう考えているの？」

「そうよ。はやいとこ、革命でも起きて、全部吹き飛んじゃえばいいんだわ。」

「はは、それは勇ましい。だけど、今の話聞いて思ったのは、むしろ毅彦くんのことだな。ほら、毅彦くんってどこか、今の世の中から脱け出してしまっているようなところがあるじゃないか。ずっと自分の部屋の中にいて。」

寧子は不意に酔いが覚めるような心地がした。

「ええ、兄は、病気のことがあったから……。」

しかし秋田は他の方向に連想がいくらしかった。

「そういえば、新しく小使いになった男がいるでしょう。ええと、確か。」

「松下、という人？」

虚をつかれて、少しどぎまぎする。なるたけ、彼のことは考えないようにしていたのであった。

「そう、確かそう云ったかな。彼のことが少し気になってね。いや、これはまだやめておこう。それほどはっきりした話じゃない。」

レストランを出ると、秋田の掌が肩に吸いついてきた。

「どうかな、もう一軒。」

「私、すっかり酔っぱらってしまいましたわ。」

「そうかな。僕は少し飲み足りないみたいだ。寧子さん、ナイトクラブって行ったことある？」

「あるわけないわ。まだ学生ですもの。」

「そう。じゃあ、一度行ってみるといい。この近くにちょっと気の利いた店があるんだ。」

「でも――、兄が知ったらきっと怒るわ。」

「よし、じゃあお互い院長には秘密ということにしよう。トリスバーで五十円のハイボールというわけにもいかんでしょう。さあ。」

と寧子は手を握られた。

寧子はためらいながらも、なぜか厭とは云えずに、手を引かれていった。急な階段を降り、広い扉を押し開けると、空調の効いたホールに入る。中央のフロアで、チークを踊っている客もいる。

ウエイターから渡されたブランデーグラスを、掌で包みこみながら、秋田は試すように彼女を見た。

「僕もそろそろ身をかためたらどうだ、と周りから云われるんだけどね。」

「秋田先生なら、お嫁さんになりたいって人がたくさんいらっしゃるわ、きっと。」

「そんなことはない。寧子さん、あなたは卒業したらどうするつもりなんです。」

「さあ、いつも考えるんです。私みたいに何の取り柄もない女はどうやって生きていったらいいんだろうって。」

「結婚というのは選択肢にないのかな。」

と覗き込むようにして云われたとき、寧子は足場の悪い高いところに追い詰められたような気がした。うまく答えなければ、ひどく困ったことになるにちがいない、と思いながら、

「私、ひとつだけ夢があるんです。」

と云っていた。

「まず家を出て、自活できるようになってから、毅彦兄さんを呼び寄せたいんです。確かに兄さんは、あの家にいたおかげで病気を治すことができました。秋田先生だってずいぶん骨を折ってくれたこともわかってます。でも治ってからの兄ってどうでしょう。なんだかすっかり生気を失ってしまったみたい。兄は新しい場所でやりなおすことが必要な気がするんです。でも一人じゃ心配だわ。だから、私と兄で小さな家を借りて生活するのがいいと思うんです。」

なんだか自分でないものが喋っているようであった。そうか、自分はこれを望んでいたのかと得心する。兄と二人で暮すという未来図の愉しさに、胸が高鳴るようである。

「ヘンゼルとグレーテルといったところだね。」

と秋田は微妙な笑い顔を見せ、煙草の煙を棒状に吐き出した。

「そうね。たぶん私と兄さんと母には特別な繋がりがあるんです。三人とも引き揚げを経験しているでしょ。清之助兄さんは召集されてたし、まだチビだった文雄《ふみお》は内地にいたから。母が亡くなった今、昔のことを覚えているのは私と兄だけだわ。」

秋田は短くなった煙草をにじり消すと、少し白けた顔でグラスをあけた。酔いが覚めた様子だった。

「なるほど、あなたの云うこともわかるけれど、僕は少しお兄さんに囚われすぎだと思う。いや、過去に、といった方がいいかもしれない。あなたはまだ若いのだから、家族にも過去にも必要以上に囚われず、もっと自由に生きたらいい。」

その言葉に、寧子は血がひいていくような思いを味わった。躰の内側に冷たい水が充ちる。

秋田はどこか手持ち無沙汰といったふうに、手の中でグラスをもてあそんでいた。そろそろ帰ろうか、と立ち上った後も、寧子はずっと、過去に囚われている、という言葉を反芻していた。どうしてみな同じようなことばかり云うのだろう。それはいけないことだろうか。非難されるような事柄だろうか。彼女は帰り道のあいだずっと、壊れたレコードのようにその問いをくりかえしていた。

3

口中に一粒の葡萄《ぶだう》を潰したりすなはちわが目ふと暗きかも（葛原妙子）

戸口のノブに手をかけたとき、内側から大きな怒声のようなものがした。思わず手をとめて、しばらく様子をうかがっていたら、これみよがしな足音がして、戸がぐいと内側から引き開けられた。

「なんだよォ。見てんじゃねえよ。」

少しひるんだ様子で、金壺眼《かなつぼまなこ》がこちらを睨んでいる。

そのままぷいっと顔をそむけると、小松は三和土《たたき》にあった下駄をはいて出ていった。廊下の奥はひっそりとしずまりかえっている。

寧子は、兄さん、入るわよ、と一声かけて中にあがった。

兄は洋室にいた。きまりが悪いのか、机の前に腰掛けて、気づかないふりで痩せた鼻を開いた本につっこんでいる。

黒地のカーテンが閉めきられているのを見て、つい笑みがもれた。毅彦には、部屋が暗い方が落ち着くという癖《へき》があった。麗《うら》らかな初夏の日をさえぎって、わざわざ卓上ランプを点けているのがおかしい。

先ほどの諍いには触れないことにした。住むところがないという小松に離れの一室を提供したのは毅彦本人である。もともと付き添いが泊りこむときのための二畳だったが、今では使われることもなく埃をかぶっていた。

子供の頃から結核病棟と地続きの建物で暮してきたのに、肺病になったのは家族中で兄一人だった。母親はあわれがり、清之助に頼んで、書斎までついた離れを建てさせた。兄は患者達から離れて、そこで静謐な療養の年月を過ごした。大部屋に寝かされた患者達からは羨まれたけれど、あんなところに一人きりでかえって寂しくはないのか、と。寧子は密かに思ったものだ。

胸の病を患ったもの達が、他者との交わりをどれほど激しく求めるものなのか、寧子は実地の見聞を重ねてよく知っている。若い患者達が同じ屋根の下に生きている以上、恋も嫉妬も肉体関係もある。いつ終るかわからない命だからこそ、ますます命がけになるのである。

だが毅彦はいつも恬淡《てんたん》としていた。見舞いがてら遊びに来ていた学校の友達も、一年たち、二年たつと姿を見せなくなった。一番人恋しい年代を、彼はずっと一人で過《す》ごした。兄さん、好きな人いないの、と訊ねた時、彼は苦笑して、そもそも人に会うことがないもの、と答えたものだ。そうして本などを眺めつつ、世捨て人めいた生活を送ってきたのである。

寧子は机の上に投げ出されてあった一枚の画用紙をとりあげた。水彩の絵の具で、いくつも楕円の朱い実をつけた繊細な樹木が描かれている。

「懐かしいわ。これ、夏茱萸《なつぐみ》の木でしょ。昔庭にあった。」

「そう、今の時期になるとたくさん実がなっていたのを思い出してね。」

「よく取って食べたわね。鳥達と早いものがちで。」

「甘いものに飢えていたからな。今みたいに菓子なんて手に入らなかった。」

「この建物を建てる時、伐っちゃったんだったわね。本当にざんねん。」

「仕方がないさ。」

「だけど、とてもよくできてる。」

と彼女は朱い実にそっと触れた。少し湿って毛羽立った紙の表面が心地よい。

「なに、そんなものはどうでもいいんだ。それで、何か用かい。」

　穀彦はやっと寧子に目を向けた。

「ちょっと見せたいものがあるの。ほら、兄さん、覚えている?」

　彼女は後手に持っていた硝子の人形を差し出した。男のかたちのものが二体と、女のかたちのものが一体である。比較的傷がなく、損傷の少ないものを選ってある。兵隊の脚は、接着剤で継いであった。

「やあ、これは珍しい。よく残っていたものだな。」

　と穀彦が低い歓声をあげるのを見て寧子はほくそ笑んだ。

「この前見つけたの。私、最後までこれだけは手放さなかったのね。」

　穀彦は寧子の掌から、少女の人形をとりあげた。ロシアの娘のようにスカーフをかぶっている。彼が光にかざすようにしてそれを眺めているので、寧子は黙っていられなくなった。

「ねえ、毎日毎日その人形達で遊んだよね。兄さんがお話を作ってくれた。随分と面白いお話があったわ。兄さんは少年航空兵だったわね。なんだっけ、兄さんが乗っていた飛行機。」

「紫電改《しでんかい》だ。」

　とすかさず応答があった。穀彦は淡く微笑んでいる。

「そう、飛行機乗りで冒険家だったのよ。私は兄さんが帰ってくるのをわくわくしながら待ったものだわ。」

「おまえは銀の橇《そり》を持っていたね。四頭の蒼い鹿がひく橇だった。」

「そうよ。私は空を飛ぶかわりに、雪の野原を素晴らしい速度で駆けたのよ。鈴がついていて、月の光を浴びるとりんりんと鳴るんだったわ。狼だってとても追いつけなかったわ。」

「よく考えたものだ。」

「みな兄さんが考えたのよ。まだ十一歳だったのにね。私は六歳だった。ねえ、私達、毎日のように豪勢なパーティーをしたじゃない。大きなテーブルにご馳走をずらりと並べて。鶏の丸焼きや湯気のたつ饅頭《マントウ》や粉砂糖をふりかけたケーキ。」

「現実には高粱《コウリヤン》や唐黍《とうきび》の握り飯しかなかったのにな。」

「だからこそよ。招いた人だけで数えきれないくらいよ。満映のスターも満鉄のお偉いさんもきたわ。皇帝陛下にだってお目見えしたはずよ。とても華やかな舞踏会を開いたわ。」

「僕は随分絵を描いたな。ほら、あの国民学校の古机で見つけたノートにだよ。あのノート、どこ行っちまったんだろうな。」

「覚えてるわ。私達のお屋敷や、私のドレスや、街の風景や。」

「新京のようで新京ではなかった。」

「石造りの街路を夜汽車が走っている絵を覚えてるわ。それに地図もあったはずよ。私達の王国の。」

「そう、王国。王国と呼んでいたね。あの空想の世界のことを。」

「私達はずっと王国にいたのよ。体の方は国民学校にあったけど。本当の自分は王国の方だったんだわ。」

　寧子は体の芯から喜びが込み上てくるようであった。自分の声が高くなっているのを感じる。毅彦は唇の端だけをあげたまま俯いた。

「あのね、タッチャンっていたでしょう?」

「なんだって。」

　と毅彦は視線をあげた。

「タッチャン。なんていう名前なのかしら。いつも一緒に遊んでいた男の子のこと、覚えてない?　私より、一つか二つ、上だった。少しぼんやりしたところがあって、でもとてもいい子だったわ。兄さんのことを崇拝していた。どこに行くにもついてきたじゃない。」

「そうか、おまえは覚えていないんだな。」

　と毅彦はのろのろと云った。

「何を?　小さかったからいろいろとはっきりしないところがあるの。教えてほしいわ。私は何を忘れているの?」

　毅彦は静かに首をふった。

「それよりも、僕が思い出すのは、邑を出て、南に下っていた時のことだよ。ほら、屋根のない貨物列車で何日も揺られていたじゃないか。あれは苦しかった。新京を出た時の列車はよかったんだよ。普通の客車だったから。ところが朝鮮で乗せられたのは、石炭を運ぶような無蓋《むがい》貨車だった。気をつけていないと振り落とされそうだった。何よりもひたすら寒かった。」

「そういえば、そんなこともあったかしらね。」

薄い、微笑みの影が毅彦の頬を流れて消えた。

「どこまで行っても一面の曠野さ。単調なレールの轟音、車軸の軋む音、昼も夜も関係なしだ。夜明けの草原は一面灰色でね。まるで海の上でも走っているかのようだった。それでも、やがて列車が停る時が来る。前触れもなく、駅でもないのに、列車は徐々に速度を落としていき、やがて低くて重い音をたてて停車する。動く気力のある人達は、あわただしく地面に飛び降りて、叢《くさむら》の中へ消えていく。用を足しにいくんだな。貨車に便所はついていないからね。いつ列車が動き出すかわからないから、運が悪いと置き去りにされてしまう。」

「女の人はたいへんだったでしょうね。」

「そうだね。小さな子を連れた若い女が多かったからね。」

いつのまにか、毅彦はすっかりその時代に帰ってしまっているようであった。彼は少し上ずった声でつづけた。

「高粱畑か唐黍畑、さもなければ腰くらいまである荒々しい草が茂っている。僕もその中に入っていった。少しでも躰を動かしたかったんだ。列車はしばらく動かないようだった。風がびゅうびゅう鳴っていた。僕は、あちこちで盛んにさえずっている野鳥をなんとか捕まえられないものかと思いながら、叢をかきわけて歩いた。」

そしてしばらくのあいだ、彼は手の上の人形を弄んでいた。やがて再び話し出した。

「突然、近くの草が揺れて、若い男が怒った顔を出した。おい、坊主、あっち へ行け、とかなんとか云ったんじゃないかな。僕は驚いて後ずさった。男はあわててズボンをあげていた。糞《くそ》をしていたんだろうと思ったがそうじゃなかった。もう一人いたのさ。最初は女だと気がつかなかった。髪を丸刈りにしていたからな。ソ連兵対策だよ。そういう女がたくさんいた。女は大儀そうに立ち上った。下半身に何もつけていなかった。そういうことか、と思ったな。こんなときでも、大人達というのは、そういうことをするんだな、と。」

「兄さん。」

と寧子はきつい声で咎めた。

「やめて、そんな話。聞きたくない。」

しかし殺彦はかまわなかった。

「いいじゃないか。すべて本当に見たことだよ。鳥肌のたった貧相な脛と腹が剝き出しになっていて隠す意思もないみたいだった。真上から太陽がぎらぎらと照りつけているのに、風は刺すみたいに冷たかった。だけどな、記憶では、女の股のあいだには黒くてでっかい穴が空いているんだ。赤ん坊の頭くらいのな。そんなはずはないと思うんだが、どうしてもその様子が忘れられないんだよ。子供の自分にはそう見えた、ということなのかな。今でも夢に見るんだよ、あの女を。」

「やめてったら。」

と寧子は押し殺した声で云った。毅彦はようやく気がついたように口をつぐむと、硝子玉のうつろな眼差しで、少し休みたいから出ていってくれないか、と低く頼んだ。


受話器から響く由美子の声は弾んでいた。

「ついにアパート決《きめ》て移ったの。だから引越し祝いをしましょ。まだ新居は散らかっているから新宿で。」

彼女の話では、手洗いはついているもののねずみの寝床のようだし、すぐ隣の家に愛想の悪い未亡人の大家がいて睨みを利かせているというのだが、「そんなんでも決ってすっきりしたわ。」と彼女は笑った。

「それにね、もうひとつニュースがあるの。だから会いたいの。」

電話を切ってからも、寧子はニュースとはなんだろうと窓の外を眺めていた。明るい日差しの下を、胸元に大きなカメラを持った白衣姿の秋田が庭を歩いている。数日前から、記念にと云って、院内の写真をあちこち撮ってまわっているのだった。昨日、寧子もレンズの前で笑顔を作らされた。今、秋田は、通りかかった小松に声をかけている。

肩に手をおかれたのを感じて、寧子はふりかえった。

毅彦が、こっちに来て欲しいと目顔で合図をした。

「小松には辞めてもらおうと思う。」

二人きりになると毅彦はそう云った。

「どうして急に？」

と思わず訊ねながらも、笑みが浮ぶのを寧子は感じていた。

押しが強く、妙に要領よく立ち回る小松のことを、胡散《うさん》臭く思う気持は日に日に強まっていた。けれど、病院の実務面を仕切っている春江は彼のことを気に入っているようであった。それは彼が春江の意を迎えるのに巧みであるからのように思われた。彼は日に何度もへつらうような笑みを浮べながら、春江のもとに参上して、細かい指示を仰ぐのである。

「備品の横流しをしていたらしい。何、大した額じゃない。ちょっとした小遣い稼ぎのつもりだったんだろう。焼け跡だった頃には誰もがやっていたようなことだ。」

という毅彦の答えに寧子は唖然とした。

「ちょっと、それ。泥棒じゃない。」

「だから、大事にならないうちに辞めてもらうんだ。」

毅彦は少し苛ついた様子で云った。

小松が得体の知れない闖入者であることを知っているのは、寧子と毅彦の二人だけであった。しかし、彼を導き入れたのもまた二人であることが、彼らを不自由にした。

「もちろん、僕から云うよ。」

毅彦は最後にそう云い残して部屋を出て行った。

数時間後、寧子は昂揚した気分で、車窓を流れていく建物の列を眺めていた。小松がいなくなると思うと、明かな解放感があった。風呂場の磨硝子の向うの黒い影。あれもまた小松ではなかったかと寧子は疑っている。早く二人の前から消えて欲しかった。これで、ようやく気がかりがなくなると寧子は胸を撫でおろした。

待ち合わせ場所に現れた由美子の顔は明るかった。踊るような足取りで近づいてくると腕をからめてきた。

「一体なにがあったの。早く教えてよ。」

そう催促すると、由美子は短く切った髪を揺らした。

「どうしようかな。云っちゃおうかな。」

「勿体《もったい》つけないでよ。」

「わかった。実はね、卒業したら欧米の子供の本を翻訳する出版社で働かないかって声をかけられたの。」

もともと大手にいた女性編集者が始めた出版社で、社員もまだ数名に過ぎないという。

「今ね、子供の本は出版点数も増えてるし、売上も上向きなの。貧しさから抜け出して、ようやく子供に本を買ってやれるようになってきたんだわ。もちろん、まだまだ貧乏な家の子だっているんだけど。」

と由美子は遠い目になった。セツルメントで出会った子供達のことを考えているのかもしれない。

「それで。」と続きをせかすと、

「アルバイトでいいから、夏から来てくれないかって。いずれは日本人の本も出していくつもりなんだって。」

「そう。よかったじゃない。」

寧子は思わず由美子の手をとった。

「あなたにぴったりだわ。颯爽と働いている姿が目に浮ぶよう。」

「ありがとう。」と由美子も目をうるませている。

とりあえずまずは腹ごしらえをしようと、寧子達は明治通りを歩き出した。今日はお祝いだからというのを由美子は頑《かたく》なに固辞して、むしろ呼び出した自分が奢《おご》るべきだと主張した。云い争いの果てに、普段通り割り勘と決着してから、実は引越しの後で財布の中身が寂しいのだと由美子は打ち明けた。

四十円のモヤシそばでおなかを膨らませてから、甲州《こうしゅう》街道の陸橋の上に立つ。足の下の数十の線路は、轟音をたてて列車が流れていく鉄の川だ。寧子は目をあげて、排ガスにくもった夕空を眺める。

「由美子が羨ましいな。自分の行く道がはっきり決っていて。」

「まさか。あたしだってどうなるかわからないよ。それにね、ちっちゃなちっちゃなところだから、お給料だってうんと安いんだから。」

「そんなことない。由美子はまっすぐ進んでいるよ。進行方向がわかっているあなたと違って、私はどちらを向けばいいのかすらわからない。」

「寧子は小説を書くんじゃないの。」

といきなり云われて寧子は怯んだ。その様子を見てとって、由美子が、ごめんなさい、と頭を下げた。

「持っていたノートを見ちゃったことがあるの。だけど、寧子らしいと思ったわ。あなたならきっと何か書ける。」

苦笑するしかなかった。由美子が何を云おうと、所詮は編集部に突っ返される代物だ。いつか活字になるあても目処もない。お世辞にも綺麗とは云えない左手の街路に、駅から吐き出される男達をつかまえようとしどけない服装の女達が立ち始めている。無意識にそちらに目をやって、

「知ってる？　あそこ、まだ青線があるんだって。」

と云った。

「本当に？」

由美子は驚いた様子で目を瞠《みは》っている。静岡の高校教師の娘でも青線という言葉は知っているらしかった。

「いろいろな人生があるのね。私がこちらに立っていて、あの人があちらに立っているのもいろんな偶然が重なったせい。」

満州、朝鮮、引き揚げ船と幾度も命を落とす可能性はあったのに運に恵まれて本土の土を踏んだ偶然、軍医の卵として内地で勤務していた長兄が、戦後の混乱のなか

で開業し、着実に病院を育て上ていった偶然、結核菌が飛散する病棟にありながら、罹患《りかん》することもなく成長した偶然、そうした偶然の輻輳《ふくそう》について語ったつもりだったが、伝わるはずもないと内心で自嘲する。けれど、由美子は真剣な眼差しで女達を見つめながらうなずいた。

「みんな、そうだよ。あの人達も元気に生きていけるといいね。」

本当に心の優しい娘だと思いながら寧子も首を傾けた。


秋田恒夫《つねお》君の将来を祝して、乾杯。

清之助のその一言で始まったささやかな宴《うたげ》も終りを迎えつつあった。今日も夜勤の予定が入っている看護婦は、ビールの一滴も口にせず退出し、残っているのは酒好きの医師が数人と、送り出す立場の清之助達、そして主賓《しゆひん》の秋田だけであった。

寧子は、会場となった院内食堂の片隅に一人で座っていた。もともと賑やかな場所を好まない穀彦がさっさと引き取ってからはずっとそうだった。テーブルの上に残った仕出しの寿司をつまんでいると、隣に春江がやってきて、

「寧子ちゃん、残念じゃないの。」

と訊いてきた。

「何がですか。」

春江は手に持ったワイングラスで秋田を指して云う。

「いなくなっちゃうことが。私、秋田先生にお嫁さんを紹介してあげるって約束し

たんだけど、あなた、立候補する気ないかしら。」

寧子は、義姉もそんな目で見ていたのか、と思いながらゆっくりとかぶりをふった。

「まだ結婚する気はないんです。もう少しここにおかせてください。」

「やあね。そんな云い方すると、私が追い出したがっているみたいじゃない。」

「そういえば。」と寧子は話題を転じた。

「あの小使いの人どうなりました。」

「小使いって松下のこと？　彼がどうかしたの。」

春江は不思議そうに訊ねかえした。とすれば、毅彦はまだ話してないのだろう。

寧子は、何でもないんです、と口を噤んだ。

最後まで残っていたもの達もようやく引き上るらしく、男達の一団が戸口へ向っていた。

「皆さん、帰られるようですわ。」

そう云って彼女は立ち上った。秋田は病院の玄関ホールに立って、赤い顔の同僚達と握手していた。彼らが一人ずつ去っていくと、秋田も内側に向き直り、ソフト帽に手をやって一礼した。

「それでは、長い間お世話になりました。」

寧子は、秋田が何か云いたげな視線を送ってきていることに気がついた。

「駅までお供しますわ。」

寧子はそう云いざま、秋田の横に立った。

「そう、じゃあ、好意をお受けしようかな。」

どういうつもりなんだ、と皮肉な視線を送っている春江に気づかない振りをして、寧子は先に立って外に出た。しっとりとした夜気が体を包む。

しばらく無言で歩いた後、秋田が口を切った。

「よかった。なんとか二人きりになれないかと思っていたんですよ。」

「なんですの。」

「毅彦くん、元気ですか。」

「そうですね。特に変りはないみたいですけど。」

秋田の口調はどことなくよそよそしい。寧子は、警戒しながらそう答えた。

「以前に、お兄さんからもっと自由になるべきだ、と云いましたね。」

秋田がそう云った時、寧子はやはり来るものが来た、と思った。なぜ放っておいてはくれないのだろう。そういう憤りが胸の中を流れた。

しかし、つづく言葉は意外なものだった。

「松下、いや小松は最近どうです。」

不意をつかれて彼女は返事に窮した。

「どうして……名前……知ってるんですか。」

と答えるのがやっとであった。

秋田は少し頭をゆすってから、

「お兄さんと小松、ちょっと普通じゃないですよ。」

と短く云い、先をつづけた。

「古い友人に調査会社に勤めているのがいましてね、まあ探偵になっちまったわけだ。そいつにね、あの男の写真を渡して調べてくれ、と頼んだんですよ。ほら、この前、あちこちで写真撮ったでしょう。あの男のも撮っといたんだ。余計といえば余計なお世話だが、なんだか気になってね。」

そこまで聞かされて、寧子は黙っていることができなくなった。思わず、「それで何かわかったんですか。」と低く叫んでいた。

「そうですね。」と秋田はゆっくりと、感情が混じるのを避けるように一定の調子で話し始めた。

「やつは学生運動に関《かかわ》りがあったなんて吹聴していますがね、確かに集会などには盛んに出入りしていたにしても、当の運動のメンバーからは警戒されて、放逐されています。もともと自分はM大の学生だと云っていたのが、学籍がなかったんですな。それで贋《にせ》学生、もしかしたら当局のスパイじゃないかというんで、学生達の方がいきりたったようです。まあ、結局スパイの件は、なんともわからないんだが、しかし、それだけじゃない。もともといろいろな職業を転々としながら、時には男《だん》娼《しょう》のようなこともしていたらしい。洗濯屋の住み込み、喫茶店のボーイ、バーテンダー、ときどき紳士のお相手、ということですね。それればかりか、そのまま強請《ゆす》り、たかりに変貌することもあったようです。や、駅に着きましたね。」

駅灯のあかりのなかで彼は寧子と向い合った。

「彼が恵まれない生まれであることはまちがいない。在所は青森だ、なんて云ってるらしいが、本当かな。だが中学校だけで、東京に出てきて、汗水垂らして働いていたのは確かです。少なくとも最初はね。けれどそんな境遇に満足できなかったんだな。自分は大学生なんだ、インテリなんだ、と吹聴しだして、別人になろうとした。ある意味、とても現代的な若者ですよ。」

彼は急に酔いがまわったように見えた。

「彼が毅彦くんに近づいたのも、毅彦くんがちょっと芸術家風だからですよ。でもね、あれは危険な男なんだ。客とトラブルになって傷を負わせ、警察に追われています。僕がこんなことを云うのは、清之助さんに恩義があるからです。病院に傷がつかないうちになんとかした方がいい。」

それだけ云うと、秋田はくるりと向きを変て、改札口を入っていった。暗闇に消え入る瞬間、すっと片手をあげただけだった。

その晩寧子はよく眠れなかった。明け方まで眠りの浅瀬を行きつ戻りつしたあげく、胸苦しさに責められて目覚めるのであった。

明け方、彼女は不吉な夢の切れ端を胸元に抱え込んだまま、起き上った。手早く着替えを済ませると、サンダルをつっかけて家族用の戸口から外に出た。

患者達のいる建物はまだ静まりかえっていたが、六月の朝は早く、庭の草木の上には眩しいくらいの光が落《おち》ていた。寧子は、露で足が濡れるのもかまわず、草木をかきわけて、片隅の離れへ急いだ。そして、戸口でしばらくためらったのち、鍵のかかっていない扉を押して中に入った。

寧子は、小松が寝ているはずの二畳が静かなのを窺ってから、音をたてぬように履物を脱いだ。廊下を進んで、兄の部屋の戸をそっと叩く。

「兄さん、ちょっと話したいことがあるの。悪いけど、起きてくれる。」

中から低いいびきが洩《も》れくるのを聞いて、戸を半ばまで押し開けてから、彼女の動きははたと停った。灯のついていない室内は随分暗く、白い敷布がぼんやりと見えるだけだったが、そこに投げ出された剝き出しの腕が、どうしても兄のものとは思えなかったのだ。たくましすぎ、太すぎるのであった。寝乱れた掛け布団はむくむくと寝台のほとんどを覆っている。

目に泥をなすりつけられたような気持で戸を閉めかけた時、布団の向うで何かが動いた。毅彦の頭であった。寧子は飛びすさって危うく視線が合うのを避けた。

足取りも荒く、妙に肩をいからせた様子で、小松が、一人でいる寧子に近づいてきたのはその日の午後であった。

小松は、見ているものがいないのを周囲を見渡して確かめると、いきなりつっかかってきた。

「あんた、俺を首尾よく追い出せるつもりでいるらしいが、そうはいかないからな。」

寧子はかっとなってとっさに云い返した。

「こっちこそ、あんたが贋学生だってわかってんのよ。」

「そんなこと関係ねえな。そういや、最近、週刊誌でときどき悪徳病院特集ってのをやってるじゃねえか。」

「何を云ってるの。」

寧子は話が思わぬ方向に逸れたのでたじろいで云った。

「あんたの兄さん、薬が足りない時期でも、随分贅沢に薬使ってたそうじゃねえか。使いたくても使えないで死んでいった患者もたくさんいたにちがいねえ。離れでのうのうと絵を描いたりレコードを聴いたりしている病院のお坊ちゃんを羨みながらよ。」

「そんなこと、あなたと関係ないでしょう。」

「俺はその手の話を聞くとむかっ腹がたつんだよ。」

小松は大きな口をあけてにやりと笑うと、

「だから、どこかの週刊誌の記者を焚《た》きつけてやるとおもしれえだろうと思ってな。」

「そんなもの、相手にするもんですか。」

「さあな。」

小松はうすら笑いを浮べたまま、大股に歩いていってしまった。

4

五月来る硝子のかなた森閑と嬰児《えいじ》みなころされたるみどり（塚本邦雄《つかもとくにお》）

入ってきた寧子を、毅彦は愛用の椅子に腰掛けたまま迎えた。その表情は静かだったが、肌には艶がなく、いつも以上に青ざめて感じられた。

「小松のことだったら今は話したくない。」

寧子がまだ何も云わないうちから、毅彦はいきなり釘をさした。そう切り出されては、寧子もうなずくほかはなかった。

「いいの。それとは関係ない……いえ、関係ないとも云えないけど、一応は別の話だから。」

寧子も、向い合わせの籐椅子に腰をおろした。そして、一体何から話したらいいだろうかと考えた。

「ねえ、私、ひとつ提案というか、お願いがあるの。卒業したらね、この家を出たいと思ってるの。別に今の暮しに不満があるというわけじゃないのよ。だけど、大兄さんだって、いつまでも私達の父親代りってわけにはいかないし、私もそろそろここから離れてみたいの。もちろん働く口が必要だけど、卒業までまだ一年近くあるんだから、一生懸命探せば、きっと何か見つかると思うのね。だから、どこかにアパートを借りて。」

そこで一旦言葉を切ると兄の様子を窺った。毅彦はうなずくでも否定するでもなく、ただまっすぐにこちらを見つめていた。寧子はいよいよ肝心の部分に踏み入った。

「だけどね、そう云って、大兄さんが許してくれるかしら。いえ、仮に大兄さんが許しても義姉《ねえ》さんが駄目って云うに決ってるわ。女が外に仕事を持つなんて、てんから理解しようとしない人だもの。そのくせ自分が一番やり手なんだからおかしいけど。ともかくね、私が一人で暮したいって云ったってとても通りっこないって思うの。だから、私、兄さんに一緒に来てもらえないかって……。」

毅彦は片方の眉をぴくりと動かした。

「僕に一緒に頼んで欲しいってことかい。」

「ううん、それだけじゃないの。私ね、兄さんも一緒に暮したらいいって思うのよ。兄さんもいつも仕事探すって云ってるでしょう？　だったら、二人で小さな家でも借りて生活したらいいじゃない。家事だって家賃だって随分楽になるわ。」

毅彦は顎をぐっと反らして、天井を睨みつけるようにした。寧子はその反応に望みを託してつづけた。

「兄さんは最初から働かなくてもいいと思うわ。まずはいい口を探しましょうよ。それまではごくごくつましく、時々絵を描いたり、文章を書いたりして暮すの。私、ずっとそういうのに憧れていたし、兄さんも本当はこの家出たほうがいいと思うのよ。だって、ここにはいろいろありすぎたんですもの。母さんの死、兄さんの病気。もちろんそれだけじゃないけど……。私達、新規蒔き直しが必要だって気がするのよ。」

「新規蒔き直しか。」

いつのまにか目を閉じていた毅彦の口から洩れたその言葉に、揶揄や冷笑の響きがあるのか、寧子にはわからなかった。けれどその口元は、夢見るようにうっすら微笑んでいるように思われた。

「そうよ。ゼロから始めるのよ。だって、私達って、過去の錘《おもり》にひきずられてしまって身動きできなくなってる、みたいなところがあるんですもの。」

そう云ってしまってから、寧子は自分自身が云われてきたことを鸚鵡《おうむ》返しししている、となんだかおかしくなった。思わず笑みさえ漏れたようであった。だけど、毅彦から返ってきたのは、案外悠長な調子の、「そうか、過去ってなんなのだろうね。」という一言だった。

「え、なあに?」

「僕らを縛りつけてる過去さ。それって本当に身をふりほどいたりできるものなんだろうかね。」

「このまえ、おまえ、タッチャンのこと、云ってたろう。昔、よく一緒に遊んでいた。」

　なぜそんなことを云い出すのかわからないまま、寧子はうなずいた。

「タッチャンのことを話してやろうか。国民学校を出て、オンドルのある民家も出て、そう、この前も話した無蓋貨車でずうっと曠野を移動していた時のことだよ。」

「それ、今のことと関係あるの？」

　寧子は身をよじるようにして訊いた。

「さあね。あるんだか、ないんだか、話してみないとわかんないさ。」

「ええ、聞きたいけど、また今度にするわ。別に今でなくても構わないから。」

　寧子は焦れながらそう返事をした。

「まあそう云うなよ。大して長い話じゃない。おまえの云う通り、国民学校を避難所にして暮していた時、僕達はあの子といつも一緒に遊んでいた。彼の父親は新京でベーカリーをやっていたというんだが、一徹な職人というか、パンを焼く以外は何も知らないような男だった。避難所でも、どこからか粉を仕入れてきては、かまどでパンを焼いて売っていた。大豆の皮やら高粱の粉やらの入った硬いパンだったけど、我々にとっては大変なご馳走でね、あの子が、比較的ふっくらしていたのはそのせいさ。母親が亡くなると、タッチャンはほとんどほったらかしになった。うちの母親が僕らと一緒に面倒をみた。別に慈善じゃないぜ。パンがもらえるからだよ。こっちは父なし、金なしでひいひい云ってたからな。むしろ周囲の方こそが、あの子を世話すれば食いものが手に入るってんで虎視眈々《こしたんたん》だったんだ。母は母で、一度摑んだ飯の種を放してなるものか、と必死さ。」

寧子はなぜか身動きできずにいた。こんな話は聞きたくないと思いながら、なぜだか毅彦の言葉を遮れずにいる。

「そういう調子で半年ほどが過ぎ、ようやく列車に乗って南進、ということになる。どこまでも広がる曠野、草原、森林の繰り返し。その半島の野を轟進するくろがねの機関車に我らは引っ張られているわけだが、この轟進も、こちらの望んでいるほどには、距離を稼いでくれない。なにしろ、しょっちゅう水の補給だ、軍用列車のため待避だって停るんだからね。スピードが落ち始めても完全に停車するまでは、自分らが駅に着いたのか、それとも待避線に入って数時間から数日間ひたすら列車が動き出すのを待つのかもわからない。僕らはすっかり慣れたもんさ。ひょいと飛び降りる。最初は急な発車を警戒して、線路の隣で遊んでいる。そのうち、前の車両から順繰りに、今日はもう動かないってよう、と伝言がまわってくる。そうすると、女達も安心して、夕飯でも作ろうと七輪を持って降りてくる。その日も列車は前触れもなく停止した。ちょうど大きな森のへりでね。しばらく遊んでいるうちに、例の大声の伝言が、一時間半停車とがなっているのが聞えてきた。」

毅彦はすっかり興に乗ってきた様子だった。体を揺らすようにして立ち上り、目を輝かせて、狭い部屋の中を歩き回った。心はすっかり曠野に立ち返り、過去に囚われてしまっている様子だった。

「僕らは森の中を探検してみることにした。僕とおまえ、そしてタッチャンだ。あいう森林ってのは日本じゃまったくお目にかからないね。黒々とした樹々が、寡黙に、と云いたくなる風情で、ただ深閑と垂直に立ち尽くしている。鳥の声も虫の鳴き声もしない。むしろそこで感じるのは水の中にいるような静けさだ。もっとも探してみれば昆虫くらいは地面を這っているし、狐の姿がちらりと樹間をよぎったりもする。本当は狼だっていたのかもしれないね。幸い僕らは遭遇しなかったけど。あんまり奥まで行くのはまずいってのは子供だってわかっていた。あんなところで道に迷ったらどうしようもないからね。列車が見えなくなるようなところには行かない。」

　毅彦は上ずるような調子で語っていた。眼差しが遠くけぶっている。心は既にここになかった。彼だけで原生林に戻ってしまっている。寧子は身の内に水の芯が差し込まれるような感触に怯えた。脇腹を冷たい汗が伝っていく。

「僕らがぼんやり遊んでいると、大人達が貨車を降りてわらわらと森に入ってきた。よく見ると、必死の形相をしている。たいていは女だ。中には赤ん坊を抱きかかえ、やりかけの乳をきちんとしまわないままの若い母親までいる。なんだろうと貨車の方を見てわかった。線路の向う側が、なだらかな丘になっていたんだが、そこをソビエトの兵士達の一団が通りかかったんだな。トラックが一台、その後ろに兵士が五十名ほど。どの兵隊も勝った側とは思えないくらいぼろぼろの軍服を着て、垢《あか》じみた格好だった。けれど、避難民であれば誰だって、金目のものを奪われたり、乱暴されそうになったりした経験があったから、とるものもとりあえず身を隠しにきたわけだ。案の定、何人かの兵士はふらふらと吸い寄せられてきて、貨車の方を物色している様子だった。といっても、そこに残ってるのは、体を動かすのも大儀な老人ばっかりだ。兵隊がぶらぶらしているうちに、逃げてきた女達は、木の陰、下草に身を伏せて、目立たぬようにした。もちろん、僕とおまえもね。森の暗いこちら側では、何十人もの女達がうつ伏せになって息を殺している。輝く森の向う側では、薄汚れた兵隊達がくわえ煙草で投げ出された背嚢《はいのう》などを銃の先でひっくり返している。緊迫しているんだか、間延びしているんだかわからない数分が過た。あの時、タッチャンはどこにいたのか、僕は憶えてない。虫でも取ろうと伸び上ったのか。退屈して、体を起したのか。やがて兵士達はとぼとぼと本隊の方へ戻っていった。」

「ねえ、お願い、もうやめて。私、その話聞きたくないの。」と寧子は叫ぶ。けれど殺彦はぼんやりとした瞳を寧子に向《む》けただけで、喋るのをやめようとはしなかった。ただしその声はいつのまにか、くぐもった低いものに変っていた。

「その通りすがりに——本当にただのきまぐれだったのだろうと思うけど——銃口を森の方に向ると、二、三発、銃弾を撃ち込んできた。鋭い銃声が冷たい空気を引き裂くようにして響き渡り、かすかな余韻《よいん》を残して消えていった。どこか遠くで狩りでも行われているみたいだった。ああいう森ってのはね、本当に音を吸収してしまうんだ。どんな大きな物音だって、かえって沈黙を際立たせるだけなんだ。その銃声が消えたのを合図みたいにして、地面に伏せていたもの達は、三々五々と立ち上り出した。僕も立ち上って、貨車へ戻ろうとした。ふりかえってみると、おまえが森の奥でじっと動かずにいた。何をしているんだと腹をたてながら、近くまで歩いていくと、おまえがじっと地面を見つめているのがわかった。本当に憶えていないのかい。おまえが知らせてくれたんだよ。シダの茂みの横で、タッチャンが額に黒い穴をあけて横たわっていた。頭の後ろに、血が流れ出て、草の生えた地面に吸われていた。両眼を開いたままだった。僕は、彼の瞳に、樹々のあいだの青空の切れ端が映っていたのを覚えているよ。とってもきれいだった。やがて他の大人達も集まってきた。誰かが、タッチャンの父親を呼びに行った。大人達は嘆きもせず、憤りもせずに、ただ周囲から枯枝を集めてきて、その上にタッチャンの遺体を載せた。女達の一人が、せめて地面に埋めてやれないのか、と懇願していたけれど、誰も相手にしようとはしなかった。シャベルもスコップもないのに、穴を掘るのは大変なことだったし、そろそろ列車が動き出す時刻だった。乗り遅れる訳にはいかなかった。夕暮が近づいていた。誰かが、遺体に油をかけ、火をつけると、ほとんど透明な炎があがった。炎は、あたりの空気を揺らがせ、森の中の樹々を揺らがせ、その向うの風景を揺らがせた。色のついた火花が散って地面に落ち、まだ樹のあいだに残っていた枯草を燃え上らせた。枯草はしばらく燃えていた。タッチャンもまた、白い生焼けの煙を出しながら燃えていた……。」

毅彦はそこまで云うと、疲れ切ったように椅子に身を投げ出して、俯いたまま動かなくなった。

だからさ、と掠れた声がした。過去から身をふりほどくことなんてできないんだよ。思い出の方でこちらを忘れてくれないかぎりね。

その夜、寧子は食事も摂らずに自室にこもった。燃える森の昏い光景の内側に一人の死児がいた。そのことが尽きせぬ愕《おどろ》きとなって何度も彼女を撃った。想像の炎はいつまでも鎮まらなかった。煙もまた、狼煙《のろし》のように幾筋も伸びた。

夜半、寧子は、仰臥していた寝台から立ち上った。兄を護らねばならなかった。父を奪った密告は望むところではなかったが、今はそうしたことを云っている場合ではなかった。

灯の消えた廊下を辿って、清之助達の居室へ向った。夫婦は、多忙だった一日の疲れを癒していたらしく、安楽椅子に腰かけて葡萄酒を飲んでいた。小さな円い卓上に、清之助の好む舶来のチーズがあった。

「どうした、こんな時間に。」

清之助の目がすがめられた。化粧を落とした春江は、昼間よりも若く見えた。つけ放しになったラジオから、興奮したアナウンサーの声が聞えてきた。国会構内で、デモに参加していた女子学生が一人亡くなった模様です。名前はまだわかりません。

名前はまだわかりません。ラジオはずっと同じセリフをくりかえしていた。

「お兄さん、一つお話ししなければならないことがあるんです。」

まるで処刑台に立っているようだと思いながら、寧子は、口を切った。


警察は、明け方やってきて、日の光が本格的に降り注ぐ頃に去った。中で格闘があったらしく、小松が、擦り傷のついた額を晒《さら》して、不貞腐《ふてくさ》れた顔で連れられていくのを、寧子は二階の窓から眺めた。離れの戸口には、虚脱した表情の毅彦が立っていた。ランニングシャツ姿だった。

午後、毅彦は浴室で自殺を図った。睡眠薬の空き瓶がタイルの上に転がっていた。すぐに医師の一人によって胃洗浄の処置が施された。

「大丈夫ですよ。」

と若い医師は云った。

「発見が早いですから。命は助かります。」

寧子はうなずくと、まだ意識を失ったままの毅彦を残して、自室に戻る。カーテンを閉め切ると、室内は闇に充たされた。

毅彦は自分を許さないだろう。回復したあと、きっと、自分をおいて一人で出ていくだろう。

自分の周囲に輪を描くように、空を突く樹幹が伸び、透明な炎が揺らぐのが見えた。その中央に横たわる死児がいた。自分はこれからずっとこの森で、この静寂の内部で生きていくのだ。
寧子はそう思いながら、いつまでも昏い炎を眺めていた。

五　掌編集

少年果

あのときのことはよく覚えています。

みどりの木の葉のひそやかな息づかいと象牙色に輝くなめらかな裸身。わたしの夢の孵卵場《ふらんじょう》では、彼らは今もまどろみつづけているのです。

わたしたちの学校には、小規模な校舎には不似合いなほど立派な、別棟の図書室が校庭の東の隅にありました。誰もが少年時代に本に親しむべきだ、という学校の創設者の教えにしたがって建てられたその図書室は、実際には並んでいる本がどれも古びた文学全集や黴臭い哲学叢書《そうしょ》のたぐいばっかりだったので創設者の思惑とはちがってちっとも人気がなく、むしろ集団にはなじめない生徒たちが、ひっそりと無為の時間をやり過ごす場所になっておりました。そういうわけでわたしは、その日も閲覧席の片隅に座っていたのです。

窓からは夕日がさしこんでいたと思います。校庭では陸上部の生徒たちが、夢の緩慢さでトラックを廻っておりました。わたしは出鱈目《でたらめ》に書棚からぬきとったマンデヴィル『東方旅行記』を開いて、ちょうど一つ目族や一足人といった、奇怪《きっかい》ではありながら、どこか幼年期の夢想の残像をおもわせる不思議に懐かしい異形人たちの頁を飛ばし読みしているところだったから、「そんな生き物、本当にいるの」といきなり彼女から話しかけられたときには本当におどろいたのです。

クラスメイトの弓生《ゆみお》の顔はもちろん知っていましたが、口を利くのは初めてでした。それぞれ別のグループに属していた――というより、わたしはどのようなグループにも属していなかったので――彼女のことを苦手に思っていたせいです。

女優めいた派手な顔だちも含めて、彼女にはどこか人に反感を抱かせる浮ついた調子がありました。妄想すれすれの誇張や虚言癖、それにナルシシズムの気配が濃厚な妙にもってまわった言い回しなどで、クラスでもいよいよ浮きはじめているようでした。

けれども彼女は美しい少女でした。それは、わたしとは対蹠《たいしょ》的な作り物めいた美しさで、その姿を見るたびに人一倍鈍重な自分の肉体を思って溜息をつきたくなるのでした。だから彼女から目を背けることこそあれ、話しかけようなどと思ったことはないのです。

それなのに、こちらの狼狽《ろうばい》にもおかまいなく、弓生は熱心にことばを重ねてきます。「本当にどこかに行けばそんな生き物みれるわけ。あ、生き物じゃなくて、植物というべきかも」と。

その時点でようやく彼女が何を指しているのか気がつきました。どうやら綴じ紐の一部が緩んでいたらしく、わたしが取り出した古い本から、数葉の頁が抜け落ちていたのです。

　わたしはその頁を拾い上げ、銅版画風の挿絵に目を凝らしました。地面から垂直に一本の茎が伸び、その先に一匹の肥った羊が横様についている。その面妖な姿は滑稽でほとんど笑いを誘っているのにもかかわらず、弓生の顔はあくまで真剣でした。「バロメッツ」わたしは声を出してその名前を読み上げました。「そこには、ひょうたんのように大きな果実がなり、熟したものを割ると、中に肉も血も骨もある獣が一匹はいっている。それはまるで毛のない子羊みたいである」

「植物に生きた動物が生《な》るなんてことがあるのかな」

「まさか」わたしは思わず答えました。

　この女はどうしようもなく馬鹿なのだ、という思いが頭を掠めました。

　正直に言いましょう。わたしは弓生のことを強く憎んでいたのです。

　それは半ば本能的に、彼女が（古いことばを使えば）恋仇《こいがたき》であることを承知していたからでした。今となっては信じがたいことですが、その頃、わたしはものを食べたりうたをうたったり、げっぷも排泄もする生身の少年に恋をしており、その名前は滝《たき》というのでした。というのも、滝少年はわたしたちの学校では唯一あらゆる男につきものの現世的汚辱、すなわち、小さな噴火口よろしく黄色い脂の突起物を抱きしめたにきびや、プール底の汚泥のごとく濁りきった声音や、顎の先にひわひわと佇立《ちょりつ》しているひげといった凡庸な重力とは無縁な天使的存在だったからです。たとえ、いずれはあの呪わしい第二次性徴が訪れ、ヴェネツィア派風の曲線を描いていた首筋や二の腕、優美なふくらはぎがきしきしときしむ醜い筋肉の鎧《よろい》に覆われてしまうにしても、とわたしは独りごつのでした、あなたの束の間の美しさをわたしは一生忘れることはないでしょう。それは大海に沈む直前の夕日が放つ黄金の矢の一閃のようなもの。

だから、わたしが偶然に目にした弓生のスケッチに、滝君の横顔を見て取ったとしても不思議はないのです。それは友達から相手にされなくなった弓生が、昼休みの徒然《つれづれ》に描いていたものです。意外なほど繊細な描線で描かれた木の葉が、旺盛に繁茂してノートの白地を埋め尽くし、そのなかに裸の少年が埋もれている、そんな絵柄でした。


「まさかってどういうこと」

「植物と動物ではまったく身体の組織がちがうということ」

「じゃあ、ありえない？」

「ありえない」

「でも」と弓生は硝子玉めいた瞳を大きく見開いてみせました。もしもあなたが秘密を守ると約束してくれるなら言ってしまうけど、私は見たの。見てしまったの。

私には小説家の伯母がいて——と彼女はもちまえのいかにももったいぶった調子で話し出すのでした——小説家といってももう何年も新作を出していないので、「元小説家」といったほうがいいのかもしれないけど、それでも昔は、新鋭幻想文学作家などと売り出されたこともあったようで、もしかしたらこの図書室にも伯母の作品がひとつくらい埃をかぶっているかもしれない——と大げさに両手をひろげてみせるのです。

だけど、いずれにしても彼女はもうなんにも書いていなかった。そして、両親から受け継いだ大きな屋敷にひっそりと一人で閉じこもって暮らしていた。だから、私が父親の手術のため、十日ほど伯母のもとに預けられることになったときには絶望した。変わり者の伯母と一つ家で十日間！　伯母はほとんど親戚づきあいを絶っていたから、私はそれまで彼女と対面したことはなかったし、そもそも伯母がいることさえはっきり意識していなかった。そのうえ、私を一時引き取るというのも、父親の病気に逆上した母親が一方的に決めてきた話だった。つまり私は宛先不明の小包のように、誰からも望まれないまま、伯母の家に寄留することになったのだ。

初めて伯母と対面したときの印象は、オランウータン、それも雄の、というものだった。浅黒い肌色に妙に平板で睡《ねむ》たげな顔だち、そしてもう何年も鋏《はさみ》を入れたことがないのでは、と疑われる髪の毛が、真円近くまで肥大した頭部の輪郭を覆っていた。

——あなたが弓生さんなのね。

伯母はゆっくりと自分のことばを確かめるように言い、先ほど自分で入れた白い湯気のたつ紅茶を啜った。髪をかきあげると、額から右の目尻にのびた刀傷のような白い痕が目についた。

——これから十日間のルールを決めましょう。あなたは好きな部屋を自由に使っていい。テレビの類はないけれど、家具や家電も同じく好きに利用して。食事は夕食だけあたしが作ります。申し訳ないけれど、朝はまだ寝ているので自分で食べたいものを拵《こしら》えて。冷蔵庫にあるものは使ってもらってかまわないし、わざわざ買い物に行かなくても水曜には生協で食材が届きます。昼は作るのが面倒なら、外に食べに行くか、ピザでも取ってね。食事代は食卓に置いておきます。

——そんな。お金なら母から受け取ってます。

——じゃあ、それは外でケーキセットでも食べるのにお使いなさい。

伯母は微笑んだ。

類人猿なのに、あるいは類人猿だからこそ（と私は考えた）伯母の表情には確かに物憂い知性が感じられ、さらに漠然とした悲しみさえ漂っていた。

この広いだけのさびれた家でどのように暮らしているのだろう。

元医家だったという平屋は、玄関脇の小窓や破風《はふ》のふち飾りといったところどころに戦前の意匠をとどめた古い建物で、母親はあんなものさっさと売り払って遺産を分けてくれたらいいのに、と愚痴っていたけれど、たとえ売りに出したところで、街外れのあばら屋にどれほどの値段がつくかは疑わしい。

梅雨《つゆ》時の季節だったので、玄関へつづく石畳の両側に一面の紫陽花《あじさい》が咲き誇っていた。門から眺めると、沈没途上の老朽船よろしく、青と薄紅色の波濤《はとう》に巻かれて家ごと溺れかけているように見える。

連日霧雨がつづいたので、出かけもせずに、家のなかを見てまわった。応接間と思《おぼ》しき部屋はすっかり物置と化していて、幼き姉妹が遊んだのだろう人形やら絵本やらが雑然と積み上げてある。アルバムを一冊抜き出して開くと、まだおかっぱ頭の母親がはにかんだ顔でピースサインをしていた。

不思議なほど伯母の姿を見ることは少なかった。広いとはいえ、同じ家なのに。午前中はどこかで寝《やす》んでいるらしく、昼過ぎになって、腫れぼったい目をしてうろつきはじめる。夜更けは——。夜更けは何をしているのかわからない。私は夜中にトイレに立ったときに、意識して耳を澄ましてみたのだが、どの部屋もひっそり閑としずまりかえっていて、どこにも伯母の気配は感じられないのだった。

それでも私には思い当たるものがあった。北側の廊下のつきあたりに、ニスの剝げかけた小さな木の扉がある。何も知らなければ単なる物置だと思いかねないのだけど、庭から眺めてみると、漆喰壁の剝がれかけた古い土蔵へとつながっているのがわかるのだった。屋内の扉で、鍵がかかっているのはここだけだった。いつだったか伯母が、手に真鍮《しんちゅう》の鍵を持っているのを見かけたことがある。

あの蔵の中へ、夜な夜な伯母はこもっているのではないだろうか。

不意にそうしたやくたいもない空想が湧き、瞬時にほとんど確信となった。あの中に伯母の悦楽の源があるのだ。そうでなければどうして、こんな世捨て人のような生活ができるものか。

翌日、私は伯母と二人で地下室へ降りた。今年の梅酒を漬けるためだった。壁の棚には、広口瓶に入った毎年の梅酒が、わずかずつ昏さを増しながら並んでいた。私は瓶の内側に青梅と氷砂糖を順繰りに重ねながら言った。

——この家の部屋はどこでも入っていいって言ったよね。じゃあ、外の蔵の鍵を貸して。

伯母はかすかに眉をひそめた。

——ごめんね。それはできないの。

——どうして。

——仕事場兼温室になっていて、あそこの植物は見知らぬ人を嫌うし、変化にも敏感だから。

——温室?

——蔵の屋根を払ってね、ガラスに替えてあるの。

そのときはそれきりだった。

その夜、私は夜中に起き出して鍵のありかを探ってみるつもりだったのに、伯母の作ったシチューを食べ終えた途端に、コトンと足を踏み外したかのような唐突な眠りに落ちた。目覚めたときはすでに朝だった。私は数日前から使っている客用のベッドの上におり、伯母の手でここまで運ばれたのに違いなかったが、彼女の肌の温もりの記憶はなく、かわりに、不穏な気配のする夢の切れ端があった。

むせかえるような葉群の洪水、絡み合う蔓、吐息と囁き。風もないのに葉群は揺れ動き、こすれ、波打ち、人のような声をあげる。私はうっとりそのなかに溺れていく。渦を巻く鬚蔓が私を愛撫する。裸身なのだ、こちらは。無防備なのだ、秘所までが。

失神にも等しい、意識を遮断するような眠りを三日つづけて経験した後、私は伯母が、夕食に何かを混入しているのではないかと疑った。それならそれでこちらにも考えがある。

明日には伯母の家を発つという最終日の夜、あまり食欲がないと言って席を立った私は、トイレで喉に指を挿し入れて食べたものをそのまま吐き戻した。そして夜更けにベッドを抜け出すと、開け放しになっていた地下室にうずくまって時を待った。

やがて寝間着姿の伯母が、頭上の廊下を通り過ぎる。

私は駆けあがって、「伯母さん」と呼びかける。振り返ったところで腕を摑み、指のなかにあった鍵をとりあげた。そのまま抱き寄せ、どんと胸を突くと、肥満したからだはバランスを崩し、悲鳴とともに地下室の闇に吸われた。扉を閉じる。閂《かんぬき》をかける。普段使うことのない閂は、錆びついてはいたけれど、堅牢だった。骨折くらいさせたかもしれない。けれど、私の心はもうそこにはない。

真鍮の鍵を鍵穴に差し込むと、待ち構えたように滑らかに廻った。噓のように鼓動が高鳴る。

この扉の向こうになにかがあり、それが伯母の命を支えている。扉をそっとおしひらく。意外なほど重い手ごたえがあり、隙間から生温かい風が吹きつけた。

そこは一面の緑の海だった。汗がにじみだすほどの熱と湿気に呆然となりながら踏み込むと、すぐに、葉群の陰の幾つもの裸体が目についた。少年たち。みな、まだ睡っている。横たわるものも垂直に立つものもあり、いずれも親指ほどの太さの臍《へそ》の緒代わりの茎を腹部から生やしていた。密林の胎児たちだ、私は呟いた。伯母の夢想の内側に入りこんでしまった。

羽化したばかりの蝶のように、血の色の透けた瞼がふるふると震えだした……。

「閉室の時間です」

司書からそう告げられて、弓生は唐突に口をつぐみました。気がつけば、窓の外はとっぷりと暮れて、漆黒の硬玉にかわった窓ガラスがわたしたちの姿をくっきり映し出しています。

本当のことを言えば、わたしは思いがけない長い打ち明け話を聞きながら、弓生に対する優越感と、ちょっとしたおかしみを感じていたのでした。その話ならすでにどこかで読んだことがある、おそらくは、埃臭い図書室の棚のひとつで見つけた女性作家の短編集で、それをいかにも自分の実体験のように語る弓生があまりに稚《いとけな》く、また愚かしいように思われたからでした。

けれど彼女は、今までの話など忘れたようなそっけなさで帰り支度を始めています。そのままわたしたちは校庭を横切って正門の前まで口をききませんでした。そして最後にわたしが尋ねた「どうしてあの話を自分に？」という問いに対する彼女の答え――あなたの風貌はどこか伯母を思わせるところがあるから――は、深くわたしを傷つけました。

それ以来、彼女と話したことはありません。十数年たってから、離婚した彼女が、街のスナックで働いているという噂を耳にしたこともありましたが店の名前さえ記憶から滑り落ちてしまいました。滝君の方はと言うと、ある朝、一人暮らしをしていたマンションで、チャイムが鳴って玄関の戸を開けると、宅配便の制服を着たずんぐりした男がむさ苦しい顔で立っていて、わたしは受け取りに印を捺《お》し終えてからようやくそれが滝君であることに気がつく始末でした。向こうは先から承知していたらしく、目があうと馴れ馴れしげな笑みを浮かべてきたのは気づかぬふりで無視しました。不満げな男が扉を閉じた後、制服から発していたタバコの臭いを消すために消臭スプレーを玄関に撒きました。

要するに、滝君のことなどどうでもよかったのです。

そのころ、わたしは、生まれて初めて本当の恋をしていて、日がな一日彼のことを思っては、新作も書けず、作家としてのささやかな評判を気にかけるだけの余裕もありませんでした。だけど相手は見てくれだけの不実な男で、わたしは何度もしたたかに裏切られ、絶望と希望のあいだを千回も往復した挙句、とうとうありったけのアルコールを喉に流しこみ自分の切り取ったペニスを握り締めたまま浴室で血まみれになっているところを見つかって救急病院に搬送されました。

病室の窓から眺める病院の建物は、白く輝く巨大な墓石で、そこに穿《うが》たれた暗い窓の列は、石に刻まれた文字のように見えました。

消毒薬の香りのするシーツに横たわり、失われた器官と悦楽を思って泣きました。溢れつづける涙は甘美で、転倒したとき傷つけた額から右の目尻を覆っている包帯がびしょぬれになるのもかまわず嗚咽しました。

その包帯がようやく解かれた朝、今日のうちに死に場所を探しにいこうと決めました。パジャマの上にジャケットを羽織り、ナースの目を盗んで病室を出ます。エントランスの前でタクシーを拾いました。パジャマとサンダル履きという格好を気にしながら、頭に浮かんだ適当な地名を告げると、運転手はちらりとミラーに目をやったきりで、何も言わずに車を出しました。

夏の初めの朝の光が、周囲のオフィスビルの鏡面に反射して、光の筋となって車内を通過します。剃刀《かみそり》の刃が乱舞しているようで、わたしは思わず瞼を閉じました。停まった車のかすかな振動と、通り雨のため濡れていくアスファルトの香り。そのまま移行した不安定な眠りの表面を、記憶の薄片がよぎっていくのです。それは裸の膝の下の濡れたタイルの冷ややかさであり、出し放しにしたシャワーの水音であり、魚の腹に似た出刃包丁の鈍い輝きと、血潮を吸ってみるみる色をかえていく白いタオルでした。灼熱した痛みの感覚までもが甦り、わたしは汗だくになって目をさましました。

タクシーは停車していて、運転手に促されて車を降りました。古い住宅地の一角で、運転手の手前、目の前の家に用があるふりをして車を見送りました。

軽く触れただけで門は開き、ずいぶん荒れ果てた様子の庭先には、すっかり萎《しお》れて色の変わった紫陽花の花弁があちこちに落ちていましたが、空き家でないことはなんとなく感じられました。

なんとはなしに、周囲をぐるりと見て廻りました。古いけれども大事に住まわれている印象の建物です。家屋正面の漆喰の装飾も、まだ剝がれ落ちないで大部分残っています。

鍵がかかっていないのは玄関も一緒でした。自然に吸い込まれるようにして中に入ると、どういうわけだか、ようやくたどりついた、という懐かしい気持ちになりました。ひとつひとつの部屋を確かめると、ダイニングではまだポットの中の紅茶が湯気をたてていましたし、遅い朝食のつもりなのか、チーズを載せた齧りかけのトーストもありました。テーブルの上の水を注いだコップには、おもちゃのように小さなすずらんが挿してあります。まだ枯れていないところを見ると、つい先ほど庭から摘んできたものかもしれません。それらを眺めているうちに、幾つもの記憶が花のように開き始め、この場所ならばよく知っていると身体がささやきました。それは温かいものが充ちわたっていくような感覚で、まちがいなくわたしを穏やかな気分に導きました。

いつのまにか、自分でも何年ぶりかと思うほどすっかりくつろいでいたのです。家の中の点検をつづけ、地下室の広口瓶に入ったジャムやマーマレード、いつかいいことがあったときに開けようとしまっておいたワイン、自分ひとりでは食べきれるはずもないのについ漬けすぎてしまうラッキョウや梅干類にも変わりがないことを確かめました。この地下室は、戦争中は防空壕代わりに利用されたというほど堅牢なもので、こどものときは、悲しいことがあるとわざわざここに来て泣いたりしたものです。ふと気になって、使われなくなった家具などを積み上げた物陰を覗いてみたりもしましたが、もちろんそこには誰もいませんでした。両親が死んで姉が出ていって以来、ずっと一人暮らしなのだから当たり前なのですが。

それから、いよいよ廊下の突き当たりの扉の前に立ちました。悦びの予感に胸が膨らみ、どうしても鼓動が高鳴ってしまいます。ニスの剝げかけた小ぶりの変哲もない扉は、普通ならば誰の興味も惹かないでしょう。けれど、わたしにとってはこの扉の向こうこそが、命よりもかけがえのない大切な場所なのです。真鍮の鍵はちゃんとジャケットのポケットの中にありました。わたしは鍵穴に差し込むと、かちりと音がするまでゆっくりと廻しました。

かすかな熱風とともに、扉がゆるやかに開きます。帰ってきたよ、とわたしの少年たちに、呼びかけました。

螺旋の恋

少年は劣等生だった。決して不真面目でも愚かでもなかったのに、教室で聞く教師の言葉は、耳から流れ込む端から忘却の井戸に吸い込まれてしまって、脳髄にかすかな引っかき傷も残すことができなかった。黒板に描かれた図形は、未知の海域の航図にしか見えなかったし、プリントの問題は、石板に刻まれた古代文字のように意味不明だった。少年は教科書の余白を、空想上の獣たちで埋め尽くした。グリフォンが放物線を翻り、火蜥蜴《ひとかげ》がアルファベットのあいだにすべり入った。漢字の森で遊んでいた白澤《はくたく》は、偏や旁の向こうから九つの眼でこちらを睨んでいた。

注意力に障害があるようです。それと、極度の内向性。調査結果を記した書類を見ながら医者はそう言った。目の前のものごとに集中できず、いつでもぼんやり空想世界をさまよっているんですな。もっともお子さんの年頃ではきわめて珍しいというほどでもない。まあ、しばらく様子を見てみましょう。

自分が頭蓋の内側に棲まっていることを見抜かれて少年は動揺した。けれど医者にもわからなかったのは、そこがどれほど豊饒かということだった。そこには砂漠と氷山と沈んだ海賊船とがあって、それと比べたら、頭蓋の外の日常など、食卓に残された鳥の骨のように貧相でみすぼらしい存在に過ぎなかった。もっとも彼は努力もした。両親に叱られ、教師に注意されて、今日こそなんとか現実のかけらにしがみついていようと頑張っても、十五分もしないうちに空想の海に漂いだしているのだった。

少年には友だちがいなかった。もともと口数が多い方ではなかったし、共通の話題もほとんど持たなかった。変人過ぎると目されていたので、いじめの対象にすらならなかった。クラスメイトは、片隅で静かに本を読んでいる彼を小石のように黙殺した。いや、もしかしたら、本当にその存在に気づかなかったのかもしれない。壁の染みや床板の罅《ひび》のように、意識することさえ忘れていたのかもしれない。少年も強いて友人を求めようとはしなかった。けれど、彼は孤独だった。当然だろう。彼はたった一人きりで夢想の王国に棲んでいたのだから。

あるとき、彼は一本の塔を想像した。大理石で築かれた白亜の塔。白鳥のように優雅に空へと頸をのばし、頂《いただき》には銀の鐘が輝いている。

そこから都市の生成がはじまった。一本、また一本と新たな塔が彼の頭脳から生みだされ、その根もとにはオレンジ色のスレート屋根を葺いた館や宮殿が無から彫り出された。切石を緻密に積んだ城壁、華麗なアーチと凸凹の狭間。跳ね橋のついた門からは、石畳の坂道が曲線を描きながら港までのびていた。そして濃紺の海。壮麗な都だった。海上から見るならば、千もの輝く剣がまっすぐ天空を指差しているように見えるに違いない。

もちろん細部もおろそかにはしなかった。目覚めているあいだは、食事中でも、入浴中でも、都市のディテールをゆるぎなく具体化する作業を継続した。少年は、市庁舎の前に広がる正五角形の広場の敷石のかたちを思い描き、その縁から生え出したハコベの葉が風になびいて揺れるさまを想像した。隅の町屋の革細工師の工房に入り込み、机の上に置き去りにされた大きな鉄鋏が夕陽に鈍く輝く様子を幻視した。富豪の邸宅の銀器を吟味し、傷んで市場の側溝に棄てられた蕪《かぶ》の悪臭に顔をしかめ、狭い路地裏の、角の磨り減った石段を登ったり降りたりした。そのうち、眠りが都市への通路となった。夢のなかではよりのびのびと自分の街を見て回ることができた。彼は肉体を持たない霊のようになり、自在に空へ舞い上がったり、急降下して窓から建物の内部をのぞきこんだりを愉しんだ。そこでは、昼間の激しく辛抱強い集中によって、事物のひとつひとつをかたちあるものにしていくプロセスは必要なく、自家受粉する植物のように、街がおのずと成長し、複雑さを極めていくように思われた。

けれど、ここには誰もいない。

そのことに気づいたのは、長い夢から覚めた直後だった。その夢のなかでは、海からのつよい汐風が塔の切石にぶつかって鋭い風きり音を立てていたほかは、物音らしい物音がなく、早朝の荷を運んできた馬車の車輪が高くきしむ音も、窓の鎧戸が次々に開け放たれていく音もしなかった。

あそこには誰もいない。彼は痛烈な寂しさに捉えられた。もう何千回もあの街を訪れていたが、一度も人影を見たことはなかった。これほどまでに鮮やかな実在感を備えているにもかかわらず、あの都市は住人を欠落させていた。彼はうちのめされ、呻き声をあげてベッドに沈み込んだ。そして再び瞼をとじると、都市の中央に立つもっとも高い塔のなかの一人の少女を思い描いた。

　少女は、窓際に立って、眠りについている灰色の街並みを眺めていた。海はぼやけた紫の霧で、湿った風がそこから吹きつけてきた。やがて水平線から一条の光がさし、都市の壁と少女の頰を淡い薔薇色に染め上げた。彼女は窓のアラバスターの手すりをにぎりしめた。生まれて初めて目にする夜明けだった。

　少女もまた、目覚めたばかりだった。彼女はもちろん――少年にははっきりわかった――この街の王女だった。彼女は自分がこの都市で生まれたこと、この街と存在においてひとつであることを知りながら、この街についてはまったく未知だった。なぜなら、彼女は創造されたばかりで、まだ赤ん坊のように無垢《むく》だったからだ。彼女は曙光に照らされた街並みを見て、その朝露に濡れた蕾《つぼみ》の美しさに我を忘れた。最初は青ざめたシルエットに過ぎなかった無数の塔も、陽が昇るにつれ急速に立体感と重さを備えてきた。不意に鋭い羽撃きの音がして、純白の影がそのあいだを飛んで過ぎた。海鳥の群れだった。少女はじっとしていられなくなり、寝巻の裾をひるがえして、部屋から飛び出した。

　うっかり下を覗き込むと、目眩がしてしまいそうな細い階段を駆け下りた。途中で、裸足であったことに気がついて、灯りを点けはなしてあった小部屋から柔らかな山羊《やぎ》革の靴を失敬した。一階ごとに小さな踊り場があり、アルコーヴを広げた程度の小部屋がひとつ付属しているのだった。下るにつれて階段の幅が広がり、手すりは優雅な装飾をほどこしたものへとかわったが、少女はそれに気づくことすらなく、ただひたすら下を目指して先を急いだ。

そして、不意に階段は終わった。そこは城の中央の大広間で、奥まった側には玉座が、高い壁の上方にはステンドグラスがあった。明るんだ空からの陽射しが、薄ぼんやりとした筋となって斜めに宙をよぎり、微細な埃が色づきながら舞っていた。戸口に立って重い木の扉を押し開けると、ギッというかすかな軋みとともに、塞き止めてあった日の光が洩れてきた。思わず身内がぞくぞくした。初めて彼女は世界に触れたのだ。

それから連日のように、彼女は街のあちこちをさまよった。数十の尖塔を備えた王宮でさえ小迷宮だったのだから、都市の全体はすでに小規模な宇宙だった。前日訪れた小路さえ、再訪してみると見逃していた横丁や戸が口を開いていた。彼女は、指先で触れると金属の小鳥たちがチチチと囀《さえず》りだす時計職人の工房や、百もの女工が働いているに違いない絨毯工場、優雅に踊っている陶製の人形が並んだ商店の飾り棚を見てまわった。腹が減ると厨房に入り込み、竈《かまど》にかけられた大鍋からスープを掬った。

だがどこにも人間はいなかった。どうしてだろう。食卓にはナイフや木の匙が投げ出され、この器のなかのスープはまだ白い湯気をたてているというのに。

誰かと会いたいという願いは、街路で遭遇した一匹の縞猫以外は叶えられなかった。

少女は、港まで降りていっては、日がな一日海を眺めるようになった。茶色い瞳のなかに虫を封じたような傷があったのでコハクと名づけられた猫もお供をした。目の前では、帆をたたんだ商船が、荷を積んだままゆったり波に揺られていた。海は単調さのなかに無限の変化を秘めていた。その潮騒に耳を傾けながら、王宮の図書館から抜き出してきた本を膝にのせ、気まぐれに頁を繰ってみることもあった。そこに記された文字以上に、彩色された動物たちの挿絵が少女の無聊《ぶりよう》を慰めた。

少女はいろいろなことを空想しては、傍らのコハクに話して聞かせた。たとえばこの船に乗って海の向こうへ旅をするというのはどう？　緑滴る島々を訪れ、極彩色の鸚鵡や椰子油を商うの。あなたにはいろんな珍しいお魚をあげる。けれども、自分の胸がそれこそ風を孕《はら》んだ帆のように膨らむのは、長い旅路を終え、この街に帰ってきたときだと彼女にはわかっていた。自分が舳先《へさき》に立って目を凝らしているさまがはっきりと見えた。最初水平線に浮かんだ小さな泡に過ぎなかったものが白い真珠になり、それがついに千の塔を持つ都市へとかわるとき、私の胸は誇らしさに高鳴るだろう。これが私の街、私の家なのだと。

突堤に腰掛けたままふりかえり、夕陽を浴びた壮麗な街の姿を眺めながらそう思った。けれど、それは孤独な都市だった。彼女同様、ひとりぼっちだった。今ものんびり寝そべったまま、なめらかな毛皮を波打たせているこの小さな獣《けだもの》を除いては。

誰か、この都市の美しさを語り合える友がほしかった。真夜中の噴水の水の冷たさを、夏の午後のパティオの鮮烈な沈黙を、石造りの稜線で切り取られた空の碧《あお》さを、一緒に讃えあう人間が必要だった。だから少女は一人の少年を夢想した。彼女の空想の中で少年はやや俯いて座り、手元に開いたノートに何かを描き込んでいた。それはこの街のもっとも古い館の軒先に刻まれたガーゴイルであり、少年のペン先からその古拙《こせつ》な顰《しか》め面が生き生きと浮かび出た。そして少女は少しずつ少年の周りの世界を創造していった。彼が今腰かけているのは、装飾のない椅子と机がならんだ殺風景な部屋だった。その部屋は、灰色をした無愛想な建物の一部であり、さらにその周りでは、甲虫めいた金属製の乗り物が列をなして道を走っていた。やがて少年は立ち上がり、ノートを鞄にしまうとその部屋を出ていった。

こうして少女は、粘土を捏《こ》ね上げるように少年をうみだしていく。少年は少女の一部であり、少女の創造物だった。そしていずれは少年も、また別の少女の姿を思い描くのだろう。以下、同様につづく。だけど、どれほど焦がれあっても、二人は決して出会うことはない。まるで追いかけあう二本の螺旋のように、少年と少女は永遠に虚空を駆けつづける。

海硝子《シーグラス》

冬が過ぎ、春の花々が咲き誇っても、希子《のりこ》は部屋の片付けを始める気分になれなかった。なにごともなかったかのようにしておれば平穏な日々は流れ、希子を気遣って人々は控えめだった。

それでも重い腰をあげたのは、相続の手続きもあるとせっつかれたためである。証券の有無やら預貯金やらを確認するのは煩瑣《はんさ》で面倒だったが、それでも夫の遺品をひとつひとつ見ていくのは、他人のアルバムを繰るのにも似た愉しさがあった。

結婚して数年、それぞれの仕事に忙しく、意外なほど互いの内側に踏み込むことは少なかった。もはや二十代ではなかったということもあるのだろう。若い頃のように、からだばかりでなく、心も所有したいと焦がれたりはせず、だから夫がジャズのビッグバンドに趣味を持っていたり、ライブハウスに足を運んでいたことを知って驚いたりした。

技術者だった夫の書斎には、横文字の論文やプログラムのマニュアルが、クリップで綴じられて整然と並んでいる。大ぶりの書机だけ、父親から譲られたという古色蒼然とした代物で、二台のノートPCと一緒に、アンティークの地球儀が置いてある。そういえば幼い頃は考古学者になりたかったと言っていた。ナイルの王たちの墓所や、密林の遺跡を掘り返して、碑文の欠片なりとも拾い上げたかったのだという。長じてからの夫は、とりたてて歴史通とも思えなかったが、そうした一面もあったのかと微笑ましく、照れまじりで幼年期を語る表情まで覚えていた。

「なんなら手伝いに行きましょうか。女手だけでは大変なときもあるでしょう」

さらりと言われたことばに、かえって身構えた。木佐《きさ》は希子の勤める専門学校の講師だが、万事にそつがなく、人当たりも柔らかいので、事務方からも学生からも慕われている。オープンキャンパスや説明会といったイベントでは、希子の補佐役に当たることが多いことから自然に親しくなり、数回夜に食事をしたこともある。

「大丈夫。力仕事は案外少ないの。むしろ細かな書類仕事」

「僕は案外そういうのも得意なんです。父親が行政書士ですからね。この前飲んだとき言いませんでしたっけ」

そう言われれば聞いた気もするが、希子ははっきり覚えていなかった。いつになく酩酊してしまい、朧な霧につつまれたような記憶のなかで、薄明かりに照らされたように明るいのは、別れ際に唇を重ねてしまった瞬間だけである。しかしそれも今となってはうとましい記憶でしかなく、どうか夢であってくれれば、と思うのだった。直後に夫のことがあって、木佐とはそれきりで終わった。

「それじゃあ、ますます頼めない。書類が読める人に家庭内の事情を把握されたらたまらないもの」

実際、何かを頼むなら浅井《あさい》さんのような人がいいのだった。浅井さんは、以前から週に二回だけ家事代行の会社から派遣してもらっている初老の女性だが、つつましく必要な仕事だけ済ませて帰る姿勢が好ましかった。希子が何もする気にならなかった時期、彼女がいなかったら部屋はごみ溜めのようになっていたにちがいない。希子は仕事で外出するほかは、一日ソファに横たわって過ごし、自分の食器を片付けることもゴミを出すこともできなかった。もっとも一日一食程度ではたいした分量にもならなかったが。浅井さんは痩せていく一方の希子を気遣って、いろいろなものを作り置いてくれた。

ところが木佐からの電話を切ったすぐあとに、その浅井さんが、とつぜん辞めたいと言い出した。

「もうお一人ですし、わたくしがいなくてもよろしいかと——」

「どうして？　いきなり言われても」

希子は、机で唯一開かない抽斗と格闘しているさいちゅうだった。そのほかの書類はすべてあらためたつもりだが、なぜか右袖の真ん中の抽斗だけがひらかない。希子が立ち上がってふりかえると、浅井さんは顔をくもらせて書斎の敷居に立っていた。

「何かあったの？」

「奥様がお元気になられたようでしたら——」

「そんな、まだしばらくは来てほしいの。わたしもまだ体力に自信がないし、本当に調子が戻るまでは」

しつこく尋ねると、ようやく浅井さんは、ここには何かがいるようだと話し出した。

昼過ぎ、玄関のチャイムが鳴る。希子は学校に行っていていない。家事の手を休めてモニターを見ると誰もいない。自分の目で確かめても、マンションの廊下に人の気配はないという。そうしたことが二度ばかりあった。

「なあに、そんなこと。こどものいたずらに決まってるじゃないの」

笑い飛ばすと浅井さんは向きになった。

「でもこどもなら小学校に行っている時間ですよ。それにこどもの足で逃げられる場所なんてないじゃないですか」

「だってそれだけじゃ、とても辞める理由なんかにならない。もしかして、この家が縁起が悪いとでも思っているの？　不幸ばかりつづくから」

浅井さんは熱を込めて首をふった。

「とんでもございません。亡くなられたご主人にもよくしていただいたし、感謝してるんです。本当に我儘を申して心苦しいし、こんなこと言ったら、怒られるかもしれないんですけど、なんだか落ち着かなくって」

ついこの前、南側の部屋でとつぜん蟬が鳴き出した。驚いて怖くなり、箒《ほうき》を持って行ってあわてて追い出した。

「だってまだ五月にもならないのに蟬だなんて。それに窓だって閉まっていたんですよ。どこから入ってきたっていうんでしょうか」

「やあね。浅井さんたら大げさなんだから。とにかく辞める話は次にしましょう」

希子は呆れたふりを装って部屋を出た。不意に涙が滲み出したのをさとられないためだった。

自室に閉じこもって声を殺し、涙が溢れ出すのに任せた。あの部屋に蟬の声が満ち渡るなんて、なんて目覚ましい訪れなのだろう。夫が生きていて、このことを話したらなんと答えただろうか。早くわたしのもとにも来てほしいと切に願う。

ようやく机の抽斗が開いたのは、それから数日経ってからのことだった。浅井さんが知り合いだという家具職人を呼んだのだ。オーダーメイドの家具だけを作り続けているという髭面の男は、机の前に跪《ひざまず》くと、上下の抽斗を抜き出してしばらく机の中をいじっていたが、カチリという音とともにどうしても開かなかった抽斗をそっととりだした。

「古い机でまれにあるんですよ。からくりが仕込まれていて、隠された取っ手をいじらないと開かないんです」

近づいて内側を覗いて見た希子は、中身が空っぽなのを知って、肩透かしを食わされた気分になった。からくり仕掛けで隠していたのがこんな空虚だなんて。これならば、秘密の日記の一冊でも入っていた方がよかった。興味深そうに見ている浅井さんの視線が気になったので、落胆を押し殺して平静な顔を作る。

　だが本当の驚きはそのあとに待っていた。帰っていく家具職人と浅井さんを送り出したあと、書斎に戻って思わず息をのんだ。まだ床の上に放置されたままだった一番上の抽斗、空っぽだった中ほどのものとはちがって、何度も中身を確かめたはずのその場所に、ずっと探していた海硝子《シーグラス》があったのだ。

　海硝子はごく無造作に、プラスチックのケースに入っていた。白と濃緑色が二つずつ、紫と暗褐色がひとつずつ。それらは三年前、家族で行った海岸でひろったものだった。最初は貝を集めていたのだが、海硝子のことを教えるとそちらに夢中になった。砕けた瓶が砂と波によって揉まれて、やさしい丸みを帯びた欠片になる。そのことが、おもしろいらしかった。

　なんども探したのに。胸がどきどきして息が苦しい。希子は立ち尽くした。浅井さんか、先ほどの家具職人、いずれかが置いていったということがありうるだろうか。

　いや、そんなことはありえない、と彼女は結論する。家具職人に礼を言ってから、道具類の置き忘れがないか一瞥したのだ。あのとき確かに一番上の抽斗は空だった。

　希子は家の中のひとつひとつの部屋を見て回った。

　寝室のカーテンが、光を孕んでふうわりと揺れている。

　そこにいるの。希子は声を絞った。

その夜は、海硝子を握ったまま寝た。

また消えて無くなるのではないかと心配だったから。

星の欠片のような硝子は指のなかできしきし鳴り、希子にやすらかな睡りを与えてくれた。

翌朝は、いつでも目にしておけるよう、夫が使っていたウイスキーグラスに入れて、食卓のテーブルに置いた。出かけるときは肌身につけていくつもりだった。その側から離れがたくて、いつまでも指でもてあそんでいるうちに、ふと一つ選んで口に含んだ。無味無臭だったが、かすかなざらつきが舌の上に感じられた。このまま のみこんでしまってもいいかもしれない。いつまでも体のなかにとどまっていてくれるだろうという点には自信があった。そうすればいつでも一緒にいられるのだ。

希子は幸福な気持ちでそんなことを考えていた。

塔（王国の）

長いあいだ、ずっと書きたいと思ってきたイメージがある。塔だ。塔の出てくる、塔をめぐる物語をいつか書いてみたい、そう願いつづけてきたのに、いまだ、果たせていない。たぶん、まだ時が来ていないのだろう。あるいは永遠に来ないのかもしれないが。

けれども、そうした思いを心のどこかに飼っていたおかげで、いつのまにか幾つもの塔の印象を宿してしまった。海辺の、あるいはなだらかな丘陵《きゅうりょう》の上の塔。遮るものない平原をわたってきた強風が吹きつけ、庇の風切りにあたって鋭い音をたてる。

小さい頃から塔の姿が好きだった。実際の風景のなかであれ、絵葉書や本の挿絵であれ、空に向かってすっくとのびている建築物の姿を目にすると胸が躍った。教会の尖塔、団地の給水塔、岬に立つ灯台、それにイスラムの光塔《ミナレット》。雑誌や書物を読むときも、心を充たす塔の姿が頁の向こうから現れるのではないかとかすかな期待を胸に読み進め、実際に現れると満足のため息をついた。怖ろしく、陰鬱な塔も少なくない。マルキ・ド・サドの描いたロドリグの呪縛の塔。黄昏の光につつまれたユベール・ロベールの廃墟。モンス・デジデリオの絵では、悪夢めいた冷たい光に照らされてローマ風の列柱が積み木のごとく崩壊し、ジョルジョ・デ・キリコのキャンバスの中央には、沈黙が凝固した煉瓦《れんが》色の塔がひっそりとうずくまっている。

だけどそうした暗い、死や幽閉や因習の強固さを連想させずにおかない塔も嫌いにはなれなかった。塔は、空の無限へ憧れる人間の性向とともに、具体的な場所に釘付けにされて容易には動けない現実を象徴している。だから塔のすがたにはいくぶんかの悲しみがまじっている。

現実の地上に存在する塔のなかでも、無骨でどこかそっけないくらいのものの方が好きだ。イタリアの古い石造りの街々は、魅力的な塔の宝庫で、シエナの市庁舎に聳《そび》えるマンジャの塔や十四本の塔が林立するサン・ジミニャーノの写真などは幾ら見ても見飽きない。チュニジアのカイラワーンのモスク、壁面のアラベスクが美しいヒラルダの塔、トンブクトゥの土のモスクは奇妙でとても愛らしいし、マルウィーヤの螺旋塔は、その原型的な形態で心を打つ。バベルの塔になぞらえる向きもあるが、わたしは、大地のへそではないかと思う。もしも神がこの塔に触れられたら、地球はくすぐったがって笑いだすにちがいない、そんな想像を誘われる。

だが、もしお気に入りをひとつあげろといわれたら、スペイン、ア・コルーニャにあるエルクレスの塔だろうか。ローマ時代に建てられたという現存最古の灯台は、世界七不思議のひとつでもあったアレクサンドリアの大灯台を模したとも言われていて、イベリア半島の突端で今日も大西洋を睨んでいる。いつかこの目で見てみたい。本当に海をわたって、スペインまで足をのばすには、お金も体力も足らず、今となっては時間さえ残っていないのに、いつもそう思う。高所恐怖症のきらいがあって、屋根裏の窓から庭を見下ろすだけでも足が竦むくせに、だいぶ磨り減った石の段をのぼっていく自分の姿がはっきりと浮かぶのだ。最上部のランプ室から、周囲の草原と白い波をけたてている海原をのぞんだらどんなに胸がすっとすることか。

どうしてこんなに古い塔に心惹かれるのだろう。

ひとつ思い出されることがある。まだ女学生のころだ。同じ学校に、しょうちゃん、と呼ばれる同級生がいた。しょうちゃんはわたしとはちがって英語もフランス語もよくできる優等生で、十代の少女たちの、嫉妬まじりの噂話だったから真偽は確かめようもないが、年上の大学生に手ほどきを受けながら、ジッドやクローデルを原書で読んでいる、という話が囁かれていた。

そんなしょうちゃんとわたしのあいだに、ほんらいなら関係が生まれるはずもなかったのだが、本好きという共通点があったせいだろう、いつのまにか、立ち話くらいはするようになっていた。何を話したのか。もはや五十年近く前の情景は日に褪せた写真よりもおぼろげだが、異性の噂や、服装のことではなかったのは確かだ。彼女もわたしも、ひどくはずかしがりやで、奥手の娘たちだった。

ある日のこと、親戚の家にお使いにいった帰りだったのだが、街でばったり彼女と出会ったのだ。そうでなければ、彼女の家にいくなどということはありえなかったろう。このすぐ近くなの、来る？　と珍しく彼女は屈託なく口にした。

しばらく一緒に歩いて、ここと紹介された家を見て、思わず吹き出してしまった。ねえ、おかしいでしょう、としょうちゃんも一緒に笑い出した。

空襲に遭わなかった都内の町ならば、当時は珍しくもなかった和風の母屋に洋室を継ぎ足した家なのだが、洋風部分の屋根から、可愛らしい望楼が突き立っているのだった。

「父がね、家族の反対を押し切って造らせちゃったの。佐藤春夫《さとうはるお》のね、〈美しき町〉で読んで憧れてたんだって」

しょうちゃんは今度は少し恥ずかしそうにつけくわえた。わたしはほとんど玩具《おもちゃ》のようにしか見えない、そのモルタル塗りの望楼を見上げた。

お茶をいただくのもそこそこに、わたしたちはその狭い階段を登った。人一人がやっと、という狭い階段で、先に行くしょうちゃんの足裏を見上げながら登り切ると、蠟燭《ろうそく》の先にちいさな焔《ほむら》がともるようなささやかな空間が現れた。小部屋というのもおこがましい、二人がやっと肩をよせあえるような空間だった。

素敵ね、この窓。

壁に菱形の窓が開いているのを見てわたしはそう言った。赤、青、緑、黄色の四枚の色硝子が嵌め込まれている。手製の硝子は厚さにゆがみがあって、ゆっくり頭を動かすと、窓の向こうの風景が少しずつかたちを変えた。

ときどき、ここにこうして茫《ぼう》としてるの。なんにもする気がおきないとき。しょうちゃんはスカートの裾から出たむきだしの膝を抱えて言った。記憶はそこで途切れている。

先に書いたように、わたしの塔好きは幼少期にはじまったもので、しょうちゃんとのことが原因とは言えない。けれども、彼女と息をひそめてあの窓を覗きこんだ経験がなかったら、偏執にまでは成長しなかったのではないかと思ってしまう。

女学校を卒業して、別の大学に行ったしょうちゃんと会うことはなかった。銀行勤めの男の人と一緒になって、やがて死別した、という話は聞いた。結婚の報を耳にしたとき、あの大学生とは結ばれなかったのか、と思ったものだ。

あの窓の向こうは、ごくありふれた町並みにすぎなかった。隣の家の生垣、埃だらけの街路、通り過ぎる人々。けれど、ささやかなステンドグラスの魔力が、不意にそれらの事物を愛おしくなつかしいものに変容させた。泣きたくなるほど魅力的でありながら、けっして直接は触れえないものに。

あれ以来、わたしは、ずっとあの色硝子ごしに世の中を眺めてきた気がする。塔を登るものは、眺望とひきかえに、自分が眺めているその場所にじかに踏み入っていく権利を失う。あの流れる金髪を持ったラプンツェルに我が身をなぞらえるにはあまりに年老いたが、わたしは、自分という塔のなかにひきこもったまま、結婚も、親しい友人を持つことも、金を稼ぐために働くこともなくきてしまった。家族もひとりひとり世を去ったいま、生きながら忘れ去られようとしている。

しょうちゃん以外にも、もう一人だけ塔への思慕によってある女の子と友情を結んだことがある。今から数年前のある日、居室の二階から降りていくと、彼女は一階の廊下の床に座り込み、色付きの画用紙に向かって腕組みをしていた。近所の子供たちが家に入りこんでくるのをわたしは放任していたから、お絵描きをする姿も珍しいものではなかったけれど、茶色い紙面にクリーム色のクレヨンで描かれた像にふと目が留まった。年齢にしては精緻な筆致であった。それは何、とわたしは尋ねた。

給水塔、家の近くの団地の、と彼女は答えた。

どうしてそれを描こうと思ったの。あなた、幾つ。

十一、好きなの。こういうタワーが。

わたしは普段は子供たちの侵入を許さない二階に連れて行き、廊下の突き当たりの部屋にある塔の写真コレクションを見せてやった。この中のどれが好き。

彼女は堅固な石造りのがっしりとした塔を指差した。

趣味がいいわね。ここにはあのジャンヌ・ダルクが異端審問のあいだ監禁されていたんだよ。驚きのせいか少女の瞳が大きく瞠られた。

それからわたしたちは、時々塔の写真を挟んで会話をする仲になった。わたしが長期の入院をするときには、家の鍵を預けて、ときどき風を入れに来て欲しいと頼んだものだ。

ここでひとつ、ささやかな塔の出てくる物語を書き付けておこうと思う。

まだよく熟していない未完の物語だが、今ここで語っておかなければ、きっと永遠にことばにされないままに終わるだろうから。舞台はどこでもよいのだが、ある古びた屋敷ということにしておこう。わたしにとっては一番身近で、想像する手間さえいらない場所だから都合が良い。

もっともこの屋敷は今では空き家同然になっている。女主人は病のため病院に入ったきりで、人が出入りすることがなくなって半年経つために、すっかり荒れ果ててしまっている。

ある三月の一日の終わりに、十七歳の少年がその場所を訪れる。彼はしばらく前から憂鬱に苦しんでいる。双子の兄が急死して以来毎日のできごとがすべて味気なく、塩気のないスープを飲まされているような感じがするのだ。

彼は通りの端から、蔦の這った屋敷をしげしげと眺める。なかなか雰囲気のある建物だ。だが、あまりに廃墟めいている。あちこちの羽目板が破損し、雨樋は朽ちてぶらさがり、屋根のスレートもところどころずり落ちている。彼は子供の頃から、ここがお化け屋敷だと言われていたことを思い出した。そのときはまだ少年の伯母が暮らしていたのだが、子供にとっては充分にいかがわしく、好奇心をそそる場所だった。だがこの場所に来なくなってもう数年になる。六年生になる頃にはもう飽きていた。双子の兄と一緒に遊ぶことがなくなってからは一度も来ていないはずだ。

彼は鋳鉄《ちゅうてつ》製の門を押し開けて庭に入っていった。まだ日は短く、荒れ果てた庭には夕闇が水のように蟠《わだかま》っていた。

　中に踏み込むと、大気が一段とはりつめて、剃刀の刃の冷たさで頬に触れてくる気がした。葉を落とした樹幹が、青ざめた空にねじくれた黒い亀裂を広げている。野生のカタクリが暗い色の花を地面に散らしている。茶色く枯れた草叢が踏みしだかれて音をたてた。少年は立ち止まり、敷地の隅の窪地に数日降り続いた雨がたまって水たまりになっているのを眺めた。本物よりも明るく見える空と建物の影が映っていた。サイレントのフィルムのように、音もなく水蜘蛛《あめんぼ》が表面を滑っていた。

　彼は玄関までくると、コートのポケットから真鍮製の大きな鍵を取り出した。父親の机から失敬してきたものだった。小学生のときに何度かこうして入り込んだのだ。鍵は低い音をたてて廻り、軋みとともに扉は開いた。

　最初に感じたのは、鼻の奥につんとくるような刺激臭だった。花の香りだ。むしろ淀んだ埃っぽい空気を予期していた少年は戸惑った。おそるおそる奥を眺めたが、灯りの消えた廊下は洞窟のようだった。

　彼はゆっくりとそこを進んでいった。もしかしたら路上生活者が勝手に侵入しているのかもしれない。そう考えると、それまでこの屋敷のことなど思い出したこともなかったのに、自分の玩具を壊されたような怒りが湧き上がった。彼は慎重に幾つかの部屋を見て回った。閉め切りだった部屋はどこも黴臭く、窓は木の鎧戸で閉ざされて、ほとんど闇に近かった。火の気がないために空気は冷たかった。彼は部屋を出るときに、円型の小さなテーブルにぶつかり、固い重みのあるものを落としてしまった。不快な灰の臭いに咳き込んで、それが吸い殻でいっぱいの灰皿であったことを知った。彼は伯母の悪癖を罵《ののし》りながら部屋を出た。そして、廊下で不意に立ち止まった。どこからか水音が聞こえてきたのだった。

彼は大きな広間の戸口に立った。くたびれたビロード地のソファと椅子が見えた。水の流れる音はその奥から聞こえてくるようだった。大ぶりのユリの花が三輪、背の高いテーブルに横たえられていた。それからはじめてこの部屋の明るみに気がついた。鎧戸が開け放たれ、外の冷たい光が差し込んでいるのだった。

向かいの戸口から白いほっそりとした影が現れて彼は息をのんだ。少女は、水を満たした硝子の花瓶を抱えたまま、凝固して彼を見つめていた。

「おまえは誰だ」

少年は鋭い声で問いかけた。けれど少女は答えずに信じがたいというように首を振った。

「わたし、あなたのこと知ってる」少女の声は震えていた。

彼女が少年の名前を告げると同時に彼もまた彼女を見たときのことを思い出していた。

半年前の兄の葬儀の場でのことだった。長雨がようやくやんで、弔いの日にはふさわしくないほどの透明な日ざしが大気に満ちていた。

少年は立って参列者を出迎えながら、自分の奇妙な無感覚に苦しんでいた。突然の心臓疾患で双子の兄が亡くなったというのに、すべて嘘のようにしか感じられない。母親は人目もはばからず泣き崩れ、父親は俯いて肩を震わせている。それなのに彼は、怒りも驚きも悲しみも感じられずにいるのだった。

彼の前を兄の同級生たちが、群れをなして流れていった。みなそれぞれに醜く顔を歪めたり、泣きべそをかいたりしている。ふとその中に異質なものがまぎれこんでいる気がして彼は顔をあげた。同級生たちの紺の制服にまじって、純白のブラウスを着た少女が暗い瀬を泳ぐ魚のように通り過ぎたのだ。兄とは違う高校の制服だった。女子学生たちが、少女の後ろ姿を見て悪意のあることばを囁き合うのがわかった。あの時の少女であると彼は悟った。

「ほんとうにそっくり」少女は感動の面持ちでくりかえした。「最初、幽霊かと思った」

「どうやってここに入った」

玄関の鍵は、留守を預かっている少年の父しか持っていないはずだった。

「わたし、昔あなたの伯母さんと仲良しだったのよ」と彼女は笑った。「ここが空き家になってからもときどき来ていた。あなたのお兄さんと最初に会ったのもここ。知ってる？　彼もこの場所が好きだったの。ここなら誰にも邪魔されないし、いつでも一人きりになれる。それに、望むなら二人きりにだって」

彼女はスカートのひだから鍵を取り出した。彼が持っているのとまったく同じだった。

「きみは兄貴とつきあってたの？」

「そうよ」と彼女は侮辱されたとでも言いたげに横を向いた。「つきあってた。たった数ヶ月だったけど。この家でいろんなことしたよ。お互いのことを話し合ったり、一緒に音楽を聴いたり」

少年は驚きの目で少女を見つめた。兄に、この子と話し合うような話題があったのだろうか。彼の知る兄はサッカーに夢中の威勢ばかりいい頭の空っぽな高校生に過ぎなかった。本など読むことはなかったし、言葉遣いもぶっきらぼうだった。どこかで兄をうとましく思っていたのだ。

けれども彼女は兄との思い出に浸っていた。

「どうしてもというから、裸を見せてあげたこともある。でもそれだけ。それでおしまい」

少年は不意に赤くなった。すぐ隣の肉体が生々しく感じられたからだった。本当だろうか。実際には、この古びたソファの上で抱き合ったのではないだろうか。

少女は横目でその様子を眺めていた。そして意地悪な口調で聞いた。

「あなたも見たいの。でも駄目だよ。同じ顔をしていたって駄目。あなたは彼じゃないもの」

無視していると口調が変わった。懇願する口調だった。

「ひとつお願いがあるの。彼が大切にしていたものを何か欲しいの。なんでも構わないから。思い出が欲しいの」

大学進学のために数日後に遥か西の都市に旅立つのだと説明した。じゃあ、僕らよりひとつ年上なわけだと彼は考えた。

「もし持ってきたら、何をくれる」彼は復讐のつもりで言った。兄に自分の知らない生活があったという事実に、彼は傷ついていたのだった。兄の共犯者のこの女を困らせてやりたい。

「どういうこと」

「取引だよ。何をくれる」

「何が欲しいの」少女は硬い口調で言った。

「キスしてくれる」

彼女が一瞬怯んだのがわかった。「いいよ」と低い声がかえってきた。すっかり暮れてしまっていて、表情はほとんど見えなかった。自分がひどく卑劣になった気がして彼は後悔した。

その晩、少年は兄が使っていた部屋に忍び込んだ。壁のポスターも窓際にかけられたユニフォームもすべて生前のままだった。いつ兄が入ってきて、「おい、なにやってんだよ」と咎めてもおかしくない。そう思いながら室内を見渡した。明日の夕、同じ場所で彼女と会うことになっていた。何を持っていったらいいのだろう。

抽斗の中、たんすの中、どこを見ても、しっくりとくるものは見当たらなかった。少女の存在をうかがわせるような手紙の類も見つからなかった。彼は途方に暮れてため息をついた。そのとき、机の横の壁にピンで留められたキャビネ判の写真に気がついた。緑の草原に、白い漆喰で固められた灯台が立っている。背はそれほど高いようには思えない。背後に水平線が広がっている。これは兄が訪れた場所なのだろうか。なぜ、こんな人気のない岬に。それにどうしてわざわざピンで留めたのか。

ピンを外して手に取る。縁が曲がって折り目がついている。それを見ているうちに、自分を包んでいた分厚い氷がとつぜん割れて砕け散ったのを感じた。兄はこの岬に立っていた。それなのにもう帰ってこない。その認識はあまりにも巨大な質量を持っていたので、彼の体はふたつに裂けてしまいそうだった。兄はここから海を見下ろしたのだろうか。灯台を見上げ、空を舞うカモメの鳴き声に耳を澄ましたのだろうか。兄が哀れだった。大声をあげて嘆きたかった。着ている服をすべて引き裂き、大地を両手で叩いて大声で喚いてもこの気持ちを完全に表現することはできないだろう。兄は、自分があと数ヶ月しか生きないなどとは知らなかったのだ。それでも、岬に立って風に髪をなぶらせていた瞬間兄は確かに永遠に触れていただろう。なぜなら目の前に広がる水には限りがなく、そこから吹いてくる風にも終わりがないのだから。ある意味では兄は、今でもこの岬に立っているのだと彼は思った。

翌日、彼はキャンプ用のランタンを持って伯母の屋敷を訪れた。電源が切られているため、明かりがつかないことはあらかじめわかっていた。少女は先に来て、昨日と同様の青白い闇の中に座って待っていた。昨日とは異なり、肩までの髪を後ろでまとめ、男物のようなダウンジャケットにジーンズという格好だった。目があってもそっけなく、警戒しているような雰囲気に彼は少し落胆した。彼は黙って、床に置いたランタンをつけた。暗がりはあわてて部屋の四隅にとびすさり、心地のよい黄色い光線が、天井に花びらめいた模様を描いた。今日は昨日以上に冷え込んでおり、赤い唇から白い息が漏れるのが見えた。

「寒い」と彼女は呟いた。

「エアコンなんて洒落たものはないんだ。それにランタンでは暖かくならないし」

彼はそう言いながらポケットから例の写真を出した。少しためらってから差し出す。

「これがきみの望み通りのものかわからないけど」

彼女はしばらくそれを握って立っていた。ちらりと目を落とした瞬間、時間がとまってしまったかのようだった。やがて、かすかな罅の入った甕《かめ》から水が滲み出してくるように、静かな啜り泣きの声が漏れてきた。その声はだんだん大きくなった。全身を震わせてしゃくりあげていた。

「初めて一緒に出かけた場所なの。わたしが灯台を見たいと言ったから」と切れ切れの声が聞こえた。

数分後、彼女は顔を洗ってくると言って部屋を出た。少年は部屋の壁にある鉄製の薪《まき》ストーブに目をとめた。そういえば昔は裏の軒先に、乾燥した薪が積んであったはずだ。今も残っているだろうか。

少女が戻ってきたとき、彼は数本の薪と小枝、焚き付けのための新聞紙を炉に並べているところだった。マッチ箱は台所から探してきた。

「火を焚くの」

彼女は尋ねた。

「やってみるよ」と彼は応えた。

彼がマッチを擦ろうとした瞬間「ねえ、見て」と少女が低く叫んだ。窓際に立って外を覗いていた。

「雪が降ってきた」

二人はしばらくのあいだ、灰色の空から雪片がひらひらと舞いながら落ちて、庭の植物たちの上に積もっていくのを眺めていた。雪はまるでカーテンのように、世界とこの屋敷を切り離した。遠くが白く霞んで見えなくなっていくのを眺めながら、まるでここは深い海の底で、この世には僕たち二人しかいないみたいだ、と少年は思った。

そういえば、以前にもこんなことがあった。

「ねえ」とつぜん彼女の声が高くなった。「昨日笑って別れた人が急にいなくなる。そして、何日も経ってからそのことを知るの。あなたなら、これがどういう気持ちかわかるよね」

少年は黙って炉の前に戻った。彼女はまだ何か言いたげに彼の後ろに立っていた。少女はあまりにも大きな怒りのために口もきけずにいるのだった。世界の本質である理不尽さに対する怒りだった。

マッチの火がようやく焚き付けに燃え移った。炎はかじかんだ指を暖めた。

「こちらへ来て目をつぶってくれる」後ろから彼女が奇妙に強張った声で言った。

彼は炎が細い小枝を呑みつくし、さらに蛇の舌のように伸び上がっていくのを確認してから立ち上がった。

　唇を何か軽く柔らかなもの、鳥の羽ばたきのようなものがかすめて過ぎた。ほんの一瞬の出来事だったが、そのあいだに数千の昼と夜が封じられていたように思われた。

　少女は火の照り返しを受けて輝くようだった。そして不意につかつかと暖炉のそばにまで歩いていくと、持っていた写真を中に投げ込んだ。

「一生、彼のことを考えているわけにはいかないもの」

　みるみるうちに写真が焦げてちぢかんでいくのを見ながら彼女は言った。

「僕はきっと一生きみのことを思いつづけるよ」

　少年はとっさにそう答えていた。けれどもすぐにそうに違いないと確信した。なぜならきみは兄が残した空隙《くうげき》にすっぽりと嵌り込んだのだし、その空隙は一生消えることがないからだ。僕は兄の代わりにきみのことを考えつづけるだろう。

　そう、と彼女は笑いながらダウンジャケットを脱いだ。死んだ人を忘れずにいるのと、生きている人を想いつづけるのとどちらが難しいんでしょうね。それから「寒いから、もっと火の近くに来て」と言いながら、シャツを脱ぎ、静かにジーンズのジッパーを下ろした。


　物語はここで終わる。二人がこれからどうなるのか、また出会う日が来るのかわたしにはわからない。続きは誰か他の人に書いて欲しいのだ。

眠りにつくとき、わたしはよく自分が高い塔の上にいるのだと空想する。その塔はあんまり高いので、窓の向こうはそのまま星空の海だ。機械仕掛けの月が、金属のレールの上を、ごとごとと音を立てながらのぼってくる。空の暗幕に縫い込まれた銀糸の雲が、月の光を受けて波立ち、ざわめく。わたしの周囲の壁は、ボール紙細工となって四方に倒れ、ベッドもいつのまにかちいさな舟になっている。若々しい少女にもどったわたしは、オールの柄をにぎり、大きく息をすいこんで夜空へと漕ぎ出す。小気味のよいきしみと水のはねる音。波間で水に映った星影が揺れている。それとも、水面は空の一部なのだろうか。しゅうしゅう湯気をたてながら立ち往生している月まで漕ぎ寄せると、金メッキの曇りをハンカチで拭いてやり、ぽんぽんと二、三度叩いて勇気づけてやる。月は元気をとりもどし、蒸気を吐き出しながら空へ昇ってゆく。わたしは下から手を振る。月は鼻高々といったようすで燦然《さんぜん》と輝き、遠くをわたる鳥たちの群れが銀のうろこのように水平線できらめく。

こうして一人きりの部屋で、埒もない空想を書きつけていると、われながら可笑《おか》しさがこみあげてくる。

レメディオス・バロの描く塔の乙女たちは天地を織りあげていたが、わたしはこの屋敷でわたし自身だけを生涯かけて織りつづけてきたのだ。わたしは存在しない。いま、このダークブルーのインク――明け方の空の色――で綴られている文字のつらなりの外には。

しかしこの部屋もじきに出ていくことになるだろう。退場のベルが鳴ったのだ。

もういいだろう。わたしは数年のあいだ、病室とこの部屋とを行ったり来たりしていたし、充分にたたかった。近いうちに死がその冷たい指先で自分をつかむことを知っている。

これまで書きためてきた膨大な反故《ほご》を遺体といっしょにやいてくれなどという大げさな遺言をするつもりはないし、たぶんわたしが生涯かけて書いたものは、古びた衣服や身の回りのものといっしょにゴミに出されるか、よくてもどこかの納戸に押し込まれて忘却されるだけだろう。恨むつもりはない。それが自分で選んだ帰結なのだから。

だが、万が一、この表紙のすりきれたノートをめくり、そこに記された文字をたどるものが現れたとしても、わたしがそれが誰なのかを知ることはできない。その人が女なのか、男なのか、年齢はいくつくらいなのか。つまり、あなたを知ることはない。それでも、わたしは知りたいと思う。

あなたは誰なのですか。どうして、この文章を読んでいるのですか。あなたは孤独ですか。どうしても眠れない明け方に、過ぎてしまったことを思って起き上がり、火傷《やけど》のような寂しさに苦しめられることはありますか。

しかし嘆くのはやめよう。わたしは塔に暮らしているのだ。

こうして、わたしは白い頁の上から退場していく。劇が終わり、幕が静かに下がってくる。観客席に感謝の挨拶をおくろう。あなたが、ここにいてくれたことにたいして。ありがとう。塔の女より。

六　幻の庭

藍香の手紙から伝わってくるのは、愛でも怒りでも憎悪でもなく、ただ砂漠の砂のように乾ききった諦念《ていねん》だった。

手紙は簡潔で明瞭だった。ごくありふれた出来事でも叙述しているように、自分は出ていくことにした、と彼女は書いていた。小さな部屋を借りるつもりです。そこでじっくりこれからのことを考えたのち、また連絡します。なかなか悪くない文章だ、と思ったのは、もちろん現実に直面したくない私の防衛反応だったのだろう。文章においては、人生と同様、簡潔であることはつねに善である。その基準から見れば、彼女の手紙は申し分のないレベルに達していた。逡巡や口ごもり、思わせぶりな表現はひとつも存在しなかった。そしてそれ故に、こちらにできることは何もなかった。なに、大したことじゃない、一人に戻るだけのことだ。つまり、七年前に、と私は考えた。

手紙を読み終えると私は立ち上がって外へ出た。それから、自分がどこへ行こうとしているのかにようやく気がついて、財布を取りに玄関に戻った。

近所のスーパーの銘酒売り場には、あらゆる種類の酒が揃っていて、買い物の合間にその棚を眺めるのは楽しかった。世界各地の色も形も様々なボトルを見ていると、束の間日常を忘れ、いつかこの酒を飲みながら、遠い別世界に想いを馳せてみようという気にさせられるのだった。

けれどもその日は、架空の世界旅行を楽しむつもりはなかった。棚の右端に、ズブロッカのボトルがあるのを見つけて、一本カートに入れた。四十度。ポーランドの酒である。それから、まだ足りないような気がして、もう一本加えた。さらに念のためにと思って二本、ついでにもう二本、最後に切りをよくするためにまとめて四本カートに入れた。十本のズブロッカの入ったビニール袋を両手でぶらさげて路上に立つと、切り落としたゴリアテの首を持っているダビデにでもなった気がした。それくらい勇敢な気持ちだったのだ。彼女がいなくなってどんなにせいせいしたことか。しかしビニール袋が今にも破れそうだったので、急いでタクシーを呼び止めねばならなかった。

極限まで冷やすと、ズブロッカはとろりとした粘性を帯びる。北国の酒にふさわしく、氷点下でも凍りつきはしない。冷凍庫に入りきらなかった五本を壁際に並べて眺める。シンプルなデザインのボトルに、かすかな緑色の液体がつまっている。その中央を斜めによぎるのは香りづけのための草の茎である。美しいボトルだった。よろしい。しばらく腰を据えてこの酒を味わうことにしよう。ボトルを一本か二本空ける頃には、自分がどういう態度をとるべきかわかっているだろう。幸いなことに、もう文句を言う存在はいなかった。朝から酒を飲んでいても、歯を磨くのを忘れて布団に入っても、柄のちがう靴下をはいたままでも、誰も金切り声をたてたりはしない。自分は自由だ、と私は思った。ロビンソン・クルーソーのように私は自由だ。

八年前、私は真空の只中《ただなか》で暮らしていた。身体は日本の片田舎にあったが、魂は無人島にいるも同様だった。日本語と日本文学を教えていた中国の大学を首になると、帰国し、関東の東の外れにある実家に舞い戻るしか生きる術《すべ》はなかった。自分が何の実りもないままに三十代を終えて、無職で四十代を迎えた事実に愕然としていた。

母親はすでに亡くなっていたので、家にいるのは父親だけだった。退職して十年になる父は、不機嫌と無関心を煮詰めて型抜きしたような男だったが、食いつめて戻って来た息子を「そうか」と無表情に受け入れた。内心はどうであったのかわからないが、軒先にツバメが巣を作ったくらいの淡白な反応だった。

数年ぶりに目にする日本は、ひっそりと老いの道を辿っているように見えた。昼間、年季の入った住宅街を歩くと、見かけるのはコマの飛んだフィルムのようにぎくしゃくした動きの年配男性か、杖代わりにベビーカーを押している買い物帰りの老女といった人々ばかりだった。それは町の中心部でも同じで、昔家族で行った覚えのあるレストランは葬祭場に、おしゃれなブティックの並んでいたビルはパチンコ屋に変わっていた。小さな商店は一様に寂れていた。活気と喧騒という街を街らしくする決定的な要素が欠けていた。三十以下の人間は、示し合わせて、みなどこか別の街に出かけてしまったようだった。こどもに至っては、ハメルンの笛吹き男が訪れたのではないかと思うくらい姿を見なかった。

もちろんこの印象は、私がそれまで長いあいだ暮らしていた環境のせいで誇張されているにちがいない。中国の大都市では、歩道という歩道に人間が溢れ、そのあいだをこどもたちが駆け回り、渋滞中の道路では自動車が盛大に排ガスを吐き出しながらクラクションを鳴らし、怒号とおしゃべりと笑い声が街の大気を飽和させていた。古い建物は、貧困地域からやってきた出稼ぎ労働者のハンマーで叩き壊されて、次々に悪趣味なデザインの高層マンションに建て替えられていた。そこでは富と貧しさ、経済成長のもたらす軽躁状態と暴力とがくっきりと目に見える形で存在していた。それと比べると、日本はいかにも品が良く、ちんまりと衰亡のプロセスを辿っていた。こどものとき、経済大国だと教わった祖国が、極東のちっぽけな島国に縮小していくのと、自分自身の未来が小さく閉ざされていくのはどこかで相似形であるように思われた。没落していく国でひっそり老いていくのだ。自分はどこまでも小さく縮んでいき、最期はどこかの安アパートで、一人ぼっちの死を迎えるのだろう。家主には申し訳ないが、発見されるころには腐乱死体になっているかもしれない。たぶんしごくありふれた死に方になっているから、家主も事務的にクリーニング業者に連絡を取るにちがいない。

おそるおそる始めてみたアルバイトは三日で退職を勧告された。複雑な手順が生来身につかない人間には、コンビニエンスストアの店員は向いていない。

次に巨大な冷凍倉庫で、冷凍食品の荷下ろしをする仕事に携わった。これは運動不足で肉体労働の経験もない中年には無謀な挑戦で、十日目に霜のついた床で転倒して脳震盪《のうしんとう》を起こすという惨めな結末を迎えた。最悪だったのは髪の毛が凍って床に貼りついてしまったことで、抱き起こされたとき、その部分は頑固に床にとどまった。その痕跡は、今でも私の側頭部のクレーター状の禿《は》げとして残っている。

この時期の半年ほど、自分がまったく社会に不必要な存在だと感じたことはない。世界は突如として、私を無視することに決めたようだった。簡単なアルバイトの面接に立て続けに三つ落ちた。採用担当者は、まだ高校や大学に通っている若く潑剌《はつらつ》とした人材がお好みらしかった。かといって、中国時代に何年もしてきたように、あちこちの大学に履歴書と論文を送りつけて、これ以上紙と時間を無駄にするつもりにはなれなかった。どうせ勝者は若くて潑剌とした人材にちがいないのだ。公募の条件が四十歳以下であることもままあった。

当時の平均的な一日は次のようなものだった。

父親と鉢合わせするのを避けて、午前のうちに家を出、図書館で本を借りると、コーヒーお代わり無料のドーナツショップに陣取って、夕方までそれを読みふける。その場所で、ダンテを読み、トルストイを読み、メルヴィルに至っては、たてつづけに三回繰り返して読んだ。別段、世界文学を読破してやろうと思っていたわけではない。重要だったのは、うんざりするほど分厚いことと、自分の現実を思い出させる要素が皆無であることだった。

日が傾き出すと、ドーナツひとつを腹に収めただけで、店内に漂う甘い匂いを嗅いでいるのが苦しくなってくる。胃袋では五杯はくだらないコーヒーが波打っている。店を出て、空腹をまぎらわすために歩きつづける。毎日二、三時間は歩いたせいで、故郷の町についてずいぶん詳しくなった。しなびた葉と茎が散らばっている冬の大根畑、無人の空間を持て余しているように見えるゴルフの打ちっ放し、傷物の家具を並べたリサイクルショップ、南の高台から見下ろす物静かな夕景。そうした光景の数々は、今でも記憶のアーカイヴに色褪せずに残っている。街道沿いのDVDショップでは、レンタル代を節約するために、パッケージだけ眺めて空想で楽しんだ。そのうちに、すでに見た映画と見ていない映画をまぜこぜにし、タイトルと内容紹介をシャッフルして一本のフィルムを創造する遊びを覚えた。めまい‥私立探偵のスコティは友人から妻マリオンの素行調査を依頼される。ところがマリオンはスコティの前で顧客から預かった四万ドルを着服して失踪してしまう。あわてて捜索するスコティ。ようやく捜し出したマリオンは寂れた田舎のモーテルにいた……、首尾よく隣の部屋を確保して盗聴していると、夜更けにマリオンの部屋に誰かが訪れ、愛を交わしたのち激しく争う物音がする。翌朝、隣の部屋にしのびこむと、マリオンはおらず、ベッドにはどう見てもエイリアンとしか思えない存在が死骸となって横たわっている。唖然としていると、黒服の男二人が現れ、部屋からスコティを追い出し、誰にも何も言わないよう警告したのち、エイリアンの死骸共々立ち去る……、釈然としないスコティは、フロントにいた若い男を締め上げて、エイリアンと人間のポルノフィルムが裏社会で高額で取引されていることを聞き出す。若い男ノーマンは怯えた様子で、エイリアンはもう人間社会に浸透している、自分の母親をはじめとしてこの町はエイリアンに乗っ取られているのだと言う……スコティは半信半疑のまま、エイリアンの出ているポルノフィルムを求めて、ロスアンジェルスの裏社会と接触する。あるアンダーグラウンドフィルムの撮影現場で、彼はマリオンと瓜二つの若い女と出会って恋に落ち……。

これは楽しかった。たぶん七本か八本の脳内映画を完成させたと思う。私は監督になったつもりで役者に演技をつけ、ハリウッドの美女たちを顎でこきつかった。脳内なら、どんな驚愕のスペクタクルも一銭もかけずに撮影できる。あれほど意想外な飛躍に満ちた作品は現実のスクリーンでもお目にかかったことはない。アカデミー会員は、私の脳髄を覗き込めなかったことを悔しがるべきだろう。あまりに長い間、DVDの棚の前に佇んでいるので、店員からは不審の目を向けられた。たぶん万引きを警戒されていたのだと思う。

もうひとつ特別な場所が、駅からやや離れて建っているビルの屋上だった。田舎町に珍しい高層建築で、といっても中途半端な九階建てだった。一、二階がオフィス用途、上の七階がマンションとなっていたが、空室が多かったのだろう。二階のガラスウォールからテナント募集の貼り紙が消えたことはなかった。

古過ぎもせず新しくもなく、建築的な美しさや装飾的なきらびやかさとは無縁の絶妙に無個性な建物で、三階建てがせいぜいの町の風景の中では、広州《こうしゅう》の青空市場《マーケット》に迷い込んだ白人観光客のように場違いだった。なによりもおかしかったのは、建物自身が自分の醜さに恥じ入っているように見えたことだ。薄青い壁は居心地の悪さに身じろぎし、なんとか人の記憶にとどまるまいと精一杯苦心しているようだった。

どうしてそのビルに登ろうと思ったのかは覚えていない。たぶんただの気まぐれだったのだろう。マンションのエントランスとは別に、緊急避難用の外階段があって、通りから直接入ることができた。

住人はほとんど使用していないらしく、鉄製のステップの隅には吹き寄せられた枯葉や蟬の死骸が堆積していた。

フロアごとに鉄の扉があったが、これは中から施錠されていた。そのかわり、どこまでも上に登ることができた。ワンフロアあがるごとに見慣れた町並みは姿を変え、住居や商店は色とりどりの屋根の平面に、街路樹はざわめく緑の波へ変容した。

階段を登り切り、息をあえがせながら最後の扉に手をかけると、戸はかすかな軋みをあげて開き、不意に冷たい風が吹き抜けて熱しかけていた皮膚をくすぐった。

屋上だった。中央に錆の目立つ給水タンクが鎮座しているほかは何もない。

あたりを歩き回る。午後の日差しに温められたコンクリートの熱が、スニーカーのソール越しに伝わってくる。腰高の鉄製の柵が四囲に巡らされている。乾ききったタバコの吸い殻が数本転がっているだけで、ほかに人の痕跡は見当たらなかった。

手すりに手をかけると、塗装がぽろぽろと剝がれて、赤錆だらけの破片が残る。私は手のひらを眺めて苦笑した。

そこからは駅周辺の町並みが一望できた。駅前のロータリーとスーパーマーケット。派手な店構えのパチンコ屋。寿司屋、蕎麦屋、理髪店。客待ちのタクシーが一台きり。駅舎の向こうには緑色の水田が垣間見える。

つまらないちんけな町だった。夏から秋にかけて、たぶん数回その場所を訪れたと思う。

七時頃家に戻ると、冷蔵庫の中のもので簡単な夕食を作る。父が一人のときに何を食べていたのかは謎だが、私が同居して以来、家事は私がやるものと決まったようだった。なるたけ手がかからず、年寄りの口にも合いそうなものを少量作って、無言のまま食事を終える。洗い物を済ませると、部屋へ引きこもって、読書のつづきをする。たいてい明け方までベッドの上に寝転んで読んでいた。

途中で読み飽きると、本を伏せて、自分の辿ってきた道筋について思い巡らした。デッドロック。どうしようもない袋小路だった。どうすれば職を得て、この家から出ていけるのか見当もつかなかった。そもそも自分が何のために生きているのかも理解できなかった。もちろん生きるのに理由などいるはずがない。けれども、現状の自分は、このぶざまで重たるい肉体を維持する以上のことは一切していない。食って、糞して、寝るだけの日々では芋虫とかわりがない。ちがうのは齧っているのが緑の若芽ではなく、皺の寄った親のすねというところだけだ。どのようなものでもかまわないからやり甲斐のある仕事と他者とのかかわりが欲しかった。そして目覚めているあいだはつねに、おまえはもう四十だ、それなのにこのざまか、という嘲笑の声が、頭蓋の内部で響きつづけていた。

いつの頃からか、自分はことばと想像の分野で仕事をするのだと思い込んでいた。こどもの時は作家になりたかった。ある時期からは批評や研究も悪くないと思うようになった。何をしたいのかはっきりさせないまま、うっかり大学院への進学を選んでしまった。文学についてきちんと学べば、やるべきこともわかるかもしれないと思ったのだ。なによりも大切なのは、書物の世界と関わりつづけることだった。

実在していないはずの人間たちが、なぜこれほどまでに生き生きと魅力的に見えるのか、ずっと不思議だった。彼らは、どこか曖昧な生身の他者よりも、はるかにくっきりとした輪郭を持っていた。長じて、私は現実というものは、散漫な印象が切れ切れに綴られたパッチワークのようなものであると見なすようになった。一貫性と整合性という点では、優れた物語に遠く及ばない。

小さい時から本だけはたくさん読んでいた。ケストナー、リンドグレーン、ケネス・グレーアム、イーディス・ネズビット、中学校の時は『指輪物語』と『ゲド戦記』に夢中になり、高校に入ると、ドストエフスキー、フローベール、カフカといった巨人たちが大挙して足を踏み鳴らしながらやってきた。もちろん安部《あべ》公房《こうぼう》や埴谷《はにや》雄高《ゆたか》も一通りおさえた。三島由紀夫《みしまゆきお》は一年間夢中になってから、とつぜん熱病から癒えたように厭になった。太宰治《だざいおさむ》は最初から嫌いだった。寺山修司《てらやましゆうじ》が好きなのは誰にも打ち明けられない秘密であり、色川武大《いろかわたけひろ》の哀切さは誰にも理解されないところが魅力だった。そんなわけで、大学に入る頃には、「どんな作家が好きなの」という上級生からの質問に、「ボルヘスとベケットですね、でもゴドーはちょっと通俗的だと思ってます」と答える程度には厭味な人間になっていた。もっともその実態は、自意識過剰で対人恐怖症気味のどこにでもいる十八歳に過ぎなかった。

　退屈な大学の授業をやり過ごして、うっかりサークル室に行くと、先輩たちからしごかれた。入学早々に、私はサークル棟の一角に「／思想」の部分を後から油性ペンで書き足した「現代文学／思想研究会」という部屋を見つけて、入会していたのだ。先輩たちの言い分によれば、ハイデガーを知らないものは猿以下であり、ドゥルーズを読まないものは野蛮人であった。存在論的差異、現象学的還元、脱コード化と再コード化、といった言葉を自由に使えるようになってようやく、文明レベルに到達したと認められるのだった。部屋の隅には、ペンキでゲバルト文字の記されたヘルメットが幾つも投げ出してあったが、政治活動に参加するものは手のほどこしようのない田舎者であるというのが共通認識だった。世紀末の実存を賭けるに値するものは、音楽と映画とファッション以外ではありえない。資本主義の大地に全身全霊で五体投地するものだけが、資本主義の自壊を導くことができる、というのが、精神科を出たり入ったりしているという噂のある、サークル室の主のような八年生のご託宣だった。

　それよりも魅力的だったのは、胸の大きな三年生の手ほどきしてくれた少女漫画の世界だった。萩尾望都《はぎおもと》、山岸凉子《やまぎしりょうこ》、大島弓子《おおしまゆみこ》。そして少女向けとも言い難いが、ひさうちみちお、丸尾末広《まるおすえひろ》。それまで、男子向けの漫画しか知らなかった私にとって、ここまで繊細で表情豊かな物語の世界が広がっていることは驚異だった。三年生は弟子の理解の早いのにご満悦で、私が自力で発見した高野文子《たかのふみこ》の素晴らしさを力説するとご褒美に一度だけ寝てくれた。

天皇が死んで年号が変わり、イデオロギーが崩壊して地図の上の国名が変わった。私は数回の失恋を経験し、酒とタバコの味を覚えた。単位とセックスはつねに不足気味であり、議論と馬鹿騒ぎだけは充分過ぎるほどあった。

「いいか。俺たちは差異のないフラットな世界を生きているんだ。日本の高度資本主義は、貧困を撲滅し、社会から根源的な差異を抹消し、浪漫派の連中が拠り所としていたような故郷《ハイマート》をめちゃくちゃにしてしまった。俺たちの前に広がっているのは、白々と影のない退屈という名の砂漠だ。歴史は終わった。物語は死んだ。現代にふさわしい唯一の主題は、真実などないという真実、現実など不在だという現実だ。ゴダールを見ろ。バロウズを読め。模倣と引用、シミュレーションとパロディだけがこれからのアーティストに唯一可能なスタイルなんだ」

不思議なことに八年生は何年たっても八年生のままで、とうに学籍は抹消されているはずなのに、いつでもサークル室に陣取っていた。私は彼に反論した。

「ゴダールもバロウズも日本なんか何の興味もないと思いますが」

「これから世界が日本化していくんだよ。日本の資本家階級は世界一になった東京の地価を担保に、今度は世界中を買い漁ろうとしている。そのうちマディソン・スクエア・ガーデンの電子モニターで森高《もりたか》の新曲が披露されるようになるぜ。つまり世界が日本の多形倒錯的で退行的な欲動に呑みこまれるんだ」

「うわ、ブレードランナーみたい。私、あの強力わかもとのシーン好きなんだよね」と女子学生の一人が言った。

「でも模倣と引用だけで作品が作れるというのはどうなのかなあ。サンプリングだって、引用者の趣味や好みが出るわけでしょう？　バルトのいう作者の死だって、あくまで読み手側の見方であって、作り手の観点からは少しちがうのでは」

「おまえは反動だ」と彼は決めつけた。「主体なんて幻想に過ぎないってあっさり認めろ。まずブランショを頭に叩き込んでから、岡崎京子《おかざききょうこ》に挑め。彼女こそ時代の女神だ。いいか。真理を告げる。おまえなんか空っぽなんだ。無、ｒｉｅｎ、ゼロだ。そして自分なんてどうしようもないほど空っぽで表現すべきことなんてこれっぽっちもないって自覚しているものだけが芸術が死んだ時代の芸術家になれるんだ」

一九九〇年前後に人文系の学科に通っていたものなら、当時の雰囲気を思い出せるかもしれない。そして自分たちがいかに軽薄で頭が空っぽであったかと同時に、どれほどシニシズムと虚無感に侵されていたかに気づいて驚くのではないだろうか。

私は現代フランス文学を講じていた教授が、今後日本では差別や貧困や政治的選択という主題が消滅するだろうと断言していたのを覚えている。国民全体が郊外のマイホームに暮らす中産階級になってしまえば、そうした言葉は意味をなさなくなる。それは同時に、文学が終焉《しゅうえん》を迎えるということだ。二十四時間働きつづけることを義務付けられたサラリーマンも、テレビのワイドショーに夢中の専業主婦も芸術など求めていない。

ため息が出てくる。なんと自分たちは愚かだったのだろう。

国際関係に目を向ければ、中国はまだ毛沢東《もうたくとう》と文化大革命の神秘の靄《もや》の中に沈んだ幻想の国家であり、韓国という国名から思い浮かぶのは従軍慰安婦でもKポップでもなくサムルノリだった。エリツィンのロシアはいたずらな混乱の只中で、バルカン半島ではよくわからない殺し合いが、ペルシャ湾岸ではテレビゲームめいた戦争が行われていたが、日本はただひたすらに平和だった。あんまり平和だったので、若者は思わず戦争を夢見ずにはいられなかったほどだ。『海の向こうで戦争が始まる』、『気分はもう戦争』、こうしたタイトルは聞くだけで前立腺が刺激されたし、核による黙示録的熱死の幻想は女体のように甘美だった。実際、アパートの自室に巨大なキノコ雲の写真をはりつけて、自分のセックス・シンボルだと称していた男を知っている。彼がその前で自慰をしていたとしても私は驚かない。

卒業論文提出の時期が近づいてきた。何の準備もできてないことに愕然とした私は、引きこもってワードプロセッサー（パソコンではない！）の前に座り込み、一日十二時間キーボードを叩きつづけた。書けば書くほど自分がどのような学問的知識も備えていないこと、必要な文献や過去の議論を把握していないことが明らかになった。そこでは執筆と抹消が限りなく同じものになりつつあった。というのも、書いては消し書いては消しを繰り返す中で、百行書いたうちの九十五行は消去される運命だったからだ。デリートキーの犠牲となってモニターの文字列が消えていく様は、戦場で兵士がなぎ倒されていく光景を彷彿《ほうふつ》とさせた。さんざ苦労してやっと書き上げた文章は、無音の叫びと不可視の血しぶきをあげながら無へと還っていった。そのうちに、明け方にひねくりだした奇抜な表現や意味不明の文章を虐殺することにマゾヒスティックな快感を覚えるようになった。さらに段落の順番を何度も入れ替えるうちに、論旨は絡み合い、ますますわけのわからないものになっていった。

けれども二日経ち、三日経つうちに何かが変化しはじめた。独断に満ち、ねじくれた論理に導かれているとはいえ、自分が確かに思考の建築物を築きつつあるとわかってきた。無論それはひどくみっともないものだった。開かないドア、途切れた階段、雨漏りのする屋根、傾いた床板といったもので一杯だった。つまりそれは論文と呼ぶのもためらわれる、勝手な思いつきや根拠のない断言の混合物だった。このときの原稿データが、数年後クラッシュしたワープロとともに消えたことを私は満足に思っている。できることなら何らかの手違いで、母校の書庫からも消滅してほしいくらいだ。しかしながら、それは稚拙とはいえ、ある作家と作品について真剣に考えたことを、論理という形式に則《のっと》って表現しようという最初の試みだった。それがなんとか形をとりつつあることを私は理解した。ものを書く人間にはまれにだが恩寵《おんちょう》が訪れる。これは私が経験した最初の恩寵だった。自分の内側で、目には見えない何かが芽吹き、徐々に葉と茎を伸ばし、不思議な曲線を描きながら成長していく。ささやかだがまごうかたなき奇跡だった。初めてこの世界に何か新しいものをつけ加えようとしているのだ。自分が火のついたろうそくの芯のように白熱しているのを感じた。創造の喜びが私をとらえていた。

三週間後、原稿の冒頭に「ボルヘス以降《アフター・ボルヘス》　——現代文学における自己言及性の行方」とタイトルを打ち込んで、作業は終了した。ちなみにこれは著名な批評家ジョージ・スタイナーの『バベル以降《アフター・バベル》』からの剽窃《ひょうせつ》である。赤面するほかない。

プリントアウトして、大学の事務室に持ち込んだのは、事務員が窓口のガラスを閉めようとしているときだった。あと三十秒遅ければ卒業できなかったことになる。周りでは重荷を降ろした四年生たちが、昂揚した調子で飲みに行く相談をしていた。だが私は虚脱状態にあって、ただぐっすりと眠りたいと思っていた。もう随分友人たちにも会っていなかったが、どういうわけか、彼らはもはや他人だった。長いトランス状態から醒《さ》めてみると、世間のできごとはすべて色彩を失って見え、四月から内定を貰っていた企業で働くことさえうそ寒い絵空事に感じられてきた。今や文章を書く以外に天職があるとは思えない。幾つかのトラブルを経て、数週間後、私は大学院生になった。

ここで十年近くつづいた院生生活、さらにその延長としての中国での日々を描写するつもりはない。それは修業時代であったが、あまりに長く引き延ばされたために、夢のようなものに変わってしまった。

論文執筆はあいかわらず有意義な苦行であったし、系統的にテーマに沿って学ぶことには充実感があった。物事を知れば知るほど、世界は複雑で、興味深く、精妙に見えてくるものだ。一編の詩を味わうにしたって、時代背景や思想、レトリックに関する知識などがあった方がうまくいく。そもそも詩歌などはある種の楽器と同じで、どんな音色を引き出すかは、読み手のスキルにかかっているのだった。優れた芸術作品はみなそうだった。学問は人にスキルを与える。

しかし、スキルはスキルでしかないのも事実だ。ダンサーや俳優が熱心にレッスンを続けるためには、やがて幕が開き、学んできたテクニックを発揮できる輝かしい瞬間が来るはずだと信じる必要があるだろう。決して「本番」が来ないとわかったら、過酷なレッスンなどやめてしまうだろう。徒弟生活を何年もつづけるうち、自分の「本番」がいつなのかわからなくなってきた。勉強をするのは、いつか学者として文学の世界に貢献するためだが、何をもって文学に寄与したとみなすべきなのか？　ブルデュー流の理屈でもって文壇のお偉方の鼻面に一発見舞ってやれたときか、私信や草稿を漁って芥川《あくたがわ》龍《りゅう》之《の》介《すけ》の秘密の愛人の名前を特定したときか、精神分析やら数学基礎論やらをごたまぜにした論文で読者を煙に巻くのに成功したときか。十数本の論文や書評を専門誌に発表したが反響はほぼゼロだった。もっとも、真の問題は何をすべきかわからなくなったことだった。長い長い時間の果てに、どうやら砂漠で道に迷い、どちらに進むべきかわからなくなっていると認めざるを得なくなった。やがて砂漠の方で私を放り出すまで彷徨はつづいた。

真に親しいと言える友人はできなかった。つきあっていた女性はいたが、アルバイトと奨学金で食いつなぐ身分は長続きするロマンス向きではない。

来季の契約を更新しないと大学が通知してきたとき、もう抵抗する理由は残っていなかった。これまで何度かしてきたように、より大都市から遠い、よりランクの落ちる大学を探す気力もなかった。マイスタージンガーの修業時代は終了したのだ。それまで十数年にわたってよりどころであったものを失ってみると、津波のような解放感と喪失感が押し寄せてきた。私はもう何者でもない。空っぽ、無、ｒｉｅｎ、ゼロ。家族も蓄えも大切な人間もいない。思わず笑ってしまうほど無い無い尽くしだった。もしも半年後の藍香との出会いがなければ、あの真空状態の中でとっくに朽ちてしまっていたかもしれない。

彼女と初めて会ったとき、私は春を売る女たちを男の元に届ける仕事に雇われていた。

我にかえると、リビングの床には七本のズブロッカの空き瓶が転がっていた。数日間泥酔していたらしく、周囲には饐りかけのチーズやカップラーメンの容器が散らかっていた。ふらつく足で立ち上がると、猛烈な吐き気がこみ上げてきた。しかしあわててトイレに駆け込んでも、喉から飛び出してくるのは、酸っぱい胃液だけだった。

痛む頭を抱えながら、キッチンに行って、数杯立て続けに水道の水を飲んだ。少し落ち着いたように思えたので、食卓の前に腰を下ろし、今日は何日なのだろうかと考えた。しばらくたってから、自分がそんな些末《さまつ》な問題に何の関心も持っていないことに気がついた。玄関の靴ぬぎの部分に、新聞受けから溢れた新聞が積み重なっていた。それらを抱えて戻ってくると、一部一部どの面も見落としがないように目を走らせていった。久しぶりに世界情勢について思索を巡らすつもりだった。どうやら、世界中のジャーナリストや知識人は、某国の若き独裁者のコワモテぶりに怖気をふるっているようだった。結構なことじゃないか。私は考えた。頭のおかしな指導者が好き放題にやれば、それだけ世界の破滅が早くなるだろう。汚れたグラスを取り上げ、残っていたズブロッカを注いだ。口元に近づけただけで吐き気が戻ってきたが、鼻をつまんで飲み干した。

その時点で、携帯電話に十六件のメッセージが残されていることに気がついた。藍香の可能性は低かった。おそるおそる再生のキーを押してみると、怒りに我を忘れた上司の声が、私が連日無断欠勤をしていると喚き立てるのが聞こえてきた。理屈の上ではそうかもしれなかったが、アルコールが曜日の感覚を失わせたのは私のせいではなかったし、もともと上司の人格には微塵《みじん》も人間的共感を感じていなかったので、別段反省の気持ちは湧いてこなかった。それよりも、この程度のことで人を給料泥棒呼ばわりする上司の狭量さに呆れる思いだった。これ以上、呼び出しの電話をかけられてはたまらないので、洗面台に水を張ると、携帯電話をその中に投げ込んだ。

さて、これでまたひとつ、我が身を縛《いまし》めていた枷《かせ》が外れたわけだった。とはいえ、家計を支えていた二人の片方が出て行き、もう一人が失職したとなると、早晩家賃や生活費の問題が持ち上がるのは避けられない。しかしまだひと月かふた月は大丈夫だろう。二杯目のズブロッカを流し込んで懸念を追い払った。

　アルコールが入ると、ようやく頭が回り始めた。この窮境を打開するためには、小説を書くしかない。なぜなら自分は小説家なのだから。本が本屋に並べば物事は好転し、預金口座の残高は復調し、藍香だって考え方を変えるだろう。世界平和だって訪れるかもしれない。そもそも何かがおかしくなり始めたのは、何年も自著が出ていないからではないか。これは至極論理的な考え方に思えた。

　パソコンを起動すると、もう一年以上連絡のない編集者にメールを書きだした。ずいぶん前から書いている原稿に興味がないか聞いてみるつもりだった。なんとしてでも先方の関心を惹かなければならない。企画会議にかけてみるとか、出版を検討する、と言わせるのだ。私は快活だが丁寧さを失わぬよう苦心しながら久闊《きゆうかつ》を叙する長い挨拶文を書き、相手の体調を尋ね、多忙をねぎらった。それからさりげなく執筆中の作品に触れた。斬新な形式とエモーショナルなストーリーを兼ね備え、キャラクターもなかなか魅力的に造形できたと書いた。キーボードを叩きながら、ときどき自分でも感極まって涙が込み上げてくることがあると書いた。ここのところの流行ともあまりかけ離れていないし（まったくの嘘だった）、今度の作品は読者から好意をもって迎えられる予感がすると書いた。サンプルを見せないと具体性がないような気がして、冒頭部分をメールに貼りつけた。「伯母は、自分の支配地のことを『王国』と呼んでいました。より長い呼び方は『小さな秘密のものたちの王国』です。『失われた小さなものたちの王国』だったこともあるし、『いつのまにかなくしたものたちの王国』だったこともあります。いずれにせよ、伯母はその領土に絶対君主として君臨していたわけです」

ようやく書き終えて見直すと、少し美辞麗句が多すぎる気がした。なによりあまりに物欲しげである。早く餌をくれと上目遣いに飼い主を見上げている犬のようだ。文章を幾らか削り、作品に関するおおげさな表現を改め、作品の冒頭部分も取り去った。ずいぶんすっきりした。なお気になるところを削除していくと、どんどん簡潔になっていったが、そちらの方がずっといいような気がした。最後には、「書きかけの作品があるのだけど、興味はおありですか」というワンセンテンスにまで縮まった。これで充分だろう。しばらく眺めているうちに、連絡のない編集者から希望の反応を引き出すなんて不可能だとわかった。もう先方はこちらに期待していないのだ。悩んだ末、メールごとゴミ箱にドラッグしてパソコンを閉じた。

あとは飲み続けるしかなかった。

藍香はもう戻ってこないのだろうか。

＊＊＊

八年前、私は春を売る女たちを男の元に届ける仕事に従事していた。

日本へ戻って迎えた初めての冬のことだ。半年間の無職生活に飽き果てた私は、知り合いのツテでデリバリー・ヘルスの専属ドライバーとなった。喜び勇んで、というわけではない。一年前であれば、想像もできなかったろう。だが選択の余地はなかった。生きていこうと思うなら、仕事を選ぶことはできず、現実に差し出されたのは風俗業界の目立たぬ歯車とでもいうべきそのポジションだけだった。当然のことながら、賞与も定期昇給も各種保険もなく、大学で働くときは必須だった業績一覧の提出や契約書のあちこちにサインを繰り返す儀式もなかった。どうしてあの仕事に就いたのだろう、と今でも不思議に思うことがある。おそらく、こんな自分でも、まだ少しは人の役にたつことを証明したかったのだと思う。

私は思い出す。

私はマンション裏の駐車場に立って、這い上がってくる冷たさをささやかな足踏みで防ごうと無益な試みを続けていた。かたわらにはゴミ用のプラスチックバケツがあり、湿った腐臭がそこから漂ってきた。

その隣では十二月だというのにレース地の黒いドレスを着た若い女が、所在無げに夕バコを吸っていた。白い煙が夕闇に立ち上り、女の瞳は気のない様子で複雑な流体運動の軌跡を追っていた。

数メートル先では、私と同年輩の男が、駐車位置を示す白いラインの上に尻餅をつき、唇の端から黄色い胃液を垂らしていた。彼は、激しい制裁を受けている最中だった。拳が肉を叩く低い音が駐車場に響いていた。くりかえし彼を殴りつけているのはバイクスーツを着た若い男であり、指示を出しているのは、その隣の小柄なインスマウス顔の男だった。

犠牲者は、私にこの仕事を紹介した男だった。殴られるたび奇妙に甲高い声で許しを請う知人を見ながら、自分は映画館のシートでスクリーンを見ているような非現実感の内部にいた。バイクスーツの男が表情を変えないまま、小男の指示に従って最後に大きく頬をはったとき、自分もいつかあのように殴られる羽目になるのかもしれないと思ったが、それさえ大して重要事に思えなかった。私は小刻みに震えていたが、それが今見ている光景のためなのか、寒すぎる気温のせいなのか、判断がつかなかった。

小男がこちらにやってきた。

「あんたをわざわざ連れてきたのはさ、店の子に手を出すとどうなるか理解してもらうためだから」

小男はあちこち黒ずんだ歯を剝き出しにした。若いころ有機溶剤を愛好しすぎたせいらしかった。「わかるよな」

私はうなずいた。「はい、店長」

店長、つまり私の雇用主は、しかめつらにしか見えない笑みを浮かべた。

「よし、さっそく仕事を始めよう」そして女の方に言った。「チカ、予約入ってるぞ。ご指名だ。たっぷりサービスしてやれ。ただし本番はなしだ」


きっかけは、ＤＶＤショップで声をかけられたことだった。

いつものように棚を睨んでいる私を、背後から呼ぶ声があった。ふりかえると男が立っている。それが誰か悟るまで数秒かかったし、名前らしきものが浮かぶまでさらに数秒が必要だった。

「ひさしぶりじゃんか。おまえ、こっち帰って来てんの」

男は照れと自嘲をミックスしたような独特の抑揚で言った。相手が誰か思い出せたのはその喋り方のせいだった。自嘲の割合が随分高くなっていたが、彼は十代はじめのころから、その話し方を自然と自分のものにしていたのだ。

「ああ、久しぶりだな。田島《たじま》もこのへんに住んでるの」

「田島じゃねーよ。田村《たむら》だよ。ああ、一年前に帰ってきたんだよ」

それから中学の同級生は、片手に持っていた数枚のＤＶＤを見せてにやりと笑った。どうやらアダルトものらしかった。彼が目隠しで区切られた一角から出てきたところだったことに気がついた。

「おまえ一人？　それとも誰かいる？」

「誰かってどういうこと」

「奥さんとか」

私は首を振った。なるほど、地元に根付いた同級生の大半は、結婚して、こどもだって二、三人いるに違いなかった。数年前、一度だけ出席した同窓会でそのことは思い知らされていた。普段はべつに意識しないのに、昔の遊び友達に会うと、自分が白鳥の群れに混じったカラスだと気づかされる。

「いや、結婚してない」それから、「でも家には父親がいる」とあわてて付け加えた。田村が一緒にDVDを見ようというのを恐れたのだ。

「そうか」田村は落胆した様子もなくうなずいた。「じゃあ、酒でも飲むか」

たぶん田村は一瞬で私が居場所を失った脱落者だと見て取ったのだと思う。なぜなら、彼もまた安定した仕事や家庭とは無縁の根無し草だったからだ。

その晩、安手の居酒屋で聞いた彼の経歴は、小市民的良識の持ち主が聞いたら眉をひそめそうなうら侘《わび》しい詐欺《さぎ》行為の途切れることのない連鎖だった。

中学時代から彼は、学校を支配する暗黙のルールからシニカルな距離を取り、迎合でも反抗でもない独特のポジションを獲得しているところがあった。それは、高校進学を当然としている大多数の生徒（都内に通勤するサラリーマンの子女が多かった）とリーゼントに長ランで決めた不良グループ（地元自営業者のこどもたち）のどちらともまったく等価につきあうという態度に表れていた。彼の要領のよさやこすっからさを嫌う向きもあったが、基本的に進学組は彼のことをある種のアウトローとみなしていた。とりわけ彼が、打ち上げ花火をほぐして集めた火薬と初歩的な起爆装置を組み合わせて、深夜に学校の便器を爆破してからはそうだった。なぜ彼がそのようなことをしたのかはまったくの謎だったが、女子トイレへの侵入と学校へのテロという二重の侵犯によって、彼は私たちを震撼《しんかん》させた。爆破事件はひた隠しにされ、通報もされなかった。だが全校に彼の名は知れ渡り、いかれた英雄としての威信を確固たるものにした。

　彼によれば、三流私立大学を一年で退学し、しばらくパチプロで生活していたらしい。やがて腕前を認められ、大規模なパチンコ詐欺グループの一員に加えられた。私にはよくわからなかったが、電子機器を使用してスロットの出玉を操作するらしい。一年ほど集団で全国を転々としながら荒稼ぎをする生活をつづけたのち検挙され、未成年で不起訴になったものの、ブラックリストが全国に回って、二度とパチンコ屋に出入りできなくなった。

　仕方なく幾つかの工場で働いたあと、職を求めたのは、小さな新興の宗教団体だった。本部の下っ端職員として働きはじめ、徐々に才覚を認められていった。彼曰く、一九九〇年前後の数年間は、信仰においてもバブル期であり、宗教団体にとっての黄金時代だった。つまり、超能力や予言やオカルトの旗をかかげておけばいくらでも信者がやってきたということだ。迷える子羊たちは、教祖の御筆先や浄められたミネラル水やヒーリング・パワーの護符などに惜しみなく金を払い、莫大な額が教団に流れ込んだ。田村は出世をつづけ、教団ぐるみの詐欺の指揮官となり、月給は二百万を超えた。毎晩新宿、渋谷のキャバクラで豪遊し、五年足らずのあいだに二回結婚し、二回離婚した。彼の絶頂期だった。

地下鉄サリン事件が全て終わらせた。

宗教団体は一夜にして危険な暴力集団とみなされるようになった。拡大の一途だった教団は、急激な縮小過程に入り、最終的には教祖とその親族数人にまで縮んだ。教祖の右腕だった彼もリストラされた。

それから数年間彼は潜行する。なんでも、教団の借金の名義がいつのまにか彼の名に変わっており、姿を晦《くら》ます必要があったのだという。「尼崎《あまがさき》のドヤにいたこともあるし、マニラやバンコックにもいったな」と彼は言った。マニラで三回目の結婚と離婚をした。これは純粋な名義貸しで、書類上の妻とは一晩を過ごしただけだった。「それでも三発ヤッてやったけどな」

再浮上して定職に就くのは二〇〇〇年代である。小さな食品会社だった。そこはありふれたサプリメントや発酵食品を法外な値段で売り捌《さば》いており、そのために誇大な効能を謳っていた。教団での経験が生かされたのだろう。彼は販路の拡大と新商品の開発に傾注し、鬱に効くきのこや置くだけでアトピーが改善する鉢植えなどで売り上げに貢献した。もう少しで営業本部長まで上りつめようかというとき、「飲むだけでIQがアップする」ハーブティーを飲んだ客が救急車で運ばれるという事件が起きた。いつのまにか猛毒のユーカリの葉が混入していたのだった。責任を負わされて会社を追放された彼に救いの手を差しのべたのは、以前から知り合いだった都議会議員だった。詳しくは語らなかったが、食品会社から献金を受けていたのだろう。彼は有能な私設秘書として、表に出せない折衝や金銭の管理に活躍し、ボスが文教委員や厚生委員などの重職を務めるのに貢献した。

「それが去年、落選しちゃってさ」と田村は嗤った。「落選した議員ほど始末に負えないものはないからな、見切りをつけて実家帰ってきたわけ。ここなら寝る場所だけはあるからな」

　彼が語った数奇な経歴が、どこまで真実なのかいまだにわからない。もしかしたらその晩彼は、嘘で塗り固めたはりぼての城を披露したのかもしれない。けれども彼のことばの細部にはリアリティがあり、少なくとも何らかの実体験に裏打ちされているように思われた。事実はどうあれ、アンダーグラウンドな経験が、田村に奇妙な後光を与えていた。彼の申し出を拒否しなかったのはそのせいだろう。いかがわしいのはまちがいないにしても、この男自体はなかなか興味深いという気分になっていたのだ。

　彼と比べると、私が告白した人生遍歴はいかにも見栄えがしなかった。図書館から図書館へ、大学から大学へ移動するだけの二十年だったのだから。

「つまり、おまえは博士号を持っているわけだ」

　私はうなずいた。

「それは飯の種としてはまったく使い物にならないということだな」

　またうなずくほかなかった。

「その紙切れ一枚のために十年を費やしたのか」

「十年まではいかない。まあ、それに近いけど」

「笑えるな。そんな人生の使い方もあるんだな」

彼は気分が良さそうだった。

「おまえ運転免許は持ってんのか」

「一応。だがほとんど使ってない」

「仕事を紹介してやるよ。今、人手不足なんだ。今日は非番でな」

彼はジョッキのビールを飲み干すと、スマートフォンを取り出して誰かと電話を始めた。

「あの、働きたいというやつがいるんですけど。ええ、ええ、大丈夫です」

電話を切ると、田村は明日面接だと告げた。どんな仕事なんだと聞いても、彼は笑って答えようとしなかった。

翌日の夕方、私は田村に連れられて、F市の繁華街の一角を訪れた。飲み屋が並ぶ通りをひとつ内側に折れた豆腐屋や畳屋の残る古い町角にそのマンションはあった。

踊り場ごとに薄暗い蛍光灯が点いているだけの階段を登りながら田村は説明した。

「原則としてエレベーターを使うのは禁止だ。住人たちが厭がるからな。まあ、事務所は三階だから階段でも大したことない。第一、車で女たちが降りてくるのを待ってればいいんで、階段を登る必要もない」

「女たち？」

「デリヘル嬢だよ、もちろん」

角部屋のインターホンを押すと、返事をまたずに扉を開けた。靴ぬぎには女物の靴が並んでいた。ブーツ、ピンヒール、サンダルと用途も季節もバラバラなのが目を惹いた。廊下のすぐ右手に広々としたリビングダイニングがあり、待機部屋だ、と田村が囁いた。四人の女がいた。絨毯にあぐらをかいてテレビモニターを眺めるもの、ソファでうつむいてスマホをいじるもの。スナック菓子を食べているのも漫画雑誌を読んでいるのもいた。みな一様に気怠そうだった。ダニのいそうな絨毯だな、と思ったのを覚えている。古いホテルにでもありそうな毛足の長い絨毯だった。

導かれた先の六畳間は、二つの事務用デスク、デスクトップパソコン、プラスチックファイルのつまったスチール棚、印刷所から届いたピンクちらしといったものでごったがえしていた。そのあいだに埋もれるように座っていたインスマウス顔の男がこちらを見た。三十を少し過ぎたあたりに見えた。

「店長、昨日話したドライバー候補を連れてきました」

田村はへりくだった調子で私を指し示した。男は友好的とは言いかねる眼差しで私を検分した。スチール棚の向こうの空間からも、若い男が顔を出したので、私は二人分の視線の圧力に耐えなければならなかった。

「履歴書は持ってきたか」

店長の問いに戸惑いながら答えた。

「持ってきてません。聞いていなかったので」

「履歴書なんか提出するやつはいねえよ。こっちも前科なんて知りたくないからな」それから自分の言葉に失笑しつつ続けた。「つうか、前科って履歴書に書くもんなのか」

若い男がハッハッと大型犬が喘《あえ》ぐような声で笑い始め、田村もだらしない笑みを浮かべた。私自身はたぶん無表情だったと思う。

「車は?」

「車?」

「車はこちらで準備しない。おたく持ちだ。なんだ、聞いてねえのか」

「自宅の自動車があるだろう」田村があわてて口を挟んだ。

「ええと、白のコロナなら」

父親の持ち物だったが、夜間、父が使うことはないだろうとあてにして返事をした。

「それならいい。目立つ車種はダメだ。ガソリン代はそっち負担。十七時に出勤して、翌朝七時まで。誰をどこに届けるかは、このプリペイド携帯で指示するから。嬢とは個人的に連絡取らないように」

彼はデスクの引き出しから携帯電話を取り出すと、こちらに放ってよこした。引き出しには十数個の携帯が入っていた。

「じゃあ、明日から頼んだぜ。このあたりのラブホの場所を頭に入れとくように」

こうして私は採用された。

店には十五、六名の女たちが所属していたと思う。一日に出てくるのは半数程度で、みな二十代から三十代だった。女たちはつぎつぎに入れ替わった。一度車に乗せただけで、名前も顔も覚えられないうちに消えていく女も多かった。

店名は仮に「ホワイト・ピーチ」とでもしておこう。本当の名前ではさしさわりがあるからだ。故に、同じ名の風俗店がどこかに実在していても、この話とは一切関わりがない。デリヘル嬢の名前ももちろん同様である。

デリバリー・ヘルスとは何か。文字通り、商品を顧客の元まで配達することで対価を得るサービス業の一種である。客は電話かウェブで商品を選択し、希望の配送先を指定して到着を待つ。ここまでならピザ屋と一緒だが、違うのは商品がエロティックな衣装をまとった生身の女性であることだ。配送された商品は、顧客が確保したホテルの一室で、主に手と口、あるいは他の部位を使用して、顧客が身体の内部から数ミリリットルの体液を搾り出すのをサポートする。滞在時間は六十分ないし九十分。時間的余裕があれば、客と商品のあいだに一定の言語的交流が生まれることもある。

私の仕事は、女を指定されたホテルに送り届け、車を路肩に止めて排出プロセスの終了を待ち、再び女を待機部屋まで送り返すという単純なものだった。もっとも複数の女を複数の場所に届けることも多く、とくに給料日あとの週末には、ピンボールマシンさながら、数キロ圏内のホテルと事務所のあいだを目まぐるしく行ったり来たりすることになった。

それでも基本的には誰でもできる仕事だった。安全運転さえできればよく、特別な技倆《ぎりょう》や知識は必要とされない。複雑な手順も煩瑣な人間関係もノルマを押し付けてくる上司も存在しない。だから私でも続けることができたのだろう。

唯一肝心なのは、後部座席にいるデリヘル嬢たちに嫌われないことだった。彼女たちに評判の悪いドライバーはすぐにお払い箱になる。店からすれば、彼女たちこそが商売の主役であり、鍵であって、こちらは付加的な要素に過ぎないのだ。そのために必要なのは目立たないこと、控えめでいること、空気のようでいることで、それならば私はかなりうまくやれた。もともとデリヘル嬢とドライバー間の知的、感情的交流は推奨されていなかった。「あんまり馴れ馴れしくするなよ」と田村は忠告してくれた。「図々しいって思われるし、誰かに優しくしてやるとやっかむ奴も出てくるからな。親切にするなら満遍なくやれ」田村はこの仕事を始めて一年ということだった。

田村はドライバーのほかにも、私より一時間は早く事務所に顔を出して待機部屋の掃除や菓子類の買い出しといった雑用をこなしていた。私の方はといえば、出勤時に事務所に立ち寄って直接指示を受けるくらいで、店長と顔をあわせる機会はそれだけだった。誰それをどこに運べといった細かな指示はほとんど携帯電話で行われた。もう一人、目立たぬが重要な役割を果たしているのが以前事務室の端から睨んできた若い男だった。がっしりした体格とクルーカットのため、一見体育会系の大学生風だったが、客先のデリヘル嬢から通常の電話連絡がなかったり、危機を訴える電話があったりすると、ただちに彼がバイクで駆けつけ、不埒な行為に及ぼうとしている客をこっぴどく脅しつけるのだった。彼の名は最後までわからなかった。田村は彼のことをカワサキと呼んでいたが、ただ単にカワサキのバイクを愛用していたからに過ぎない。

ドライバーを始めて十日ほどたったころだった。

ホテルの地下駐車場でデリヘル嬢が降りてくるのを待っていた。先に別の場所で仕事を終えた痩せぎすの女も一緒だった。彼女は、暗い車内で、目を画面にくっつけるようにして携帯電話を眺めていた。女はすっかりその行為に没頭している様子だった。もし隣に赤ん坊がいて、激しく泣き喚いたとしても気づかないんじゃないかというくらいの熱中ぶりだった。

やがて待っていた女がエレベーターから現れた。彼女は疲れた表情で駐車場を横切ると、後部座席にすべりこみ、先着の女の携帯を覗き込んだ。彼女は一人目の女とは対照的に大柄でぽっちゃりとしていたが、物憂げな身振りは一緒だった。痩せた方は携帯の画面をちらりと同僚に見せ、共犯の笑みを浮かべた。

「あ、それ私も読んだ」ぽっちゃりした方が言った。「呼び出しておいていきなりレイプとか、信じらんないよね」

「その場で五人にまわされちゃうんだよ。超アソコ痛そう」

「でも前にもこの子の親友が同じような目にあってなかった？」

「ええと、なんだっけ、マホだ」

「まわされてドラッグ打たれて、おかしくなっちゃうんだよね。そんな前例がありながら、なぜのこのこ出て行く」

「学習能力ないよな」

「まあ人の男に手出す方も悪いよ。それで復讐に洗剤飲ましちゃうんだよね」

「そうそう、ビールに洗剤入れて飲ませるんだよ。それで胃洗浄。後遺症残って車椅子。超笑える」

　私は、車を出します、と控えめに言ってアクセルを踏み込んだ。人気のない深夜の道路を走りながら、背後で交わされている覚醒剤や自殺未遂や殺人沙汰や不倫について聞き耳をたてていた。会話は屈託なく、驚くべき乱倫や人命の軽視を巡ってつづいていた。交互に携帯電話のモニターを覗き込み、さもおもしろそうに笑い声をあげた。そうした凄惨な事件の数々に微塵も衝撃を受けていない様子に、私は密かに憤っていた。なんという無法地帯だろうか。どうして警察沙汰にならないのだろう。いつの間にか自分が、メキシコかコロンビアの麻薬カルテルが支配する街に迷い込んでしまったような気がした。日本のアンダーグラウンドの闇は深く、その一角を垣間見ているのだと思うと背筋が寒くなった。

「あの、それって、全部お二人の友人が体験されたことなんですか」

　赤信号の時にそっと尋ねてみた。女たちは顔をあげた。驚きと薄ら笑いの入り混じった表情がルームミラーに映っていた。

「口を挟んですみません。今お二人が話していたメールの内容ですけど」何かおかしなことを言っただろうかと言葉を継いだ。

「うちら、ケータイ小説の話してんだけど」と痩せた方が言った。

「ケータイ小説？」

「知らないの？　登録しておくと毎日配信されてくるんだよ」

「そういうものがあるのは聞いてましたけど、もうブームは終わったのかと」

「そうでもないよ」とぽっちゃりした方が答えた。「私たちって待ち時間長いじゃん。ちょうどいいんだよ。結構みんな読んでるよ」

「なに、おじさん、今の話みんな本当のできごとだと思ってたわけ」

ひとしきり笑ったあと、二人は口々に愛読しているケータイ小説について説明してくれた。例外なく過剰な情念に駆動された極彩色の愛憎劇で、マニエリスティックなストーリーとやたらと複雑な人間関係が共通していた。主人公は若い女性で、イケメンホストやイケメン幼馴染とともに、病や暴力や友人の裏切りといった悲惨事に翻弄される。そうして最後は高級クラブのママにまで上り詰めることもあれば、恋人の子を産んで幸せな家庭を築くこともあった。主人公が自死を選ぶという悲劇的な終わり方もあった。

もしも自分で実際に読んでみたらそれほどおもしろいとは思わなかったかもしれないし、辟易《へきえき》して途中で投げ出していた可能性もある。けれども、彼女たちの口から語られると、それらは奇妙な切実さと迫真性を帯び、信じがたいが無視もできない噂話のように独特の魅力を放った。もともと口頭で語られるのにふさわしい物語でもあったのだろう。掛け合いよろしくお互いに突っ込んだり修正したりしながら語られたので、ますますその感は強まった。

朝になり、家に帰ったあとでも眠りは訪れてくれなかった。興奮していたのだ。枕に顎を乗せ、うつ伏せになったまま湧き上がってくるストーリーをメモ帳に書き留めた。結局それだけでは満足できず、起き上がってキーボードを叩きはじめることになった。夕方、仕事に出る前には、五千字くらいの原稿ができあがっていた。デリヘル嬢が主人公の愛とサスペンスの物語だった。ケータイ小説的なストーリーラインを忠実になぞれていたとは言えない。まずケータイ小説を一編も読んだことがなかったし、あまり自分向きだとも思えなかった。だが傑作を書いてやろうなどとは微塵も考えなかったのが幸いした。これまでになかったことだが、私はほとんど自意識の重荷を感じることなく、思いつくままに文章を綴り、登場人物を発明して台詞を喋らせることができた。この先どう展開していくのか、まったく予想がつかなかったが、すべて登場人物の自由に任せるつもりだった。読者の好奇心を搔き立て、スリルにわくわくさせ、主人公の情熱に共振させる、ただそのことだけに熱中した。

事務所に向かう途中のコンビニエンスストアで数部コピーを取り、ステイプラーで綴じてから、田村に手渡して、待機部屋に置いておくように頼んだ。彼は怪訝な顔で受け取った。猛烈な眠気が襲ってきて、きちんと運転できるか心配だったが、ここ数年でもっとも幸せだった。ついに私は物語を書き始めたのだ。こどもの頃からたえず夢見つつ、一度も手をつけることのなかった作業にとうとう着手したのだ。

二日か三日おきに、私は続きを待機部屋に送り込んだ。一週間経つと、車に乗り込む時に、女たちが親しげに話しかけてくれるようになった。あれ、読んだよ、といつも言うのだった。ちょっとした感想や登場人物へのコメントを付け加えるものもいた。大げさになりすぎぬよう意識しながら、私は読んでくれた感謝の言葉を述べた。

　その頃になるとようやく女たちの顔と名前が一致するようになった。ケータイ小説について教えてくれた痩せた女はチカといい、ホワイト・ピーチでは古株の一人だった。といっても、一年間同じ店に勤めるのが珍しい世界での話である。彼女は二十六、七といったところで、真冬にもかかわらず、いつでも黒っぽい薄いひらひらした服を身につけていた。摂食障害が疑われるほどの痩せ方で、スカートの裾から覗く膝小僧はほとんど骨のかたちだった。膝ばかりではなく首筋も二の腕も、もし男が力を込めて握ればそのままぽきりと折れてしまいそうだった。だがそうした部分がある種のコケティッシュな魅力になっていたのかもしれない。総体として彼女の印象は、傷つき警戒して、全身の毛を逆立てている猫科の小動物といったところだったが、脆さと怒りの組み合わせが、男たちの庇護欲と征服心をそそったのだろう。彼女はもっとも指名の多い女だった。

一緒にいたのはカズミといい、チカとはいろいろな意味でいい組み合わせだった。まず痩せっぽちのチカに対して、カズミはゆったりと大らかな体型をしていた。いつも苛立ちの棘《とげ》をあらわにしているチカと違って、雌牛や象のような大型哺乳類に通じる安心感があった。寒がりなのか、くたびれたトレーナーをいつも商売用の衣装の上に着込んでいて、車の中で大儀そうに脱いでから出て行くのだった。チカは独り暮らしだったが、カズミは二人のこどもと一緒に母親の家に住んでいた。

その他の女たちについても軽く触れておこう。アリサは長いまっすぐな髪を金色に染め、いつも刺繍《ししゅう》入りのスタジアムジャンパーをまとっている一昔前のヤンキー風の娘だった。一見、十代にすら見える風貌だが、二度の離婚を経験している。その彼女が、車に乗り込みざま唐突に話しかけてきたことがあった。

「ねえ、ドライバーさん。あんた今、注目の人だよ」

私は戸惑った。そもそもそれまでアリサが私の存在を知覚しているかどうかはっきりしなかったのだ。こちらが挨拶をしても無視されるばかりだった。

「マサヨなんかすっかりあんたのこと気に入っちゃったみたいよ。あの子ねえ、もともと小説家とかそういうのに弱いのよ。インテリっつうの」

照れた私はあわてて否定した。

「僕は小説家なんかじゃないですよ」

「だって小説書いてんじゃん」

「書き殴りですよ。それに本も出してないし」

「本って紙の本？」

彼女は一瞬きょとんとした。

「ああ、そうか。小説家は紙の本を出すんだ。あたし、前の彼氏がネットでなんか書いてたから、小説家もそんな感じかと思ってた」

「そうですね。最近はネットで書く人も多いみたいだけど、小説家は大概紙の本を出すんだと思います」

「じゃあ、ドライバーさんも早く紙の本出せばいいじゃん。どうやって出すの。どこかに行って頼むの」

私は力なく笑って、「さあ、どうなんでしょう。少し検討してみます」と言いながら車を発進させた。

では、私を気に入っているというマサヨはいかなる人物か。彼女について知っているのは、いつも大きなマスクをかけており、人前ではほとんど口をきかないという一点である。だからこそ、私のことをアリサに話していたと聞かされて驚いたのだ。彼女の緘黙《かんもく》ぶりは徹底したもので、最初は聴覚障害者だと思い込まされていたほどだ。話しかけると、つぶらと言えなくもない瞳でじっとこちらを見つめるのだが、返事が戻ることはない。マスクの下の唇が、静かに微笑んでいるのか、への字に歪んでいるのかも永遠にわからない。

ほかにはいつもシックなドレスで決めている最年長のユキさん、私生活ではレズビアンを公言しているユイナ、強度のゲームマニアで、車内ではいつも居眠りしているアユムなどがいたが、一人一人説明する必要はないだろう。この物語とはほとんど関わりがないからだ。

後部座席で交わされる会話を盗み聞きすることから、私は徐々に彼女たちがどのような人間であり、何を望み、何に苦しんでるのかを学んでいった。もとより皮相な理解だったかもしれないが、目に映る彼女たちは、それぞれエキセントリックな歪みを抱えながら、誠実に毎日を生き抜こうとしている人間たちだった。

ある晩、車を降りかけたカズミが話しかけてきた。

「あんた、来週末空いてる？　規則違反なのはわかってるけど、ひとつ頼みたいことがあるんだ」

その日は非番だった。特に予定はないと告げた。

「こどもの面倒をみてもらいたいんだ。いつもは母にみてもらってるんだけど、腰痛めちゃってさ、頼めないんだよ。お願いできないかな。バイト代は払うから」

私は少し考えるふりをした。本当は断る口実を探していたのだった。職分を超えてまで、彼女たちと関わるべきなのかどうか。

「携帯電話の番号教えてくれない？　あとで詳しい話をするから」

「携帯はこの仕事用に渡されたやつしか持っていないんです」

「それでいいじゃないか」

デリヘル嬢とドライバーが直接連絡を取ることは禁じられていた。必ず事務所を通す。これが掟《おきて》だった。店長の考えは次のようなものだった。この業界には仁義のかけらもないスカウトどもがうようよいて、風俗嬢に近づく機会を虎視眈々とうかがっている。彼らは口先ひとつで女たちを丸め込み、他店へ引き抜いて手数料を稼ぐのだ。その上、店を介さずに女と関係しようとするたちの悪い客がいる。女と直接交渉すれば、より安く快楽を貪《むさぼ》れると考えるしみったれた野郎どもだ。そういった輩《やから》を女たちに近づけないために一番いい方法は、店が、すなわち店長と補佐役のカワサキだけが、女たちを掌握しておくことだ。つまり女の連絡先、本名、年齢などを一手に握って離さないことだ。

「カワサキが帰ってきたよ」カズミが低い声で言った。頭を横に向けると、駐車場に入ってくるバイクのライトが目を射た。

私は手早くコンビニのレシートの裏側に番号をメモして渡した。カズミはそれをひったくると素早く小さなハンドバッグにしまいこんだ。ちょうど隣をヘルメットを抱えたカワサキが通り過ぎるところだった。彼は冷たい一瞥を投げたきりで大股にマンションのエントランスに入っていった。カズミもその後を追った。

しばらくして携帯電話がなり、チカを仕事先に届けるよう指示された。彼女はすぐに階段を降りてきた。シートに腰を落ち着けながら、ねえ、といつもの不機嫌な声で言った。

「今、カズミとすれちがったんだけど、あんた、彼女のこどものお守りするんだって?」

「まずかったですかね」

エンジンをかけながらそう尋ねた。

「さあ、別にいいんじゃない。カズミのこどもたち、会ったことあるの？」

「まさか。初めてですよ。どんな子たちなんでしょう」

「女の子と男の子だってさ。カズミの携帯の中に山ほど写真が入ってるよ。さすがに待ち受けにはしていないけどさ。そりゃ、客に見られたらまずいもんね」

「はは、そうですね」

私は話を合わせながら、ハンドルを切った。日付がかわったばかりの街は車の数も少なく、自然に速度もあがりがちになる。けれども酔客が車道にふらふらと迷いでたりするのもこの時刻だ。気をぬいてはいけないと路面に目を凝らす。

「私だってさ、こどもが欲しいって思うときはあるんだよ」

しばらく黙っていたチカがまた話し出した。どこか拗《す》ねたような口ぶりだった。

「でもさ、私が育てたら、たぶんいろいろやっちゃうからね」

「いろいろってなんですか」

黄色にかわった信号に気を取られながらそう答えた。

「殴ったり、叩いたり」

車はラブホテルが密集する一角に乗り入れたところだった。街灯の光度が落ち、かわりにピンクや黄色のネオンが視界に飛び込んでくる。

「そうですか。辛いところですね」

「あんたさあ、私のこと、同情してんの。それとも馬鹿にしてんの」

不意にチカが大きな声を出した。私ははっとしてチカの表情を確かめた。ミラーに映った女の顔は怒りで歪んでいた。

「なんですか、急に」

「あんたみたいな男が一番嫌いなんだよ。大人しいふりして上から目線でさあ」

「同情も馬鹿にもしていませんよ。だいたい、自分は何のかかわりようもない話じゃないですか」

車が目的のホテルの駐車場に滑り込んだ。宿泊料金を告げる数字だけが夜目に白く輝いている。

チカはチッと舌打ちすると、あんた、つまんない男だね、と吐き捨ててアスファルトに降り立った。硬いヒールの音が、誰もいない駐車場に響いた。


翌日私は事務所の片付けをしていた。何かの理由で、田村の代わりに駆り出されたのだった。店長たちは留守で、女たちもまだ出勤していなかった。掃除機で絨毯の毛のあいだに落ちた菓子クズを吸い上げ、冷蔵庫に箱ごと届けられるお茶やジュースを補給し、トイレを掃除してペーパーを替えたとき、玄関のベルが鳴った。出ていくと、紺のスーツを着た二十代半ばの女が立っていた。

私は戸惑った。緊張した様子の女がどうみてもデリヘル嬢には見えなかったからだ。初出勤のデリヘル嬢なら、放っておいても大丈夫だが、今回は少し様子が違う。とりあえず待機部屋に導き、ペットボトルのお茶を出す。

「すみません。こんなものしかなくて」

「いえ、こちらこそ。とつぜんやってきてすみません」

私は肩をつぼめてソファに座っている女の様子をそっとうかがった。十中八九、どこかで募集広告を見てやってきたのだろう。定着率の悪いこの業界では、季節を問わず新規採用を行っている。もっとも、たいていはもっとラフな普段着で、スーツを着てやってきた志願者は初めてだ。

「あの、わざわざ来ていただいて申し訳ないんですが、今店長が不在なんで応対できないんです。もうしばらく待っていれば現れると思うんですが」

私を緊張させていたのはその事実だった。つまり、ときおり事務所にやってくる女たちは、面接ののち、直接店長に連れていかれて講習を受けるのだった。とりわけまだ風俗経験のない志願者はそうだったから、いかにも素人然としたこの女性がそうなることは明らかだった。普段はそんなことないのに、私はこの若い女が、どこかのホテルで裸になって店長のペニスを咥えるのが嫌だった。そして同時に、その情景を頭からふりはらえなくなっている自分が情けなかった。

彼女は、ゆっくり首を斜めに上下させた。肯定とも否定ともとれる仕草だった。

「あなたは、経営者ではないんですね」

「ちがいます。ドライバーです。下働きです」

「そうですか。じゃあ、ちょっとお話をうかがってもいいですか」

「お話？　僕から話すようなことはなにも」

「いえ、私もアポなしで飛び込んで来ちゃったんで、どう話を切り出したものかわかんなくて」

弾かれたように彼女は立ち上がり、私の正面に立った。

「教えてください。私はこちらのお店に受け入れられるでしょうか」

国境警備所の兵士の前に立っている避難民みたいに真剣な眼差しだった。受け入れられる？　つまり、デリヘル嬢として採用されるかどうかを訊いているのだろうか。私はあらためて目の前の女性を眺めた。男の子のようなショートヘア。すばやく動く表情豊かな目。小柄だがスーツの下では二つの膨らみが誇らしげに存在を主張している。このような女性をはねつけるデリヘル経営者がいるはずがない。

「大丈夫だと思います。というか、まったく問題ない」私はそうでなければよかったのにと思いながら返事をした。

「まったく問題ない？」今度は彼女が不思議そうに訊き返す番だった。

「つまり、こうした店では素人っぽさが尊重されるんです」私はおずおずと説明を試みた。「だけど、仕事が欲しくてやってくるのはほとんど他の店で働いてた人たちだから。ヘルス、ピンサロ、お触りバー。そういう人たちにはどうしても風俗特有の空気が染みついている。どこか疲れた感じだったり、リストカットの痕があったり、変にテンションが高かったり。その点、あなたは――」

「素人っぽい？」驚きで彼女の目が丸くなり、次の瞬間あわてて否定し始めた。「ちがいます、ちがいます。私はデリヘル嬢になりたくてきたんじゃないです」恥ずかしさのせいか声が高くなる。「そうではなくて、つまり、なんというか」

「つまり、なんというか?」

「フィールドワークがしたいんです。社会調査です。参与観察です。ええと、インタビューをしたり、普段どんなやりとりが行われているのか録音したり。代わりに事務でも経理でもなんでもします。そうだ、まだ名乗ってもいませんでしたね。これ、名刺です」

渡された名刺には、近在の私立大学のロゴと和泉《いずみ》藍香という文字が記されてあった。「社会学部の修士課程に在籍しています」

「インタビュー? 誰に?」私は啞然として尋ねた。

「経営者と労働者、それからあなたみたいなスタッフ。できれば男性利用者にも」

私はほとんど怒りを感じ始めていた。「労働者って、デリヘル嬢たちってこと」

「そうです」

「つまりあなたが論文書くための材料として」

「そういうことです」

「それで店側のメリットは」

「え、どういうことですか」

「つまりあなたの調査を受け入れてどういう得があるわけ」

「謝礼とかは払えないんですけど」彼女は少し言い出しづらそうに述べた。「ただ広い目で見たら社会的意義はあると思うんです。こういう業界ってまだほとんど調査の手が入ってなくて、実情が把握されてないんですね。どうしても排除や規制の対象になりがちだけど、ある意味では女性たちのセーフティネットになっているという見方もできるし、かといって野放しにすればいいってことでもなくて――」

彼女のことばを遮って言う。

「あのさ、僕は社会学のことはわかんないけどさ、もう少しやり方あるんじゃないかな」

「どういうことです」

「そんな土足で上がり込んでくるようなやり方で、調査対象との関係が築けるのかってこと。君、はっきり言ってかなり馬鹿だよね」

彼女の顔が怒りに紅潮する。

「ちょっと、馬鹿って、いきなり失礼じゃないですか。会ったばかりで何がわかるんですか」

「じゃあ、会って五分でわかるほど馬鹿ってことだよ。うちの店長の口癖わかる？この業界にはスパイがうようよしているから気をつけろ、だよ。ライバル店やら地域の自治会やら警察の生活安全課やらがよってたかって自分の店を潰そうと手ぐすね引いているというのが彼の基本認識なんだ。それに税務署もある。店長が君に店の内情を明かすと思うか。目の前にＩＣレコーダーを取り出されただけで怒鳴りだすだろうな」

彼女は少し怯んだようだった。じゃあ、経営者のインタビューは諦めます、と譲歩する。「デリヘル嬢や男性客へのインタビューなら」

「デリヘル嬢はともかく、客へのインタビューなんてほんとにできると思ってんの？　いい、風俗の客ってのは、家族や恋人に知られないようにってビクビクしながら来てんの。年齢、職業、交友関係、そういった事柄は、一番知られたくないことなの。大体、どうやって相手をつかまえるんだ。ホテルのロビーで待ち伏せてい て、月に何回ご利用ですか、奥さんに対しては疚しくないんですかって尋ねるのか。店から見れば営業妨害だし、第一、逆上した客に何されるかわからないよ」

いつのまにか彼女はうつむいていた。そして低い声で言った。

「でも風俗って労働問題や格差問題、女性差別などが集約された日本の縮図だと思うんです。なのに、扇情的にとりあげられるか非難されるかだけで、内部からのレポートってほとんどないから――」

「なるほど、おもしろい観点かもしれない。論文指導教員はなんて言ってた」

「先生も同じこと言ってました。着眼点としてはおもしろいかもしれないねって。だけど」

「だけど？」

「絶対やめとけ。許可しないって」

「先生の言うことに全面的に賛成だ」

彼女は顔をあげてこちらを睨みつけた。唇をきつく嚙んでいる。

「あなたこそ何様ですか。先生でもあるまいし」

「さっきも言った通り、僕はホワイト・ピーチのドライバー兼雑用係、下っ端スタッフだよ。正直に言えば、この業界に詳しいわけでもない」

「じゃあ、私に偉そうに忠告するような立場じゃないですよね」

私は肩をすくめただけで返答しなかった。ある意味ではまったくその通りだったからだ。彼女は私の手の中にあった名刺を奪い取ると、申し訳のように頭を下げた。

「ありがとうございました。じゃ、私はこれで」

肩をいからせたまま大股に出ていく彼女の背中に、「おい、ちょっと待てよ」と言いかけてやめた。私は教師でも友人でもない。むしろ彼女の歩んでいる道からの脱落者であって、心配してやる義理も権利もないのだ。彼女がどうなろうと知ったことではない。そう思いながらも、彼女の背中から視線をそらすことができなかった。


その週末、私は頼まれていたように、カズミのこどもたちと午後を過ごした。カズミは別れた夫と入り組んだ話があるようで、二人で出ているあいだ、こどもの相手をしてほしいというのだった。待ち合わせ場所の市民公園に行くと、すでにカズミは元夫の車に乗り込むところだった。お昼代とおやつ代も入っているからと言いながら、彼女はずいぶん多めの金額を私の手に押し込んで去っていった。

陽美《はるみ》（九歳）と勇二《ゆうじ》（六歳）の二人は、最初母親に置き去りにされてむくれている様子だったが、一時間もすると打ち解けて、猛烈な勢いでおしゃべりを始めた。

主な話題は陽美がクラスで流行っているおしゃれと友達関係、勇二が仮面ライダーと戦隊モノについてだった。私たちは強風の中、バドミントンを楽しみ、近くのショッピングモールに移動して、ピザとアイスクリームを賞味した。どうやら自分は大人といるよりもこどもと一緒の方が気楽らしいというのも新たな発見だった。

四時にカズミから電話があって、公園の同じ場所で待つように言われた。すぐに父親の車がやって来た。これから仕事だということで、父親は数分しか一緒にいられなかった。カズミは疲れた表情でこどもと父親の短い愁嘆場を眺めていた。

帰りの車中でも彼女は言葉少なだった。どんな話し合いだったにせよ、心の浮き立つものでなかったのはまちがいない。助手席から後ろをふりかえり、お互いによりかかって寝息をたてているこどもの姿を見て言う。

「今日、ずいぶん早く起きたんだよね。お父さんに会えるってはしゃいじゃってさ。だからまだ日も暮れていないのに眠り込んじゃった」

私は愉しい午後だったと告げた。

「へえ。私は悪いこと頼んじゃったかと思ってた」そして小さくため息をついた。「結局、私にあるのはこの子たちだけだからね」

彼女は軽く手を伸ばして、空中で撫でるそぶりをした。それから不意に話題を転じた。

「そういや、あんた、チカのことどう思う」

「チカさんですか」私は戸惑った。「どうといっても、何も」

「あの子、きついけど、本当はそんなに悪いやつじゃないんだ。だけど、チカと関わるのは止《よ》したほうがいい。一筋縄でいく相手じゃないから」

「関わるも何も。こちらはただのドライバーですから」

「それはそうなんだけど、この業界、病んでる子多いからね」

「病んでる？」

「うん。チカもね。彼女は死にたがりでね。自殺しようとしたことがあるの。私が知っているだけで、もう三回。一度なんか、客が帰った後のホテルの部屋でやっちゃって、救急車呼ばれてさ。店の方も大騒ぎだったよ。店長とか真っ青になっちゃって」

「そうですか。大変ですね」

私はホテル街の細い通りに停められた救急車を想像しながらそう答えた。回転する赤いランプが、原色のネオンをさらに毒々しい色に染め上げる。建物を出入りする救急隊員たち。顔をひきつらせたホテルの支配人。

「最近薬きちんと飲んでんのかな。なんか調子悪そうなんだよね。あんたもそう思わない？」

「いや、さすがにそこまでは。もともと以前の様子を知らないので」

「そうか。そりゃそうだよね。そういえば」と彼女はまた話題を転じた。

「この前、変な女の子が、話を聞きに来たよ」

「変な女の子？」

「うん、なんかおもしろい子でね。調査だとかって。調子に乗っていろいろ喋っちゃった。あんた、知ってる？」

　私はあわてて否定した。

「ああ、ついた。ここで停めてくれる」

　車を降りるとき、彼女は声を低くして言った。

「あんたも今みたいな仕事、ずっと続ける人じゃないよ。早くベストセラーでも書いてさ、それで指名してよ。おもいっきりサービスするから」人差し指を伸ばすと、軽く内側に曲げてみせた。私は彼女のあだ名が〈前立腺の魔術師〉であったことを思い出した。

　彼女はこどもたちを揺り起こした。ルームミラーの内側で、三人はずっと小さくなるまで手を振っていた。

　道々、和泉藍香のことを考えた。彼女がまだ調査を諦めていないことに舌打ちしたい気分だったが、同時に、感嘆し、素晴らしいと思う気持ちが湧き上がるのを否定できなかった。彼女のガッツ、情熱、すぐにのぼせ上がるところを羨ましいと思った。私にも学問こそ人生を捧げるのに相応《ふさわ》しいと思った時があったのだ。車を運転しながら口笛を吹き、自分がいい気持ちでいることに気がついた。彼女がうまくやってのけられるといい。若く、魅力的で、熱意のある人間に世界は優しくあるべきなのだから。

「店長がちょっと来てくれるか、だって」

運転席でうたたねしていたときに、外から窓を叩いてそう告げたのはアユムだった。今日も睡眠時間を削ってゲームをしていたのか、目の下に大きな隈ができている。化粧で隠すのは大変だな、と思いながら、「どこに」と尋ねると、彼女は物憂げに答えた。

「裏手のゴミ捨て場のところだって」

事務所があるマンションの裏手に住人用のゴミ集積場があり、その隣がちっぽけな月極駐車場になっていた。ビルに挟まれて真昼しか日のあたらないそこはいつもうそ寒く、契約している車もまばらだった。近くの飲食店が勝手にものをおいているらしく、野菜の名入りの段ボールが束ねてあったりする。

明かりの届かない隅に人影があった。数メートル手前で、店長とカワサキ、そしてチカであることに気がつく。

「おお、来たな」

店長の視線の先に、膝をついた暗い影があった。もしそのとき、影が崩折《くずお》れて、黄色い胃液を吐きながら横たわらなければ、それが田村だとは認識できなかったかもしれない。ようやくのことで、自分が陰惨な私刑に立ち会っているのだと理解した。寒気が膝から這い上がってきた。カワサキがまた田村の上体を起こして殴り始めた。

今思えばたぶん数分間のできごとだったのだろう。けれども私にはひどく長い時間のように感じられた。夕暮れは永遠に引き伸ばされ、時計の針は蝸牛《かたつむり》の速度でしか動かないと決めたようだった。目の前で男が一方的にいたぶられている。自分はそれをただ眺めている。店長が切れ切れに吐く罵りの言葉から、田村がチカと寝たらしいとわかった。その上彼はやり過ぎた。ただ一度の僥倖《ぎょうこう》で満足できずに、つけまわし、しつこく口説いたのだ。

不貞腐れた表情でチカは立っていた。立て続けにタバコに火をつける。西洋人形めいた華奢な横顔の瞳には何も映っていなかった。時折身震いするのも寒さのせいでしかなく、退屈して早く暖かい場所に帰りたがっているようにしか見えなかった。

「もういいだろ。通報されたりすると面倒だ」

店長がそう言った後は、嘔吐《おうと》の声だけが夕闇に響いた。

ようやくすべてが終わると、店長は足元の紙袋を持ち上げてこちらに歩いてきた。店の子に手を出すとどうなるかわかったな、と言ってから、紙袋を差し出した。

「最近、おまえ、待機部屋に変なもん持ち込んでるらしいな。もうおしまいだ。自分で処分しとけ」

覗き込むと、すぐに、これまで数部ずつコピーをとって綴じた連続小説だとわかった。無言でうなずいた。

紙袋を助手席に置き、アクセルを踏み込むと、後部座席のチカに声をかけた。

「どうして田村と寝たんです」

「別に」と女は視線を窓外にそらす。「理由なんてないよ。たまたま寂しかったから」

「自分で店長に告げ口したんですか」

「あの男うるさいんだもん。マンションまで来たんだよ。つけあがるなってえの」

「チカさんがその気にさせたんじゃないですか」

チカは薄く笑った。

「ずいぶん絡むじゃん。私はさあ、その気にさせてなんぼの商売だよ。そりゃ客にはまた会いたいくらいのことは言うよ。だけどあいつにはそんなこと言ってねえよ。勝手に舞い上がったんだよ」

「男と女でそういうことして、制裁を受けるのは男のほうだけなんですね」

「あたりまえじゃない。店のナンバーワンを傷物にする馬鹿はいないよ」

それだけ言うと、チカは閉じてあったウインドウの上部を薄く開けた。氷のような風が吹き込んできた。

翌朝、私は自室のベッドに寝そべったまま、サイドテーブルのPCを立ち上げた。習慣となった無意識の動作だった。疲れ切って悲鳴をあげている頭と体をなだめつつ画面を眺めていると訃報が届いていた。もう何年も連絡のない学生時代の友人からのメールで、知人が先日死亡したという通知だった。

最初、その死者が誰だかわからなかった。ある事故（メールにはその詳細は伏せる、とあった）があり、数日後に亡くなった。まだぎりぎり四十代だった。やがて記憶の暗がりからひとつの顔が静かに浮上した。サークル室の主だった八年生だ。長机の端に陣取り、下級生相手に熱弁をふるっている。

メールは一斉送信で十数名に送られている。葬儀は家族の手でつつがなく行われたが、友人有志で「偲ぶ会」を開くので、出欠をご連絡願いたいとある。

仰向けになって目を閉じる。彼の哲学的戯言《たわごと》を自分はどれほど愛しただろう。ナーガルジュナからメルロ・ポンティまで、ナグ・ハマディ文書から薔薇十字の秘法まで、彼の博識はとめどがなく、弄する論理は華麗なアクロバットだった。舌先三寸で生み出された思想の蜃気楼《しんきろう》だったけど、十八の私には尽きせぬ刺激だった。シュウシュウと火花を吹き出して跳ね回る知のネズミ花火。すぐに破裂してしまうことを知っていても、聞き惚れているあいだはひたすら楽しかった。

あの輝かしき一九八〇年代、彼は空虚こそが真理なのだと託宣し、無意味な知のゲームをどこまでも続けようと宣言した。なぜならすべては記号の戯れに過ぎないのだし、我々は死ぬまで退屈を凌《しの》がなければならないのだから。だが、世の中は遥かに無粋で残酷で、頭でっかちの幼児をさっさと放り出したのだ。社会不適合者として。死者として。

起き直り、メールを読み直した。「偲ぶ会」に出席すべきだろうか。答えはすぐに出た。バブル時代の売り手市場のおかげで、学生時代のサークル仲間は、みな大手の出版社や放送局に就職している。今頃は課長か係長か知らないが、妻子とマイホームのローンを抱えた連中に混じって何を話したらいいのか見当もつかない。デリヘル・ドライバーの体験談か。駐車場の隅のリンチの話か。

欠席します、冥福をお祈りします、と打ち込んで返信すると、もう眠ることはできなかった。あいかわらず疲労と眠気が頭の芯で疼いている。

立ち上がり、隅に投げ出してあった紙袋を取り上げる。すぐ隣に、最近家屋を取り払った空き地があった。昔は四人家族と一匹の犬がにぎやかに暮らしていた。今は住む人もないまま荒れ果て、やがてパワーショベルがやってきて、数日で更地にしてしまった。

空き地の真ん中で紙袋の中身をあけた。一部取り上げて、使い捨てのライターで火を点ける。昼の光の中で、炎はほとんど色を持たなかった。ただ空気が細かく揺らぎ、陽炎のように滲むだけだった。熱さで持っていられなくなると、地面に置き、注意深く残りのコピーを足していった。インクを載せた白い頁が黒く変わり、脆い灰となって崩れていく。風向きが変わって煙が直撃し、激しくむせた。目の奥がイガイガし、しょっぱい鼻水と涙が出た。その涙をティッシュで拭き取りながら、八年生のことを考えた。彼の優秀な頭脳と稚拙な生き様を思い出して悼んだ。膨大な知識と雄弁とを悼んだ。タバコの煙でいつもかすんでいたサークル室を悼み、壁に落書きしてあった哲学者の箴言《しんげん》を悼んだ。過ぎ去った年月を、あの頃の恋と友情を、そして青春の日々から遥かに遠ざかり、こうして平日の昼日中にうらぶれた住宅街の片隅で個人的な葬礼を行っている自分自身を悼んだ。なぜなら、束の間物語作家であった私はいま消滅し、再び何者でもないものに戻ったからだ。煙はゆるやかな螺旋を描いてのぼっていき、やがて鼠《ねずみ》色の雲にかすんで消えた。

「この店を首になったデリヘル嬢はどこへ行くんですか」とカワサキに聞いたことがある。最近無断欠勤がつづく女の勤務表を見ながら、「もう限界だな、そろそろ切るしかねえか」と店長が呟いているのを聞いた後だった。

「他の店行くだろ。デリヘルなんていくらでもあるからな」

「でもそこでも馘首《かくしゅ》されたら？」

「知らねえな。出会い系使って売りやるか、立ちんぼになるしかねえんじゃねえの」

女たちはほんのささいなことから体調やメンタルを崩し、出勤しなくなった。店に来たとしても、目が虚ろで肌が荒れ、服装もだらしないことが多かった。そういう子は指名が激減してますます落ち込みがちになる。それがひと月もつづくと、自分から言いだして辞めるものが多かった。他店で新規蒔き直しを図るのだろうが、駄目な子はどこ行っても駄目だ、とカワサキは言う。一度崩れてしまうと立ち直るのは難しい。客はすれた女、貧乏くさい女、暗い雰囲気の女を嫌う。三回続けてチェンジを喰らうと、自尊心がずたずたになる。

加えて、職業柄さまざまなトラブルもつきものだった。おおむね週に一度は何かのトラブルがあったと思う。本番強要、スマホによる盗撮、ストーカー騒ぎなどだったが、店長とカワサキが乗り込んでいって脅しつけ、示談金を払わせるのが常だった。けれどもそうした出来事をきっかけに調子が悪くなる女も多い。

年が明けると客足が鈍くなり、店長の苛立ちも高止まりした。

「この調子じゃ、今月は赤字だな」マンションのエントランスを出るとき、珍しくカワサキから口を開いた。今日もひとくさり店長の厭味を聞いたところだった。

「それで店長は荒れ模様なんですか」

「売り上げが悪くなりゃ締め上げられるのは店長だろ。俺たちみたいに呑気じゃいられないだろう」

「誰が店長を締め上げるんです」

「オーナーだよ」

車を走らせながら、なるほどと膝を打った。店長ですら歯車のひとつに過ぎないのだ。たぶん誰もがさらに上の誰かに小突かれつづけているというのが社会の真の姿であって、安楽の場所などどこにもないのだ。もっとも、店長もいたぶられる側なのだという考えは小気味がよくないわけでもなかった。もちろん自分はさらに小さな歯車だが――。

そんなことを考えていたとき、歩道の人影が視界に入った。しばらく迷ってからUターンし、速度を落として路肩に停める。何も気づかずにこちらに歩いてくる和泉藍香の様子をうかがう。実を言えば彼女の調査はどうなったのだろうとずっと気にかかっていたのだった。もっともそこには彼女本人への関心も混じっているのかもしれなかったが、私は自分のその気持ちを嘲笑っていた。四十のデリヘルドライバーが十五も年下の大学院生に恋をするストーリーがあったら、それはコメディ以外にはなりえないだろう。

車のウインドウを開いて、彼女に声をかけた。

藍香はふりむき、こちらを認めると怒りへと表情を変える。大きくクラクション
が鳴った。背後のＢＭＷだった。
「ここじゃ、話もできない。乗りませんか」
藍香は少しためらったのち、唇を結んだまま助手席に座った。私はあらためて彼
女の肉体の放つ生き生きした磁力に圧倒された。少しやつれた様子で不機嫌な表情
を崩さなかったものの、抑えきれない活力が全身から放射されていた。それはたと
え着飾っていたとしても、どこか疲れて見える店の女たちにはないものだった。もっ
とも私も、硬い表情を崩すことはできなかった。アクセルを踏み込みながら口を開
く。
「この前は偉そうに忠告して悪かったと思ってます。あれからどうしたろうと少し
気になっていた」
「いいんです。もう終わったことですから」彼女は肩をこわばらせたまま言葉少な
に返事をする。
「確かにこういう業界ももう少しきちんと知られた方がいいのかもしれない。でも
やり方が難しい」
彼女は少し戸惑ったようだった。私が本気なのか確かめようというように視線が
すばやく動いた。
「なんですか。またお説教がしたいんですか」
「いや、そうじゃない。あなた、うちの店のデリヘル嬢に話を聞いているでしょう」

和泉藍香は顔を背けた。

「答える義務はありますか。あなたは私の――」

「先生でも知人でもない」私は機先を制して言った。「その通り。だから、もう止めない。ただあなたのことは何人かの店の女の子から聞いた。少しだけ話をさせて欲しい」

藍香は、何を言い出すのか、と警戒する表情だ。

「別に店の回し者として言っているわけじゃない。むしろあなたの調査がうまくいくといいと思ってるんです。トラブルもなく、誰も傷つかず」

藍香は、どこまで信用していいのだろうという表情でこちらを見つめている。「言いたいことがあるなら早く言ってください」

「まず指導教員とは早く和解したほうがいい。喧嘩したままじゃ修論は通らない。現段階でのリサーチの結果を持って一度会いにいったらいい。成果があがっているとわかれば、それほど無理は言わないんじゃないかと思う」

「どこまで上から目線なの」堪えかねたように藍香が口を切った。「私の指導教員について何を知ってるっていうの。若い女だと思って馬鹿にしてるんでしょう。そうやって上手《うわて》に出れば、言うことを聞くと思ってる。調子に乗らないで。たかがドライバー――」

「僕だって大学院くらい出てるんだ」私は大きな声を出した。「たかがデリヘル・ドライバーの分際でって言いたいのか。そうだ。僕は食い詰めてこの仕事をしている。くだらないと思ったら、全部聞き流してもらっていい」

　藍香は息を止めて、目を瞠っている。私は二、三度深呼吸して、気持ちが鎮まるのを待った。それから話し出した。

「通常の調査なら、質問票に沿って話を聞いていくのかもしれないけど、彼女たちが相手のときは、もう少し自由にやったほうがいいと思う。彼女たちは客の話は聞いても、自分のことを語る機会は少ない。だから、話をしてくれ、と言われて最初は戸惑うかもしれない。でも、決して厭じゃないと思う。実際、あなたにインタビューされて嬉しかったという声を聞いてる。インタビューのときは、自分の聞きたいことだけじゃなく、彼女たちの言いたいことに耳を傾けて欲しい。もし生い立ちや幼いころのことを話し出したらていねいに聞いてあげてください。たぶんそれは彼氏にも言えなかったか、言う機会のなかった事柄なんだ。もともとじっくり自分の話を聞いてもらった経験の少ない人たちなんですよ。ていねいに話を聞いてあげたら、信頼されると思う」

「本当に信頼してもらえるでしょうか」藍香が必死に私を見た。彼女も、決して自信があるわけではないのだろう。

「たぶん。そもそも好感を持たれていなければ、インタビューに応じてくれないでしょう。もしかしてあなたには人の心を開かせる何かがあるのかもしれない」

　たぶんあまりに直情的だからだろう。人に言えないコンプレックスや後ろめたさを抱えがちなデリヘル嬢たちは、彼女のストレートさに惹かれるのだ。だが、その真っ直ぐさが逆に反発を生むこともあるかもしれない。

「ただ、どうしてもあなたみたいな人は彼女たちから見れば――」

しばらく口ごもっていると、彼女のほうから、つづけてください、とうながしてきた。

「あなたみたいな人は、眩しく見えるんだよ」

「眩しく？　どういうこと」

「好きな勉強をする機会と能力を与えられている。それだけで劣等感を抱いて落ち込むんだよ。それだけに、もし不当に扱われてると感じたら、理不尽なほど激昂するかもしれない。なんというか、彼女たちは」私は少しことばを探した。「きちんと扱われた経験が人より少ないんだ。それだけは意識して欲しい」

速度を落とし、路肩につける。

「これで全部。時間をとって悪かった」

歩道に降り立ち、ドアを閉めかけてから、思い直したように藍香が車内を覗き込んだ。

「よかったら連絡先、教えてもらえませんか。何かあったとき連絡できるように」

私は少し迷ってから、手元のメモ帳を一枚破って電話番号を書き込んだ。

「本当を言うと、僕も君がうらやましいんだ」

「どうして」

「まだ若く、学問に情熱を持っている。どちらも僕が失ったものだから」

彼女は何も応えなかった。ただ小さくうなずいて、ドアを閉めただけだった。

彼女が早足で歩いていくのをしばらく眺めていた。もうたぶん言葉を交わすこともないだろうと思うと、胸が痛み、そのことに気づいて愕然とした。私はどうやらコメディの主人公になってしまったようだった。


明け方、家に帰る女たちを送り届ける。これが一日最後の業務だった。実際にはホストクラブに行くものも、彼氏の部屋に向かうものもいたが、女たちの言うとおりにしろ、が店長の命令だったから、私は言われるがまま車を走らせた。

その日は四人いた女たちが一人ずつ降りていき、最後に後部座席のチカが残った。憂鬱な顔で外を眺めていた。

マンションに着いた。彼女が降りていくと、私はため息をひとつついた。ようやく長い夜が終わったのだ。あとは自宅で何かひっかけて寝るだけだ。

だが外から助手席の窓を叩く音でその思いは破られた。確かにマンションに向かったはずのチカが立っていた。

「まだ帰りたくないの。どこかに連れて行って」

返事を待たずにサイドシートに滑り込んできた。

「どこかってどこです」

「どこでもいい」

弱って黙っていると、チカは強くダッシュボードを叩き「早く」と催促する。仕方なく車を発進させながら「どこでもいいと言われても困ります」と抗議した。「海がいい。どこか人気のない砂浜までドライブして」

頭のなかで地図を確認する。埋め立てられず工場や倉庫になっていない海岸など、どこまで行けば見つかるのだろう。

「無理ですよ。行って帰ってくるだけで昼近くなっちゃいます」

「どこかないの」

「どんな場所に行きたいんですか」

「そうね」彼女は思案する表情になった。「寂しいところがいい。賑やかなのは厭。それで眺めのいいところ」

しばらく考えてから念をおした。「殺風景な場所でいいんですね。本当に何もないし、誰もわざわざ来たいとは思わない」

チカが初めて笑った。客の前では知らないが、それまで私に笑みを見せることなどなかったのだ。笑うとそれまでの刺々しさが霧消して、華奢で傷つきやすい少女の印象に変わった。

「そう。そういう場所がいいの。殺風景なら殺風景なほどいい」

だが彼女の変身は一瞬だった。口を閉じ、視線を膝に落とすと、やはり痩せこけた疲れた女だった。ハンドバッグから携帯の灰皿を取り出すと、メンソールに火を点けた。一応禁煙なんですが、という言葉は当然のように無視された。

車は、私の実家のある町に向かっていた。F市の中心部を離れると高層の建物は減少し、冬枯れの畑地や林が目立ってくる。朝日は厚い雲の裏側に隠れたまま顔を出すつもりはなさそうで、白茶けた寒々しい光が流れてゆく景色を磨いている。

やがて車は変哲もない街外れについた。車を降り、傍らの建物を指差した。以前数回登ったことのある九階建てのビルディングだった。

「一番上まであがれます。屋上に鍵がかかってないんです。眺めはいい。だけど別段見るに価するものはありません。ありふれた田舎の風景。田んぼ、畑、マッチ箱みたいなアパート、そんなもんです」

チカは唇を噛んで顔をしかめながら建物を見上げていた。

「どこから登るの」

「外の階段です。オートロックなんで中には入れない。エレベーターなしだと結構きついですよ。どうします。やめときますか」

彼女は無言で首を振ると先に立って歩き出した。金属製の階段が震えて音をたてる。三階の踊り場でパンプスを脱ぎ捨てて、私に持つように言った。ストッキング越しに伝わるステップの冷たさを想像するだけで身が竦んだが、彼女は気にかけていない様子だった。

以前と同じように、屋上に通じる防火扉は低い軋みをあげて開いた。チカは敢然と一歩を踏み出し、「いいじゃない」と歓声をあげた。

「よく、こんなところ見つけたね。本当に殺風景」

細身の黒いコートを身につけた彼女は、廃墟に舞い降りた鴉といった風だった。

鋭角的な身体のシルエットが何もない屋上の光景によく似合っていた。彼女は端まで歩いて行き、手すりをつかんでぐっと身を乗り出すと、また元に戻り、タバコを取り出して火を点けた。

「あんたも変わってるね。どうしてこんな場所知ってるの」

「なんとなく気になって階段を上ってみたんです。そうしたらここを発見した」

「そう」

彼女は煙をため息とともに吐き出すと黙り込んだ。ラメ入りのピンヒールを持った私は、少し距離をおいて彼女と、その背後の風景を眺めていた。空は灰色に曇ったままで、そこから降りてくる陽光はあいかわらず体を温めてはくれなかった。

ねえ、と彼女が言い、私は身構える。その短い言葉のなかに、明瞭な怒りの響きを感じとる。

ねえ、と彼女は繰り返す。「どうして、私をこの場所に連れてきたの」

「どうしてって、チカさんが——」

「そう」彼女はまた煙を吐き出した。「ここから飛び降りたら死ねるよね。死ねないかな」

私は用心して下を見下ろし、地上までの距離を目測した。

「さあ、高さ四十メートルとして、骨折だけというわけにはいかないでしょうね。半身不随か、やっぱり死亡かな」

「あなた笑ってるね」彼女自身も笑みに唇を歪めながら言った。「何がおかしいの。

なんで笑いながらそんなこと言うの」

「笑ってませんよ」

「いや、笑ってた」

そして黙ったままでいる私にさらに言葉を継いだ。

「あなた、私なんか死ねばいいと思ってるでしょう。私がクズだから。そう思ってここに連れてきたんでしょう」

「いや、そんなこと思ってません」

私は否定した。たぶん表情は強張っていたと思う。

「絶対思ってる」

「思ってませんよ」

「私のこと嫌いだよね。つくづく厭な女だと思ってるよね」

私は肯定も否定もしなかった。その問いに応えようとすれば、あんたのそういうところが厭なんだと本音が出てしまいそうだった。そのかわり別のことを話し出した。

「自分こそろくなもんじゃないです。この年で稼ぎも悪くて貯金もないし、友人も恋人もいないし、家族からは見放されてるし、何より何の希望も展望もないんです。とても人のことをクズだなんて見下す余裕なんかありません」

「はは、笑えるよ。あんた、偉そうに。あんたってさあ、なんか、いるだけですでに上から目線なんだよね。人のこと小馬鹿にしてるっていうか、自分の方が頭がいいんだって顔してるんだよね。そういうのがなんかムカつくんだよ」

「そうですか。じゃあ、謝ります。でも、自分の顔とか自分で選んだわけじゃないんで。自分じゃどうしようもないです」

「あたりまえじゃん。っていうか、そういう言い方が偉そうだっていってんの。あんたさ、ひけらかしてんだよ。自分を。黙っているときでも。俺とあんたたちとは違うよ、って感じで」

「そう。じゃあ違うんでしょう、きっと」

ほとんど自棄《やけ》に近い気持ちになりながら、腰までの高さの手すりを握りしめた。

ここからこの回想の一番奇妙な部分に入る。

あれから八年経った今でも、このあと自分がやってのけたことをうまく理解できずにいる。自己否定の情熱か、とてつもない愚行か。もしこれが酔いつぶれた二十歳の若者のしたことならば、よくある意気がりと片付けられるのかもしれないが、私は二十歳の若者ではなかった。ドラッグもアルコールも摂取しておらず、危険や違法行為を見せびらかして喜ぶ年頃でもなかった。眠れない夜や無為の時間に、ふとあのときの光景が蘇り、なぜあんなことをしたのかと自分に問いかける。今この瞬間も、この文章を綴りながら、アルコール漬けの脳髄を振り絞って自分は何をしたのかと考えている。私は彼女を挑発していたのだろうか。自殺未遂をくりかえしているという彼女を嘲弄し、軽蔑の念を表明していたのだろうか。そうした動機は否定できない。彼女に強い苛立ちを感じていた。だからいつも未遂に終わってしまう彼女よりも自分が勇敢だと見せつけたい気持ちがあったのかもしれない。行為によって彼女を侮蔑し、自分の優位を証明したかったのかもしれない。だが、それだけでは説明できない。ある意味でチカはきっかけに過ぎず、彼女は私の内側にあったものを露出させたのだと考えている。

あのとき、私はほんの一瞬で錆び付いた鉄の手すりをまたぎ越えて見せたのだった。コンクリートの庇から下を見下ろすと、爪先が数センチ虚空に突き出していた。背後で、チカが息をのむのがわかった。手すりの内側でならためらいもなく見下ろせる距離が、こちらでは眩暈を起こさせる深淵になる。

ひとつだけ言えることがある。孤独は人を不安定にする。雪山で遭難した登山家が凍傷で手足の指を失っていくようにじわじわと人の精神を蝕む。それは必ずしも痛みを伴わないし、当人にも自覚されない。後になって分厚いスノーブーツを脱いではじめて、自分の貴重な一部分が、黒く変色して、すでに喪われていることに気づくのだ。聞いた話だが、スイス製の高級腕時計でも、真空状態に放置すると狂うという。最初は半秒、やがて一分、一時間、あってはならない時刻のズレが生じ、やがて現実とはまったく無関係な時間を指すようになってしまうのだという。誰からも必要とされず、誰からも求められない生活というのは、真空状態に似ている。私もまた、見かけはいつもと変わらないまま、完全にたがが外れていたのだろう。そうでなければなぜあのようなことをしたのか説明できない。

希死念慮のようなものは存在しなかった。もう死んでしまいたい、もう死ぬほかない、そんな黒々とした激情とは無縁だった。そうではなく、感じていたのは、私が消えたとしても世界は何も失いはしないということだった。私の消失を知って、声をあげて嘆く人間は現れないだろう。誰も心から悔やみはしないだろう。私のために涙を流すものはないだろう。私はこの世界に何も善きものをもたらしてないのだから。私は失敗した人間だった。どのような価値とも無縁だった。だからこの生存は基本的に無意味な行為で、私自身も含めて、結局のところ誰も利益を得ていないように思われた。

今でこそ、あまりに傲岸かつ近視眼的な考えだと理解できる。これでは特別優れた人間にしか生きている価値などないようだ。ただ、当時意識してそう思っていたのではなく、漠然とそのように感じていたのである。自分がこの世界にいるのは場違いだと感じていたのである。

「ちょっと、ねえ、何してるの」悲鳴のような声が聞こえた。

そのとき、驚くべき考えが閃いた。チカが自分で死ねないのなら、私が代理を務めればいいのだ。何を言っているのか理解されないだろう。まったく非論理の極みである。ある意味では、もう自分でも了解できなくなっているこの考えが、しかしこの瞬間にはこの上ない明瞭さで立ち現れたのだ。チカではなく、私が死ぬ。空っぽの自分に、無をかけあわせる。それはごく自然な算法であるように思えた。ゼロ×ゼロ＝ゼロ。小学生だって納得する式である。このプランの最大の妙味は、死にたがってるのはチカであって、私ではないということだった。私に死ぬ理由など微塵もない。だからこそ、私は真の自由とともに死の中に入っていけるのだった。絶望、激情、錯乱、失意、そうした人を盲目にする感情の嵐と一切無縁なまま、淡々と別のレベルへと入っていく。ただ、死ぬのだ。純粋行為であり、純然たる自己抹消。これはあらゆる意味や価値から切り離された、たぶんこの世界で可能な唯一の行為だった。

私は手すりを後ろ手につかんだまま、体操選手のように、あるいは舳先にとりつけられた船首像のようにゆっくり体を前傾させていった。指の下の錆びついた塗装が剝がれるか、汗のためスリップするだけで私は九階分の空間を落下することになる。永遠への離陸。最初で最後の飛翔。じっと前を見る。はるか下の路面が見えた。黒いアスファルト、放置されたままの自転車、緑の生垣と裸になった街路樹。それらの平凡な光景が、目にすることのできる世界の最後の断片だという思いによって息をのむほど美しく変容した。私はほんの束の間、すべてを見通すことができた気がしていた。私自身がまったき無なのだとしたら、生と死はあらゆる意味で等価なのだ。ある意味では死は存在しないのだ。それは鏡が見せる像のようなまやかしなのだ。この認識が光のように滑りいってきた瞬間、自分がふわりと持ち上げられ高められた気がした。今なら翔ぶことができそうだった。

そのまま決行してしまわなかったことを、私はつくづく幸運だと思う。すべては偶然に任されていた。丁か半か。赤か黒か。同じように、あの八年前の冬に私の人生が唐突な幕切れを迎えていた可能性は充分にあった。そうであれば、今頃この文章を綴ってもいないわけだ。

　きっかけは脇腹を冷たい汗がたらりと伝うのを感じたことだった。この感覚は、ほとんど銃弾のように私を貫いた。それは純然たる恐怖だった。生理的で根深く、胃の腑から猛烈な勢いで湧き上がってくる恐怖だった。手のひらに脂汗がにじみ、手すりがすべりそうになるのを必死で握り直した。先ほどまでの達観は一瞬で消え失せていた。無限の深淵の上に宙吊りにされて、よるべなく震えているのだった。私は目を閉じ、じっとこらえた。底深い恐怖と、もうどうでもいいという自棄の感情が厳密な釣り合いを保って自分の中に存在していた。この天秤が、ほんの一グラムでも自棄の方に傾けば、私は手を離して虚空を落下していくことになるのだった。すでに両腕の筋肉は、無理な体勢がつづくことへの抗議を表明していた。究極の瞬間は過ぎ去った。

　私は気力を振り絞って、全身を徐々に垂直に立て直していった。肩の付け根の肉が痛んだ。ようやく背中の下部に手すりの横棒が触れたとき、どっと全身から汗が噴き出した。私はチカの手に助けられて手すりを越え、その場に座り込んだ。膝が笑っていた。チカはただひたすら、よかった、よかった、と繰り返していた。

　彼女の顔を見られるようになるまで、二、三分かかったと思う。チカは怒っても呆れてもおらず、ただひたすら安堵しているふうだった。

「どうしたの。びっくりしたよ。何だったの。驚かせないでよ、もう」

　何も答えることができなかった。自分でも呆然としていたのだ。

力の入らない両足でなんとか立ち上がると、チカが手を貸してきた。不思議なことに彼女は高揚している様子だった。涙を流しながら笑っているのだった。よかった、びっくりしたと何度もくりかえし、ティッシュを取り出して洟をかんだ。私は彼女が自分を責めようとしないのが不思議だった。

けれども彼女は崩れてしまったアイラインを拭い取りながら、「ねえ、きれいだよね。ここ。本当に」と手すりの向こうの風景を指差すのだった。「みんな灰色でね。寂しくて」

チカの言う通り、陰鬱な雲が垂れ込める下で、道路と家々と枯草色の畑地とが背筋をすくめて縮こまっていた。いつ雨か雪が落ちてきてもおかしくなさそうな、心までかじかませる風景だった。まだまだ長い冬が続く。そう思わせる景色だった。

次の週、予期せぬ人間と出くわした。田村である。出勤すると、マンションの駐車場に彼が愛用のスズキワゴンRとともに立っていたのだ。

例のリンチ事件以来彼の姿を見ていなかったので、私は驚いた。彼の方は何事もなかったように話しかけてきた。

「よう。最近どうだ」

「びっくりしたな。もう辞めたのかと思っていた」

「辞めてどうする。食えなくなるだけじゃないか」

彼の顔をまじまじと眺めたが、殴られた時の痣《あざ》はすでに消えて、うっすらとかすかな青みが残っているだけだった。表情にも屈託のようなものは見受けられなかった。

　私たちはしばらく立ち話をした。新しい儲け話があるので乗らないかと言うので、少し聞いてみると、風俗嬢の気を惹く方法をネットで売るというのだった。軽く受け流し、すぐに別れた。今晩の戦闘準備を整えた女たちが連れ立ってエントランスから現れたからだった。

　ハンドルを握りながら、私は少しだけいい気分になれた。田村がいないあいだ、代理にカワサキが入っていたとはいえ、ひどく多忙だったし、ホテルで待つ女たちもなかなか迎えがこないので苛々していた。デリヘル・ドライバーはすぐ誰にでもできる仕事というわけではない。近在のホテルの場所、駐車場の位置、深夜の交通事情、渋滞の具合といったものがすっかり頭に入っていなければならないわけだが、こちらがようやく見習いを脱した頃に田村は姿を消したのだった。要領を心得た彼が帰ってくれれば、また私も余裕を持って仕事をすることができるだろう。

　けれど私が喜んでいたのは、そうした理由のためだけではなかった。確かに卑劣で救いがたい人間だったが、結局のところ、彼は友人なのだ。数少ない未だ交流のある知人であり、仕事を紹介してくれた恩人でもあるのだった。

　それから二週間ほど、何も特別なことは起きなかった。冬は疲れた足取りでのろのろと進み、男たちは途切れずにやってきて、女の体に慰安を求めた。寒さは一日ごとに厳しさを増し、風は刃物のように冷たくなった。車のエアコンを強めに設定しても、足元の寒さはいつまでも消えなかった。

その晩、私は客の待つホテルにマサヨを送り届けた。いつものように白いマスクで顔の大半を隠したままのマサヨが消えたあと、シートを倒して軽く目を閉じた。ウイークデイなので、客は立て込んでいない。運が良ければ一時間ほど休めるだろう。

しばらくして携帯が鳴った。見てみると事務所ではない未知の番号で、不審に思いながら通話キーを押した。まず抑えた息遣いが聞こえてくる。それからはりつめた声。

「あの、今、いいですか。私、藍香です。和泉藍香」

驚きつつも構わないというと、彼女は一瞬ためらってから意外なことばを口にした。

「チカさんの身元引受人になってもらえませんか。今すぐに。警察署にいるんです。身元引受人が来れば釈放すると言っています」

「どうしてそんなところに？　それになぜあなたが一緒なんだ」

「詳しい説明は後でします。他に誰に頼んだらいいのかわからなくて」吐息が聞こえた。「勤め先の同僚ならいいらしいんです」

私は時計を見た。マサヨが出てくるまであと三十五分。警察署までは七分くらいだろうか。

「今行くよ」

走り出してすぐに再び電話が鳴り、信号待ちのときに出ると、今度は店長からだった。

「おい、チカの居場所知らないか。客とトラブったらしい」

「わかりません」と慎重に応えると、「もし見つけたらすぐに連絡するように」と言い残して店長は電話を切った。

警察署のエントランスに藍香は人待ち顔で立っていた。早足で近づいてくるのを見ると、右の二の腕に包帯を巻いている。「どうしたの」と尋ねたら、「かすり傷ですから」と返事にもならない返事が返ってきた。すっかり疲れ切った様子だった。

私にうながされて、彼女は事情を説明し始めた。

「今日、仕事のあとにインタビューさせてもらえる約束で、ロビーで待ってたんです」と彼女は近くのホテルの名前を出した。ラブホテルではなく、一般客も利用するシティホテルだった。

「それが、エレベーターからチカさんと男の人が怒鳴りあいながら降りてきて、しばらく揉み合ってたんですけど、そのうちチカさんが小さなナイフを――」

どうやらチカは、喧嘩が始まったときに、ホテルの部屋にあった果物ナイフを持ち出したらしい。男は恐れをなして逃げ出し、割って入ろうとした藍香は傷つけられた。

「フロントの人が警察に通報して」

「今、彼女は」

「取り調べは終わって、医務室にいます」

「医務室に」

「男が逃げたあと、彼女あちこち自分の皮膚切りだして」

そのときの光景を思い出したのか、顔をしかめながら言う。

「自分が情けなくて。私、二人が揉み合っているときもびっくりしちゃって何もできなかったんです」

「それが普通だよ」

「風俗は日本の縮図だなんて、普段偉そうなこと言っていたのに」

彼女は本当に打ちひしがれているようだった。確かに今回のような出来事に遭遇すれば、動転して当然だろう。私自身、血まみれのチカの姿を想像するだけで胸が悪くなりそうだった。

藍香に連れられて、事務室のようなところで書類を書かされた。深夜の警察署は人の影もまばらで、フロアでは数人の警官たちが、あくびを噛み殺しながらテレビのニュースを眺めていた。私が書き終えると、その一人が立ち上がってきて、藍香の腕を眺めながら「全治一週間だったね。被害届出しとく?」と尋ねた。彼女は頭を横に振った。警官はデスクに戻ると、チカのハンドバッグを持ってきた。

「ずいぶん具合悪そうだったから、きちんと家まで送ってあげた方がいいよ」

チカはベッドにいた。医務室の皺一つないシーツの上に、横たわるのではなく、壁に背をもたせかけるかたちで座っていた。私たちが入ってきても、彼女は何も言わなかった。ただゆっくりと首を回したが、その視線は私たちを素通りしていった。

「解離みたいですね。ショックで心ここにあらず、という状況なんですよ」と男性看護師が言った。

二人で手を貸して、チカを署の玄関まで連れていって車に乗せた。藍香の説明の通り、チカの腕や首筋には包帯が巻かれていた。シートに投げ出してあった携帯電話を見て藍香が詫びを言った。

「お仕事中に呼び出してしまったんですね。すみません。私、本当にどうしたらいいかわからなくて」

「いや、僕で良かったと思うよ。他の人よりずっと良かった」

店長がこのことを知ったらどういう対応をするだろう。いずれ知られるのは避けられないだろうが。

私は携帯を取り上げて、着信音が鳴らない設定にした。むろんマサヨを迎えに行く時刻はとっくに過ぎていたが、たぶん代わりに田村が行ったろう。

「チカさん、マンションまで送りますね。それでいいでしょう?」

心持ち声を大きくして、チカに話しかける。曖昧にうなずいたように見えた。動き出すと、藍香が後ろから身を乗り出して話しかけてきた。

「チカさんから聞きました。お店のスタッフに小説家がいるって」

「小説家だなんて」

「いえ、みんなそう言っているみたいですよ。すごいって。ねえ、そうですよね、チカさん」

最後は、チカの放心を覚まそうとして言ったのだが、相変わらず彼女は俯いたままだ。手応えの無さに藍香は黙りこむ。私は以前チカを送った時のことを思い出しながら車を走らせた。何事もなければ数分で彼女のマンションに着くだろう。

たぶんこれでチカは首になるだろうな、とハンドルを握りながら考えていた。いくら客に人気があっても、刃傷沙汰まで起こしてしまうようではリスクがありすぎる。それに最近のチカはいかにも不安定で荒んだ雰囲気が色濃くなっている。客足もじきに離れていくだろう。

目的のマンションについた。

「さあ、降りてください」

藍香が抱えるようにして車から降ろしても彼女は呆然としたままだった。ゆっくりと路上をみまわして認知症になった老女のような表情で「ここじゃないよ、私のうち」と呟く。

「そんなことないでしょう。ほら一緒に部屋まで行きますから」

応える藍香を押しのけて、彼女は車道に歩み寄った。

「ううん、この前引っ越したから」

そういえば、チカが引越し魔だという話を聞いたことを思い出した。気分転換のため、半年ごとに住む場所を変えるのだという。引越し代だけでも馬鹿にならないはずだが、我慢がきかないのが彼女だった。

「それ先に言ってもらわないと。もう一度車乗ってください」

そのとき、ジャケットのポケットに突っ込んであった携帯が震えた。店長からだとわかりしぶしぶ電話に出る。

「おい、おまえチカといるんだろう。さっさと連れてこい」大声がスピーカーから漏れる。私は急いで車から離れ、小声で返事をした。

「ちょっと待ってください。まだ彼女普通じゃないんです」

「うるせえ。おまえ勝手に何やってんだ。おまえが警察からチカ連れ出したことはわかってんだよ」

「詳しいことはあとで説明します。まずは彼女を家に送りますから」

「てめえ、何考えてんだ。あとで説明なんて眠たいこと言ってんじゃねえよ。あとで吠え面かくのはてめえだ。二度と店に顔出しできるなんて思うなよ」

私はこちらから電話を切ってため息をついた。店長の喚き声を耳にして藍香もこちらにやってきている。

「なんだか大変なことになっちゃいましたね。すみません。私のせいで」ばつが悪そうな表情で言う。「もしかして、首、ですか」

「そういうことになるかな」

ひゃあ、と彼女が目を剝いた。「私、一人の人の人生を変えてしまったんですね」

その言い方が茶化されているようで、思わず唇をとがらせて言い返す。「いいんだよ。どうせ時間の問題だったんだから」それに、と心の中で付け加える。思ったより長くもった方だ。意外と楽しかった。ただ、また無職の日々が始まるのかと思うと気が沈むのも事実だった。

「すみません。そんなつもりじゃないんです」と藍香は素直に謝った。そして振り返って大声を出した。「大変。チカさんが」

いつのまにかチカは、横断歩道もない道路にさまよい出ていた。驚いた乗用車がクラクションを鳴らして危うく隣を掠め過ぎる。私たちは息を呑むばかりで、身動きも忘れていた。チカはそれでも何とか道路の向かい側に辿り着くと、折良く走ってきたタクシーを停めて乗り込んだ。

「ちょっと。このまま行かせちゃっていいんですか」

藍香の言葉で我に返る。けれどタクシーはすでにドアを閉めて反対方向に走り出している。

「だってもう仕方ないだろう」

「そんなこと言って。今の見たでしょう。彼女、尋常じゃないですよ。落ち着くまで一緒にいてあげないと」

確かに彼女の様子は只事ではない。そう思うとざわざわと不安が波だった。追いかけられるだけは追いかけてみるべきかもしれない。車に乗り込み、エンジンをかけたときだった。後ろから走ってきたメタリックグリーンのバイクが鼻先に割り込んできて藍香が小さな悲鳴をあげた。

一体なんのつもりだと頭が灼けかけるが、すぐに相手がカワサキだと気がついた。

バイクにまたがったまま、ヘルメットを脱ぐと、カワサキはこちらを見下ろしてせせら笑った。

「勤務時間中に女といちゃついてるとはいいご身分だな」

驚きのあまり私の左腕にしがみついていた藍香がその言葉で離れる。だが気持ちがおさまらなかったらしく「あなた、誰ですか」とカワサキを睨みつけた。カワサキは眉をひそめた。私は車から降りてバイクの隣に立った。

「おまえ、店長が捜してんの知ってんのか」

「カワサキさんこそ何してんですか」

「ここ、チカのマンションだろう」カワサキは顎で隣の建物を指した。

「それがもうここに住んでいないらしいんですよ」

「どこいったんだ」

「わかりません」

「しょうがねえな」とカワサキは舌打ちすると、二、三度エンジンを大きくふかした。「おまえ、このまま呼び出しに応じないつもりか」

私は無言で肩をすくめた。たぶんそうなるだろう。今週分の給料がふいになるのが残念だが仕方がない。

「ま、勝手にしろ」それから目を細めた。「おまえ、本当にチカの行き先知らないんだろうな」

「知りませんよ。目を離したすきに見失ったんです」タクシーに乗ったことを言うつもりはなかった。

「ふうん。じゃ、ちょっとこのあたりを捜してみるか」

爆音を残して彼が走り去るのを見送って車に戻る。藍香が「今の人って用心棒ですよね」と聞いてくる。

「だいたいそんな感じ」

「何度か見かけてはいたんです。マッチョすぎて、とてもインタビュー申し込めるような雰囲気じゃないなって」

「絶対やめたほうがいい」

「あっ」と藍香が叫ぶ。「見てください。タクシー、まだあそこに」

背後のずっと先の方の交差点に、チカが乗り込んだタクシーが停まっている。朝の光でブルーの車体がくっきりと見えた。信号が変わり、動き出す。

「追いかけましょう。まだ間に合う」

国道を走っている車は少なかったが、スピードをあげても、なかなか距離を詰めることはできなかった。その上、光が眩しくて姿をたびたび見失いそうになる。

信号待ちのあいだ、藍香が座席を代わるよう要求してきた。

「どうして」

「私の方が運転がうまい」

「趣味はドライブ?」

「よく秩父《ちちぶ》まで行って峠《とうげ》を攻めてました」

席をチェンジしたところで信号が青に変わり、車は弾かれたみたいに飛び出した。思わず天井のグリップを握りしめる。

　住宅街に消えたタクシーを追って、コロナは派手に尻を振りながら左折した。ちらりとブルーの車体が見えた。藍香は忙しくハンドルを操りながら、ルームミラーを気にしている。何かあるのかとふりかえったが、変哲もない建物が並んでいるだけだ。

「さっきのバイクがちらりと見えた気がして」と藍香が弁解した。

　右折、左折をくりかえしてタクシーの後を追ううちに、道幅が狭くなり、見通しが悪くなった。たびたびタクシーを見失う。その上、学校へ向かう小学生の列に行く手を阻まれた。藍香はハンドルを指先でせわしなく叩きながら、こどもたちの列が切れるのを待っている。ようやく道路が空いてから、今度は速度を落として発車した。運転しながら周囲に目を配る。

「捜してください。そう遠くには行ってないと思う」

　人気のない朝方の住宅街をのろのろと流していく。片側は川岸らしく、背の低い土手がつづいている。

「あそこだ」

　一瞬、茶色の建物の手前に例のタクシーが停まっているのが見えた。狭い通りで急に停車し、Uターンをはじめるコロナを、出勤途上のサラリーマンが迷惑顔で眺めている。助手席から申し訳程度に会釈し、何度かハンドルを切り返して方向転換する。先ほどの建物の前についたとき、タクシーはすでに発車して、チカがエントランスに入るのが見えた。あわてて追いかけるが、硝子のドアに阻まれる。

「だめ、オートロックがかかってます」

あらためて見てみると、二階建ての低層マンションだった。家賃だってけっこう高そうだ。どうしようかと顔を見合わせて、ひとまず連れ立って周囲をぐるりと歩いてみることにした。

「とにかく家まで辿り着いたんだから」

もう僕らも帰っていいんじゃないか、そういう含みで話しかけると、藍香は煮え切らない返事をした。

「でも、なんだか不安なんです」

そう言われるとこちらまでまた不安になる。ぐるりとマンションの敷地の周りを歩いてみる。周囲はほとんどが小綺麗な建売住宅だが、一箇所だけ金属製のフェンス越しにマンションのバルコニーを見通せる箇所があった。

「ほら、あそこ」

明かりのついた一階の角部屋にコートを着込んだままのチカが屈みこんでいる。

「なにやってるんだろう」最初は、具合が悪くてうずくまっているのかと思ったが自室だ。疲れたのならソファに寝そべったって、床に寝転んだっていいはずだ。

「あれ、ストーブじゃないですか。温度調節かな」

「だからこんなところで他人の部屋を覗き込んでる方が問題だよ」

自分でもそう言いながら目が離せないのは、何かがおかしいという気がするからだ。

「いえ、違いますよ。ストーブから燃料タンクを抜き出した」声が悲鳴のように高くなる。「やだ、どうしよう。灯油をカーペットに撒いてる」

私たちはあわててフェンスを乗り越えた。チカの部屋の窓には鍵がかかっている。手のひらでサッシ窓を強く叩くと、チカが顔をあげた。私たちを見ても驚くわけではなく、医務室で会ったときから変わらない放心の表情だった。彼女はタンクを床に置くと一度キッチンに姿を消し、すぐにライターを持って戻って来た。「お願い、やめて」と藍香が叫んだ。チカはこちらに向かって口を開いた。あいだを隔てている硝子のせいで声は聞こえなかったが、唇のかたちから「さよなら」と言ったのだとはっきりわかった。

鋭い破砕音とともに、黒いバイクスーツの人影が室内に飛び込んでいった。カワサキはチカの肩をつかんで、天井近くまで立ち上がった炎から引き離すと、「ぐずぐずしてんじゃねえぞ、早く消せ」と振り返って怒鳴った。私もあわてて後につづき、ソファの上にあった毛布で火勢を抑えにかかった。つづいて藍香が、探し出してきた消火器を噴射した。たちまち室内は消火剤の白い霧で覆われ、何も見えなくなった。

二時間後、私たちは川岸の遊歩道に据えられたベンチに座っていた。マンションの部屋で行われた事情聴取や現場検証からようやく解放されたところだった。

救急車や警察が現れるのに先立ってカワサキは退散していた。

「窓硝子はおまえが割ったってことにしておけ」と黒塗りの警棒を押し付けられた。

「俺の名前を口に出すんじゃねえぞ」

チカは取り乱すこともなく救急隊員の手で運ばれていった。最低限の意識はあるにしても、おそらく昏迷状態だったのではないかと思う。隊員の腕にぐったりよりかかり、何を聞いても返答らしい返答は返ってこなかった。

「ねえ、これからチカさんどうなると思います」

ずっと黙っていた藍香が尋ねる。

「さあ、今の仕事をつづけるのは無理なんじゃないか。でもちょうど潮時だったんだと思う」

「帰る実家とかあるんでしょうか」

「どうだろうね。うまく居場所が見つかるといいけど」

口で言うほどたやすいことでないのはわかっている。日々の生活の金銭はどうするのか。精神科にかかる必要だってあるかもしれない。

「あーあ、私、もうちょっと役に立てるような気がしていたんですけどね。結局何もできなかった」

「そんなことないよ。あなたが強引に後を追っかけるように言わなかったら、今頃彼女は死んでいたかもしれない。それどころか、マンション全体が火に包まれていたかも」自分で口にしながら自分のことばにぞっとした。もっといくらでもひどい事態になることはありえたのだ。

「それはそうかもしれないけど——」彼女は手の中の缶コーヒーを弄んだ。「私はいつも暴走しちゃうんですよ。本当はもっときちんと関係を固めてからじゃなくちゃいけないのに」

自覚はあるんだと思わず微笑む。

「もう論文は諦めることにしました。やっぱり無理があったんだと思います」

藍香が顔をあげて言った。そう、と私もコーヒーを啜りながら返事をする。川面を渡ってくる風は冬のものだったが、日差しを浴びていればじんわりとした熱が肌に溜まってくる。

「就職活動をしなければいけませんね。一緒に仕事探しましょう。一人でやってると辛くなるでしょ。ときどき会って、進捗《しんちょく》状況を報告して励まし合うんです」

「一緒にって」と私は苦笑する。「こっちはもう四十だからね、そう簡単には決まらないさ。あなたとはちがう」

「そんなことないですよ。ゆっくりやればいいじゃないですか。とにかく生きてさえいればいいんです」

「それくらいの気持ちでいた方がいいな」

「大丈夫。私がついてます」

「ついてるって」思わず笑ってしまう。

「なんですか、不満ですか」

「いや、大変ありがたいと思ってます」

藍香は「結局、徹夜になっちゃいましたね」と大きく伸びをすると「ああ、疲れた。もうくたくた」と言って体をもたせてきた。

＊＊＊

私は静かな足取りで急勾配の階段を下りていく。向かい合わせに登ってきた人間がかろうじてすれ違える程度の狭い階段だ。足を滑らせたりもつれさせたりしないよう注意しながら、ここへ来るのは何度目だろうかと考える。たぶん、二度か三度。二月ほど前にも一度、この場所で彼と待ち合わせをしたはずだ。階段を下り終えると、灰色に塗られた細身の扉がある。軽く押し開けると、抑えた酒場特有の喧騒が漏れ出してくる。

暗い照明の室内にはタバコの芳香が漂っているだろう。息苦しくないくらいの人いきれが、さして広くもない空間を満たしているだろう。店の奥から男が合図をする。テーブルのあいだを縫って私は近づき、瞬の斜め向かいの椅子に腰を下ろす。彼は微笑んで再会を祝し、身振りで注文を取りに来るようにウエイターに知らせる。

「久しぶりですね。何にしますか」

私は目の前にあったメニューを取り上げて、それを見るふりをしながら、瞬の様子をうかがう。

「このベルギーのビールを貰おうかな」

「じゃあ、僕はスコッチを」と彼は言い、「それで、今日は何か？」

「何かとは何？」と私は尋ねかえす。

「いや、もしかしたら、何か話したいことがあるのかなと思ったので」

瞬はさりげなく言い訳をする。

私は一瞬ためらって、〈妻が消えたんだ〉と舌にのせかける。けれども結局首を振りながら、まったく異なることを言う。

「雑誌で君の作品を読んだよ。批評家たちの絶賛も」

「そうですか」と彼は屈託のない笑みを浮かべるだろう。「せいぜい連中にふりまわされないよう気をつけます」と付け加えるかもしれない。

「そういえば」と私は会話を穏当に続けるためだけに言う。「送ってくれてありがとう。読んだよ、あの沢渡晶の作品」

「『燃える森』ですね。どう思いました？」

「あれが最初期の作品、ということでまちがいないの？」

「そうですね。確認できるかぎりそのようです。多分に私小説的だという意味でも異例です」

「あれ以降、彼女がリアリズムで作品を書くことはなかった、というわけだね」

「そうですね。あそこに原点があると言ってもいいんじゃないかと思います。いわば、あれ以降彼女は現実を捨てて、虚構の世界でのみ生きることを選択するんですね」

「なるほど。ただ一読して、幾らか若書きの気味はあると思ったな」

「なるほど」彼はうなずいた。「おそらくあれを書いたとき、彼女はまだ二十代だったはずです」

そう、若かったのだ、と私はうなずく。晶ばかりでなく、目の前の瞬からも、まだ三十を過ぎて幾らもない若さの香気が漂ってくる。ひきしまった二の腕、たるみの感じられない首回り。私は物思いに沈んでいるように見える瞬の身体と、これから老いに向かって徐々に下っていく一方の自分を比較して少し哀しく思った。

「あなたの方は、最近、どんなものを書いているんです」

突然彼が目覚めたように顔をあげて、私はどぎまぎした。

「中年の探偵の物語を一人称で書こうと思っているんだ」

「ハード・ボイルドですか」

「まあ、そうなるかな」

「どうして、そういうものを」

私は首をかしげた。

「そうだな。はっきり意識してるわけじゃないが、ありえたかもしれない自分の物語を書きたいのかもしれないな。いわば、今の自分とはまったく対極的な仕事をしている自分だ」

「それで探偵というわけですか。どんな話なんです」瞬は真顔で尋ねた。

「主人公の元をある女が訪れて調査を依頼するというのが冒頭。謎の薬物を手に入れたので調べてほしいと言うんだ」

「それはまたオーソドックスな始まりですね」と彼は苦笑して「そういえば晶も〈物語は麻薬である〉と書き残してますね」

「ノートの中に？」

「そうです」

私は反論した。

「でもそれは意外でもなんでもないな。物語ること、あるいは書くことが精神安定剤として働くなんてよくあることじゃないか。きみだってそうなんじゃないか」

瞬は共犯者の笑みを浮かべた。

「つまりわれわれはみな同じ血族に属しているというわけだ。確かにそうかもしれませんね。そもそも、あなたはフィクションって何だと思います」

「これはまた、大きく出たね」と答えながら、私はふと不安を感じる。それまで確固たる大地だと思っていた場所が、大きな軋みをあげながら大洋に押し流されつつある流氷にすぎず、いずれ崩れて海中に没してしまうのではないかといった危惧を感じる。この酒場の喧騒も、暖かい空気も、目の前にいる瞬の姿さえ、結局は頼りにならないのではないか。いつか霧のように消えてしまうのではないか。私は自分の根拠のない不安を笑い飛ばすつもりで、必要以上に意気込んで答える。

「そりゃ、現実とは異なる物語であり筋道ということだろう。ありえたかもしれないが、実現しなかった出来事のことだろう」

「じゃあ、虚構というのは現実世界の模造、ないし記述だと考えるんですね。ただし、現実とは異なる記述だと」

「そうだね。フィクションだって、現実となんらかの類似性がない限り、ただの意味不明の記号になってしまうだろうからね。だから現実にある程度似ていて、ある程度はちがう、いわば可能世界の記述だね」

「でも、ですね」と瞬は抗弁する。「現実ってある意味じゃ、あらかじめフィクションが入り込んでいるんじゃないですか。たとえばことばを覚えた幼児がごっこ遊びを始める。あれは虚構を通じて現実と戯れ、相対化してるんじゃないかと思うんです」

「なるほど、そうかもしれない。というか、そもそもそれが言葉の機能だろうね」

「言葉の機能？」

「つまり、生々しい現実をどこかで相対化し、距離をとっていくことがさ」

そう答えながら、私はかすかな苛立ちを感じ始めていた。やはり、疲れているのだ。今日は瞬の入り組んだ議論につきあう気にはなれない。

しかし彼は意気軒昂だった。目の前のグラスを飲み干し、すぐに追加を注文すると、いかにも楽しげな様子で言った。

「あなたの言葉を借りて、フィクションというのをいわば可能世界の記述だと考えてみましょう。でもそうならそれは現実の記述と何が違うのか。記述という点において等価ではないか。絵に描いた餅って言いますね。絵に描いた餅を食べる方法をご存じですか。いえ、知っていますよね。小説家なら誰だってよく知っているはずだ。絵に描いた餅を食べる方法、存在しないお金の使い方、フィクションの中の女を抱くやり方」

「何を言ってるんだ」私は顔をしかめた。「絵に描いた餅は食えない。どうしたって無理だ」

彼は悪戯をしかけたこどもさながらの表情で興味深そうにこちらを眺めていた。手の中で、二杯目のグラスの氷がからからと鳴った。

「わかりませんか。簡単じゃないですか」

「きみの質問の意図がわからないんだよ」

「絵に描いた餅を食べている人物を描き加えればいいんですよ」彼は勝ち誇ったように言った。「女だってそうだ。もう一人男を登場させて、二人を出会わせ、やがてベッドに導けばいいんです。僕らがいつもやってることじゃないですか」

「でもその男は『自分』じゃない」

「一人称で語ればいいじゃないですか。その文章の中の『私』にとってはそれは現実であるはずです」

「君はフィクションという平面の上を横滑りしているだけだよ。今の問題は、フィクション上の登場人物とそれを外から描いているものの関係じゃないか」

瞬はせせら笑った。

「同一平面上で何がいけないというんです。というより、僕らが図だと思い込んでいるものはいつのまにか地になり、地だと思い込んでいるものがいつのまにか図になっているのかもしれませんよ」

私は小さく手を振って呟いた。「すまないが、少し疲れてるんだ。たぶん寝不足なんだと思う。近頃、睡眠のリズムが乱れててね。きちんと眠れないんだ」

そう、おそらく眠気のせいなのだろう。意識は明晰なのにもかかわらず、頭の芯が徐々に麻痺していく感覚があった。目の前の瞬が、テーブルの上の透明な気泡をのぼらせている飲み物ともども、微塵も変わらないまま遠ざかっていく。それらはもう私の手に触れうる物体ではない。すべてはただの表象に過ぎない。

けれど、瞬は私の放心には頓着しなかった。彼は勢い込んでいた。

「僕がいつも思うのは、『現実』なんて頼りないもんだということです。誰一人だって、『現実』とはなんなのか説明できないじゃないですか。現実なんて人の数ほどありますよ。『私』の数だけ、といってもいい。違いますか？　あなたの見ている現実と僕の見ている現実は違う。あなたにとっての現実は、この酒場で、テーブルの向こうに僕がいて、何か喋っている、そういうことでしょう。でももしかしたら、これ自体が僕の妄想で、本当は僕がベッドの中にいて、あなたとの対話を夢見ているのかもしれない」

「そんなはずないじゃないか」私は弱々しく抗弁した。

「もちろんあなたはそう言うでしょう。あなたはそう言うほかない。だってあなたは今自分がここにいると感じているんだから。だけどもそうじゃないかもしれないっていう権利が僕にはあるんだ。それは僕があなたじゃないからです。あなたにとって僕はあなたの世界の中にいる一人に過ぎないけど、僕にとってはそうじゃないからです」

再び彼のグラスは空になっていた。私は酔いに紅潮したように見える彼の顔を眺めた。瞳までもがアルコールのためか、興奮のせいか、かすかに潤んでいるように見えた。

「その意味で、『現実』というのは実は『私』と同じ意味です。この話、前にもしましたね。僕はそう信じているんです。いや、そうとしか思えないと言った方がいい。『私』が今見ている『今・ここ』が現実である。それ以上の定義がありますか」

自分にとっての「今・ここ」とはどこなのだろう。私は混濁した頭で考えた。それは藍香の「今・ここ」と、どこかでつながっているのだろうか。

「僕にとってのあなたはその中の影ですよ。僕らはお互いに幽霊みたいなものだ」

瞬はグラスをテーブルに置いた。不意に彼の表情が暗く物憂げなものに変わった。

「君と僕は交わらない。同一平面上を伸びる平行線というわけだ」

「そうですね」それからあらためてしげしげと私を眺め、遅ればせの台詞を吐いた。

「ちょっと呆《ぼう》としているようですね。大丈夫ですか」

私はその言葉を無視して言った。

「この世界が夢かもしれない、なんてのは誰もが考えるありふれた事柄だよ。君だってそれくらい知らないわけじゃないだろう。夢なら夢でかまわない。肝心なのは、覚めるまでは自分はこの世界にいる、ということだろう。死ぬまで覚めなければ、もうそれは夢でもなんでもない」

「それはそうですよ。だけど、あなたが『自分』というとき、『今』といい『ここ』というとき、あなたはこれが現実なんだと宣言している。でもそれはやっぱり言葉であり、ひとつの勝手な宣言に過ぎないんじゃないですか。何を言いたいかわかりますか。僕らは、フィクションの人物に何度も『私』と言わせているじゃないですか。だったら彼らだって、自分が生きている世界のここが現実だと主張できるはずですよ」

「主張できる、じゃなくて、君がそのように書くというだけだろう」

「誰かが書いているかじゃなくて、その世界の内側で、『私』と述べている、そういう在り方の存在がいるということが重要だっていうんです。いわばそれは言語的存在の宿命なんだ」

再び彼は熱していた。テーブルに肘をつき、身を乗り出してきた。

「言語的存在ってなんだかわかりますか？　もちろん人間は言語的存在です。『私』と言えるから。あるいは『私』と言える以外の存在のあり方を持たないから。だけどＡＩは『私』と言えるかを僕は疑問に思っています。言葉としては言えるかもしれないけど、僕らが『私』とか『僕』という時の意味を込められるかどうか」

「どう違うんだ」

「その『どう違うか』を言語化できないってところが肝心なところなんですよ」

　彼の顔が私のすぐ手前にあった。瞬の息が感じられた。

「奇妙な話だけれど、言葉こそが現実を可能にしてるんです。言葉を持たない赤ん坊なら現実も虚構もないでしょう。でも大きくなれば、例えば他の家に生まれて来た自分を想像するようになる。別の父親、別の母親を夢見る。つまり虚構を生み出すようになるんですが、それは、自分がこの父と母の子でしかありえなかったという悲しみと引き換えです。つまりそれが『現実』だからです」

「こんなはずじゃなかった」

「え、なんですか」瞬が戸惑って聞き返した。

「君はさっき、沢渡晶が虚構の世界を選んだと言ったな。彼女は自分の生き方に悔恨を抱えていたんだろう。別の人生がありえたはずだと思っていたんだろう。こんなはずじゃなかった、という気持ちがフィクションを生み出している、と言いたいのか」

　瞬は体を引いて、あらためて私を見つめなおした。まるで、見知らぬ人物が突然現れた、といった風だった。それから先ほどまでとは違う、抑えた口調で答えた。

「それはそうかもしれないけれど、フィクションというのは、そもそも現実を何らかのかたちで否定するものでしょうからね。確かに晶の作品なんてそういうものかもしれない。すべて、どこか別世界を夢見ているように見えます」

それからしばらく考えて付け加えた。

「たぶん言葉それ自体が、『この私』ではない『別の私』、『ここではないどこか』を想像させるようにできているんですよ」

「耐え難い現実の拒否、現実の隠蔽《いんぺい》が虚構を生む」

「いえ、ある意味ではそれこそが『現実』を生むんです」

「何を言ってるんだ」私は尋ね返した。瞬はじっと暗い表情でこちらを見つめていた。彼までが急に年老い、小さく縮んだように見えた。

「僕らはある『特別なこと』をなかったことにして生きている」

私は気色ばんで叫んだ。「やめろ。意味がわからない」

「いいんですか。本当のことを言っても」

「わからないって言ってるだろう。やめてくれ。もう疲れているんだ」私はそう言いながら立ち上がった。帰りたい。帰らせてくれ。

椅子の背にかけてあったコートを摑みざま、私は身を翻して酒場の戸口に向かった。何人かの客たちが、突然の怒声に驚いてこちらを注視していた。扉を押し開けようと数秒苦闘してから、それが内側に引くようになっていることに気がついた。店の外に出ると、予想していた冬の冷気の代わりに、地下の踊り場の淀んだ埃っぽい臭いが鼻についた。手すりにつかまって階段を登り、人影もまばらな深夜の通りを歩き出した。来た時の道筋が思い出せず、出鱈目に歩いているうちにすぐにどこにいるのかわからなくなった。暗い四辻で立ちすくんでいると、背後から傘をさしかけるものがあった。

「濡れますよ」

瞬は低い声で言った。言われてみれば街灯の光を受けて白い細かな糸が闇に光っていた。いつのまにか降り出していたのだった。

「怒らせてしまいましたか」

「気にしないでくれ」私は顔を背けた。アスファルトのくぼんだ箇所に水が集まりはじめていた。

駅はこちらです、と彼はうながしたが、私の肩は傘からはみだしてしまって冷たく濡れ始めた。彼が耳元で言った。

「もう少しだけ話をさせてください。芥川龍之介に『魔術』という短い小説があったのを覚えていますか」

「もちろん。とても好きな短編だよ」

「じゃあその中でインド人の魔法使いが、語り手の前でテーブルクロスの花模様をすっとつまみあげる場面を覚えていますね。クロスの縁の花飾りです。つまり、糸で織り上げられた二次元の模様が、実在の花になるんです」

「確かにそんなシーンがあったかもしれない」と私は傘の下からあたりを見渡しつつ言った。雨を透かして通りの向こう側に、自動車の赤い尾灯が連なっているのが見えた。どうやらその先で交通量の大きな道路と交わるらしかった。

「じゃあもしそれとはまったく逆の魔術があると考えたらどうなるでしょうか。つまり模様の花を本当の花にする魔術の反対の、現実に存在するものをすべて虚構に変えてしまう魔術があるとするんです。今、この瞬間、どこかで魔術師が術をふるう。すると今目の前に見ているもの全てが、僕たち二人も含めて虚構になってしまう。映画でもかまいません。あの信号機の色も、車の走行音も、僕らの会話も何一つかわらないけど、すべてスクリーンの中のできごとに変わる。どうでしょう？その魔術をかけられた瞬間、僕たちはそのことに気づけるんでしょうか」

私たちは交差点で立ち止まった。信号の色が変わり、停まっていた車は次々に動き出した。

「じゃあ、僕らは今、映写機から投射される光学的存在として、光学的な傘の下で、光学的に佇んでいるわけだな」

「そうかもしれませんね」

「そうして光学的に帰宅したあとは、光学的尿意に促されて光学的便器に光学的小便を注ぐ。すべて光と影の戯れだ。しかし君の長広舌は、きっと映画館の観客席に座っている連中をうんざりさせているぜ」

「じゃあ、もう少しだけどこかにいるはずの観客にはがまんしてもらいましょう」

私は片手をあげた。空車の文字を点灯したタクシーが走ってくるのが見えたのだ。タクシーはただちにウインカーを点滅し、細かな飛沫《しぶき》を跳ね散らかしながら路肩に停車した。

「僕はもうつきあうつもりはない。タクシーで帰ることにするよ」

シートに体を押し込んだ私に瞬は頭を寄せて尋ねた。

「もういちどだけ言います。不意に僕たちが光学的な虚構に変わってしまったとして、僕たちはそれを意識できますか？　そもそも、そのとき僕たちが失った『実在性』ってなんなんですか？」

これだよ、これが実在だ。私は自分の胸を叩きながら叫んだ。音をたててドアが閉じた。私はあわててウインドウグラスを下げて、瞬に向かって声をはりあげた。

「幻で何が悪い。幻で充分だ」

窓から手を伸ばして、そのまま瞬に触れようとしたが、すでにタクシーは走り出していた。その姿の寄る辺なさに胸が苦しくなった。瞬はその場所に立ったまま、遠ざかる車の姿を追う。尾灯は雨に滲み、小さな赤い光点は、同じような光のあいだにまぎれてたちまちどれだかわからなくなった。一人きりになってみると、あらためて冬の雨の冷たさが身にしみた。

小さく頭を振って瞬は歩き出す。夜更けの歩道に通行人はおらず、ただ彼の湿った足音だけが響いているだろう。瞬はしばらくのあいだ、物思いに耽りながら足を運び、やがて傍の植え込みの上部に地下鉄の表示が鈍く輝いているのを見出すだろう。

地下鉄のシートは、ほぼ埋まっていた。終電一本手前の車両にふさわしく、疲れきって無表情になった乗客と、微醺《びくん》に頬を火照らせた酔客とが入り混じっていた。彼らはみな孤独に見えた。幸せそうなものもそうでないものも、お互いに関心を持たず、自分だけの想念に沈み込んでいるように見えた。瞬もまたリズミカルに振動する地下鉄のドアにもたれてうつむいた。何を考えているわけでもなかった。ただ、幾つかの印象が記憶の淵から現れては消えていっただけだ。

四十分ほど揺られて、電車は瞬の降車駅についた。すでに地上の線路に出て、地下鉄は地下鉄ではなくなっていた。ホームに降りるまばらな人影は、申し合わせたように上を見上げて、まだ小雨がつづいているかを確かめた。雨は降っていなかった。瞬は閉じたままの傘を持って、改札に急いだ。

チャイムを鳴らすのは避けて、静かに鍵を開けたはずなのに、扉が開く音に気づいて、すぐに寝間着姿の女が出てきた。

「ただいま。まだ寝ていなかったの」

「うん、お茶でも入れる？　それともコーヒー？」

「いいよ。自分でやるから」

顔を洗って部屋着に着替えると、彼女がコーヒーをテーブルに運んでくるところだった。

自分も向かいの椅子に腰掛けると、目の前の湯呑みをとりあげた。

「私は温かい麦茶。眠れなくなるから」

瞬は一口コーヒーを啜る。その様子を女がじっと見ている。

「酔った？」

「そうでもない。結構飲んだけれど」

「どんなお店なの」

瞬は質問の意図をつかみかねて同じ言葉をくりかえす。

「どんなお店？　普通の酒場だよ。地下にあって賑やかすぎも静かすぎもしない」

「そう。そういうところが好きなの」

「好きというか。そうだね、特に店にこだわりはないけれど。静かに人と話せるところが好きかな」

女は笑いを嚙み殺している。

「なにがおかしいの」

「ううん、別におかしくない。いや、でも何かおかしいかな。あなたがそうやってお酒を飲んでいるということ自体が」

瞬は聞こえないふりをする。女は表情を変え、まじめな顔つきで尋ねる。

「それで、どうだったの。あの人」

一拍間をおいて、彼が答える。

「ずいぶんくたびれた様子だった。幾分やつれているようにも見えた」

「そう」女は湯吞みを両手でくるむようにして持ち上げると、茶を一口含む。瞬はテーブルに目を落として、女の方は見ていない。

「もう戻らないと話してくれたの」

瞬はゆっくりと首を振った。

「そのつもりだったけれど、結局何の関係もない話をしてしまった」

「そう」女はくりかえす。そっと湯呑みを置く。「いいのよ、それで。もう構わないの。あの人のことはあの人がなんとかするしかないの。それよりも私はただ、あなたが目の前にいることが信じられなくて。もしもこれが本当だったら……」

女は静かに目の前の影に向かって手を伸ばす。

＊＊＊

〈物語は麻薬である。私は物語を服用することでまだ正気を保っている。〉

モニター上にはそのような文字が残っていた。私は暫《しば》しのあいだ、それを見つめていた。数日前、自分で書いたものであることに疑いはなかったが、なぜだか見慣れぬ忌まわしい文章であるように感じられた。私は腰掛け、しばらく考えてアスタリスクを三つ打ち込むと、一行あけて新しい文章をキーボードで打ち込んだ。

〈扉の陰から顔を出して、女はあたりを見渡した。〉

＊＊＊

扉の陰から顔を出して、女はあたりを見渡した。

きれいな女だった。

首の動きにしたがって、やや色の淡い髪が揺れる。三十代半ばといったところだろうか。

　私が目顔でうなずくと女は入ってきた。

　スチールデスクと応接セット、安手のキャビネットしか見当たらないオフィスを見ても顔色を変えなかった。大抵の依頼客は、最初にオフィスのみすぼらしさに落胆した表情を見せる。調度のスマートさが調査能力に比例すると思っているのだろう。二十七インチのiＭａｃでも据え付けてあれば満足するのかもしれないが、残念ながらＰＣの前に座っているだけでは素行調査は完了しない。

　私はソファに腰掛けるよう手招いた。

「櫛水《くしみず》さんですね」

　予約の電話で聞いていた名前を言う。

「あなたが探偵の方ですか。調査を担当してくださる」

「そうです。もしお引き受けするとすれば、ですが」

　女は腰を下ろした。膝の上で組み合わせた指にはプラチナのリングが嵌っている。

「それで、ご依頼の内容は」

「タバコはお吸いにならないんですね」卓上を見渡して言う。

「灰皿ですか」と私は立ちかけた。

「いえ、私は吸いません。ただ、探偵さんというのはタバコをくゆらしているものかと」

「それは映画の中の話です。トレンチ・コートは持っていませんし、十一の時以来人を殴ったこともありません。同業者の中には、アルコールがからきしダメで、毎日夜九時に寝てしまうものもいます」

「ごめんなさい。馬鹿なこと言ってしまいましたね」

彼女は微笑んだ。真夏日が十日も続いていることを忘れてしまいそうな涼しげな笑顔だった。

「これを見てください」

バッグから取り出されたのは、横幅が二十センチ、縦が十五センチほどの木製の箱だった。蝶番《ちょうつがい》付きの蓋をあけると、紅のビロードにくるまれた数体の硝子の人形が現れた。

「アンティークですか」

「わからないんです」

女の指がのびたのは、人形の横に収まっていたなめした革の巾着袋だった。逆さにするといびつな形の物体がこぼれ出た。白、茶色、青緑。いずれも半透明でおはじきよりも少し小さい。

「これは何に見えますか」

「石でなければ、飴？　薬ですか」

「そう、薬のようなものですね。これを飲むと、ここではないどこか、そういうことなんだと思いますが、どこか別の場所に行けるんだそうです」

「トリップできるということですね」

「さあ、私にはわかりません。それは主人が言ったことなんです」

「ご主人がこれを持っていた」

「十日ほど前に主人から送られてきました。主人は半年前に亡くなっています」

私は唖然として女を見つめた。女も臆することなくこちらを見つめ返してくる。

「大丈夫です。別に錯乱しているわけではありません。死んだはずの主人から伝言付きで送られてきたんです。私が知りたいのは、彼がわざわざ送ってきたこの物体が何かです」

私はバツの悪さを打ち消すために笑って見せた。

「ときどき、おかしなことを言い出すクライアントの方もいるんです。自分の部屋が二十四時間監視され、記録されているとか」

「本当のこともあるんじゃないですか」

「確かに恋人が設置したビデオカメラを発見したことならあります。けれども、監視を行っているのがＣＩＡや日本政府ということになると、こちらとしては過剰な思い込みだと判断せざるを得ない。本物のスパイは場末の探偵事務所に駆け込んできたりしないでしょうしね」

彼女もお付き合いで微笑んだ。

「やはり探偵さんのお仕事って映画みたいにおもしろいのね。でも、今はこちらです」とつまんでいた例の物体をこちらの手のひらに置いた。見かけよりもはるかに軽く儚い感じがした。

「もう少しくわしく伺いましょう。誰がどのようにこの物体を届けたのか」

「それがほとんどお話しできるようなことがないんです。ある日、マンションの扉の前にこの木箱が置かれていた。ただそれだけです。差出人の名前も送り状もなかった。ただ音声データの入ったメモリが付いていました。一緒に聞いてもらえませんか」

私は机上のノートPCをとりあげて、ローテーブルに置く。彼女は差し込み口にありふれたスティックメモリを挿した。やがてPCのスピーカーから低い男の声が洩れだした。

《ながいあいだ、連絡をしなくて済まない。今はとても穏やかな気持ちだ。硝子の人形はずっと持っていたものだけど、ここにあっても仕方がないので、君に送る。もうひとつの錠剤の方だが——》ここでかすかに間があった。《もし君もこちらに来たくなったら、それを服用したらいい。もしも自分自身であることに嫌気がさしたなら。ここには無くしたはずのものがたくさんある》

「これで終わりですか」はぐらかされたような気持ちで聞く。

「ええ、意味がわからないでしょう」と彼女はむしろ戸惑いを共有できる相手ができたことを喜んでいるようだった。「確かに夫は多弁な方ではありませんでした。でもだからといって、これではなにもわからない——」

「これらについて思い当たる節はないのですか」

「ありません」

「本当に？」

彼女は首を振った。

「夫から話を聞いたことはありません。彼は普通のサラリーマンで、趣味はパソコンの自作と山歩きというような人間です」

勤務先を聞いてみると、一部上場の医療機器メーカーだった。ずっと研究開発部門で、ここ数年は脳腫瘍診断のための機械開発が仕事だったという。

「差し支えなければ、亡くなられた時の状況も話してもらえませんか」

女の視線がすっと沈んだ。

「交通事故でした。長野の研究所に出張に行った帰り。同僚の方が運転していたのですが、凍結した路面でスリップしてガードレールに――」

「でもこうして荷物が送られてきた以上、ご主人の協力者がいるはずですよね。誰か思い浮かぶ人間はいませんか」

「会社の人たちとは本当に仕事だけの付き合いだったようですし、親しいと言えるほどの友人も思い当たりません」

「重ねて失礼なことをお聞きします。ご主人にほかに親しかった女性がいる可能性は？　あるいは男性かもしれませんが」

形の良い唇の端が引き攣ったようにあがった。「ありえません。そういう人ではないんです。それに私は主人を捜してくれと言ってるんじゃありません。この得体の知れない何かの――」

「正体を知りたい、ですね」

「その通りです」彼女はうなずいた。

「まったく雲をつかむような話だ」思わずため息が出る。

私はまだ手の中にあったそれを袋の中に戻した。それ以上触れていたくなかった。

「具体的に何をして欲しいのでしょうか」

「調べて欲しいのです。これが本当は何なのかを。もしただの石ころであったら、それはそれでいいんです」

「むしろ警察に行くべきでは？」

「こんな話に関心を示してくれると思いますか」

私は首を振った。警察だって忙しいのだ。

「それではこうしましょう。明日から三日だけ調査してみます。それで何か手がかりがつかめたら、すぐにご報告します。だけどだめだったら、すっぱり諦めた方がいい。私も何もお役に立てないのに、料金だけいただくのは気持ちよくありませんからね。あまり期待しないでください、ということです」

彼女は同意して去った。廊下の彼女の足音が消えてから、私は窓際に立って、ブラインドの隙間から通りを見下ろした。足早に歩み去っていく後ろ姿が見えた。ふと通りの向かいにいてこちらを見上げていた男と目があった。そこを離れると、受話器を取り上げて大介《だいすけ》に電話する。調査契約書に記された彼女の住所と名前を告げて、ざっと彼女を洗ってみて欲しいと頼んだ。

大介には、ときどき声をかけて手伝ってもらっている。まだ二十代半ばだが、機転が利き、わりと度胸があるので重宝している。今は中古レコード屋の雇われ店長をしているが、時間がある限り大抵のことは引き受けてくれた。

　電話が終わると、私は冷蔵庫から取り出した氷で焼酎のロックを作り、先ほどまで櫛水がいたソファに腰を下ろした。目の前の卓には、まだ例の箱が置いてあった。音ばかり大きな時代遅れのエアコンが、ごうごうと生ぬるい風を吹き出している。

　一口飲んでから、どうして引き受けてしまったのだろうとため息をついた。当座の調査費が入るのはありがたかったが、どうにもつかみどころのない話だった。

　グラスを空けたのを機に事務所を閉めることにした。今日はもう依頼人が来る予定はないし、飛び込みの客があるとも思えない。それに酒を飲んでしまった。

　グラスをキッチンで洗い、櫛水が持ってきた木箱を金庫にしまった。その時点で提出間近の報告書があったことを思い出し、舌打ちをして一度電源を切ったＰＣを立ち上げた。一時間半ほどかけて書き終え、ふと気になって、櫛水の置いていったスティックメモリを差し込み口に差し込んだ。櫛水の夫の声が流れ出す。かすかに昂《たかぶ》り、震えているようにも聞こえる。三回繰り返したが、手掛りになるようなものは見つけられなかった。時計を見ると夕飯を食って帰るのに丁度いい時間だった。事務所を出がけに思い直して金庫を開け、木箱を取り出して鞄に入れた。

　廊下に出ると、急な階段を老女がそろそろと降りてきた。家主の知り合いとかで最上階の一室に住まわせてもらっている管理人の女だった。

「どうも。買い物だったら、また手伝いますよ」

一度、重そうなスーパーの袋を抱えているのを見かねて、五階まで運んだことがあった。週に一度の買い出し日だったらしい。

管理人の老女は手を振った。

「いいの。お花に水やるだけだから」

そういえば、片手にジョウロを持っている。

二階の共用便所で水を入れると、彼女は中身をこぼさぬよう慎重に階段を降りた。硝子扉をあけて外に出た瞬間、じっとり湿った大気が体を包み込む。

「よちよち、喉がかわいたでしょう。今日もあちゅかったものねえ。水あげましょうねえ」

管理人は、隣のビルとの隙間におかれたプランターの朝顔に話しかけた。そういえば別の季節には別の花が咲いていた気がする。誰が育てているのだろうと不思議だったが、ようやく謎が解けた。

「ほら、このあたりって全然緑がないでしょう。私、田舎育ちだから、花くらい見てないとクサクサしちゃうのよ」

勝手にプランターを置いていることが後ろめたいのか、老女はそう言い訳した。

私は黙って人の肩幅ほどもないビルとビルのあいだの空間をみあげた。汚れた壁を這っているダクトのために夕暮れの空は見えなかった。頭上で廻っているファンからは、隣のハンバーガー・ショップで揚げているフライドポテトの匂いのする風が吹き出していた。もしも朝顔に意識があったなら、ひどいところで芽をだしてしまったと後悔していることだろう。

その晩アパートに戻ったとき、私は白酒《バイジウ》の瓶を一本ぶら下げていた。夕飯を食った中華料理屋で、メニューに載っているのを見かけて安く頒《わ》けてもらったのだった。久しぶりの白酒の香りは、ずっと忘れていた中国のことを思い出させた。私はベッドに胡座《あぐら》をかき、懐かしいアルコール臭を思い切り吸い込んだ。

四十で中国の大学をクビになったとき、一度は諦めて日本へ帰ろうかと思った。だがふんぎりがつかないままずるずると日を過ごすうち、私はいつのまにか、在留邦人専門の便利屋になっていた。当時、広東《カントン》省の沿岸地帯には二万近くの日本人がいた。省都の広州に一万、工場地帯の東莞《とうかん》と深圳《しんせん》に四千と三千。今はたぶんもっと多いだろう。その多くは、日本企業が出資する工場の管理や監督のために派遣された男性社員だったが、単身赴任を何ヶ月もつづけるうち、悪名高いピンク街に溺れるものも多かった。もともと広州周辺は、全土から出稼ぎ農民たちが集まる有数の犯罪多発地域である。便利屋としての私の主な仕事は、チャイナドレスのスリットから真っ白な肌をちらつかせた若い娘に入れ揚げたり、黒幇《マフィア》がらみの高利貸しに嵌められたりして、連絡の取れなくなった日本人の行方を捜すことだった。依頼人は主に企業の現地事務所だったが、ときには怒りと屈辱に青ざめたまま日本から飛んできた妻だったりした。

一年ほど経って、ある事件でのやり過ぎがたたってビザの延長が絶望的になったとき、いい潮時だと思った。たぶんこのまま続けていれば、死んで珠江《しゅこう》の川面に浮かぶか、一生傷が残るような大怪我をするか、とてつもない金脈にぶちあたって大金持ちになってしまうかだろう。しかし金持ちになるには役人と仲良くなって悪事に手を染める必要があったし、怪我や暴力沙汰は単純に嫌だった。私はまったくタフガイタイプではなかったのだ。それでも裏社会との接触は麻薬のようなもので、同じ稼業をつづけていく限り、ずぶずぶと深みに嵌っていくだろうことはわかっていた。

便利屋時代の伝手を使って小さな興信所を開業した。築四十五年の雑居ビルの三階に小さな事務所を構え、築七年の二間のアパートを合わせた家賃と最低限の生活費を稼げるだけの低空飛行で数年間やってきた。別段不満はなかった。毎朝鼻歌を歌いながら事務所に向かうほど仕事を愛しているわけではなかったが、働くというのはそういうものだ。

もしも便利屋などに手を出さず、すぐに日本に帰っていたら今頃何をしていただろう。ホームレスとはいかないまでも、無職無収入で相当困窮したにちがいない。

小説でも書いていたかもしれないと考えて思わず笑ってしまった。いわばそれは実現しなかった私、並行世界の私だった。

ボトルを三分の一も空けないうちに瞼が重くなった。白酒の度数は高い。念のためと思ってラベルを見てみると六十度だった。シャワーを浴びなければ、と思っているうちに寝てしまった。

　女は静かに近づいてきた。跪いて舌を出すと、下から私の濡れた頬を舐めた。涙は次から次へと溢れ出していく。私の頭を両手でかかえて、女はくりかえし流れる涙を掬いとった。柔らかな体の感触と息遣い。涙はいつまでも涸《か》れようとしない。
目覚めて呆然とした。なんだったのだ、今の夢は。もしや本当に泣いていたのではないかと指で確かめたが、頬は乾いていた。起き上がり、首筋の汗を拭う。点けっぱなしだったクーラーを強に変えて、時刻を確かめると、針はまだ午前四時二十分を指していた。呻き声をあげてベッドを出る。どうせもう眠れないだろう。シャツを替え、顔を洗ったところで電話の鳴る音がした。

　数回鳴って一度途切れ、やれやれと思った瞬間にまた鳴り出した。

　自宅の固定電話にかけてくるような知り合いはいなかったから、おそらくまちがい電話だろうと考えて、文句を言ってやろうと受話器を取り上げると、逆に向こうから大声で怒鳴られた。

「泥棒が入ったんだよ。寝ぼけてないで早く様子を見に来なさいよ」

「どなた？　この電話、番号ちがいじゃないんですか」

「何言ってんだよ。あんた、今日も夕方会ったじゃないか。ほら、二階の階段で。あんたの事務所に入り込んだやつがいるんだよ」

　ようやく目が覚めた。窓硝子に映った自分を眺めると髪の毛が逆立ってひどい姿だった。

「ちょっと。聞いてんの？」

「聞いてる。シャワーを浴びて四十五分で行く」

「四十五分？　遅いねえ。警察に連絡しようかと思ってるんだけど」

「警察は少し待ってくれ。シャワーは浴びないで二十分で行く」

　アパートの駐輪場から、何ヶ月も乗っていない自転車を引き出して、夜明けの街を駆け抜けた。

　ビルの三階まで登っていくと、管理人の女は、戸口のところで壁に背中をもたせかけて待っていた。

「三十一分。遅いじゃない」

「これでも精一杯急いできたんだ」と私は肩で息をしながら答えた。

「夜中に目が覚めたのよ。私、最近眠りが浅くてね。下の方から物音が聞こえてくる気がして。それでそうっと降りてみたら、お宅のところが明るくなっていて、そこから聞こえて来るじゃないの」

「灯りがついていたんだね」

「そうね。ちょっと控えめだったけどね」

「人数は？」

「一人か二人じゃないかねえ」

「顔は見たか」

「まさか」と老女は大きく手を振った。「もしもこっちを見られちゃったらどうするの。か弱いお婆ちゃんですよ。ずっと上の階に隠れていたわよ」

私は事務所に入って中の様子を確認した。意外と室内はちらかっておらず、プラスチックファイルが数冊、床の上に放り出されているだけだった。デスクの引き出しは中を探られた模様だった。キャビネットやシェルフも手早く検められている気がした。

私はしまってあった指紋検出キットを取り出して、見込みのありそうなところにパウダーを振りかけてみたが空振りだった。プロの犯行だとしたら当然だった。

「刑事ドラマみたいね。それ、どこで手に入れるの」

隣に立っていた老女が興味津々という風に聞いた。

「今なら、ネットですぐに買えるよ。ピッキングの道具だって何だってクリック一つだ。大変な時代になったもんだ」

自分が何かを見落としていることはわかっていた。部屋の様子がどこか変わっていたのだ。あらためて室内を見渡し、思わず呻き声をあげた。四十キロはある金庫が消えていた。開ける手間を惜しんで持ち出すことにしたのだろう。

一階のホール入り口は分厚い硝子扉だったが、シリンダー錠を破壊されていた。通りの様子をうかがっていた管理人の老女が悲鳴をあげた。あわてて飛び出すと、老女は足元を指差した。誰かが思い切り蹴飛ばしたのか、プランターが割れてひっくりかえり、朝顔が根を露わにしていた。

「ああ、なんてひどい。かわいそうに」老女はかがんでこぼれてしまった肥料混じりの土を手で集めた。私はその背中に向かって言った。

「一通り見たから、警察に連絡してかまわないよ」

老女は立ち上がり、はたいた手をこちらにさしだした。

「何?」

「私だって映画くらい見るんだよ。よくあるじゃないか。情報料だって言って紙幣をねじこむやつ」

私がしぶしぶ財布を取り出すと、彼女はにんまり歯茎を見せて笑った。


しきりにあくびをかみ殺している警官の目を覚ましてあげようと私は窓のブラインドを引き上げた。朝の強烈な光が喜び勇んで飛び込んできて、警官の顔をきつくしかめさせた。

「つまり金庫は実質的に空っぽだったと」

私はうなずいた。

「路上でキスしているカップルの写真が数枚だけ。もう報告書を提出済みだから何の価値もない」

「じゃあなんでここに被害総額五万相当って書いたの」と書類をボールペンの尻でつつく。

「金庫それ自体の値段。中古でそれだけした」

警官はため息をついた。

「じゃあさあ、一体何が目当ての泥棒なの？　おたくの事務所、どう見たって金目のものがありそうには見えないしさ」

私は肩をすくめた。まったく同感だったのだ。

背後では、まだ若いスーツ姿の鑑識課員が仕方なくといった風情でときおりデジカメを構えていた。

彼らが去ると、蒸し風呂のような事務所に私一人が取り残された。真っ白な光が、チューブから絞り出された歯磨きのように空間のあらゆる細部を充塡《じゆうてん》していた。それは確かに輝かしい光景かも知れなかったが、戸口の鍵の修理代を考えると何とも憂鬱だった。

背負ってきたナップサックから、例の「錠剤」と硝子人形の入った木箱を取り出した。自宅に置くのも剣呑だし、肌身離さず持ち歩くしかないのだろうか。

木箱を開けて、革袋を取り出す。ふと、革袋の一部がかすかに変色していることに気がついた。よく見なければわからない程度のかすかな違いである。けれど、私はなぜかそれが気になった。

戸棚からルミノールキットを取り出すと、袋詰めにされた試薬を精製水に溶き、霧吹きで革袋に吹きかけた。しばらく待って、カーテンを閉め、室内の明かりを消すと、薄青い影のような光がかすかに浮き立った。

ルミノール反応があった、ということは、この染みは血液が原因の可能性が高いということだ。さしあたりこの革袋の線を辿ってみてもいいかもしれない。

鍵屋の到着を待つあいだ、ネットで革製品の店を検索する。幸い近場に〝一針一針こころをこめて牛革・豚革の財布や鞄を手作り〟の店が見つかった。髭面の猟師のような男がオーバーオール姿でぎこちなく微笑んでいる。住所と電話番号をメモする。そのほかのオーダーメイド・ショップと比べて、この店のみ極めつきにウェブ・デザインがダサいことも気に入った。

一時間後私はレザーショップ・遊《ゆう》のカウンターで、髭面の店主と向かい合っていた。ウェブサイトで見たときは熊を狩る狩猟者を思わせたが、実物は熊の方に近かった。彼の雄大な軀体《くたい》を容れるには、二坪程度の狭小な店内は明らかに狭すぎた。

「鞄ですか、財布ですか、それとも小物入れですか」

天井を突き破ってしまわぬよう頭を曲げながら熊男が尋ねた。私は襲ってきたら死んだふりをしてやろうと思いながら、名刺と空の革袋をカウンターに置いた。袋の中身はジッパーつきのビニール袋に入れ替えられて胸ポケットに収まっていた。

「買い物じゃない。これを見てもらいたいんです」

男は手を伸ばし、しげしげと私の肩書きを眺めた。名刺はいつのまにか切手サイズに縮んだようだった。

「本物の探偵を初めて見た」と男は森の中で小娘を見つけた、とでもいうように呟いた。

「私も革職人にお目にかかるのは初めてです。人口に対する割合という点からは、どちらも同じようなものではないでしょうか」

熊の眼がこちらを向いた。小娘を見るような優しい眼差しではなかった。

「なんだって。これを見ろと」

「材質は何なのか。どこで手に入るようなものなのか」

店主は革の手触りを確かめながら低いうなり声をあげた。

「牛ではない。豚でも鹿でも羊でもない。もちろん兎《うさぎ》でもカンガルーでもない」

そのまま動物図鑑の目次を読み上げるのかと思ったら、突然「マツコ」と大声を出した。それに応じて、奥の扉から、ぴょこりと小柄な痩身の女が顔を出した。

こちらの方が店長だったのかもしれない。男より十は年上で、背丈の方は十分の一だった。隣に並ぶとガリヴァーとリリパット人とは言わないまでも、ピーター・パンとティンカー・ベルくらいの違いはあった。

「なんだよ。明日までに鞄をふたつ仕上げなきゃならないのわかってるだろう」

「これ、材料何かわかるか」

ティンカー・ベルは眼鏡を額まで押し上げると、前掛けのポケットからルーペを取り出した。そして自分の鼻にくっつけるようにして革袋を眺めていたが、不意にそれを放り出した。

「馬だね」

「馬か」悔しげに熊が唸った。

「この辺の馬じゃない。エクウス・フェルス・プルツェワルスキ。つまり、蒙古馬《もうこうま》だよ。あのチビで頑丈で可愛いやつ」

「日本で蒙古馬の革は手に入るんですか」

私は尋ねた。

「さあね。聞いたことないな」

妖精は答えた。なりは小さいが、凄腕の職人の風格があった。

「いつ頃のものかわかりますか。最近、五年前、十年前」

「少なくとも新しくは、ない。それじゃ、私は仕事があるから」

女が工房へ引き上げたあと、私は残された男とカウンター越しに目を合わせた。なかなか頼もしい奥さんじゃないか、と私は目顔で言い、大層骨が折れるよ、と男はテレパシーで答えた。

それからの数時間は硝子細工の店を回っているだけで過ぎた。硝子の人形を見せても、誰もが首をかしげるばかりで、目新しいことは何も言わなかった。ただ一人、エングレイヴィングの施された器で一杯の洋食器店の店主が、兵隊の人形をとりあげて目を細めた。

「脚が一度折れて継ぎ直してますね。丁寧な仕事ね。大切にしてたんでしょう」

見てみると、なるほどかすかな細い線が走っていた。

翌日、調査を「錠剤」本体に絞ることにして、木箱は硝子人形ごと銀行の貸金庫に預けた。錠剤入りの革袋だけ胸ポケットに収めたまま、残りの時間は以前に知り合った製薬業界の男二人とたてつづけに会うのに費やした。一人は薬剤師で、一人は業界紙の記者だったが、どちらからも役に立つ話は聞けなかった。

記者の方は、零細卸が知恵の輪のようにつながった偽造抗癌剤の流通経路について饒舌に語ったが、それは無料で何かネタを拾ってきてくれないかという意味らしかった。相手を怒らせてもいいことはないので、興味があるふりをしてうなずいた。

記者と別れて喫茶店を出た途端携帯が鳴った。

「警察署です。盗難品が見つかりました。本日中に現場に来ることはできますか」

「どこですか」

「境川《さかいがわ》の河川敷です」

「すぐに行きます」

私の金庫は、獰猛《どうもう》なまでの夏草が生い茂る中に横たわり、大きな口を夕空に向かって開いていた。

「これ、引き取ります？　一度証拠品として押収してからになりますが」

制服の脇の下に、じっとり黒い汗をにじませた警官が尋ねた。

「いや、できればそちらで廃棄してもらいたいですね」私は屈みこんで金庫の様子を確かめながら答えた。錠の部分がドリルでくり抜かれていた。

「誰が見つけてくれたんですか。盗まれてまだ二日も経ってない」

「釣り人から通報があったんですよ。最近までこんなものなかったとね。それで書類を当たっていたところ、ちょうどそちらの被害届が出されたわけ」

「なるほど、助かりました」

一度事務所に帰り、ポストを確かめると、櫛水から夫のアドレス帳や年賀状の束が届いていた。彼の交友関係がわかる資料を送ってくれと頼んであったのだ。それらを鞄に投げ込んで、京急線で黄金町《こがねちょう》へ向かう。駅から出てしばらく歩くと、今時珍しくそれなりに活気のあるアーケード街に出る。その一角にあるレコード屋に入り、フィフス・ディメンションのアルバムを探して時間を潰していると奥からスキンヘッドに革ジャンの男が現れた。

「あ、来てたんすか」

「出られるか。飯でも食おう」

焼きすぎたハラミをサンチュで巻きながら大介は言った。

「櫛水希子《のりこ》について一通り調べてみましたよ。あの女、広州でご執心だった女とちょっと似てるじゃないですか」

「余計なことはいい。報告だけしてくれ」

「三十六歳。新宿区のメディア専門学校で講師をしています」

「メディア専門学校？　なんだそれ」

「ほらほら、そこのカルビ、焦げてますよ。早く取っちゃわないと。パンフもらってきたからちょっと学科名を読み上げますね。イラストデザイン科、ゲームデザイン科、ブロードキャスト科、ビジュアルパフォーマンス科、アニメーション制作科、ジャーナリズム科。つまり放送局やらアニメやらに憧れている連中を集めて、フリーターとして放り出すための学校ですよ。彼女はジャーナリズム科の講師です」

「ジャーナリストだったのか」

「というより元アナウンサーですね。北陸の地方局で数年。現場レポートくらいはしたにしても」

「待ってくれ。彼女の夫はパソコンおたくのサラリーマンだが、どうして女子アナがそんな男と結婚するんだ」

「さあ、そこまでは。必要ならば調べますが。その夫は半年前に亡くなっています。もう知ってますね」

「一応本人から聞いた。夫婦のあいだでトラブルはなかったのか」

「どうでしょうかね。でも仲は良さそうに見えたらしいですよ」

「近所の証言か」

　彼はうなずいた。

「希子に現在つきあっている男はいないようです。男といるところを見られていないというだけですが。さしあたり現在わかったのはそんなところ」

　私はジャケットの内ポケットから革袋を取り出した。

「なんすか。この石ころみたいの」

「それを知りたいんだ。ドラッグの類の可能性がある。新手の違法薬物について何か聞いてないか」

　大介は眉根を寄せながら、耳たぶのごついピアスをいじくった。何か考えるときの癖だ。

「いや、思い当たらないっすね。知り合いに聞いてみましょうか。クラブＤＪの連中とか」

「よろしく頼む。写真を撮ってもかまわない」

大介はテーブルの上に置いた「錠剤」をスマートフォンで撮影した。

「やっぱりただの石ころにしか見えないすね」

「まったくだ」

「そういや、ちょっと聞いた話なんですけど、最近昏睡者が増えてるって知ってます？　なんか普通にベッドに入った人間が朝になっても目覚めないってケースが結構あるみたいで、病院が悲鳴あげてるって」白米の上にキムチを広げながら大介が言った。


その夜は事務所のソファで寝た。殊勝にも事務所へ戻り、希子の夫である櫛水哲《てつ》夫《お》名義の論文を検索して読んでいるうちに、帰るのが面倒になったのだ。

哲夫の論文はすべて脳内の化学物質やら神経接続やらの専門用語が羅列された代物で、一行だってわからなかった。無理もない。最後に化学式を眺めたのは高校の教室だ。諦めてプリントアウトしたものを投げ出す。以前より頑丈な鍵に替えたので、一応安眠できるはずだったが、むしろ泥棒が再度訪問してくれることを期待していた。もしも相手がめげないタイプなら、またやってくるかもしれないし、じっくり話し合う機会だってあるかもしれない。向こうが喉から手が出るほど欲しがっているのは今応接卓の上に載っている革袋の中の〝錠剤〟で、こちらが手に入れたいのは、それについての情報。命の危険はまっぴらだが、このままめぼしい手がかりなしでもつまらない。

アパートから持ってきた白酒の残りをちびちびやりながら、先ほどの大介の言葉を思い出した。

広州にいた時に入れあげた女がいた。彼女と出会わなければ、まだ中国にいたかもしれない。女の名前は翠玉《すいぎょく》としておこう。広東の貧村の出で、華南人《かなんじん》らしい長い首と細い手足の持ち主だった。十七で働き出した広州の縫製工場に飽き足らず、夜の女になった。貧しく、美しい女がたどるお決まりのコースだ。さらに賢さと冷酷さを兼ね備えていれば、その場所で数年間生きながらえることができる。そのうち一万人に一人だけが、男の膝をつたってもっと上へよじのぼることができる。私が出会ったとき彼女は、日本人駐在員が集まる天河《てんが》のカラオケバーで、シルクのドレスのスリットから魅力的な膝小僧をのぞかせながら、不機嫌な顔でタバコを吸っていた。私は失踪した日本の銀行マンを追っていた。彼女は重要な参考人だった。

そのあと、何が起きたか語る必要があるとは思わない。男と女であれば、誰にだって起こりうる、ありふれた出来事が起きたにすぎない。

ただ最終的に私は、現地マフィアと在広州総領事館の双方と、あまり友好的とは言えない関係を結ぶこととなった。ろくろく大学にも行かずに遊び呆けている不良留学生だった大介と出会ったのもその頃だ。

三ヶ月後、私は中国を離れることになった。それ以来翠玉とは会っていない。ときどき思い出すことがないと言えば嘘になる。

私は瞼を閉じ、早く眠りの毛布のなかに潜り込もうと身をよじった。訪れたのは忘却ではなく思い出だった。

初めて翠玉の部屋に入ったときのことだった。彼女の住まいはガードマン付きの高層マンションなどではなく、文革時代に建てられた古びた団地の一角にあった。こうした団地では、夕暮れになると軒先でランニングシャツ姿の老人が麻雀《マージャン》卓を囲み、その周囲を裸足のこどもたちが駆け回る。焼き鴨や焼き唐黍の匂いが漂い、窓からは広東語のにぎやかなおしゃべりと、テレビでやっている京劇の甲高い嘆きの声が聞こえてくる。

こういうところが好きなの、と彼女は少し恥ずかしそうに言った。それに故郷に仕送りもしなければいけないから。弟たちを大学にやるの。

一人っ子じゃないのか。私が尋ねると、翠玉は嘲るように笑った。田舎の農家は別。みんな借金しても男の子を産みたがるの。女の子は戸籍だって与えられないことがある。

彼女は大白沙《ホワイト・シャーク・ビア》の緑色の瓶をとりあげると、栓を抜いて、二つのグラスに注いだ。日本人は冷たいのが好きよね、と言って、氷をグラスに落とす。

ベッドで飲みましょ、と質素な木製の寝台まで歩いていき、天井から吊るされた蚊《か》帳《や》をまくりあげた。

早くして。蚊が入ってくるわ。

白い二の腕をくぐって寝台に腰掛けると彼女は唇をよせ、薄い舌先で冷たい氷のかけらを押し込んできた。

こんなに熱くて冷たい口づけは初めてだ。私がそう言うと、彼女は眉をひそめた。

聞いたことある？　ホステス仲間で噂の薬があるの。

クスリ？　ドラッグで捕まったら、十年はぶちこまれるこの国で？

違法というのじゃないの。阿片《あへん》でも覚醒剤でもない。緑色の小さな錠剤で、氷のように冷たく、舌の上で瞬時に溶けてなくなるんだって。そして夢を見るの。

女は、「梦想《ムンシャン》」という言葉自体をあたかも大切な秘密であるかのように口にした。

夢？　どういうこと。

夢で別の人生を生きるのよ。ほら、昔話でよくあるでしょう。だから自分として生きているのが厭になったものが口にするっていうわ。

それはいいな。どこで手に入るんだ。

さあ、中医師がこっそり処方してくれるとも、深圳の非合法の化学工場で製造しているとも言うけれど。

名前はなんていうの。

ハイディ。彼女は手のひらに漢字を書いて見せた。《海滴》。

海の滴。ずいぶんロマンチックな名前だな。

私は悲しい名前だと思う。涙を連想させるもの。どちらも塩辛い。どう、あなた飲んでみたい？

今はいらないな。君といれば充分いい夢を見られる。

再び唇をよせながらそう囁いた。

事務所の古ソファで私はうめき声をあげた。どうして忘れていたのだろう。それとも、無意識が彼女の言葉をずっと覚えていて、櫛水の話を聞いたとき、この仕事を引き受けるよう促したのだろうか。櫛水がこの事務所に入ってきたときの胸騒ぎを思い出した。私はもう一度ため息をつき、ずり落ちぬよう寝返りをうった。体の下でぎしぎしとくたびれたスプリングが悲鳴をあげた。

目覚めは最悪だった。胃袋は鉛でコーティングしたように重く、口からはドブの臭いがした。ソファの下には空っぽになった白酒の瓶が転がっていた。

起き上がって伸びをしてから、事務所にはシャワーがないことを思い出してますます落ち込んだ。形だけのキッチンと和式便所がついているだけの、昭和の遺物のようなビルだった。いまだに建て替えられていないのは、壁がやたらと分厚くて、撤去費用がかさむからではないかと私は睨んでいた。せめて歯を磨こうと流しの前に立ち、歯ブラシを見ると毛の根元にカビが生えていた。悪態をつきながらゴミ箱に放り込んだ。最後に使ったのは半月ほど前に徹夜したときだ。

大ぶりのマグカップで熱いコーヒーを飲みながら、今後の方針について考える。薬物の線を辿っていくよりないだろう。

近くの路地裏にコインシャワーがあることを思い出した。最初見つけたときは、まだこんなものがあるのかと意外だったが、潰れることもないのでそれなりに客はいるのだろう。私は、着替えとシャンプー兼用の石けんだけをバッグにつめて事務所を出た。

　三分間二百円のシャワーは、充分に熱く、水量もたっぷりあった。シャワーボックスが並ぶ一角はコインランドリーとつながっていて、色の浅黒い男たちが三人、一本のタバコを順繰りに吸っていた。もしかしたらここは風呂なしアパートに住むヴェトナム人たちの朝の社交場なのかもしれなかった。いずれの男たちの顔にも、つい先ほどまで深夜シフトに就いていた疲労がはりついていた。

　髪の毛をふきながら、東洋医学の関係者をあたってもいいかもしれないと思いついた。医師か研究者か。漢方を扱っている会社の人間か。あるいはいっそ方向を変えて、ドラッグディーラーに最近大陸から何か来ていないか尋ねてみるか。

　午前中は腰を据えて手当たり次第に電話をかけまくった。病院、薬物依存の自助グループ、裏社会に通じた事情通たち、誰一人新手のドラッグの話など聞いたことないと否定した。電話に出ないものたちにはメッセージを残し、つづいて櫛水哲夫の知り合いの方にとりかかる。古い友人を装って、生前の彼の姿を知りたいと尋ねてまわる。かろうじて二人と会う約束をとりつけた。

　最後に思いついて某大理学部の准教授に電話した。以前彼の婚約者の素行調査をしたことがあった。とつぜん婚約破棄を言い出したので、心変わりの理由を知りたがったのだ。

「お久しぶりです。お元気ですか」

「何の用ですか。もうすぐ講義に行かなきゃならないので」

准教授はあからさまに迷惑そうだった。薄汚い浮気調査屋のことなど今さら思い出したくない、という様子だった。

「都合が悪いなら後ほどご自宅に電話しましょうか。奥様が出るかもしれませんが」

「いや、ちょっとなら時間がとれそうだ。手短に願います」

彼はすぐに態度を改めた。調査のプロセスで明らかになったのは、彼女の翻心の理由が彼のクローゼットにあったということだった。彼の自室で、秘密のコレクションを発見したのだ。十歳から十四歳までの少女たちの水着写真。結局二人は結婚したが、うまくいっているのかどうかまでは知らない。

「ひとつお願いがあるんです。こちらが渡す物質を分析してほしい」

「分析？　クロマトグラフィーか分光法か、こちらもなんでもやってるわけじゃないからね」

「方法はお任せします。一応なんらかの薬物ではないかと聞いている。でもただの硝子玉の可能性もある」

ふん、と彼は鼻を鳴らした。「ただのケイ酸塩結晶のために時間を割かねばならないとはね」

「ケイ酸塩？」

「硝子のことだよ」

「だからそれを確認したいんです。今からそちらに物質を持っていきます」

「じゃあ、学科の事務室に預けといて。時間ができたらやってみるけど、あまり期待しないでくれ。こちらも忙しいからね」

電車とバスを乗り継いで郊外にある大学まで行って帰ってくるとすでに日暮れだった。適当な店で食事を済ませる。一日の収穫の少なさに気持ちが沈む。

今日で三日目なので、現状を報告しようと櫛水に電話するがつながらなかった。大介にも電話してみるが留守電になっている。その後の経過を教えてくれと吹き込んで通話を切る。

アパートに帰る気にもなれずに夜の街を歩いているときのことだった。パブやガールズバーの看板が並び、黒服のキャッチが人待ち顔で立っている広くもない道の一角にふと目が吸い寄せられた。原色のネオンが色彩を競うなか、そこだけ光度の落ちた蛍光灯が灯《とも》っている。どこかひっそりとした印象を与える入り口だった。すすけた「薬局」の文字を確かめ、硝子扉を押し開けると、独特の匂いが鼻を打った。薬品臭さではなく、乾燥した植物の匂いだった。

予想通り、ホテル街界隈の怪しげな店だった。薬屋だから風邪薬も頭痛薬もあるが、主に扱っているのは避妊具や潤滑ゼリー、世界各地の精力剤といった品々だ。けれど品揃えが半端ではなく、単なるビジネスの域を超えていた。私はひやかしで入ってきた酔客を装って、アルコール漬けにされたオットセイのペニスやサソリの干物を見て回った。

店の奥に緑色の派手なスーツを着た中年男が立っていて、この前は立て続けに三回できたと自慢していた。傍らでは金髪の若い女が、退屈そうにスマホを覗いていた。男が立ち去るとようやくレジの向こうの男が目に入った。肉の襞に埋もれた細い目がぬらりと動いて私を見た。

「何をご所望で」

「服薬すると望みの夢が見られる薬」

店主の表情は変わらなかった。血色の良い唇の上にうっすらと髭が生えている。日本人ではないのかもしれない。白衣の下の身体は脂肪の小山だった。

「まさかＬＳＤのような幻覚剤ということではないでしょうな。当店では法令で禁止されているものは扱っておりません」

「それを嚥むと別の人生を生きることができる。別人になった夢を見る」

「お客さん、ウチはしがない薬屋だからね。見せられるのはせいぜい一夜の夢だけだよ。それも女の子がいればの話ね。朝には必ず覚める夢だよ」

「中国で作っているという噂がある。話だけでも聞いたことないか」

店主が何かを言いかけるのを遮って、私は袋から出してあった「錠剤」を手のひらで転がした。初めて男の目が開き、そこに強い光が宿った。

店主が指を伸ばす先に、手のひらを閉じ、拳をひっこめた。

「先に話を聞かせてくれ。何か知ってるんだろう。これは何だ。どこから手に入れるんだ」

店主の厚い唇が、別種の生き物のように歪んだ。思案しているのだと気づくまでしばらくかかった。

　店主が口を開いたのは三十秒後だった。

「見ての通り、ウチが扱ってんのは、ご老体のアレをおったてるとか、処女みたいな女を痴女にするとか、まあそう謳っているような品々だ。製薬会社が何億もかけて治験して、厚労省が数年待たせて承認して、といったご立派な医薬品じゃない。効くか効かないかは気分次第、運次第。エヴィデンス・ベースドじゃないね。ルーモア・ベースドね」

「ルーモア・ベースド？」

「噂だよ噂。コブラエキスが効くとか、猿の脳みそがいいらしいとか、どこで誰に囁かれたのかネットの掲示板で拾い上げたんだか知らないけど、客たちは半信半疑のまま、それでも一丁試してみようかって来るわけね。だから噂が商売の種。自然、その手の噂には詳しくなる」

「それで」

「最近、奇妙な話があって気になってはいたんだよ。ただし日本でだ。大陸のことなど知らん」

「どういう薬なんです」

「なんでもすやすやと眠りながら衰弱していくらしい。最後はそのまま死に至ると聞いている」

「強力な睡眠薬みたいなものか」

「睡眠薬ならいずれは覚める。だがその薬を飲んだものは覚めながら夢を見る」

「言っていることの意味がわからない」

「私にもわかってないのさ。胡蝶《こちょう》の夢というわけだ」

「おとぎ話は結構だ」

「その薬は記憶に働きかけるんだそうだ。記憶を融合させ、変容させ、挙句は別の記憶にしてしまう」

「それじゃあ、人格まで別のものになってしまうだろうな」

「そうかもしれない」

「まるで安っぽいSF映画だ」

「私もそう思う。おとぎ話だな」

店主はありあわせのレシートの裏側に、SEA DROPSという文字を書いた。

シー・ドロップス、海の滴か。

「どういうことなんだろう」

店主は何かを言いかけて、口をつぐんだ。

「なんだ、気になるじゃないか」

「たいした話じゃない。それこそ意味不明のたわごとだ」

「いいから話してくれ」

「あんたは誰の夢を見ている?」

「なんだって」

「あんたは誰かの夢を見ている、あるいは誰かの夢の中に入り込んでしまっていると感じることはないかね」

「どういう意味だ。そんなこと、あるわけないだろう」

「ところがその薬を飲むと、夢まで他人と融合してしまうのさ。つまり誰かの夢の登場人物になってしまうというわけだ」

私は、正気なのだろうかと男の目をじっと見つめた。店主はさっと目をそらした。

「これ、貰っていってもかまわないね」と私は店主が薬の名を書いたレシートをポケットにしまった。

「あんたはこれをどこで手に入れたのかな」店主は私を見た。隙あらば一口で丸呑みしてしまおうという視線だった。

「それは言えない。商売にしたいなら、自分で伝手をたどってもらうほかない」

店主は目を閉じた。

「そんなつもりはないよ。いかがわしい薬ならいくらでも扱うが、危険なブツは一切店にはいれない。でなければ二十五年もこんなちっぽけな薬局をやっていけんよ」

「いい判断だ」と言いながら私は名刺を差し出した。「何か新しい情報が入ったら知らせて欲しい」

「礼に何か買っていったらどうかね。発情期の豚の血の粉末がある。カプセル入りで一万二千円。一粒嘸めば二十四時間はたちっぱなしだ」

私はしばらく考えるふりをした。

「すまないがやめておくよ。最近胃腸の調子が今ひとつなんでね」

翌朝、今なら捕まるかもしれないと思って、常識はずれの時間に櫛水に電話したが携帯電話の電源は切られていた。大介の方も同じで、しばらく後に掛け直しても同じだった。思わず舌打ちが出たが、ATMに行って口座残高を確かめると、櫛水から一週間分の料金が振り込まれていた。こちらからの報告はいらないが、調査は続けてほしいというのだろうか。まったくわけがわからない。

どうにも徒労としか感じられない一日というのがあるものだが、その日がまさにそういう日だった。昨日メッセージを残したジャンキーに呼び出されて、炎天下に出かけると、家賃が払えないので何とかしてくれないかと泣きつかれた。アポをとっていた櫛水哲夫の知人とたてつづけに会ったが、二人とも彼については通り一遍のことしか知らず、生前荷物を預かったこともないと首をふった。疲れ切って事務所に戻り、PCを立ち上げると、准教授からメールが届いていたのだけが救いだった。彼は好意的と言えなくもない調子で、明日の午後三時に大学に来るように命じていた。なかなかおもしろい結果を得られそうです、と彼は書いていた。もしかしたら大発見になるかもしれません。

アパートへ帰り、缶ビールを二本飲んでから横になった。枕元の本を適当に繰りながら眠気の訪れを待っていると、頭上のエアコンがぷしゅうとパンクのような息を吐いて停止した。いくらリモコンをいじってみても動かない。ため息をついて窓をあける。排ガスの臭いのするねっとりとした夜気が入ってくる。

窓際に立ち、路上を見下ろす。どこかで酔漢の声がする。ささやかな植え込みから響く虫の声と車の走行音が入り混じる。地球の半分はこの分厚い毛布のような闇に覆われている。そして無数の人々がその暗闇にくるみこまれて脳髄の内部で夢を見ている。蛆虫のように蠢く脳髄と蠢く夢。そうしたものたちのあいだで自分のように眠れずに外を眺めている人間はどれくらいいるだろう。覚めながら夢を見る。薬局店主の言葉を思い出す。

私は大きくため息をつくと、洗面所の棚を探って睡眠薬の瓶を探しだし、底に残っていた二錠を一気に喉に流し込んだ。


目覚めるとすでに正午に近かった。呻き声をあげながらベッドから起き上がった。薬で無理やりに捥ぎ取った眠りはいつも重たるく、起きたあとも吐き気に似たもやもやが胸にわだかまる。やはり自然な眠気を待つ方が良かったかと後悔しながら、思い切り濃いコーヒーを入れ、啜りながら大介に電話する。だが流れてきたのは現在この番号は使われておりません、というメッセージだった。電話料金を払っていないのだろう。まったく何をやっているのだか。

准教授の勤めるキャンパスまで二時間かかることを考えると、すぐに出かける準備が必要だった。ありあわせのものを齧って朝昼兼用の食事を済ませると、皺だらけのジャケットをひっかけた。

理学部の建物はいかにも現代風の細身の柱とカーテンウォールの組み合わせででき た真四角の箱だった。ご丁寧に、テックキューブと横文字のロゴまでついている。

学科事務に行き、カウンター越しに職員に声をかけると、四十代の女が立ってきた。准教授の名前を告げる。職員の表情に緊張の影が走ったように見えた。

「申し訳ありません。先生はちょっと」

「ちょっと、なんですか」

「今朝方電話がありまして、今日は学校に来られないと」

「今日は不在ですか。じゃあ、いらっしゃるのはいつです」

「それが」と言葉を濁す。「学会があるそうで」

「学会？　どちらで」

「カリフォルニアだとか」

「馬鹿な」思わず大きな声で叫んでいた。「今日ここで会う約束になってるんだ」

職員はあからさまにひるんだ様子をした。「私に言われても困ります」

研究室の場所を尋ね、早足で廊下を行く。磨りガラスの嵌ったドアは、当然のように鍵がかかっていた。中に人が潜んでいる様子もない。諦めて事務室に引き返すと、先ほどの職員が慌てたようにカウンターに立った。

「これ、預かっています。それで二度と連絡しないようにって」

不潔なものか何かのように差し出されたのは、ジップロックの袋に入った例の「錠剤」だった。

帰途の電車の中でも怒りは収まらなかった。どういうつもりなのか。人を馬鹿にするのにも程がある。しがない探偵など、自分の気まぐれひとつでふりまわしても構わないのだと信じている准教授の傲慢さを見せつけられたようで、不愉快だった。ラッシュ時ではあったが、郊外から都心部へ向かう上り電車は七分の混み具合だった。私は唇を嚙み締めながら、車内の光景を映し出している地下鉄の暗い窓を眺めていた。ふと、窓に映った背後の男と目があった。向かい側のドアの横に立ち、うつむいていた若い男だ。男はすっと目をそらすと、ジーンズのポケットから白っぽいピルケースを取り出して中身をあらためた。私は胸の内で叫び声をあげた。男が口中に放り込んだのが、私の胸ポケットにある「錠剤」と同じもののように思えたのだ。

動悸が激しくなった。男は素知らぬ顔で暗闇でしかない外を眺めている。痩せた背の高い男で、色落ちした黄色っぽいTシャツを着ている。

見間違いである可能性は捨てきれなかった。ほんの一瞬のこと、それも、窓硝子に映った像だ。落ち着けと自分に言い聞かせながら、男を直接観察できる位置に体の向きを変える。

録音された女声アナウンスが次の駅名を告げる。男が位置を変え、乗客の陰に隠れて見えなくなった。こちらもできるだけさりげなく見えるよう念じながら、人のあいだを抜けて後を追う。

車両がホームに滑り込み男が動き出した。断片的に見えている黄色いシャツだけを目当てに、あわせて列車を降りる。男は迷うことなく出口へ向かうエスカレーターに乗る。十数人の降客を挟んで後についた。

地上へ出ると、夕闇が地上まで降りてきていた。平べったい埋立地に作られた街だ。遮るものがなく、空がのっぺりと広い。男は線路脇の道路を歩いていた。あらためて見ると、長身で手足が異様なまでに長く、異星からの客のようにすら思えた。駅前のささやかなネオン街を過ぎると、あたりは暗さを増し、大ぶりのマンションと運送会社などが混在する地域になった。コンテナを外したトレーラーが死んだ恐竜のように横たわっている。路肩に並べられた自販機の列が真っ白い光を放っている。男は長すぎる手足を持て余しているみたいな歩き方で十数メートル先にいた。そのまま闇に溶けてしまいそうだった。人通りの少ない今、駆け寄っていって詰問すべきかと迷った。だが、何を尋ねればいいのだ。あんたが持っている錠剤を見せてみろと迫るのか。そもそも本当に見たのかさえ、自分で確信が持てないのに。

男が左に折れた。アパートの並ぶ一角の路地に入ったのだ。私は対象喪失《ロスト》を怖れて足を速めた。男の足取りもせわしないものに変わっている。気づかれたのだろうか。懸念するうちに再び男の姿が消えた。私は小走りになり、男が姿を消した小さな児童公園に踏み込んだ。

本当にささやかな遊び場だった。たぶん家一軒分の敷地もないだろう。日当たりの悪そうな四角い空間に、滑り台とブランコがひとつずつ、他に象やキリンを模した石製のベンチめいたものが置かれているだけだった。けれども男の姿はどこにもなかった。文字通り忽然《こつぜん》と消えてしまったのだ。私は啞然としてどこか隠れる場所がないか、目立たぬ脱出口がないか、見てまわった。通りに面した入り口以外の三方は、それぞれアパートの壁、ブロック塀、背の高い金網のフェンスだった。塗装のはげかけたキリンの背中に腰を下ろし、呆然とスプレーによる落書き《グラフィティ》で埋め尽くされたブロック塀を眺めた。L・O・S・T。ロスト。グラフィティが、その文字を繰り返し重ね書きしたものであるのに気がついたのはしばらくたってからのことだった。

自分は何かを見落としているのにちがいない。あるいはひどい失策をやらかしているかだ。そう考えながら夜道を急ぐ。一杯機嫌で家路に向かう男女がすれちがい、深刻な表情の私に一瞬視線を走らせてから目をそらす。

大介のアパートの廊下に立って、立て続けにチャイムを鳴らした。

「おい、いないのか。確かめたいことがある」

また飲みにでも行ってるのか、と舌打ちしながら、拳で扉を叩いていると、隣の部屋のドアが開いた。五十代の女が顔を出す。

「あの、そちらの若い人なら引っ越したみたいですよ」

「引っ越した？　いつのことです」

女は怯えた様子で首をすくめた。「昨日の朝、業者がやってきてね、荷物を運び出していきましたよ」

「ここの住人は一緒にいましたか？　佐藤《さとう》大介という若い男ですけど」

さあ、と首をかしげる。

その女に番号を聞いて、アパートの管理会社に電話をしてみた。管理会社の社員は、昨日付けで契約が解除され、部屋が明け渡されていることを認めた。

事務所に戻り、どこからおかしくなったのか考え込んだ。大介の連絡が途切れた頃からか、それとももっと前か。まずこの仕事を引き受けたこと自体がまちがいだったのではないか。これ以上考えていても仕方がないと帰り支度を始めたとき、引き裂くように固定電話が鳴り出した。まさか大介ではという思いで受話器を取ると、激しい潮騒が不意に耳に飛び込んできた。

どこかの海岸なのだろうか。遠くで女の声がしきりに私を呼んでいる。啞然としながら耳を澄ませる。潮騒ではない。ノイズだ。耳障りなノイズのせいでよく聞き取れない。

「もしもし、もしもし、どなたですか」

しばらくすると徐々にノイズは収まった。今度はクリアな音声が聞こえてきた。

「櫛水です。通じていますか」

「大丈夫です。ちょっと調子がおかしかった。今は問題なく聞こえます」

「その後、例の物体のことで何かわかりましたか」

「あれはひどく危険な物体らしい。私の周りから協力者が相次いで消えています。それに──」

胸ポケットに収めた革袋を指の腹で確かめながら、これを狙って事務所に侵入したものがあると言いかけて口をつぐんだ。

「すみません。十五分後にこちらからかけ直します。構いませんか」

了解を得るとただちに電話を切り、ドライバーセットを持ち出して、電話の解体を始めた。盗聴器はすぐに見つかった。電話機の本体の内側に、小指の先ほどの円筒形の装置が埋まっている。そっとつまみあげてテーブルの上に置くと、胸の革袋を鍵のかかるデスクの抽斗にしまってから携帯電話だけ持って外へ出た。

ビルの前の路上から電話をかける。

「先ほどはすみませんでした。どうやらこの石ころめいた物体はあちこちで人気者のようだ。あなたが来たその晩、私の事務所にこの錠剤を狙った泥棒が入りました。幸い身につけていたので無事だった。だけど泥棒は盗聴器をしかけていきました。さっき、電話の調子が悪かったのはそのせいです。そいつらがあなたを狙うことがあるとは思えないが、用心だけはしていた方がいい」

「用心って、どのような」

櫛水希子は心細げな声を出した。

「夜間、一人で出歩くようなことはしない。家の戸締りに気をつけてください。場合によってはもうひとつ錠前をとりつけてもいいかもしれない。私のところはシリンダー錠を破壊されました」

「わかりました。それから、電話をさしあげたのには理由があったんです」

私は耳をそばだてた。

「夫の手帳を見ていたら、ひとつ気になる会社名があったんです。そういえば何かの理由で別の企業に出向していたことがあるようです。極秘のプロジェクトだったのかもしれません」

「それは助かる。ぜひ教えてください。でもちょっと待って。メモの用意をする」

私はポケットをまさぐって安手の黒ボールペンを取り出した。手帳は事務所に置いてきてしまっていた。メモ用紙の代わりに名刺を取り出す。

「準備できました。お願いします」

希子は企業名と所在地をゆっくりと口にした。私はそれを頭の中で復唱した。

「さっそく調べてみます」

「気をつけてくださいね。私、何だか怖い」

希子が囁くような声で言った。まるで彼女がすぐ隣にいて、耳元に息を吹きかけられているようだった。礼を言って通話を終えると、タバコを止めて以来数年ぶりに紫煙が恋しくなった。

足元に何か白いものがあるので目を落とすと真新しいプランターだった。蕾を硬く閉じた朝顔が支柱に蔓を巻きつけている。

不意に、海を見たいと翠玉がいつも言っていたことを思い出した。それなのに、私たちは一度も一緒に海には行かなかった。深圳の海に行くなんて、巨大なドブ溜を見に行くのと同じだと私が言ったのだ。彼女は、じゃあ私の人生と同じね、と言って笑った。

どうしてそのようなことを思い出したのか。きっと先ほどの偽の潮騒のせいだろう。

プランターの向こう側で何かが動いたような気がして、私はビルの間の空間を覗き込んだ。フライドポテトの匂いのする風のかわりに、硬く握り締めた拳が伸びてきて、こちらの顎をしたたかにヒットした。つづいて一飛びでプランターを跨《また》ぎ越えた黒いブーツが私の足を払って転倒させ、脇腹に尖った爪先をめりこませた。体をまるめている私の指先から、まだ摑んだままだった名刺がむしりとられるのがわかった。ブーツの持ち主は手早く私の体をまさぐると、ペッとアスファルトに唾を吐いて、足音も高く夜の闇に消えていった。

「おお、かわいそうに。ひどい目にあったねえ。本当に災難だ」

泣き出さんばかりの老女の声を聞きながら私は体を起こした。アスファルトにうつ伏せていたため、片側の頬がひりひりした。

「大丈夫だ。おそらく打ち身とたんこぶだけで済む」そう言いながら目をやると、管理人の女はどういうわけか私に背を向けてしゃがみこんでいた。肩越しに覗き込むと、老女の憐憫の対象が、私ではなく朝顔であったことが理解できた。プランターだったものの残骸とともに、支柱ごと朝顔が無残に倒れていた。

「済まない。たぶん僕が転んだときにぶつかったんだ」

私は立ち上がりながら詫びた。声を出すだけで脇腹が火箸を押しつけられたみたいに痛んだ。

老女は怪我人ならば一瞬で殺してしまえそうな目つきでこちらを睨み、「私の肩に手をかけな、事務所まで連れて行ってやるよ」と言った。

私たちは肩を組んでゆっくりと階段をあがった。彼女は肩を貸しているつもりかもしれなかったが、こちらは腕を持ち上げつづけなければならないためかえって脇腹が痛んだ。とはいえ百四十センチ弱の老女に体重を預けるわけにもいかなかった。こんなことで転倒されて寝たきり生活になられてはたまらない。

私を事務室のソファに座らせると、彼女は「ちょっと待ってな」と言って自室まで上っていった。そのあいだ、私は手帳を取り上げて、忘れる前に企業名と所在地を書き留めた。

「殴られといて何にやけてるんだい。気持ち悪い」見ると戸口に老女が救急箱をぶら下げて立っていた。

「その殴ったやつは無駄骨だったのさ」と私は上機嫌のまま答えた。名刺には何も書き込んでいなかった。ボールペンのインクが切れていたのだ。

老女は私の言葉を無視して、乱れたシャツの裾を持ち上げた。

「早くシャツを脱ぎな。湿布をはってやるから。こめかみにも血がついてるよ」

私はあわてて老女の手を振り払った。

「自分でやるから、部屋を出ていってくれないか」

「あんた、恥ずかしがるような歳かよ。こっちは毎日もっときれいでたくましい男の子たちの肉体を堪能してるんだ。あんたの弛《たる》んだ腹なんかに興味ないよ」

そうして、こちらの啞然とした顔に気がひけたのか、顔をあからめて付け加えた。

「バカだね。テレビでだよ。韓流専門チャンネルに加入してんだ」

私は唇に指をあてて、静かにするようにと合図すると、うっかり失念していた作業を行った。テーブルの上の盗聴器を床に置くと、踵《かかと》を使って微塵に踏み砕いたのだ。

「なんだい、それ」

管理人が眉をひそめて尋ねた。破損可能なあらゆる物品を次々破壊して回る私に心底憤然としている様子だった。

「ミニラジオ局さ。この部屋の音声を電波にして飛ばしてたんだ」

今度は向こうが啞然とする番だった。それからは黙って、こめかみの血と泥をぬぐい、脇腹の大きな痣に冷たい湿布を貼るのに専念してくれた。そのあいだ私は、迂闊に外に出たことを後悔していた。私を殴った男は、ビルの隙間に潜んで盗聴器からの電波をキャッチしていたのだ。いや、さすがにあそこに何時間も立ち続けるのは苦行だろうから、どこかの路地裏に遮光フィルムを貼ったバンでも駐めてあったのかもしれない。

「それじゃ、私は引き上げるよ」

そう言って立ち上がった管理人に丁寧に礼を言い、千円札を一枚差し出した。

「新しいプランターと苗を買ってくれ」

「いいよ、そんなの」と老女は笑い飛ばした。「次は頑丈な素焼きの鉢にする。ぶつかったらあんたの頭の方が犠牲になるようにさ」

彼女が帰ると、顔を洗い、コーヒーを一杯飲んでから、ステレオでありあわせのCDをかけた。そしてポケットラジオを使ってFM波を拾いながら事務所の中をゆっくりと移動した。まず西側の壁の近くで、次にキッチンに入った時、ラジオからホワイトノイズに混じってマシュ・ケ・ナーダのメロディが聞こえてきた。つまり室内の音が電波に変わってそのあたりから発信されているということだ。結局、壁付けのコンセントの内部とキッチンの作り付けの戸棚から盗聴器が見つかった。それらを処理し終わるとすでに深夜二時をまわっていた。アパートへは夜が明けてから着替えに戻ることにして、焼酎のボトルを抱えて、ソファに寝そべった。管理人の婆さんの前では強がっていたものの、正直なところ怯えていた。いつのまにか奇怪な迷宮に迷い込んでしまっている。一眠りするにしても、アルコールの助けが必要だった。

ブロンテ・コーポレーションは青山《あおやま》の一等地にある瀟洒な高層ビルのワンフロアにオフィスを構えていた。私は受付で名刺を差し出した。

「どのようなご用件でしょうか」

「こちらで作っている薬について聞きたい。記憶に働きかけ、人を別人にしてしまう薬だ」

「当社では薬を製造しておりません」と受付嬢は微笑みながら答えた。まるで時候の挨拶でも述べるような明朗さだった。

「そう。じゃあ、それでもかまわない。でも話を聞きたいんだ。上の人にそう伝えてくれ」

まったく表情を変えないまま、彼女は奥へ消え、私は彼女がアンドロイドである可能性について思いを巡らした。こちらの知らないうちに実用化されて、一部企業で使用されている可能性はないのだろうか。

やがて案内されたのは、小さな応接スペースだった。窓際に立って、眩しい青山通りを見下ろした。目の覚めるような色彩をまとった人々が、強すぎる日差しをものともせずに歩道を闊歩している。やがてシックなスーツを着た五十年配の男が自分でプラスチックカップに入ったコーヒーを持ってきた。

「ブラックで構いませんか」と男はローテーブルに置いたコーヒーを指差した。「広報担当重役の石上《いしがみ》です。何かお尋ねのことがあるとか」

「櫛水哲夫という技術者がこちらにいたことがありますね」

男はしばらく考えるふりをした。「記録を確認しなければ確かなことは言えませんが、その名前に聞き覚えはないようですな」

「では、シー・ドロップスという名前にも聞き覚えありませんか」

とっておきの切り札を出して様子をうかがったが、表情は微塵も揺るがなかった。

アンドロイド二号というわけだ、と心内で舌打ちする。

「それだけですか。聞きたいのは」男は手つかずのコーヒーカップを持って立ち上がった。「次の予定がありますので、お引き取り願えますか」

オフィスでは数人の男女がパーティションで区切られたデスクの前でPCを睨んでいた。みな若く、品の良さそうな雰囲気だった。オフィスを出てホールのエレベーターに乗った瞬間、その一人がやってきて、閉じかけたドアを手のひらで止めた。

「すみません。通りの向かいで待っていてくれませんか。すぐ行きますから」

建物を出ると、容赦ない日差しが猛禽のように襲ってきた。背中に汗がにじむのを感じながら、道路を渡り、頼りない街路樹の日陰のもとに立つ。歩道のビル側に、キャップを目深にかぶった男が立っていて、足元に黒い小さな紙人形を置くと、そのままどこかへ行ってしまった。紙人形は、ひきつったように踊り出す。十数年前、何度か街で見たことがあるが、最近はあまり目にしないものだ。どこかでサクラが見えない糸で操っているはずなのだが、暑さに苛立った通行人たちは目をくれずに歩き去っていく。私は一人で踊り続ける小さな紙切れから目が離せなくなった。おまえは何のために、誰に命じられて踊っているのだ。粘っこい汗が首筋に噴き出す。憤りのようなものが湧き上がった瞬間、肩に手をかけられて私は身を竦めた。

見ると先ほどの若い男がすぐ隣に立っていた。

「驚かしてすみません。あの、これ」とメモ用紙を手渡す。見ると北関東の住所が手書きで書かれていた。

「これは？」

「我が社の研究部門があるんです」

それじゃ、と立ち去ろうとする男をあわてて引き止めた。

「ちょっと待ってくれ。どうしてわざわざこの情報を？」

「上から命じられたんです。じゃ、勤務中なので」

男は信号がかわったばかりの通りを早足で渡っていく。

午後には、上野《うえの》から出発した列車の座席に座っていた。メモの住所まではしばらくかかるはずだった。

道々気遣ったのは、尾行の有無だった。渋谷駅の雑踏のなかで、突然方向を変えて売店に立ち寄ったり、わざわざ引き返してICカードをチャージしたりと不規則な行動をくりかえして背後を窺ったが、追いかけてくる眼差しは見あたらなかった。山手線を三度乗り換え、最後は閉まりかけたドアをすり抜けるようにしてホームへ飛び降りても、駅員が顔色を変えたほかは、私に注目している人間はいないようだった。

東京近郊の駅では、けっこう乗客の乗り降りがあった。スーツ姿の男女、学生風の若者、この辺りの住人らしい初老の女たち。制服の中学生たち。

あまり品のよくない女子高生の一団が、車両の中央で輪になってお互いのスマートフォンを見せ合っていた。何かよほど興奮させるものが写っているらしく、彼女たちはしきりにスゲエ、スゲエと連発していた。

途中の駅で乗り換え、ボックス席に収まると、人影は目立って少なくなった。何かが目覚めようとしている。

私は立ち上がってトイレに向かった。金属製の便器で、ペダルを踏むとブルーの洗浄水が勢い良く流れ出す仕組みだった。用を足すと、壁にもたれたまましまってあった革袋を取り出した。

もしかしたら、これが何なのか知る一番手っ取り早い方法は、この場で一粒嚥みくだしてしまうことなのかもしれない。夢を見る、その言葉が何を意味するのだとしても、自分でその真実を確かめることができる。

だが、と自問する。もしかしたらすでにこの薬を口にしている可能性はないだろうか。県境に標識がないように、現実の果てにも境目はないかもしれない。もし昨日か、一昨日か、あるいはそれ以前に一粒服用してみようと決意していたら？　もしそうなら今自分が見ているこの光景こそが幻覚だということになる。

自分の座席へ戻る。最初は軽い戯れのつもりで思いついた考えに自分が深入りしているのはわかっていた。必要なのはまだこの薬を嚥んでいないという確証だ。

幻覚剤を服用したかもしれない人間が、自分の知覚を信用できる方法はあるだろうか。もし意識が明晰で、猫が口を利きだしたり魚が空を泳いだりせず、おかしなところが何もないとしたら、それ自体が幻覚の証拠かもしれない。これは防犯業界では有名な腕利きの窃盗団のジョークと同じだ。凡庸な窃盗団は、狙いをつけた家の門前にチョークで記号を書くので、プロならすぐに察知できる。しかし腕利きになると、本人たち以外は絶対見つけることのできない形で痕跡を残すので、怪しい印がなにも見当たらないとしたら、住人は腕利きの窃盗団のターゲットになっているという最悪の事態を想定しなければならない。もちろん、この小話の錯乱した部分は、なんであれ必ず窃盗団に狙われているという結論にたどりつくところだ。つまり前提がまちがっているのだ。そもそも最初から窃盗団に狙われてないという可能性を確保すべきなのだ。

車内アナウンスが、じきに目的の駅につくと告げていた。立ち上がると、列車が徐行しはじめた。ボタンをプッシュして手動のドアを開け、炎天下のホームに降りた。噴き出した汗をぬぐって歩き出す。アスファルトに靴音が響く。

私が確保したいのは、この薬を服用してなどいないという可能性だ。幾つかの方法がある。直ちに医者へ行き、血液検査を行って体内に異物が入り込んでいないか確認してもらう。だが、医者も病院も幻覚の一部ではないと確信できない。むしろもっと単純な方法は、今すぐ実際に薬を体内に入れることだ。そうすれば服用以前と以降を比較して、違いがあるかを確認できる。もし突然風景が入れ替わったり、自分が誰であるかが書き換えられたりすれば、それまで体験していた方が現実だったと結論づける。だがそもそもこの物質が幻覚など引き起こさない可能性だってある。そうしたら当然比較は不可能で、何が現実かは結局わからない。さらに反対に強烈な幻覚剤だった場合、私は現実を失ってしまうことになる。失うかたちでのみ現実を認識できたとしても無意味だ。歩きながらまた別の可能性を発見した。そもそもこの物質自体が幻覚の産物ではないだろうか。その可能性も否定しきれない。そのときは、かなり早い段階から、私は幻覚の内部にいることになる。それがいつなのかはっきり確定できないが、ここ数日間の体験は一切偽物で、櫛水希子などという女は存在しないのかもしれない。

改札を出た先は、十畳程度の待合室になっていた。壁に貼られたポスターは清涼な高原の夏を謳っていたが、その場所はひどく蒸し暑かった。天井の片隅に据え付けられた扇風機が首を振りながら弱々しい風を送っていた。私はトイレの表示を見ながら、いっそ便所に流してしまえばいいのかもしれないと思いついた。薬剤を下水管に送り込んだら、回れ右して東京行きの列車に乗り込み、櫛水とも今後連絡を取らない。謎めいた薬など最初から存在していなかったことにするのだ。しばらくその場で迷った末に諦めた。

駅前のロータリーで客を待っていたタクシーに乗り込む。初老の運転手は、ちらりとミラーを見て「お客さん、ずいぶん顔色が悪いですよ」と言った。

「いいんだ。気にしないでくれ」

私は目的の住所を告げた。それからさりげなく尋ねた。

「運転手さん、あんた実在するよね」

彼はしばらく黙っていた。信号が変わるのを待っているようだった。そして振り向かないまま答えた。

「すみません。あたしゃ、そういう問答には慣れてないんですよ」

「いや、悪かった。しかしここは暑いね」

「内陸ですからね。つい先日は三十五度いきましたから。年々、最高気温を更新してますよ。やっぱ温暖化なんですかね。もし、気が遠くなるようだったら言ってくださいね」

自分の履歴を洗い直すべきかもしれない。徹底的に調査するのだ。出身地、生年月日、職歴、交友関係など。なにしろ誰よりもよく知っている人間を調べるのだから、普段よりはるかに網羅的かつ詳細にやれるだろう。経歴にところどころ不可解な空白が挟まっていないか。意図的な誇張や誤り、ごく些細に見せかけた虚偽が紛れ込んでいないだろうか。しかし知人のあいだを巡って、この俺は誰だと思いますかなどと聞いて回ったら、さぞや間が抜けて見えるだろう。というより、完全におかしいとみなされるに違いない。私は自分が正気であることを証明したいだけなのだが、正常さを証明するという試み自体が異常の印なのだ。

「ちょっと、すいませんが」と運転手が口を開いた。「先ほど、お客さんから伺った住所、アレ、存在しないんですわ」

私はうなずいた。いかにも、という気がした。

「もう何年も前にね、町名変更があったんですよ。あちこち合併したりしてね。だいたい、このあたりだと思うんですがね」

車は速度を落とし、自転車程度の速さでゆるやかに蛇行する狭い道を走っていた。

周囲の一戸建てはだいぶ老朽化が進んでいるようだった。

「あのう、余計なことかもしれませんが、お客さんは女を捜してるんですね」

私は返事をしなかった。男は静かにつづけた。「私も経験ないわけじゃないですけど、逃げちまったものはもう帰ってきませんや」

ここでいい、と言ってタクシーを降りた。釣銭を渡すときも、運転手の顔の部分は光がちらちらしてよく見えなかった。

あたりを見渡すと、地方の郊外らしく、住宅地と畑地、ところどころに町工場が入り混じった地域であることがわかった。ただはるばる来たものの、ここで何を捜したらいいのかさっぱりわからなかった。とりあえず動き回ってみることにして、道なりに歩き出した。

たまたま見かけた古本屋に飛び込んだのは、強烈な西陽から、数分でも逃れたくなったからだった。

ありふれた古本屋だった。店の正面に百円均一の特売本。引き戸を開けて中に入ると、片側に文庫、反対側にパラフィン紙に包まれた大判の本が並んでいる。古書店特有の黴臭い香りが鼻を打った。

他に客の姿は見当たらなかった。もっとも、本棚の裏側のスペースに誰かいるのかもしれない。

一段高くなったレジカウンターでは、まだ少女といってもいい年頃の女が、うつむいて何かを読んでいた。薄暗い店内で、短く刈った髪の毛の下の襟足が白く際立った。

　私は町名変更前のことを何か聞き出せないかと考えながらそちらへ近づいた。もっとも、年齢からいって、大したことは知らないかもしれなかった。棚を物色するふりをしながら覗き込むと、少女は春画の本らしきものを熱心に眺めていた。複数の人体が現実にはありえない体位で絡み合い、いびつな肉色の塊を作っていた。

　思わず目を逸らした私とは無関係に、女は立ち上がり、カウンターを降りて本棚のあいだの通路を歩き出した。私はぶつからぬよう体の向きを変え、戸口へ向かう女の後ろ姿を追った。外へ顔を出すと、女は角を折れて、店の脇の小さな路地へ消えるところだった。駆け出したいのをこらえて、さりげない様子で歩き出す。路地を覗き込むと、女がずいぶん遠くに見えた。見失わぬよう足を速める。

　町外れの辺鄙《へんぴ》な通りだった。私は、傍の巨大な建物に気を惹かれた。使われなくなった倉庫か廃工場のように見える建物だったが、よく見てみると、不潔でも乱雑でもなく、きれいに清掃されている。ふと門柱のブロンテ・コーポレーションの文字が目に入った。ここだったのだ。私は内側に入った。人の姿はない。女のことはどうでもよくなっていた。

　どこか病院を思わせる内部だった。ただしかなり昔のものだろう。開いた扉越しにタイルに覆われた室内や、何に使うのかわからない機械の並んだ部屋が見えた。廊下を幾度も折れ、床が水浸しのがらんとした部屋を複数通り過ぎると、やがて体育館を思わせる天井の高いホールに出て、思わず立ち止まり、周囲を見渡した。数えきれぬほどのベッドに、一人ずつ男や女が横たわっている。それもみな骸骨のように痩せさらばえて。

「よく来ましたね」

声をかけられて振り向く。黒いワンピースの老女が車椅子に座って微笑んだ。そのすぐ後ろでは、白髪の男が召使いの忠実さで車椅子の柄を握っている。私は彼女がこの場所の主人だと直感した。女にはそう思わせる威厳が備わっていた。

「あなたは？」

「名前を名乗ることはできるけど、さほど意味はないでしょう」

「あなたが、これを作っているんですね」と私は胸から「錠剤」を取り出すと手の上にのせて見せた。

「兄が生み出し、私が育てた」老女は満足げに目を細めた。

「この中に櫛水哲夫も？」

私が周囲のベッドを示すと老女は意味がわからぬように首をかしげた。私は不意に得心した。この女こそが病んでいるのではないか。たまたま桁外れに裕福であったために、田舎の廃工場を買い取り、舞台セットのように自分の妄想を具現化しているのではないか。

けれども老女の生き生きとした表情と目の光はむしろ鋭い知性を表していた。彼女は骨の形の目立つ腕を持ち上げ、ホールの片隅を指差した。

「あなたが、興味あるのは、そこ、でしょ」

そこには一床のベッドがあった。質素なスチールパイプ製のベッドだった。ただし、病院の大部屋などによくある四囲を囲むカーテンのせいで半分しか見えなかった。私はそのベッドを目にしただけで、不安と等量の渇望に囚われた。あそこに誰がいるのか確認しなければ。一歩近づくごとに、動悸が激しくなっていく。「本当に見てしまっていいの」背後の老女が聞く。私は立ち止まり、首を振った。決して目にしたくない。しかし、見ないでいることも不可能だった。開いた隙間から覗く足首は痩せて垢じみていた。思わず息を呑んだ。はじめてベッドの存在に気づいた時からわかっていた通り、その場所に横たわり、目を閉じて寝息をたてているのは私だった。

「わかるでしょ。本当のあなたはそっちなの」と老女が上機嫌に言う。膨れ上がった涙が瞼の縁からこぼれ落ちる。

私は啜り泣きながら歩いていた。傍らの道路を、速度を増した車が次々に走り抜け、そのたびにヘッドライトに照らされた私の影が、一瞬地面を這っては消えていった。

どうしてこんなことになってしまったのだろう。なぜ見知らぬ町の淋しい国道沿いを、空腹と喉の渇きに苦しみながら歩きつづけなければならないのだろう。誰からも見捨てられ、これからの当てもなく。

そんな想念が、声にはならないままとぼとぼとこぼれ落ちた。情けないと思いながらも、自分を憐れむのをやめられなかった。

自分の未来について、どのような見通しも持つことができない。明日から何をしたらいいのかもわからない。すべて自業自得なのかもしれなかった。自分のことばかりにかまけて、人の気持ちを一顧だにしなかったという非難が正しいのかもしれなかった。だけど、もう一度、彼女と会わなければならない。彼女の振る舞いについて問い質さなければならない。私はそう考え、痛む足を引きずって歩いた。

専門学校の駐車場に停められた車の中から、私は電話で告げられたワインレッドの外車を見つけると、そちらに向かって歩き出した。運転席からも見えるように、ことさらに歩調を遅くしたつもりだった。

フロントグラスの前まで来ると、運転席の人影が顔をあげた。大ぶりのサングラスのために表情まではわからなかった。私が軽く頭を下げると、彼女は腕をのばして助手席のドアをあけた。

「お仕事中お時間をとっていただいて感謝します」

そう言いながら私は助手席のシートに腰を下ろす。

「いえ、こちらこそこんな場所で。これからすぐに幕張《まくはり》に出かけなくてはならないものですから」

櫛水はサングラスを取ろうとはしなかった。不機嫌を見せつけているのか、緊張を隠しているのかはわからない。エアコンの吹き出し口から送り出されてくる冷たい風のせいで、車内に入ると汗がひいた。

「出張ですか」

「営業ですよ。昨年、卒業生を送り出してくれた高校を訪問して、今年もよろしくと頭をさげて廻るんです」

「先生自ら、ですか」

「そうでもしないと立ち行かないんですよ。今はどこの専門学校も同じでしょう。介護や看護のような実学系はともかく、特にうちみたいなところはね」

彼女は小さくため息をつくと、だから、あまり時間がないんです、とかすかに調子を強めた。そのことを言いたいがための愚痴だったようだった。

「それで、お話というのは何でしょう。まだお約束の一週間には三日あるようですが」

「その通りです」と答えながら、私はかたわらの女の姿をうかがった。櫛水は相変わらず冷淡に正面を眺めている。ハンドルに軽くおいた腕が蒼ざめて見えるのは、UVカット加工を施したウインドウのグラスのせいだ。このノースリーヴのワンピース姿で颯爽と現れれば、高校の職員室でちょっとした話題になるだろう。専門学校の方でもそこまで計算しているのかもしれない。

「あの物体について何かわかったのですか」

「わかったとはとても言えません」

私はジャケットのポケットから例の革袋を取り出すと、彼女に向かって差し出した。口元が歪んだのは怪訝な表情を浮かべたということなのだろうか。中身を確かめ、今度は驚きのため唇が開いた。

「五粒しかない。まさか、あなたが口にしたんじゃないでしょうね」

「さあ、どうでしょう。でも今日問題としたいのは別のことです。女のことを伺いにきたんです」

「女？　夫について聞きたいというならまだしも、女というのは誰のことですか」

「ご主人、櫛水哲夫さんのことはもういいのです。なぜなら、この薬は死んだはずの彼から送られてきたのではなく、むしろあなたが彼に渡したものだから」

「私が嘘をついていると言うの」

ようやく櫛水がサングラスを外し、怒ったように頭を一振りした。髪の毛が乱れ、白いうなじが一瞬あらわになる。香水とまじった女の体臭が広がる。私はその匂いをよく知っていると思う。

私は知っている。女がこちらを睨みつける時にかすかに鼻の付け根に皺が寄るのを。鎖骨のくぼみに小さなほくろがあり、右の乳房の下には掻き傷の痕があるのを。私は知っている。ベッドで交わる時に後背位を好み、喜びの声とともにふわりと髪の毛から艶《なまめ》かしい芳香が立ち昇るのを。何年も一緒に暮らした人間としてこの女のことならば誰よりも詳しく知っている。

女はこちらを睨み続けていた。日本人にしては色の薄い虹彩がかすかに翳る。

「あなた、何を見ているの」

「どうして出て行った？」

「何を言ってるの。意味がわからない」

「誰か、ほかに男がいるのか」

「ちょっと、探偵さん、大丈夫？　どうしちゃったの。さっきからおかしなことばかり」

「確かに僕らの関係は不安定だった。だけど、だからといっていきなり出て行くのはおかしい。何か理由があるはずだ」

　女は少し甲高い笑い声をあげた。

「なあに。これはゲームなの。それなら少しだけつきあってあげる。だけど本気にしないでね。そう、私はあなたが思ってる通りの人間。あなたとの生活にもう見切りをつけたの。だって、そうでしょう？　私にも時間がない。今ならまだ人生をやりなおせるけど、五年も経てばおばちゃんだもの。別れるならできるだけ早いほうがいいでしょ。ほら、これ以上説明する必要があって？」

「いや、ちがう。それは本心じゃない。きみはそんな風に割り切れるタイプじゃない。むしろいつまでも引きずる方だ。きみの決意を固めさせた何か特別なできごとがあったはずだ」

「そんなことを聞いて何になるというの。もう終わったことなんだよ。仕方がないじゃない」

「仕方がないのか？」

「あなたは誤解しているの」不意に表情が変わり、先程までの自分の魅力を自覚した高慢な女は消えた。今目の前にいるのは、むしろ疲れ切って憔悴《しょうすい》した女だった。もう若いとも言えない。出会った頃は、あれほど張り詰めて若々しかったのに。すべて私のせいなのだろうか。

「あなたは誤解している」彼女はくりかえした。「あなたこそ過去にこだわり、別の世界に逃避している」

「悪いか。僕はそういう人間なんだ。そういう生き方しかできないんだ」

「そうよね」彼女はため息をついた。「悪いわけはない。ただ、もう一緒にいる意味はないと思っちゃったの。あなたは私を必要としていない。これ以上一緒に過ごしても時間の無駄でしかない」

それからドアの向こう側に視線を流した。盛夏の、真昼の重たるい光が垂直に雪崩れ落ちて、水銀のように駐車場のアスファルトに溜まっていた。

「十代の頃、私は誰かが自分を白い街から連れ出してくれるのを待っていた。けれど、またこんなところに来てしまったみたいね」

私は黙ってドアを開けると、その夏の光のなかに降り立った。眩しさに目をすがめたまま、彼女がこちらを見上げた。

「もし、本当に私に会いたいのだったら、自分で捜しに来て。もう逃げるのはやめて。帰ってきて」

立ち尽くしている私を尻目に、彼女は大きな音を立ててドアを閉めた。時をおかず車が動きだす。私は轢かれないためにあわてて飛び退き、脚をもつれさせて転びかけた。じゃあ、どこに行けば君に会えるんだ、という科白を思いついた時には、すでにワインレッドのシルエットは加速して眩い街並みのなかに消えてしまっていた。

＊＊＊

彼女を捜しに出かけることにした。いつまでもここで待っていても仕方がないのだ。閉め切っていたカーテンを引き開けると、冬の晴天にふさわしい澄み切った光が飛び込んでくる。数日ぶりに部屋の外に出ると眩暈がした。もう何日も固形物を腹に入れてないせいだろう。下半身に力を入れて歩き出すと、全身からアルコールの霧が立ち昇り背後に帯を引いているような気がしてならない。

誰か共通の知人に電話しようかと思ってから、電話番号の入った携帯電話を破壊してしまったことに思い至る。まあいい。携帯電話というのが進化した首輪でなければいったいなんだろうか。私もようやく奴隷身分から解放されたのだ。祝杯をあげてもいいくらいだ。

しかしどこに行くべきかが問題だった。何年も一緒に暮らした相手なのだから、しばらく街を漂っているうちに、彼女の行きそうなところ、好んで落ち着きそうな場所が自然に思い浮かんでくるにちがいない、と無理やり言い聞かせる。重たるい体を引きずるようにして、マンションの廊下を歩いていると、すれ違った専業主婦風の女が、生ゴミが動き出したかのように目を剝いた。睨み返してやると、あわてて顔を背けた。

師走《しわす》の街は、自分一人をよそにして、せわしなく賑やかに、動きつづけているようだった。

十分ほど歩いてから、駅前のロータリーのベンチで休憩した。すっかりへばってしまったのだ。これではまるで七十、八十の老翁である。とにかくエネルギーの摂取とアセトアルデヒドの分解を心がけようと、近くの牛丼屋でキムチチゲ定食なるものを平らげると、今度は腹が痛くなった。店内の閉所恐怖症になりそうな便所で三十分ほど粘る。

上りの電車ではさいわい座ることができた。吊り革をにぎると、すぐ前の女性が自然に立っていったのだが、これもまた私の身体から立ち昇る臭気の効果かもしれなかった。考えてみれば、一週間以上風呂に入った記憶がない。というより、そもそも数日分の記憶がぽっかり欠落しているのだ。どこかで湯でも浴びなければなるまいと思案するうちに、いつのまにかうたたねしていた。おそらく私にもたれかかられるのに嫌気がさしたのだろう。それなりに混雑した車内だというのに、目覚めると両脇の席までからになっていた。無敵だ。

夢を見た。家の近くの商店街を藍香と三人で手をつないで歩いていた。目覚めてからもしばらくのあいだ幸福のあまり身動きできなかった。

途中の駅で降りる。以前、ほんの短い間だけ住んでいたことのある街で、多少はなじみがある。駅ビルのユニクロで下着一揃えと上のシャツだけを買う。しばらく行くと、奇跡的にも記憶通りの場所に銭湯が残っていた。一風呂浴び、脱衣所で麦茶を飲んでいると、ようやく生者の世界に戻ってきた心地になることができた。小《お》栗《ぐり》判官の心境である。照手《てるて》姫はいずこ。垢じみた下着はこっそりと捨てた。

駅まで戻って電車に乗り直す。今度は座れなくとも、しゃんと立っているだけの体力が戻っていた。いつのまにか空模様が変わっていて、窓硝子の向こうで今にも泣き出しそうな灰色の雲が揺れている。

都心のターミナル駅で降り、雑踏にまぎれこんだ。藍香を捜していた。馬鹿げているかもしれないが、こちらが諦めさえしなければ、必ずどこかで会えるという確信があった。寒空に肩をすぼめて歩いている人間の群れに混じって、あてもなくさまよい、久しぶりに大型書店の棚をひやかしたり、映画館の表のポスターを眺めたりしているうちにさすがに脚が痛くなり、駅に引き返して、上階のホテルのカフェに入った。

この店には、以前に来たことがある、誰とだっただろう、と考えながら、鞄から愛用のPCを取り出して立ち上げる。普段、外で執筆することが多いために半ば習慣化した動作だった。指は、キーボードの真上一センチ。アプリケーションはワード・フォアア・マック。これまで、何千時間をこのようにモニター上の白いままの、あるいは書きかけのファイルを睨みながら過ごしたことだろう。書くべきことば、イメージ、情景を模索しながら、唸り声をあげ、何杯目かのコーヒーを啜り、傍らのノートを何度もめくり直し、自分の才能の無さと集中力の不足を呪いつつ。こうして費やした時間を、何かもっと有意義なことのために使用していたなら、今よりましな人生が送れたのだろうか。しかしもう遅い。

そのとき、私はごく自然に自分の周囲の様子を記述しはじめていた。どうしても筆が走り出してくれないとき、よくやる手のひとつで、漏れ聞こえてきた話し言葉の断片、窓の外の風景、そこからつれづれに思い出されることなどを綴っていくうちに、意外とおもしろい文章が生まれたりする。カフェは駅前の大きな交差点に面しており、天井までの大きな硝子窓から、分厚いコートや毛糸の帽子に身を固めて、急ぎ足であちこちへ散っていく人波を見下ろすことができた。彼らは私のキーボードがカチカチいう音を伴奏に、いささか乱雑だが巨大で終わりのないバーレスクを続けているように見えた。店内に視線を移せば、窓際のカウンターとその横におかれた二人がけのテーブルはほとんど埋まっていた。すぐ隣のテーブルでは、奥様風の女性四人が、息子だか娘だかの中学受験の情報交換に夢中になっている。相応に裕福らしく、身につけている衣服やバッグはどれも新しく品のいいものだ。一方反対のテーブルではグリーンの髪の女の子とオレンジの髪の男の子が、やけに熱心に一台のスマホを覗き込んでいる。画面に映っているのが、映画かミュージシャンのライブかそれともよくできたゲームの映像なのかはわからないが、何か人影のようなものが激しく動いている。横目でその二人を観察しているうちに、グリーンが男でオレンジが女でないかと思えてきた。どちらもこうしてかたわらから眺めている限りでは、ボーイッシュな女の子にも女っぽい男の子にも見える。私は片手をあげて通りかかったウエイトレスを呼びとめ、コーヒーを注文しながら、衣服から二人の性別を判断しようと試みた。どちらもストンとしたシャツにパンツ。だめだ、わからない。視線はそのまま店の奥へすべって、止まった。

カウンターの角が邪魔になって見えづらいが、テーブルに肘をついて、向かいに座っている人影にうなずいている女の横顔が藍香に似ていたのだ。コーヒーはブレンド、アメリカン、エスプレッソ、スペシャルブレンド、エスプレッソ・リストレットがございます。ブレンドで、と手短に答えると、瞼を閉じ、口中で三秒数えてから目をあける。やはり藍香だった。私は動悸が激しくなるのを意識しながら、注視した。それまでは騒々しかった店の喧騒が一気に遠のいた。

どうするべきだろうか。いきなり立っていって声をかけるのも憚《はばか》られた。一緒にいるのは瞬ではないか。確かにそう見える。私が躊躇するうちに二人は立ち上がりテーブルのあいだを縫って歩き出した。テーブル間のスペースが狭いため、ベージュのコートを着た藍香は、ゆっくりと歩を運んでいた。私はしばらく待ってから席を立ち、二人の後を追った。二人は店を出たところでエレベーターを待っていた。表示を見ると、上階行きらしかった。建物の上層階は、大手チェーンのホテルになっている。だとしたら、彼女はそこに滞在しているのだろうか。私はホールの造花の陰に隠れて様子をうかがった。チーンと音がなり、到着したエレベーターに二人は吸い込まれた。立ったままその行き先を目で追った。エレベーターは上昇していき、表示ランプは七階で停止した。私はホールの端の防火扉を押し開け、その向こうの階段を昇り出した。気が急《せ》きすぎているために、足元がおぼつかなく、雲の階段を上っているような気がした。何階分あがればいいのだろう。踊り場の掲示には▲4ー3▼とあった。ならばあと三階半ということだ。

ようやくたどり着いた七階のフロアは静かだった。落ち着いた間接照明が、廊下の両側の客室の扉を照らしていた。互い違いに並んだその扉を見ながら、藍香たちはどの部屋に入ったのだろうと思って迷っていると、一番手前の扉が開いて、小さな男の子が飛び出してきた。男の子は突っ立ったままの私にぶつかりかけ、怪訝そうにこちらを見上げた。後からやってきた八つくらいの女の子が、「走っちゃだめでしょ」と弟の頭を軽くこづいた。つづいて中年の父親がスーツケースを引いて現れ、最後に大きな鞄を肩にかけた母親が出てきた。私は間抜け面のまま、その家族がエレベーターに消えるのを見送った。痛切な悲しみが私の胸を刺した。

毛足の長いカーペットの上をゆっくりと歩いていると廊下の突き当たりの小さな窓が見えた。なぜこんなところにあるのだろうと不思議に感じられる嵌め殺しの窓で、色あせた東京の空と新宿の高層ビル群が切り取られて見えた。

数メートル廊下を引き返した。部屋番号を除けば、扉はどれも寸分の違いもなかった。716と記された部屋のチャイムを押した。確信があった。

内側からはい、と声が響くのと同時に扉を押し開けた。鮮烈な潮の匂いとはっきりとした波音が私を包みこんだ。一歩踏み出すと、靴底の下でしぶきが跳ねた。そこはホテルの室内だったけれども、同時に波打ち際で、手前のソファや薄型モニターに直接波が打ち寄せていた。その波は私の裾を濡らし、細かな無数の泡となって引いていった。すぐ上空では海猫が鳴いていた。私は頭をあげた。打ちよせる波の向こうに藍香と瞬が二人で微笑みながら立っている。

待ってくれ、と私は声をあげた。僕を置いていかないでくれ。

二人は笑ってこちらに手をふり、同時にひときわ大きな波しぶきがやってきて――。

とつぜん、キーボードの上にコーヒーの飛沫が飛び散って私は悲鳴をあげた。こぼしたウエイトレスも驚愕のあまり凝固している。

「た、たいへん申し訳ありません」

コーヒーカップの載ったトレイをあたふたとテーブルに置くと、布巾で力任せにキーボードを拭き始めた。

「や、ちょっと、もっとそっと」

「すみません。足がもつれて。いま代わりのコーヒーを持ってまいります」

「いや、代わりとかいいから。それちょうだい」

私は布巾を奪い取って、入念にキーボードの水気を拭いとった。こんなことでPCを壊されてはたまらない。二、三キーを押してみると、幸い問題なく反応したので、故障はしていないようだ。ほっとしてカップに口をつけてから、もうほとんど残っていないことに気がついた。断水の日の蛇口みたいに底に残っていた最後の数滴が口に流れ込む。

「ただいまお代わりを」

「もういいってば」

　ＰＣを閉じて立ち上がった。これ以上、ここにいても仕方がない。レジで代金を払う払わないで一悶着あり、数滴でも口にしたのだから払うと言い張って千円札一枚を置いて出た。こんなに高いとは思わなかった。

　先ほどまで見下ろしていた人波のなかにまぎれこんだ。ビルのあいだの空はすでに暗かった。さて、これからどこへ向かうべきか。

　家を出たときの軽躁が去って、夕暮れとともに寂しさ寄る辺なさが募ってくる。先ほど書きかけた情景では、彼女は薄暗いホテルの一室の、さらにその先の海のなかにいた。本当の彼女はいまどこだろうか。空腹は如何《いかん》ともし難く、たまたま目についた飯屋に入ったつもりがひっそりとした居酒屋で、成り行きでビールを頼む羽目になり、気がつけばジョッキを四杯あけたのち、焼酎のロックに変わって、何回目かのお代わりをしていた。

「オ客サン、ダイジョブ」色の浅黒い店員が片言で聞く。どこの国の人だろうと思いながら、ダイジョブダイジョブと片手を振る。

「モウ一杯オカワリ、イイデスカ」

　私は手を振って断りながら、空になったグラスを置いて立ち上がった。

店を出て夜の雑踏をダイジョブダイジョブと唱えながら歩く。すれちがうものたちがちらちらと横目で見る。ダイジョブダイジョブダイジョブダイジョブ。十分ほど歩いているうちに鼻水が出てきた。一体俺は何をやっているのか。啜り泣きの声が漏れる。まったく情けない限りだ。俺はただ。俺はただ。タクシーを呼び止めた。

「お客さん、ずいぶん顔色が悪いですよ」

車内は暗く、ミラー越しにも運転手の顔は朧げだった。ポケットを探ると、さいわいどこかで受け取ったポケットティッシュが見つかったので洟をかむ。男はうっすら笑っていた。その唇の部分は見えるのに、顔の輪郭がはっきりしない。ただ顎のあたりだけへんに薄白い。

遠くで複数の女の嘆く声がする。いや、人のものではない。そういえば夜の闇の底に薄赤いあかりが差しているような気配がある。

「火事でしょうか」

「なんですか」と運転手が答える。

「聞こえませんか。サイレン」

さあ、と男は首をかしげる。ひょっとしてと思って尋ねてみる。

「もしかして、あなた、瞬ではないですか」

男は聞こえないふりをしてアクセルを踏み込んだ。

「それで、どこへ向かいますか」

なんだ、やっぱり違ったのか。私は落胆しながら返事をした。それから不意に強い疑惑にとらえられた。以前にも同じようなことが、というよりもまったく同じ情景の中に嵌め込まれていたことがあった。デジャヴュ。自分は閉じ込められている。私は、男が次にいうことばを息をつめて待った。男が何をいうかをもう知っている。冬だというのに、冷たい汗が背中を流れた。

「先ほど、お客さんから伺った住所、アレ、存在しないいんですわ」

私はうなずいた。

だが、自分はどのような住所を告げたのだろう。どこへ行きたいのかわからないというのに。つい先ほどのことなのに記憶は曖昧だった。運転手は黙り込んだ。スピードは緩めず、むしろ速度はますますあがっている。

「あの」

「なんですか」

「どこへ向かってるんですか」

「お客さんのおっしゃったところ」

「それはどこです」

「ですから」

「降ろしてください」

「どうして。まだ着いていませんよ」

「いいんです。降りたいんです」

「だって、お客さん、そういうのは」ますます脂汗が滲んでくる。「身勝手っていうんじゃありませんか」
「身勝手。どうして」
窓の外では、夜の街並みが、映写機の風景か何かのように流れている。
「自分はもうこれに乗っちまったんだから仕方がない。そう覚悟を決めてもらわな
くっちゃ困るんです」
私は返すことばを失って沈黙した。仕方がないのだろうか。どうしようもないだ
ろうか。後悔の念が押し寄せてくる。このままどこかに連れていかれる。だけど帰っ
てくることはできるのだろうか。ふと窓を見ると、霧雨が降りだしたらしく、細か
な水滴がウインドウグラス一面についている。じっと見ていると、水滴は互いにくっ
つき、大きくなりながら、風圧によって振動しつつ後方に動いてゆく。水滴の後方
には平べったい薄い膜が残る。次は自分だ、とでもいうように最初は小さな粒だっ
たものが、徐々に拡大し、突如動き出すのがまるで生き物のようでおもしろかった。
水滴には流れていく夜の街が映っている。東京が地球が宇宙が映ってる。私の顔も
映っている。私も宇宙の一部だから。いや逆に宇宙が私の一部なのだ。宇宙である
私の顔は妙に青白い緊張した表情で、泣いているようにも笑っているようにも見え
た。その瞳には昏い光があり、その虹彩をよくよく拡大して見てみれば、そこには
やはり水滴が映っており、その水滴にはやはりじっと覗き込む私の顔が映っていて、
つまるところどこまでもつづく連鎖。気が遠くなる。私は誰だ。
「気が遠くなるようだったら言ってくださいね。車内で意識を失われるのは勘弁な

んで」

「だいじょうぶです。運転手さん、前に会ったことありますか」

「さあ、どうしてです」

「私はあるんです。同じ暗い車内で私がいてあなたがいた。あなたは気が遠くなるようだったら言ってくださいねと言った」

「そうですか。長いあいだ運転手やってるとそんなこともありますさ」

「偶然じゃない。まったく同じ時空間、同じ出来事だったんです」

「そうですか。まあ長いあいだ運転手やってるといろいろとね」

男はふりかえったが、その顔までぎらぎらと流れ出して直視することができなかった。まあ、いいじゃないですか、宇宙はひろいひろいひろいですからね、つきましたよ、と車が止まり、私はここだったかとおそるおそる外へ足を踏み出した。

車が去ってしまうと、一際人影のない街並みの孤独が身にしみた。霧雨が、佇立する背の高い建物を白く包んでいる。どこかでまだサイレンが鳴っている。炎の気配がずっと夜の底にわだかまっている。

私は、猿みたいに背中を丸めたまま、首だけ持ち上げて空を見た。視界いっぱいに、きりもなく水が落ちてくる。急速に、体の芯で緊張が膨れあがりつつあった。もうすぐ終わる。もうすぐすべて終わる。あのビルの向こうにあるものがやってきて、この世界をちりぢりに引き裂いてくれたら、そのとき自分はほんとうのほんとうのほんとうの現実に出会うことができるのだと降りくる雨に全身を濡らしながら思うと、啜り泣きではない野太い咆哮《ほうこう》が棒のように喉から伸びてきた。

「それで？」

ワイシャツの刑事は安手のボールペンの尻で自分の鼻先を掻きながら聞いた。「つまりタクシー乗ったとこまでしか覚えてないの？　弱ったなあ。あんた凄い力だして暴れたんだから。三人がかりよ、三人がかり。制服警官があんたの右腕と左腕押さえてね、俺が、こうタックルの要領で腰をがしって摑まえて。俺、学生時代、花園《はなぞの》の一歩手前まで行ったから」

私は首をかしげた。にわかには納得しがたい。この小山のような巨漢に抱え込まれてなおも抗いつづけるとは。だが、不幸にも無茶苦茶にふりまわした左手が、警官の鼻面にヒットし、ただちに公務執行妨害で逮捕の上、留置場で一晩過ごす羽目になったのである。

「それさえなきゃ、交番で説諭のうえ、放免だったのになあ。あんたが悪いよ」

ちなみに警官らが駆けつけたとき、私は降りしきる雨のなか、支離滅裂の妄言を喚きつつ、パンツ一丁で飛び跳ねていたという。服はきちんと畳んで路上に重ねてあった。雨に濡れたせいだろう。シャツからドブの臭いがする。

「それでさ、書類送検は勘弁しておくから。おたく、職業なんだっけ。小説家？へえ、聞いたことねえなあ」

刑事はテーブルの上に出されてあった運転免許証を取り上げると、私と見比べた。
「昭和四十四年生まれの四十八歳。澤田晶《さわだあきら》。男性。はい、じゃ、あとここに拇印《ぼいん》を捺印したら、荷物まとめて帰っていいから」

警察署は十二階建ての堂々たる建物だったが、エントランスは意外なほど狭かった。入り口には背丈ほどの警棒を握りしめたいかつい大男が退屈そうな顔つきで立っていた。

自動ドアを抜けると、朝日を反射したすぐ向かいの高層ビルが私を圧倒した。見回せば、副都心の高層ビル群が巨人のように四方から見下ろしているのだった。硝子のカーテンウォールに映った空は晴天で、大気は身を切るように冷たかった。コートの襟を立てた周囲の通行人たちは、みなせわしなく、行き先で待ち構えている用件のことだけを思いつめているように見えた。しかたなくとぼとぼと歩き出したが、無人の部屋に帰る気分になれず、行く当てを探して足をひきずっているのは私だけのようだった。駅へ続く大通りに出ると、人の数は格段に増えた。一方私の寂しさは募っていくばかりだった。内臓ごとごっそり抜き取られてしまったような空虚感だった。

私の名前は澤田晶。女性でもなければ、一九三八年に生まれて沢渡晶と名乗った無名の小説家でもない。そうした肖像は、すべて私が想像で作り出した幻像にすぎない。

では澤田瞬はどうか。彼はかつて存在した。というのは、瞬というのは私と藍香のあいだに生まれ、三年前に四歳で亡くなった私たちの息子の名前だからだ。瞬は苦しまずに亡くなった。インフルエンザ脳炎。寝かしつけるときには普段と変わらなかったのが、夜半に高熱を発し、明け方に救急病棟に運び込まれ、日が高くなるころには冷たくなっていた。

私たちは呆然とした。現実とは認め難かった。こんな速やかに、こんなにさりげなく、世界が一変してしまうはずがない。私は、瞬がまたすぐに戻ってくるものと信じ、外を歩いていて見通しの悪い角があれば、瞬が向こうから駆けてくるものと思い、幼児の後姿を見ればきっと瞬だろうと胸を高鳴らせて顔を覗き込んだ。

藍香は半年仕事を休んで泣き暮らした。一方、私の方は外目にはそれほど普段と変わらず見えただろう。だが、実のところ、もう現実を信頼する気持ちを失っていた。現実よりも、別の世界を生きることを選択していた。世界がこれほど理不尽な仕打ちをするのなら、こちらの方から世界と縁を切ってやる。もっとまともな現実、豊かで精彩に富んだ現実を創り出してやる。

ある日、錆の浮き出た鋳鉄製の門扉越しに、古い洋館を見た。獰猛なまでの緑が繁茂する庭、明らかにもう何年も人の手の入っていない廃園といってもいいだろう奥に、ひっそりと木陰に隠れるようにしてその建物は建っていた。さくらんぼにも似た朱い楕円の実が、葉叢から無数に垂れている。夏茱萸の木だ。思いがけなく、もう忘れ果てたと思っていた歓喜の念が湧き上がってきて私を驚かせた。瞬だったら、きっと一緒になって歓声をあげ、ねえねえ、あれ触りたい、ここで遊びたいと言い出して困らせただろう。

いや、私は感じたのだ。この敷地のどこかに瞬がいることを。ぱたぱたという軽い足音、甲高い男の子のはしゃぐ声が、幻の耳に聞こえてきた。姿こそ見えないものの、ここにいたのだ。私は感極まって立ち尽くした。

それから私はその屋敷で遊ぶ瞬の姿を何千回と思い描いた。友達と一緒のときもあった。少しずつ成長もしていった。五歳の瞬、八歳の瞬、十一歳の、幼い恋の予感を湛えた瞬。彼のまわりに物語を紡ぎあげる必要があった。この屋敷の持ち主はどのような人物なのだろう。想像力の薄暮のなかから、徐々に孤独な老女のシルエットが浮かびあがりつつあった。

彼女に私の名前を与えたのは、彼女が私でもあったからである。瞬のことを外から思い描いているだけでは満足できなかった。瞬と同じ空間を生き、この目で瞬を見つめ、瞬から関心を寄せられたかった。瞬によって語られたかった。

私は無数の瞬と出会いなおした。若き日の彼。大人になった彼。私は成人した瞬に自分の願望を投影したと思う。つまり、自分がそうでありたかった存在、若く、まだ無名だが、将来を約束された有望な作家としての瞬を思い描いた。その瞬はもはや私たちの息子でなくてもいい。別の瞬、別の私。そこでは私と彼は年の離れた友人であるかもしれないし、文学について語り合うかもしれない。瞬がいなくなってしまった事実は取り消せないのだとしても、別の時空のなかでなら、瞬を取り戻すことができる。別の瞬のいる別の世界でなら。その世界を充分リアルに想像しさえすれば。

「劫」というのは、彼が生まれたとき、最後まで「瞬」と迷った名前である。後になって、永遠の時間を意味するそちらの名前にしておけば、と悔やんだこともあった。その劫も双子の兄として登場した。

瞬について書くことは甘美だった。瞬について書き、瞬が書いたとされる小説を書き、瞬が語る老小説家が書いた小説を書いた。複数の物語が、柔らかな花弁のように私たち二人を包み込んだ。薔薇の、物語の蜜に溺れた。

藍香は自分だけが排除されたことに寂しさを感じ、怒ったのだろう。確かに彼女を置き去りにしてしまった。だがどうすればよかったのかわからない。たぶんもっと他のやり方があったのだ。彼女と共に歩む道もあったのだ。しかし現実には、彼女を置き去りにして空想にたてこもった私を、今度は彼女が置き去りにした。

こうして私は今、匿名の人の波にまぎれている。

地下道に吸い込まれると、私は思考を放棄したまま、人の流れに任せて改札を抜け、迷路のような構内をさまよった。普段使うことのないプラットホームに立ち、馴染みのない行き先の車両に乗り込んだ。

列車は最初東京の外縁を大きな弧を描くように走っていたが、やがて北向きに方角を変え、北部関東平野を疾走した。大きな河に架けられた鉄橋を通過すると、停車のたびに乗客の数が減り、気がつけば車内にぽつりぽつりと人が座っているだけになっていた。私は空いているボックスシートに移って、窓硝子に頭をもたせかけた。疲れ切っているうえに悪寒がし、いくらか発熱もしている気がした。車窓の風景は、いつのまにか宅地と畑地とが半々くらいになっていた。どこか物寂しい風景だった。

いつのまにかそのまままうとうとしていたらしい。淡くかたちにならない夢のかけらを幾つかくぐりぬけたあと、誰かが間近に立っている気がして目を開いた。

やあ。

瞬は軽くうなずいて向かいの座席に座った。

「やっと、会えたな。もう一度顔を見たいと思ってたんだ」

瞬は少しはにかんだように笑った。

「僕も、会いたかったですよ」

「この三年間、楽しかった。君といられて」

「僕も同じです。あなたが僕を呼び出してくれて」

「実を言うと途方にくれてるんだよ。これから一体どうしたものかって。藍香は出て行き、家に帰る気もしない。僕は何をしたらいいんだろう」

彼は肩をすくめてみせた。

「さあ。なんとかなりますよ。よくなるか悪くなるかはわからないけど、とにかくなんとかなる。それに、また何か書きだすんでしょう?」

「そうだろうな」私は苦笑した。「でも、問題は今、これからどこへ向かったらいいかだよ」

「あそこをもう一度訪れてみたらいいじゃないですか」即答だった。

「あそこ?」

「伯母の屋敷ですよ。あの、夏茱萸の実が生っていた」

「もうきっかけになった場所は存在しないんだよ。数ヶ月後に訪れたら児童公園になっていた。今となっては、あの建物に出会ったことさえ幻だったんじゃないかと思っている。それにあの場所だって、もともと僕らが知っている屋敷とは似ても似つかなかったんだ」

　瞬は引かなかった。

「そんなことは全然問題じゃありません。だって、あなた自身が生み出したものなんだから、あなたの行く手に自然と現れますよ」

「そうかな」私は首をかしげた。

「そうですとも」瞬はいかにも自信ありげだった。それからしばらく沈黙があった。

「じゃあ、そろそろ。僕は行かなければなりません」

「そうか。駅に着いたかな」

「駅は関係ないんです」そして、腰を浮かしかけた私を手で制して「さようなら、父さん」

　立ち上がったとき、すでに瞬の姿はなかった。車両にいるのは私一人。列車は徐々に速度を落とし、露天のホームに滑り込みつつあった。アナウンスが、聞いたことのない駅名を告げていた。私は鞄を持って車両から降りた。夏の朝の湿っぽい大気が体を包み込む。今日も暑くなりそうだ、とありふれた地方都市の駅前を眺めながらのびをする。改札を出た待合室では、背中の丸まった老人が一人、ベンチに座り込んで居眠りをしている。壁には幾種類もJRの観光ポスターが貼られている。

気まぐれに歩き出し、なんとなく古い街並みのありそうな方角に足を向けた。ロータリーの地図で確認したところ、街の西側を、大きな川が南北に流れているようだ。閑散とした昼の飲み屋街や、年季の入った商店街のアーケードを通り過ぎ、古い住宅地に出た。

どこかでこどもの遊ぶ声がする。その声に導かれるようにして狭い路地を曲がり、小川沿いの道を歩いていくと、胸元までの高さの石塀のあいだに、どこかで見たことのある鋳鉄製の門が嵌っていた。私は、一歩一歩を意識してゆっくりと歩いた。急いて駆け寄ると、すべて錯覚だったことになってしまう気がしたのだ。門扉に鍵はかかっていなかった。目に痛いほどの緑。そして茱萸の樹。

建物の壁は塗装が剝げてぼろぼろだった。ところどころに蔦がからまって濃い色の葉を風に揺らしている。人がいる気配はない。

私は木陰を探し、草の上に直接腰を下ろした。たぶんあの老作家は、今も二階の自室にいるのだろう。木立の陰にはこどもたちだっているのかもしれない。樹の幹に背中をもたせかける。

この夢が覚めるまで、少しだけ眠ろう。そう思って、瞼を閉じた。

この作品は二〇一八年八月にポプラ社より刊行されました。

名もなき王国

倉数茂

2022年2月5日　第1刷発行

発行者　千葉 均
発行所　株式会社ポプラ社
〒102-8519　東京都千代田区麹町4-2-6
ホームページ　www.poplar.co.jp
フォーマットデザイン　bookwall
組版・校閲　株式会社鷗来堂
印刷・製本　中央精版印刷株式会社

N.D.C.913/503p/15cm　ISBN978-4-591-17253-7

P8101438